Le miracle d'une nuit

*

Surprise au Grace Hospital

*

Un chirurgien amoureux

MARION LENNOX

Le miracle d'une nuit

Traduction française de
CHARLINE McGREGOR

Blanche

HARLEQUIN

Collection : Blanche

Titre original :
THE BABY THEY LONGED FOR

HARPERCOLLINS FRANCE
83-85, boulevard Vincent-Auriol, 75646 PARIS CEDEX 13
Service Lectrices — Tél. : 01 45 82 47 47

www.harlequin.fr

ISBN 978-2-2804-1461-6 — ISSN 0223-5056

1.

Heureuse est la mariée sur qui brillent les rayons du soleil.

Et plus heureuse encore était la mère de la mariée.

La mère d'Addie rayonnait depuis qu'elle avait lu les prévisions météorologiques. En fait, elle rayonnait depuis qu'Addie et Gavin avaient annoncé leurs fiançailles.

Et le Dr Adeline Blair aurait dû être tout aussi ravie, sauf qu'en l'occurrence elle avait du mal. À la vérité, elle ne se reconnaissait pas, à croire qu'elle avait intégré le corps d'une inconnue. Elle ne se sentait pas à sa place.

Pourquoi ? Tout était pourtant parfait. Elle était sur le point d'épouser son amour d'enfance, elle rendait sa mère merveilleusement heureuse et, avec un peu de chance, Gavin et elle auraient peut-être un bébé avant…

Non, ne pense pas à ça aujourd'hui.

Elle jeta un coup d'œil discret en direction de sa mère, assise à son côté dans la limousine. Le cancer. Les métastases. Maeve avait l'air en forme aujourd'hui, mais demain ?

— C'est le plus beau jour de ma vie, murmura sa mère.

Addie l'enlaça — ce qui n'était pas chose facile, vu la quantité de tulle qui l'entourait, sans compter son voile.

La voiture s'arrêta devant la petite église, véritable image de carte postale avec son arche de roses encadrant l'entrée. Les invités étaient sans doute entassés à l'intérieur, attendant l'arrivée de la mariée. Comme le photographe qui semblait monter la garde.

Addie n'avait pas de demoiselles d'honneur. C'était sa

mère qui faisait office d'assistante et elle aussi qui l'accompagnerait jusqu'à l'autel.

— Oh ! Addie…, dit cette dernière, des étoiles plein les yeux, tandis que le chauffeur leur ouvrait la portière. J'ai l'impression de rêver.

Addie s'autorisa enfin à se détendre : sa mère était heureuse, Gavin l'attendait. Elle l'aimait, elle en était sûre, d'ailleurs elle l'avait toujours aimé. Les réserves qui avaient repoussé ce jour aussi longtemps étaient certainement idiotes.

Elle souleva le bas de sa robe, sortit de la voiture et se retrouva… face à face avec Noah McPherson.

Noah. Chirurgien remplaçant à l'hôpital Sydney Central. Le supérieur immédiat de Gavin. Et son garçon d'honneur.

Noah était grand, brun et imposant, dans son costume parfaitement taillé. Il avait une petite trentaine d'années, mais sa maturité talentueuse et son sérieux le faisaient paraître plus âgé. Or, en cet instant, il était particulièrement sérieux.

— Qu'est-ce… Qu'est-ce qui se passe ? demanda-t-elle avec effort.

Mais elle connaissait la réponse avant qu'il n'ouvre la bouche.

— Gav ne va pas pouvoir.

— Il ne peut pas… Quoi ?

Elle ne le croyait pas. Elle était là, sous un soleil éclatant, dans sa robe aussi aérienne qu'une barbe à papa, et elle posait une question dont elle connaissait la réponse. Depuis qu'elle avait aperçu Noah.

— Gav dit qu'il ne peut pas t'épouser, répondit-il d'une voix douce. Je suis vraiment désolé.

Addie avait l'impression que toutes les cloches qui ne sonnaient pas dans l'église s'étaient donné rendez-vous dans sa tête, sur le point d'exploser. Gavin la larguait devant l'autel ? Non, impossible.

— Je… Il t'a donné une explication ?

Bizarrement, elle était assez fière d'avoir réussi à sortir sa question sans bafouiller.

— Oui. Mais mieux vaut que tu n'entendes pas ça maintenant.

— Dis-moi, ordonna-t-elle.

Jadis, Adeline Blair était dotée d'un sacré caractère, mais plus aujourd'hui. Pas après des années dans une maison où chaque crise de colère était accueillie par : « Addie, que dirait ton père ? Tu me brises le cœur un peu plus. » Les larmes de sa mère avaient apprivoisé la mégère en elle et, son fameux caractère, elle l'avait enfermé sous clé tout au fond d'une cave. Là, pourtant, la bête semblait vouloir se réveiller.

— Dis-moi, insista-t-elle.

Noah grimaça.

— Addie… On ferait mieux de parler de ça en privé…

— J'ai besoin de savoir, le coupa-t-elle. Dis-moi pourquoi.

Il prit une profonde inspiration, manifestement gêné.

— Gav a dit… que toute sa vie a été dirigée par des femmes. Leurs chagrins, leurs besoins… Et maintenant que ta mère est malade… Il ne pouvait pas te l'avouer, il ne souhaitait pas te faire plus de peine, ni à sa mère ni à la tienne, mais il a décidé qu'il ne pouvait pas continuer comme ça. Il veut avoir sa propre vie.

— Sa propre vie…

— Ce sont ses mots.

— Et donc… Donc il a décidé de m'annoncer ça à cinq minutes du début de la cérémonie ? Ou plutôt, de me faire annoncer ça par toi ?

Elle se débattait contre une crise d'hystérie qui menaçait de la submerger malgré ses propres injonctions silencieuses au calme.

— Eh bien, il faut croire que oui… Tu veux que je te conduise quelque part ?

— Il n'a même pas eu le courage de me téléphoner ?

— Il craignait que tu essaies de le faire changer d'avis.

— Il me considère comme… Quoi ? Son ennemie ?

— Il faut peut-être que tu envisages ça de son point de vue… Il dit que tu comptes trop sur lui. Il ne veut pas te blesser, mais il se sent forcé au mariage par la maladie de ta mère.

Addie ne comprenait plus rien.

— Mais… Il voulait m'épouser. Il me le demande presque une fois par semaine depuis mes sept ans.

— Il pensait peut-être que tu ne dirais jamais oui. Je ne sais pas. En tout cas, il a fini par se rendre compte qu'il ne pouvait pas s'y résoudre. Il dit qu'il ne veut plus être contrôlé par ce qu'il appelle…

— Par ce qu'il appelle quoi ?

Elle ne se reconnaissait pas. Cette colère…

— Eh bien, tu ne dois pas le prendre pour toi…

— Vas-y, dis.

Noah lâcha un soupir.

— Toi, ta mère, sa mère, il vous a désignées sous le terme de… monstrueux régiment de femmes.

Les invités commençaient à sortir de l'église, se demandant ce qui se passait. Rebecca en tête… Rebecca, la femme de Noah, clouée dans son fauteuil roulant et belle comme le jour. Elle était aussi la propagatrice de tous les commérages au vitriol qui lui passaient à portée d'oreille. En l'espèce, son visage était animé de tout un tas d'émotions. Parmi lesquelles Addie crut déceler… Du plaisir ?

Tous leurs collègues et amis de l'hôpital étaient derrière. Suivie de la mère de Gavin, Lorna, qui arborait un air consterné. Flanquée de la mère d'Addie, blême.

— Tu as passé la matinée avec lui, à écouter ces idioties…, répliqua Addie en, s'efforçant de ne pas hausser le ton. Qu'il ne voulait plus que je compte sur lui ? Je me suis occupée de sa mère autant que de la mienne, et ce depuis aussi loin que je me souvienne. Et maintenant… Et toi, Noah, tu travailles avec moi tous les jours, et tu n'as pas eu le cran de m'avertir plus tôt…

Incapable de contrôler sa rage plus longtemps, elle voyait rouge. Toutes ces années passées à se taire, à accepter les sacrifices…

— Addie, je suis désolé.

— Mais bien sûr, que tu es désolé. Et voici Rebecca, désolée elle aussi et prête à dévorer tous les détails croustillants de l'histoire. Tu veux bien expliquer la situation à ta femme ? Et à tout le monde ? Un monstrueux régiment de femmes… Sa mère… Ma mère ? Moi ?

Quand Noah lui posa une main sur l'épaule, Adeline Blair fit ce qu'elle n'avait jamais fait de sa vie et ne referait plus jamais. Elle lui repoussa brutalement la main puis, comme il ne la lâchait pas, elle le gifla, et si fort que le son résonna jusqu'au parvis de l'église.

Et elle, la fille dévouée, la fiancée, ou plutôt ex-fiancée aimante, la femme abandonnée… Oh ! et l'obstétricienne reconnue…, elle souleva sa robe de mariée, arracha son voile et rejeta d'un coup de pied ses fichus souliers de satin.

— Occupez-vous de maman…, lança-t-elle par-dessus son épaule à l'attention de la mère de Gavin.

Puis elle prit ses jambes à son cou.

2.

Trois ans plus tard.

— Nous sommes ravis de vous accueillir parmi les membres de notre personnel. Six mois, c'est impeccable. Vous avez pu visiter l'hôpital ? Superbe environnement, n'est-ce pas ? Venez, que je vous montre la résidence des médecins où vous allez pouvoir vous installer.

Noah avait regardé l'endroit sur Internet, mais la réalité surpassait nettement les images du web. L'hôpital était petit mais, apparemment, excellent. Currawong Bay se trouvait à deux heures de route de Sydney, coincé entre les montagnes et la mer de la côte sud de la Nouvelle Galles du Sud, donc il valait mieux avoir du matériel permettant à l'hôpital une certaine indépendance. Leur problème depuis quelques semaines était qu'il leur manquait un chirurgien.

Or un poste de chirurgien remplaçant, c'était justement ce dont Noah avait besoin. Il avait six mois avant que son appel ne passe devant le tribunal. D'ici là, il ne verrait pas sa fille.

En fait, Sophie, sept ans, n'était pas sa fille, mais celle de son ex-femme. Ceci dit, comment cesser d'aimer une petite dont il s'occupait depuis sa plus tendre enfance ? Impossible. C'était la raison pour laquelle il avait eu besoin de quitter Sydney et de s'occuper les mains et l'esprit.

— Il n'y a qu'un autre occupant dans la résidence de nos médecins, poursuivit Henry, l'administrateur, avec bonhommie. Vous verrez, c'est très bien et pour cause : nous dépendons souvent des vacataires, et le logement aide à les convaincre de postuler.

Noah n'avait pas prévu de vivre avec quelqu'un.

— Et qui y habite aussi ?

— Notre obstétricienne. Cela fait presque trois ans qu'elle est ici et, de par la nature de son emploi, une résidence si proche de l'hôpital, c'est pratique. Avec un peu de chance, elle sera rentrée. Venez donc, que je vous présente.

Mais ils furent interrompus par le téléphone de Henry qui dut s'excuser. Ensuite, il lui indiqua le chemin avant de filer à son club de golf, où il était attendu avec impatience.

Prenant tout son temps, Noah traversa la véranda, appréciant les fauteuils à bascule installés au soleil pour les patients en récupération, avec vue sur la plage. La résidence des médecins, une bâtisse séparée et toute simple était reliée à l'hôpital par un passage couvert. La maison était dotée de larges fenêtres donnant sur la mer.

Il atteignit la porte et, au moment où il allait frapper, perçut un gémissement. Sa colocataire était-elle malade ? Inquiet, il actionna la poignée de la porte qui s'avéra ouverte et entra. L'intérieur était meublé plus pour le confort que pour l'esthétique, avec des plafonds hauts, un parquet usé et des tapis élimés. Le salon était plein de meubles imposants et accueillants.

Il fut interrompu dans cette agréable découverte par un nouveau geignement étouffé. Il était médecin depuis assez longtemps pour déterminer qu'il s'agissait d'une douleur vive. Très vive.

Une porte s'ouvrit, laissant apparaître une femme aux cheveux bruns ébouriffés, vêtue d'une robe de chambre usée et portant des lunettes à grosses montures. Pliée en deux et les mains plaquées sur son ventre, elle s'immobilisa sur le seuil de ce qui devait être sa chambre.

— Qui… ?

— Je suis Noah McPherson, dit-il, inquiet pour elle. Le chirurgien remplaçant.

Elle l'examina, semblant chercher à se concentrer.

— Noah ? Noah, c'est toi ?

Bon sang ! Oui, il la connaissait, il avait même travaillé avec elle. Et surtout, il l'avait vue se faire plaquer devant l'autel. Et elle l'avait giflé. Fort.

— Addie..., dit-il d'une voix blanche.

Mais elle ne l'écoutait plus, tout à sa douleur.

— Oh ! aide-moi, Noah. Je ne veux pas... Pourquoi fallait-il que ça tombe sur moi... Je crois que j'ai besoin...

Elle s'accroupit, les yeux exorbités, et Noah, oubliant sa stupéfaction, se précipita vers elle.

— Qu'est-ce qui se passe, Addie ?

— Je suis enceinte, dit-elle, haletante. Dix semaines. Je n'ai pas encore passé d'écho, mais... une douleur inouïe. Mal à l'épaule aussi. Et je... Je saigne. Je souffre d'une... endométriose. C'était un risque? et les symptômes de grossesse extra-utérine sont classiques. Oh ! Noah, je le veux tellement... mon bébé...

Sa brève visite de l'hôpital avec Henry avait permis à Noah de savoir où trouver les gens adéquats pour gérer la situation rapidement.

Le personnel du Currawong Bay paraissait sidéré. Apparemment, personne n'était au courant de la grossesse d'Addie, et tout le monde fut horrifié par la nouvelle, des infirmières qui accoururent jusqu'au cuisinier mis au courant de ce qui se passait.

Aussi inquiet soit-il, Noah dut mettre ses sentiments de côté. Car s'il s'agissait effectivement d'une grossesse extra-utérine il allait devoir s'en charger.

— Il me faut... une écho, murmura Addie alors qu'on l'emmenait en fauteuil roulant.

Il lui effleura la joue, délicatement, espérant la rassurer.

— Je m'occupe de tout, Addie. Je suis chirurgien, laisse-moi gérer ton cas. Je n'en connais peut-être pas autant que toi sur les complications possibles d'une grossesse, mais assez pour être en mesure de me débrouiller. Tu me fais confiance ?

— Je… Oui. Je n'ai pas le choix.

Elle lui prit la main et, l'espace d'un instant, il crut qu'elle allait le repousser. Mais non, l'étreinte de ses doigts se mua en étau sous l'effet de la douleur.

Les examens révélèrent que ses craintes étaient fondées quant à une grossesse extra-utérine. L'échographie montrait un embryon qui grandissait dans la trompe de Fallope droite au lieu de l'utérus. Une telle grossesse était vouée à l'échec, et, outre les saignements internes, elle mettait la vie d'Addie en danger.

— Je voulais tellement ce bébé, murmura-t-elle. Oh ! Noah… Si l'autre trompe est endommagée…

Elle devait connaître les risques. Une rupture signifiait un risque plus élevé d'infertilité. Et si elle souffrait d'endométriose, c'était encore pire.

Difficile de rassurer une patiente qui en connaissait autant que lui sur le sujet.

— S'il te plaît…, reprit-elle, des larmes coulant sur ses joues. Je sais que j'ai perdu mon bébé, mais je ne veux pas… s'il te plaît… devenir stérile.

— Je vais faire de mon mieux, Addie, mais tu sais que je ne peux rien te promettre.

Il commença à lui administrer des calmants, espérant que l'anesthésiste ne tarderait plus. On leur avait dit que ce dernier, qui avait renoncé à assister à la fin du match de football de son fils, était en route et qu'il ne tarderait pas.

— Tu peux réparer la trompe, poursuivit-elle d'une voix faible. S'il te plaît, il le faut.

C'était impossible, il le savait, et elle devait le savoir aussi. S'ils avaient pu agir avant la rupture, peut-être, mais là…

— Addie, y a-t-il quelqu'un à contacter ? Tu as besoin de soutien. Ta mère ? Le père du bébé ?

— Non, répondit-elle sèchement. Il n'y a personne. Maman est morte il y a trois ans. La mère de Gav ne m'adresse plus la parole, et Gavin… Il est parti depuis longtemps. Quant au père de cet enfant, il est un numéro sur un tube dans une banque de sperme. Donc si je meurs sur la table d'opération donne tout au refuge pour chats du coin. Mais je t'en prie, Noah… Pour les trompes… essaie.

— J'essaierai.

— Malgré la gifle.

— Peut-être justement à cause de la gifle, répliqua-t-il avec un bref sourire. Tu as été très mal traitée, ce jour-là.

Soudain, une grande perche affublée d'une tignasse rousse franchit la porte.

— Salut, dit-il en tendant sa main à Noah. Vous devez être notre nouveau chirurgien, Noah ? Je suis Cliff Brooks, l'anesthésiste.

Puis il se tourna vers la patiente et se figea, sous le choc.

— Qu'est-ce que… Addie ?

— Grossesse extra-utérine, murmura-t-elle. Cliff, je suis… J'étais…

— Zut ! On ne savait pas… Je suis navré, ma belle.

Puis il se pencha pour enlacer Addie de ses grands bras et passa en mode professionnel.

— Ne t'inquiète pas, je vais bien surveiller le nouveau chirurgien. Allez, on entre en salle d'op. Et si tu veux retomber enceinte… Tu sais, Maryanne a fait deux fausses couches avant d'avoir Michael, et maintenant, on a quatre garçons.

Noah se dirigea vers les lavabos. Il se sentait exactement comme le jour du mariage manqué. Impuissant… De plus, il ne s'arrogeait pas le droit de la réconforter.

Mais alors, pourquoi lui semblait-il anormal que ce soit un autre qui la serre dans ses bras ?

— Bon, je m'occupe de ma partie, Noah, vous pouvez vous concentrer sur le reste, dit Cliff.

Enfin, il pouvait cesser de se soucier de tension sanguine et de la logistique destinée à garder une patiente hémorragique en vie pour se focaliser sur l'aspect technique de l'opération.

Sauf que séparer l'intime du professionnel, ce n'était pas si facile. Même Cliff, maintenant qu'Addie était endormie, affichait une mine soucieuse. Noah se dit qu'apparemment il n'était pas le seul à être inquiet.

Pourtant, pourquoi éprouvait-il de tels sentiments ? Car, en réalité, il n'avait entretenu qu'une relation de travail avec Gavin — il était son supérieur — comme avec Addie. Il avait été surpris que Gavin lui demande d'être son témoin de mariage. Jusqu'alors, ce dernier avait bien compartimenté sa vie entre son travail et les choses que personne n'avait à savoir. Après le fiasco du mariage, évidemment, les ragots étaient allés bon train.

Addie avait été assez secrète aussi, menant une vie tranquille et discrète, entre le travail et les soins qu'elle prodiguait à sa mère malade. Noah avait opéré avec elle parfois, mais il l'avait trouvée peu loquace, presque timide. Et toujours consciencieuse. Efficace.

Il avait déjà opéré des collègues, des gens qu'il connaissait beaucoup mieux, alors comment se faisait-il qu'il soit aussi ému aujourd'hui par la détresse d'Addie ?

Il devait pourtant mettre ses émotions de côté, la vie de sa patiente en dépendait.

La première partie de l'opération était sans complication : une incision, trouver la source des saignements, retirer l'embryon non viable.

— La salpingotomie est possible ? s'enquit Cliff.

Noah observa les dégâts et secoua la tête. Une intervention aussi minutieuse que l'extraction de l'embryon tout en conservant la trompe de Fallope nécessitait des compétences qu'il n'était pas certain de posséder. Or ils n'avaient plus le temps de la transférer à Sydney.

— Non. Les dégâts sont trop importants pour que la trompe soit préservée. Je vais devoir faire une salpingectomie complète. Le taux de fertilité ne s'en trouvera pas tellement dégradé, de toute façon, ajouta-t-il comme pour lui-même.

Derrière lui, Noah perçut un sanglot. Un bref coup d'œil lui apprit qu'il émanait de l'une des infirmières. Addie était donc tellement aimée ici ? Elle ne travaillait dans ce petit hôpital que depuis trois ans mais, apparemment, les gens l'appréciaient. Témoin la tension qu'il sentait monter autour de lui au fur et à mesure qu'il progressait dans l'opération.

— On ne savait même pas qu'elle était enceinte, chuchota Heidi, une infirmière d'une cinquantaine d'années, tandis que Noah retirait la trompe endommagée. Jamais on ne l'a vue avec un homme, elle ne prend jamais de vacances. Elle faisait des allers-retours à Sydney, mais rentrait toujours le soir. On pensait…

Elle s'interrompit puis déglutit.

— Comment est l'autre trompe ?

— Apparemment, il n'y a pas de problème, répondit Noah qui perçut une vague de soulagement derrière lui.

Addie allait se remettre et pourrait continuer à vivre normalement. Comme après son mariage raté. Après avoir subi la pire humiliation amoureuse qui soit.

En ce qui le concernait, il devait la considérer comme une patiente lambda. Sans impliquer de sentiments. Pas facile…

Cliff surveillait le réveil d'Addie, Heidi était penchée au-dessus d'elle, prête à la rassurer à l'instant où elle ouvrirait les yeux. Deux autres infirmières se tenaient en retrait, paraissant inquiètes et attristées.

Ces gens étaient sa famille, désormais. Étaient-ils tout ce qu'elle avait ? En tout cas, ils étaient là et lui ne représentait qu'un cauchemar de son passé. Sans compter qu'aujourd'hui il prenait part à son cauchemar du présent. Il s'écarta de la table d'opération, pris d'un léger vertige. Il ne pouvait rien faire de plus ici.

— Je vous la confie, dit-il au reste du personnel. Surveillez ses constantes, ne la lâchez pas des yeux. Je reviens d'ici une heure, mais je serai joignable à tout moment au téléphone.

— Oui, allez défaire vos bagages et vous installer, dit Cliff. Merci, mon vieux, vous n'imaginez pas à quel point nous sommes heureux de vous avoir eu ici.

Noah sortit sous la véranda et puis il se dirigea vers les falaises qui surplombaient la plage, songeant à Addie qui avait perdu son bébé.

Sophie.

Il était si nauséeux qu'il se crut sur le point de vomir. Comment avait-il pu penser oublier son chagrin grâce au travail ? Bon, il fallait vraiment qu'il passe à autre chose, songea-t-il en rebroussant chemin. Un pas devant l'autre, et cela prendrait le temps qu'il faudrait.

Après avoir vidé ses valises, il envisagea de faire une balade pour se détendre mais, avant, il devait passer voir Addie. Elle devait être réveillée maintenant. Un réveil sans doute pénible.

Non seulement elle avait perdu son bébé, mais elle savait que, désormais, ses chances de grossesse se trouvaient réduites. Pas impossibles, mais cela ajouterait un tracas au chagrin de la perte.

Les infirmières s'occuperaient bien d'elle, elles la connaissaient et tenaient à elle. Quant à lui… Il avait été présent le jour où elle avait été abandonnée par son fiancé et là encore au moment où elle avait perdu son bébé. Les risques étaient grands qu'elle ne veuille plus jamais le voir. En revanche, elle aurait sans doute des questions à lui poser, et il lui devait d'y répondre.

Il se rendit donc à l'hôpital et fut accueilli par une jeune infirmière qui eut l'air soulagé de le voir.

— Ah, docteur McPherson, on espérait que vous n'aviez pas quitté l'hôpital. On a un enfant de dix ans qui arrive : il est tombé en essayant d'atteindre un nid d'oiseaux, et son père pense qu'il s'est cassé la jambe. Il devrait être là d'ici vingt minutes. Je sais que vous n'étiez pas censé commencer avant lundi, mais…

Addie posa la tête sur son oreiller, les yeux fixés au plafond. Sans penser à rien.

Elle aurait dû se douter que cela ne fonctionnerait pas. Ces dernières semaines, elle s'était sentie ridiculement heureuse, accueillant avec joie les premières nausées matinales. Enfin, elle allait fonder une famille. Bon, une très petite famille — une mère et son enfant — mais une famille quand même.

Ici, à l'hôpital, elle bénéficiait du soutien d'une communauté adorable qui l'avait accueillie à bras ouverts. Même l'infirmière intendante, connue pour son caractère grincheux, se montrait amicale.

Au cours de ses trois années ici, elle avait mis au monde un nombre incalculable de bébés, s'était fait de bons amis et elle savait pouvoir compter sur le personnel de l'hôpital.

Sauf qu'ils ne pouvaient pas l'aider, en l'occurrence. Portant machinalement les mains à ce qui avait été un début de ventre, elle sentit les larmes lui monter aux yeux. Non, elle n'allait pas pleurer. Jamais elle n'avait pleuré, même quand Gavin l'avait abandonnée, même quand sa mère était morte. Jamais.

— Je peux entrer ?

Un léger coup à la porte la tira de ses pensées.

Noah. Elle essuya ses larmes et s'efforça de recouvrer sa dignité. La colère qu'elle avait ressentie en se réveillant de l'anesthésie était retombée. Il n'y était pour rien si Gavin l'avait quittée ou si elle avait perdu son bébé.

Il était médecin, rien de plus.

— Bien sûr, répondit-elle. On m'a dit que tu avais fait du bon boulot.

— Addie, je suis désolé que tu aies perdu ton bébé.

Elle ne voulait pas de compassion. Surtout pas venant de lui.

— Je peux m'asseoir ?

— Je… Oui, évidemment.

Que répondre d'autre ? Il s'installa sur la chaise près du lit. L'espace d'un instant, elle crut qu'il allait lui prendre la main alors elle la cacha sous les couvertures. Et le vit grimacer.

— Je dois te parler en tant que médecin, reprit-il. Tu penses que tu es en mesure de m'écouter ?

— Oui, bien… bien sûr.

— Je n'ai pas beaucoup de bonnes nouvelles, mais il y en a quand même. Ton bébé… Tu savais que les risques étaient grands qu'il se développe dans la trompe de Fallope.

— Même si c'est bête, je m'imaginais que c'était une fille. Je l'aurais appelée Rose, comme ma grand-mère.

— Non, ce n'est pas bête du tout, répliqua-t-il gentiment. Rose… Elle était bien réelle, même si elle grandissait à un endroit où elle n'avait aucune chance de survie.

Elle n'en revenait pas qu'il la soutienne ainsi. Il avait même prononcé le prénom. Rose. Bizarrement, elle en ressentit un certain réconfort. Depuis quelques semaines, elle avait pris l'habitude de parler à son bébé et, oui, elle était persuadée que c'était une fille. Sans oser s'en ouvrir à quelqu'un.

— Addie, on doit parler des aspects pratiques, reprit Noah, plus sérieux.

Avant qu'elle ait eu le temps de réagir, il lui saisit la main. La sienne était chaude et forte. Rassurante.

— Nous pouvons garder l'embryon pour une cérémonie de funérailles, si tu le souhaites. Il faut l'envoyer en analyses, mais ensuite… On peut organiser quelque chose.

— Oui, oui, je le souhaite.

Quelque chose à quoi se raccrocher. Un endroit où pleurer son bébé, son rêve.

— Je ne te promets rien, mais je vais essayer de faire en sorte que ce soit possible, alors. En attendant, est-ce qu'on peut parler des résultats de l'opération ? Ou est-ce que tu préfères qu'on remette ça à plus tard ?

— Non, maintenant, murmura-t-elle. Dis-moi.

— J'ai dû retirer la trompe en entier, lui expliqua-t-il d'une voix douce mais professionnelle, exactement ce dont elle avait besoin. Elle était sectionnée, et même si j'avais réussi à la suturer, il existait de gros risques que des tissus embryonnaires microscopiques restent, ce qui aurait pu causer des problèmes à l'avenir. En revanche, l'autre trompe est parfaite. Parfaite, Addie…

— Mais ça n'assure pas…

— Non, ça ne signifie pas que, de façon sûre, tu retomberas enceinte, nous le savons tous les deux, termina-t-il à sa place. En revanche, une grossesse reste possible. Très possible. Donne-toi deux ou trois mois, le temps que ton corps se rétablisse, mais ensuite il n'y a pas de raison que tu n'essaies pas. Tu es obstétricienne, tu connais les chiffres mieux que moi, mais n'y pense pas trop pour l'instant. Repousse ça à plus tard et concentre-toi sur toi, sur tes besoins. Et repose-toi… Écoute ton corps, Addie. L'infirmière qui va venir va prendre le relais, mais si tu as besoin de moi, je reste joignable.

On frappa à la porte, et Henry passa la tête par l'entrebâillement. Il fallait qu'il soit vraiment inquiet pour abandonner sa partie de golf. Aussitôt, l'administrateur de l'hôpital vint la prendre dans ses bras.

— Je vous laisse, dit Noah. Mais pas plus de cinq minutes, Henry, elle doit se reposer.

— Il va falloir qu'elle se repose plusieurs mois, répliqua Henry, à la grande surprise d'Addie. Ça fait un moment qu'on le lui répète, mais elle n'a jamais pris plus qu'un long week-end. C'est Cliff qui m'a appelé, et je suis encore sous le choc. Oui, je sais qu'il est difficile de trouver du personnel de remplacement, ajouta-t-il comme pour prévenir ses arguments, mais vous n'avez pas le choix, Addie. Et puis, le Dr McPherson a montré qu'il était parfaitement capable d'assurer en attendant qu'on ait un remplaçant spécialiste en obstétrique. Vous, vous allez à Sydney ou n'importe où de votre choix, la Côte d'Or, la Grande Barrière de Corail, à votre guise, là où vous pourrez vous allonger au soleil pendant un mois ou deux, le temps que votre corps se remette.

— Un mois ou deux ! répéta-t-elle, horrifiée.

— Oui, plutôt deux, en fait. Si je calcule bien, l'hôpital vous doit neuf semaines de congé en retard, plus le congé maladie. Donc tout refus est exclu. Ma famille possède un appartement avec vue sur la Côte d'Or, si vous voulez. N'importe où sauf ici, vous êtes d'accord, docteur McPherson ?

— Oui, elle a besoin de repos, répondit Noah.

— Voilà, c'est décidé. Les infirmières sont en train d'organiser le planning, et Morvena contacte déjà des intérimaires. On n'a plus besoin de vous.

Que répondre à cela ?

3.

Deux mois plus tard.

Deux mois de pause avaient changé beaucoup de choses dans la vie d'Addie, mais elle était contente de rentrer à Currawong Bay. Durant toute sa convalescence, le personnel de l'hôpital, les mamans qu'elle avait accouchées et même des gens de la ville avaient pris de ses nouvelles. Currawong Bay, c'était sa maison, désormais.

Il y avait un hic, cependant : Noah McPherson serait toujours à la résidence des médecins. Comme il avait été présent lors de deux moments terribles de sa vie, sa présence la rendait… vulnérable. Pourtant, il s'était montré gentil. Et professionnel. C'était d'ailleurs la voie que devait prendre leur relation désormais. Elle lui avait envoyé un mot poli pour s'excuser encore une fois pour la gifle et le remercier pour son intervention médicale.

Au cours des deux mois écoulés, elle s'était surprise à penser à lui à l'occasion. Son attitude compatissante au mariage, qu'elle avait si élégamment récompensée… Son talent et sa gentillesse quand elle avait perdu le bébé.

Le contact de sa main.

Non, ce n'était pas professionnel, ce détail. La nouvelle Addie était entièrement professionnelle.

Elle déverrouilla la porte de la maison des praticiens et poussa sa valise à roulettes écarlate dans l'entrée. Ce bagage faisait partie intégrante de son nouveau look, c'était sa déclaration au monde entier qu'elle allait de l'avant. À l'instar de sa robe d'été couleur arc-en-ciel, ceinturée à la taille. Et de ses cheveux, à présent blond cendré avec des mèches améthyste qu'elle avait laissés libres. Et de ses immenses boucles d'oreilles améthyste aussi, de son collier et de ses toutes nouvelles lunettes à la monture argentée avec une touche d'améthyste.

Elle jeta un coup d'œil à son reflet dans le miroir au-dessus de la console et eut le plaisir d'approuver le résultat.

Ce fut à ce moment-là qu'elle aperçut Noah, et son intention de rester complètement professionnelle s'envola par la fenêtre. Les souvenirs de ce fichu mariage… De son deuil… Noah avait signé pour six mois, il lui en restait donc quatre ici. Il était peut-être temps qu'elle se cherche un appartement à elle. La praticité et la proximité de l'hôpital l'avaient convaincue de rester ici, mais il existait d'autres choix.

— Addie…

Il portait un chino avec une chemisette, et un stéthoscope était accroché à sa poche. Il avait les traits tirés, comme si la journée avait été longue. Effectivement, elle se rappelait que le mardi était consacré aux opérations, autrement dit une rude journée pour un chirurgien. Car les plannings ne prenaient pas en compte les imprévus et autres urgences.

— Salut, dit-elle.

Oui, il paraissait fatigué. Et aussi… il était beau.

— Ravi que tu sois de retour.

— Merci. Je suis contente aussi.

— Tu as l'air… bien.

Au temps pour tout l'argent dépensé dans sa transformation. Enfin, à quoi s'était-elle attendue ? Pendant sa convalescence, elle avait repris contact avec des amis de Sydney. Et le nom de Noah… avait surgi au détour d'une conversation. Apparemment, son mariage s'était terminé dans le vitriol. Était-ce pour cette raison qu'il avait tourné le dos à une carrière prometteuse pour venir à Currawong Bay ? À cause du chagrin ?

Elle revit en pensée l'ex-femme de Noah, Rebecca, qui était sublime même si elle était en fauteuil roulant. Alors, par comparaison, Addie savait qu'elle n'était effectivement pas mieux que bien.

— Oui, je suis en forme, répondit-elle enfin.

— Je peux t'aider avec tes bagages ?

Retour sur un terrain solide. Parfait.

— Non, pas la peine, répliqua-t-elle, traversant la pièce en poussant sa super valise en direction de sa chambre.

Un peu trop fort, hélas. Le bagage fila sur le parquet ciré et alla buter contre la bibliothèque, faisant basculer un vase qui tomba sur le sol.

— Je ne l'ai jamais aimé, ce vase..., commenta-t-elle après un instant de silence.

— Je suis sûr qu'on peut trouver quelque chose de plus joli en salle d'op, répondit Noah.

Addie se surprit à rire puis elle prit une inspiration.

— J'ai un aveu à te faire. On va devoir se débarrasser de quelques autres trucs ici. Comme ça, par exemple, ajouta-t-elle avec une grimace en direction du tapis.

— Le tapis ? Pourquoi ?

— J'ai peur qu'il ne soit un peu... rogné.

— Euh... Ah ! murmura Noah après un silence étonné.

— J'aurais dû te demander ton avis, je sais, reprit-elle trop vite, bafouillant un peu. Je sais aussi que le bail précise qu'on ne peut pas avoir d'animaux, mais je me suis dit que si j'appelais l'hôpital pour demander, Morvena allait piquer une crise. Alors que si je les mettais devant le fait accompli... Ils n'ont trouvé personne pour me remplacer, j'espère ?

— Seulement un vacataire, répondit-il, les sourcils froncés. Ils n'essaient pas de te remplacer.

— Je doute qu'ils y parviennent, de toute façon, commenta-t-elle, satisfaite. L'avantage pour nous, dans des coins aussi reculés, c'est qu'ils sont bien contents de nous trouver, alors, du coup, ils font des compromis.

— Comme avec moi.

Bizarre, cette remarque car, en réalité, Noah était surqualifié pour son poste. Mais à bien y regarder elle crut le voir sourire.

Oui, elle perçut une lueur amusée dans la profondeur de ses prunelles vertes, et elle ne put s'empêcher de sourire aussi.

— Bon, si tu veux bien, j'ai quelqu'un à te présenter. Tu es d'accord ?

Daisy était sans doute le chiot golden retriever le plus adorable que Noah ait jamais vu. Addie l'avait attachée sous la véranda, où ils la retrouvèrent entourée de gamelles, de joujoux et d'un panier pour chien. Et de résidents.

La véranda était l'endroit préféré des personnes âgées de la maison de retraite de l'hôpital. Elle surplombait la mer, tout en étant protégée du vent. Les grands fauteuils étaient donc souvent occupés par des vieilles personnes faisant leur sieste.

Pour l'instant, personne ne dormait. Un attroupement s'était formé autour de la petite boule de poils qui agitait la queue avec excitation et tirait sur sa laisse pour lécher les mains tendues vers elle.

La première pensée qui traversa Noah fut que Sophie adorerait Daisy, mais il la repoussa. Encore quatre mois à attendre.

Le groupe de résidents avait migré vers la partie privée de la véranda, et tout le monde s'extasiait. Bill Harrison, ancien fermier perclus d'arthrose, s'était même accroupi pour caresser la petite chienne.

— Quelle beauté ! s'exclama-t-il.

— Elle est mignonne, n'est-ce pas ?

Addie rayonnait quand elle s'agenouilla près de Bill. Aussitôt, Daisy entreprit de la lécher dans le cou, provoquant des gloussements en cascade.

— Je l'ai trouvée chez un éleveur de Sydney, expliqua-t-elle. Je me suis dit que vous pourriez tous m'aider à m'occuper d'elle.

— Nous ? intervint Ruby May Alderstone, institutrice à la retraite depuis longtemps, généralement recroquevillée par les rhumatismes.

Là, elle souriait et se penchait dans sa chaise roulante, la main tendue comme pour inviter Daisy à la rejoindre.

— Si vous le voulez bien, ajouta Addie.

Noah comprit alors pourquoi elle avait rapporté ce chiot.

Au fond, il ne connaissait pas vraiment Addie Blair. Ils avaient travaillé ensemble à quelques reprises à Sydney, quand elle était jeune obstétricienne et fiancée à l'un de ses collègues chirurgiens. Il l'avait trouvée timide et compétente. Et quelque peu ennuyeuse, car trop effacée. Un jugement accentué par le fait qu'elle était fiancée à Gavin.

Puis il l'avait vue à ce qui était censé être son mariage. Elle était superbe, ce jour-là. Mais bizarre, aussi. Comme si elle avait été habillée par des mains qui avaient transformé la véritable Addie en une sorte de caricature de poupée Barbie. Ensuite, elle l'avait giflé, et là, pour la première fois, il avait vu le feu couvant sous l'apparence introvertie.

Aujourd'hui, il constatait un changement en elle. Elle était revenue ragaillardie, pleine de fraîcheur et de dynamisme. Sa tenue n'avait rien à voir avec celle de l'Addie réservée qu'il avait connue. Ses vêtements, ses accessoires semblaient avoir été choisis avec soin. Bref, elle était magnifique et naturelle.

Pourtant, quand elle se tourna vers lui, Daisy dans les bras, il vit le chagrin encore présent dans son regard. Déguisé mais profond.

— Qu'est-ce que c'est que ça ?

Oh oh… Morvena Harris. L'infirmière en chef de l'hôpital. La soixantaine bien sonnée, elle ne parlait pas de retraite et gérait Currawong Bay avec une efficacité sans pitié. Le personnel la craignait mais la respectait.

Noah avait déjà eu maille à partir avec ses règles strictes au sujet des horaires de visites. Une jeune maman avait été opérée d'une appendicite et le seul moment où son mari fermier avait pu amener les enfants, c'était après la traite, soit tard le soir, au-delà donc des horaires officiels. Mais Morvena avait décrété que les enfants ne pouvaient aller voir leur mère, de crainte qu'ils ne fassent du bruit et ne dérangent les autres patients. Voyant la détresse de la petite famille, Noah était intervenu, et Morvena ne le lui avait toujours pas pardonné.

Pour ne rien arranger, Morvena était la belle-mère de Henry qui était dans ses petits souliers avec elle. D'où le pouvoir qu'elle avait à l'hôpital.

En cet instant, elle posait sur Daisy un regard noir. Puis elle se tourna vers Noah, qui n'eut pas le temps d'effacer son sourire. Grave erreur…

— Qui a fait entrer cet animal ici ?

— C'est moi, répondit Addie, adressant à Morvena un sourire enjoué. Bonjour, Morvena, je vous présente Daisy. Elle va vivre avec moi.

— Ah non pas question ! Les chiens sont très allergènes. Vous connaissez les règles, docteur Blair.

— J'ai déjà contacté des jeunes mamans qui ont proposé d'organiser un planning de promenades. Daisy ne posera pas de problème, on pourra la garder dans la cour derrière la résidence des médecins.

— Elle ne peut pas vivre sur la propriété de l'hôpital, rétorqua Morvena. Un point, c'est tout.

— Dans ce cas, je vais me chercher un autre appartement, répliqua Addie en hochant la tête.

Noah se demanda combien de prises de bec elle avait eues avec Morvena. Quelques-unes, au vu du regard belliqueux que lui renvoyait l'infirmière. En ce qui concernait Addie, il imaginait qu'il se cachait autre chose que du défi derrière sa détermination : elle redoutait qu'on lui arrache encore autre chose. Une drôle de sensation l'envahit. Irréfutable et inattaquable. Jusqu'à présent il n'avait pas réussi à faire grand-chose pour Addie mais, là, il pouvait intervenir.

— Daisy ne doit pas être confinée dans la cour de la résidence des médecins, dit-il. C'est un chien de compagnie, et elle doit vivre ici, avec les patients.

Comme si elle avait compris que son tour était venu d'intervenir, Daisy s'approcha du fauteuil roulant de Ruby, tournicota autour et tomba maladroitement en essayant de se dresser sur ses pattes arrière. Le groupe de résidents s'esclaffa, et deux infirmières de passage s'arrêtèrent.

— Quel non-sens. Les chiens de compagnie doivent être éduqués, et celui-ci…

— Elle est manifestement née pour ça, l'interrompit Noah. Vous devez savoir comme moi, Morvena, que les chiens ont un effet positif sur la dépression et l'anxiété chez les résidents de longue durée des maisons de retraite. Cela améliore les interactions sociales, diminue l'isolement, etc.

— Si nous voulions un chien de compagnie, nous nous en serions procuré un, avec un propriétaire accrédité.

— Et vous l'auriez payé comment ?

Voilà, il avait volontairement mis le doigt sur la corde sensible de Morvena.

— Sans compter que la brochure de l'établissement est erronée, ajouta-t-il. Il y est noté que les résidents bénéficient d'activités le matin et l'après-midi. Or si c'est bien le cas pour le matin avec les excursions et les jeux de Lorna, qu'en est-il des après-midi, Morvena ? Vous savez, on pourrait nous accuser de publicité mensongère.

Un silence choqué accueillit ses propos. Tout le monde retenait son souffle, et Addie le dévisageait, les yeux écarquillés. Apparemment, pareil toupet était inédit sous le règne de Morvena.

— Ben oui, on pourrait…, lança Bert Nanbor, un vétéran du Vietnam qui, privé d'une jambe, avait réussi à vivre seul jusqu'à ce qu'un accident de ferme le prive de la seconde quelques années plus tard. Moi, je suis venu ici à cause de cette fichue brochure et, depuis, je passe mes après-midi à m'ennuyer ferme. Quant aux allergies…, ajouta-t-il avec un ricanement. On est dehors, il y a suffisamment d'air pour les dissiper. Et puis, de toute façon, y a quelqu'un qui a des allergies, ici ?

Un chœur lui répondit par la négative. Les infirmières, derrière, riaient sous cape.

— Et on vous aidera à la dresser, docteur, ajouta Bert

à l'attention d'Addie. On vient presque tous de fermes, ici, on connaît les chiens.

Noah regarda l'expression d'Addie changer. Un sourire d'abord, puis un rire franc. Son visage était illuminé.

L'avait-il déjà vue ainsi ? Gavin lui avait raconté la mort de leurs pères respectifs qui travaillaient ensemble à la construction d'un pont qui s'était effondré. Gavin et Addie étaient bébés, à l'époque. Selon Gavin, ils avaient été élevés pratiquement ensemble, leurs mères unies par un chagrin commun. Et ils allaient se marier parce que la voie était toute tracée.

Noah avait perdu contact avec Addie après le mariage raté. Elle avait quitté l'hôpital sans faire de bruit, et lui était pris dans ses propres soucis.

En l'observant, maintenant, il se demandait s'il l'avait déjà vraiment regardée.

— Non, ce chien ne peut pas rester, répéta Morvena, intraitable. Ce sont les règles de l'hôpital.

L'expression heureuse d'Addie disparut, et Noah songea : *Non, personne n'effacera ce sourire. Pas si je peux l'empêcher.*

— Dans ce cas, changez le règlement, marmonna-t-il. Sinon, j'envoie une brochure à la Commission de la santé. Le Dr Blair propose que l'on utilise son chiot gratuitement pour compenser le manque d'activités l'après-midi. Soit on accepte, soit j'agis en conséquence.

— Vous n'oseriez pas…

— Et sinon quoi ? Vous allez me virer ? Henry va me virer ? Je ne suis là que pour quatre mois, il y a plein d'endroits où on m'accueillera volontiers, vous savez. De votre côté, si vous croulez sous les demandes d'embauche…

Pendant qu'ils parlaient, Daisy s'était approchée de la seule personne qui ne l'avait pas encore caressée : Morvena. Morvena qui portait des chaussures à lacets. Soigneusement noués. Daisy agita la queue, s'aplatit sur le sol et bondit.

Morvena hurla en levant le pied pour écarter Daisy, mais Noah fut plus rapide et il récupéra le chiot pour le ramener dans les bras d'Addie.

— Règle numéro 1, dit-il. Il nous faut un terrain de jeu fermé où seules entreront les personnes que cela ne dérange pas d'être léchées ou mordillées. Il faudra aussi qu'il soit accessible aux fauteuils roulants. Quelqu'un est doué pour la construction, ici ?

— Moi oui, avant, répondit Bert. Mais sans mes jambes…

— On a des tas d'outils adaptés aux personnes handicapées, mais personne ne s'en sert, intervint Morvena.

— Eh bien, quelle belle occasion pour les utiliser. Bert ? Bill ?

— Moi, j'adorais travailler le bois, intervint Ruby May. Ça fait des années que je n'ai pas tenu un marteau, mais je parie que j'y arriverai. Si les hommes font les choses qui nécessitent de la force, je serai contente de participer.

— Super…, commenta Noah, ravi. Transmettez-moi une liste de tout ce dont vous avez besoin, et je me propose de payer les frais.

— Vous travaillez le bois, Ruby May ? demanda Morvena. Pourquoi ne pas participer aux activités alors ?

— Le tricot, avec mon arthrite ? Le bingo ? Pff, vous participeriez, vous ?

— Alors, Morvena, on peut la garder ? demanda Bill.

Malgré elle, l'intendante esquissa un sourire. Elle s'avouait vaincue de bonne grâce, contre toute attente.

— Si quelqu'un est blessé, docteur Blair, vous en porterez la responsabilité.

— Nous la porterons ensemble, intervint Noah en adressant un sourire à Addie.

Et il surprit… Une larme ? Voilà qui en disait long sur sa fragilité. Elle n'était donc pas complètement remise. Ce constat lui occasionna un coup au cœur qui aurait pu s'apparenter à la compassion que l'on ressent pour un patient, mais c'était plus que cela.

De l'inquiétude pour une collègue ?

Plus que cela, aussi. Un besoin presque irrépressible de l'enlacer, de la serrer jusqu'à la disparition de cet air chagriné. Évidemment, il n'en était pas question.

— Addie, emmène Daisy pour lui montrer sa nouvelle maison, ajouta-t-il. Montre-lui ma chambre et dis-lui bien que si je la trouve sous ma couverture, j'annule tout. Bon, la liste… J'ai un peu de temps avant mes visites. S'il n'y a pas d'urgence, je peux filer à la droguerie du coin. Addie, tu peux garder le monstre sous contrôle d'ici là ?

— Pas de problème. Merci. Merci à tous.

— Tout particulièrement à Morvena, ajouta Noah avec un large sourire à l'attention de cette dernière, si bien qu'elle dut y répondre. Notre équipe médicale vient d'accueillir une nouvelle recrue.

Quand Morvena tourna les talons, un rire parcourut les rangs, mais qui se tut très vite. Les résidents avaient un projet et Noah les voyait tous impliqués dans sa mise en place.

Et Addie ? Elle souriait. Un sourire qui valait tout l'or du monde.

À 23 heures, il était épuisé, mais c'était de la bonne fatigue. Les rires et le plaisir des résidents qui l'avaient accompagné au magasin, l'excitation qui avait envahi la petite troupe, tout cela valait bien les efforts qu'il faisait. Il gagna la maison des médecins en traversant la véranda, un sourire toujours accroché aux lèvres. En ouvrant la porte, il découvrit une autre raison de se réjouir.

La cheminée était allumée, et Addie avait empilé des coussins sur le tapis pour s'y pelotonner avec la petite chienne. La lumière étant éteinte, son visage n'était éclairé que par les flammes.

Avec Daisy lovée dans le creux de son bras, elle avait l'air extrêmement paisible. Ni l'une ni l'autre ne bougea à son arrivée. Il resta un instant immobile à les observer, notant l'expression détendue d'Addie qui lui donnait un air si jeune et aussi… tellement vulnérable. Elle était belle.

Elle allait prendre froid si elle restait là et que le feu s'éteignait, songea-t-il, essayant de faire appel à des idées plus terre à terre. Après tout, elle était sa patiente. Et ne serait pas sa collègue avant lundi prochain, date à laquelle elle reprenait officiellement son poste.

Devait-il la réveiller ? La porter au lit ?

Il n'avait pas le cœur de la déranger. Alors il alla chercher une couverture bien moelleuse, en angora rose, et la déposa délicatement sur les deux endormies.

Addie cilla, ouvrit les yeux et le contempla. Sourit.

— Merci, chuchota-t-elle tandis qu'il la bordait.

Puis, comme dans un rêve, elle tendit la main pour lui caresser la joue, aussi douce qu'une plume.

— Tu es un homme bien, Noah McPherson. On te l'a déjà dit ?

Pas besoin de répondre, déjà elle refermait les paupières, souriant toujours. Alors il ressentit un besoin quasi irrépressible de se pencher pour l'embrasser. Juste pour lui souhaiter bonne nuit.

Mais il n'en fit rien. Jadis, son cœur avait été ouvert à la beauté, à la gentillesse, à l'amour. Aujourd'hui, il préférait reculer et se faire une promesse silencieuse : son cœur qu'il avait donné une fois était encore brisé, alors il n'était pas question de reprendre cette voie-là.

Quittant la pièce, il alla se coucher sans bruit.

4.

Addie passa les jours suivants à se remettre à jour côté travail. L'hôpital avait réussi à trouver un vacataire pendant son absence, mais le suivi des patientes souffrant de problèmes récurrents s'était relâché. Entre les rappels de frottis, les rendez-vous gynécologiques et la surveillance des femmes enceintes, il y avait de quoi faire. Assise à son bureau, Addie s'était attaquée aux dossiers avec méthode.

Sa vie semblait reprendre un cours normal, à la différence que sa petite Daisy y participait. La chienne était pareille à un jouet à piles qui n'aurait pas de bouton *off*. Elle se réveillait à l'aube, courait partout, mâchonnait chaussettes, chaussures, pieds de chaises, orteils… Tout ce qui passait à sa portée.

Chaque matin, elle geignait devant la porte fermée de la chambre de Noah, en vain car, même si Addie la lui avait ouverte, ce dernier quittait la maison très tôt, pour courir ou faire du kayak. Le premier matin après son retour, elle l'avait aperçu sur la plage en sortant Daisy. Il courait comme un fou, à croire qu'il avait des démons à ses trousses.

Elle en savait tellement peu sur lui. Il avait été le patron de Gavin, d'ailleurs elle avait été surprise que ce dernier lui demande d'être son témoin car ils n'avaient pas semblé très proches. Enfin, Gavin était assez solitaire. Ou du moins le croyait-elle à l'époque. En fait, il avait tout un côté caché qu'elle ignorait.

Quant à Noah, même s'il ne portait plus son alliance, elle savait qu'il avait été marié à Rebecca, mais où était-elle désormais ? Les potins de l'hôpital n'auraient pas manqué de l'informer si elle était morte.

Quoi qu'il en soit, ce n'était pas ses affaires.

Une certaine routine s'installait. Tous les matins, Addie jouait avec le chiot dans le jardin, et quand Noah rentrait de son sport, Daisy était fatiguée. Il prenait donc son petit déjeuner à la table de la cuisine, la chienne pelotonnée sur ses genoux. Et tous les matins, Addie pensait… qu'il venait de courir, que sa peau était encore humide de la douche et qu'il était…

Mais elle se refusait ce genre de pensées.

Après le petit déjeuner, elle prenait Daisy dans ses bras et la portait jusqu'à son bureau où cette dernière dormait sagement jusqu'à l'heure de la promenade dans la véranda. Où les résidents construisaient un terrain de jeux pour la chienne. En attendant, on la tenait en laisse, mais tout le monde s'amusait.

Parfois, Noah venait entre deux opérations ou pendant ses pauses afin de s'assurer que tout se passait bien.

Malgré elle, Addie ne pouvait s'empêcher de se demander ce qu'il faisait là. Un remplacement de six mois ? Il pouvait travailler dans n'importe quelle ville d'Australie à un poste bien plus important.

Était-ce une fuite, comme pour elle, qui était venue se réfugier ici après la débâcle de son mariage avorté et la mort de sa mère ? Pour échapper à tout ce qui lui rappelait la douleur ?

Au fil des jours, elle se surprit à repenser beaucoup à cette époque d'avant son mariage. À Noah. À cette femme qui était son épouse alors. Rebecca était réceptionniste à mi-temps à l'hôpital Sydney Central, où Addie l'avait croisée, ainsi que dans les quelques soirées de pré-cérémonie organisées par Gavin. Elle lui avait fait l'effet d'une personne sûre d'elle, belle mais égoïste, ayant souvent recours à la manipulation pour obtenir ce qu'elle souhaitait, et Addie connaissait l'opinion qu'elle avait d'une femme médecin sans qualités physiques particulières. À ses yeux, mieux valait être femme de chirurgien.

Par ailleurs, étant donné son attitude, souvent hautaine et autoritaire, envers Noah, Addie ne voyait pas pourquoi le fait de mettre un terme à pareil mariage le rendrait triste. Mais c'était son opinion, personne ne savait vraiment ce qui se passait au sein d'un couple. Noah semblait avoir tout pour lui, et pourtant, en l'observant dans la véranda, qui jouait avec Daisy et aidait les vieux à monter un portail… Elle voyait des ombres.

Sans doute le vide qu'avait laissé Rebecca.

Elle essaya de reporter son attention sur ses dossiers, mais son regard dérivait régulièrement vers lui. Noah.

Selon Noah, Addie avait redonné vie à l'hôpital. Et ce n'était pas seulement grâce à son idée de ramener un chiot. Pendant qu'elle était absente, il avait bien senti qu'elle manquait aux gens, qu'ils éprouvaient pour elle une affection sincère. Maintenant, à la regarder évoluer dans l'hôpital, prendre le temps de discuter avec tous ceux qui en avaient envie même s'ils n'étaient pas ses patients, on aurait dit que les lieux avaient retrouvé quelque chose de précieux.

Le vendredi soir, il la croisa alors qu'elle sortait de la chambre d'Edith Oddie, une vieille dame qu'il avait opérée d'une occlusion œsophagique mais que le cancer était en train de tuer. Si Noah avait réussi à réparer l'obstruction, des métastases apparaissaient un peu partout. Ces derniers jours, elle était presque comateuse mais, alors qu'Addie émergeait de la chambre de cette dernière avec un monticule agité caché sous son immense gilet, il eut la surprise d'entendre un rire rauque en provenance de l'intérieur.

— Je plaide non coupable, votre honneur…, lança Addie en levant sur lui un sourire penaud.

— Ne portes-tu donc pas un chiot sous ce magnifique gilet ?

— Trois dollars à la friperie, dit-elle en tourbillonnant telle une enfant en robe de princesse. Tu aimes ?

— Très joli. Surtout ces trous de mites, à la dernière mode apparemment.

— Oui, j'ai décidé de changer de look.

— Je m'en suis rendu compte, effectivement.

Le visage d'Addie perdit son air amusé.

— Ah, c'est donc si évident ?

— Tout le monde en parle : le relooking d'Addie.

— Je devais agir pour retrouver ma joie de vivre, expliqua-t-elle, sur un ton qu'il trouva défensif. Un relooking et une Daisy, que faut-il de plus à une fille ?

Un bébé, songea-t-il. Même s'il ne le dit pas tout haut, le mot sembla rester suspendu entre eux.

— Ne prends pas cet air peiné, je vais bien, ajouta-t-elle.

Il sourit et repoussa un besoin très embarrassant de la toucher. De la prendre dans ses bras.

— Je suis contente d'avoir réussi à faire rire Edith avant… C'est pour bientôt, non ?

— Un jour ou deux, dit-il tristement.

— Brian va avoir le cœur brisé. Tu sais qu'ils sont mariés depuis cinquante ans ? Quand on pense que je n'ai même pas atteint un jour, moi.

Elle haussa les épaules en affichant un sourire probablement forcé. Autant répondre avec le même effort d'insouciance.

— Et moi, presque cinq ans jusqu'au divorce.

— Je suis désolée. Pour Rebecca et toi.

— Oh ! ne t'en fais pas, répliqua-t-il sans cacher son amertume. On n'aurait jamais dû…

Il s'interrompit, sidéré de s'ouvrir sur un sujet aussi personnel. Heureusement, Addie ne parut pas remarquer sa gêne. Du moins, elle n'en montra rien. Sa main libre vint lui effleurer la joue.

— En amour, on ne peut jamais dire jamais, dit-elle gentiment. Regarde, c'est comme Daisy et moi : le coup de foudre, ajouta-t-elle en rougissant.

— Comme Gavin et toi aussi ?

— Alors c'était quand j'avais deux ans, répliqua-t-elle, avec un sourire qui lui indiqua qu'elle s'était remise de l'épisode Gavin. Mon jugement n'était sans doute pas très fiable. D'après ma mère, il a offert de partager sa sucette avec moi et, hop, j'étais conquise.

— Un héros…

— Et pour Rebecca et toi ?

— Je conduisais une voiture de sport.

Il tenta d'adopter le ton de la plaisanterie, et malgré le vide de ses mots, Addie sourit.

— Sucette et voiture de sport, les deux mamelles d'une union réussie !

Ils prirent la direction de la résidence des médecins et, d'un geste complice, elle passa un bras dans le creux du sien. Son attitude surprit Noah, jusqu'à ce qu'il aperçoive Morvena qui approchait. À cet instant, il comprit que le contact entre Addie et lui permettait à cette dernière de cacher son volume suspect.

Par chance, Daisy ne s'agita pas, et ils croisèrent Morvena avec un « bonsoir » poli. Mais ensuite… Elle laissa son bras, et il ne retira pas le sien non plus. C'était… C'était…

— Je dois te demander un service, reprit Addie, interrompant le cours dangereux de ses pensées.

— Oui ? dit-il, prudent.

— Ne t'inquiète pas, je ne compte pas me décharger de mes patients pour partir en virée. Non. Tu avais parlé de ce que je souhaitais faire pour le bébé… et je t'en remercie car dans la plupart des hôpitaux…

Noah comprenait mieux son besoin de réconfort tactile, tout à coup.

— Oui, je t'avais promis que si c'était possible… Et ça l'est. D'où le mail que je me suis permis de t'envoyer pendant ta convalescence.

— Merci encore, répliqua-t-elle d'une voix un peu brisée. Tu as dit qu'on pouvait l'enterrer ou bien que tu pouvais organiser sa crémation, et c'est ce que j'ai accepté. M. Rowlins m'a apporté les cendres ce matin, dans une minuscule boîte ornée d'une rose. Je suppose que c'était aussi ton idée ? Je te rembourserai, bien sûr, mais sache que je te suis énormément reconnaissante.

— C'est normal, tu n'as pas à me payer.

— Si, si, reprit-elle fermement. Mais maintenant… Je me demandais… Noah, il y a un endroit où Currawong Bay forme une crique. Je m'y asseyais souvent pour lui parler quand j'ai découvert que j'étais enceinte. J'aimerais répandre ses cendres là-bas. Et j'ai pensé…

— Si je voulais t'accompagner ?

Pour des funérailles, se raccrocher à quelqu'un était compréhensible. Mais pourquoi lui ?

— Addie, tu n'as personne d'autre ?

— Tu étais là pour moi, répondit-elle simplement. Et tu as tout tenté. Alors oui, j'ai des amis, mais ils risquent… de pleurer, or je n'ai plus de larmes à verser, tu comprends ?

Oui, il comprenait qu'elle avait besoin de quelqu'un pour rendre le vide moins… vide. Sans avoir à partager ses émotions. Cela, il savait le faire.

— D'accord, répondit-il. Maintenant, si tu veux.

— Maintenant ?

— Le soleil ne se couchera pas avant une bonne heure, et j'ai terminé ma journée. Tu veux qu'on y aille ?

— Je pense, oui, dit-elle après une profonde inspiration. Oui, Noah. Tu peux m'attendre, le temps que j'aille demander à Heidi si elle peut s'occuper de Daisy pour la soirée ?

— OK, retrouvons-nous dans dix minutes dans la véranda.

— Très bien, c'est… gentil.

Currawong Bay, vaste étendue d'eau couleur saphir à marée haute, et magnifique rocaille parsemée de mini-piscines et de sable brillant quand la mer se retirait… Il suffisait de parcourir cent mètres à partir d'un parking pour trouver le calme dans les dunes. Avec pareil espace de plage, peu de gens s'aventuraient plus loin.

La journée étant superbe, beaucoup de gamins étaient là

avec leurs parents, jouant dans les flaques, mangeant des *fish and chips* ou savourant simplement la beauté du paysage. À cinq minutes de marche, la plage était bien moins peuplée. Quelques promeneurs de chiens qui jetaient des bâtons dans les vagues, des pêcheurs qui posaient leurs lignes pour une nuit pleine d'espoir…

À quinze minutes du parking, il n'y avait plus personne. Noah était venu courir ici au cours des deux mois écoulés, pas certain qu'une telle débauche d'énergie l'aide vraiment à oublier son attente interminable, mais cela ne pouvait pas faire de mal. À présent, il connaissait le chemin par cœur et devinait déjà où Addie l'emmenait. La minuscule crique au bout du chemin.

À deux cents mètres de la plage, la paroi s'élevait à pic, et la mer s'écrasait contre des rochers arrondis par le ressac au cours des millénaires. Une cascade coulait le long de la falaise, haute d'environ cinquante mètres. À cette époque de l'année, le débit réduit formait un petit torrent continu. Des fougères s'accrochaient paresseusement au-dessus de l'eau, et une mousse douce recouvrait les roches.

— Tu connais les lieux, dit Addie alors qu'ils atteignaient le bord de l'eau.

— Ça fait partie de mon circuit de footing préféré.

— Ce qui explique que le sentier soit aussi praticable… J'y viens me baigner, ajouta-t-elle. Quand je peux.

— Moi aussi.

— Tout nu ? demanda-t-elle, tout sourires.

— Pourquoi pas ? Il n'y a jamais personne.

— Sauf que, maintenant, tu connais mon secret. Finies les baignades toute nue pendant les quatre mois à venir.

— Quatre mois ?

— C'est bien quand tu dois partir, non ?

— Exact.

Partir, c'était un moindre mal. Mais il refusait de penser au reste pour le moment.

— Cela dit, c'est dommage de se priver d'une baignade dans le plus simple appareil, ajouta-t-il. Et si on portait une clochette, comme les lépreux, histoire d'avertir l'autre qu'on approche ?

— Je ne suis pas sûre qu'on trouve encore des clochettes à lépreux.

— Je vais en commander pour la pharmacie de l'hôpital dès qu'on rentre.

— Tu imagines la réaction des bureaucrates de Canberra quand ils vont recevoir ce genre de requête ? Ils seraient capables de mettre tout de suite la baie en quarantaine.

Ils éclatèrent de rire.

— Bon, d'accord, oublions la lèpre, dit-il d'un air faussement sérieux. Voyons… Peut-être un cri de ralliement quand on atteint le dernier virage ?

Il baissa les yeux vers les mains d'Addie, et la boîte qu'elle serrait contre elle.

— Addie, tu veux que je te laisse ? Ou que je te tienne la main pendant que tu prononces quelques mots ? Que je reste là sans rien dire ? Que je m'éclipse un instant ?

— Non. Si tu pouvais juste… rester là. Noah, je n'aurais pas dû te le demander, mais…

— C'est un privilège d'être ici, l'interrompit-il.

Puis il se recula et s'assit sur un rocher à quelques mètres. Pour lui donner un peu d'espace tout en étant là en cas de besoin.

Le moment était venu. Ou pas. Addie baissa les yeux vers l'eau. Elle sentait le poids de la boîte dans ses mains qui n'était rien en comparaison du chagrin qui alourdissait son cœur.

Noah s'était éloigné un peu pour lui laisser de l'intimité. Elle avait cru vouloir cet instant, mais maintenant qu'elle y était… Noah ou pas, elle ne s'était jamais sentie aussi seule.

— Je ne suis pas sûre d'y arriver, chuchota-t-elle.

— Tu n'es pas obligée, répondit-il d'une voix si douce qu'elle eut l'impression d'un écho de son propre cœur. Addie, rien ne t'y oblige. Si tu ressens le besoin de conserver les cendres de ta fille auprès de toi, fais-le.

— J'ai besoin de la laisser partir.

— Dans ce cas, tu as tout le temps.

Fermant les yeux, elle laissa vagabonder ses pensées. Et elle s'entendit parler.

— Tu sais que mon père est mort quand j'avais deux ans ?

Elle ne savait pas si elle s'adressait à Noah ou à elle-même.

— Gavin me l'avait raconté.

— Et sais-tu à quel point ma mère est devenue dépendante ensuite ? Elle me répétait : « Si tu n'étais pas là, je me tuerais. Je veux rejoindre ton père. » Dire une chose pareille à un enfant… Chaque fois que je la décevais, elle disait : « Si je suis encore là, c'est à cause de toi. » Je l'aimais et je suis sûre qu'elle m'aimait, seulement… un enfant ne devrait pas subir ce genre de pressions.

— Non, murmura Noah.

Il ne lui posait pas de questions, et elle pouvait continuer à laisser errer ses pensées. Elle ne voyait plus ce qui l'entourait, juste le vide de son passé. Elle avait besoin d'en parler. Pourquoi ? Pourquoi devant lui ? Elle l'ignorait.

— Après le fiasco avec Gavin, après le chagrin de maman à cause de notre mariage manqué, sa maladie, sa mort, je me suis fait une promesse : jamais je ne dépendrais de personne comme ça. Mieux, je ne laisserais personne dépendre de moi.

— Et puis ?

Sa question, si délicate, l'incita à continuer. Sans pression.

— J'ai quitté mon travail, ce dont tu es au courant. En fait, je pense que maman était plus déçue que moi. C'était comme si elle avait repoussé le cancer jusqu'au mariage et, quand ça a raté, son état s'est rapidement dégradé.

— Ne te sens pas obligée de me raconter.

— J'en ai envie. Bizarre, non ? Tu t'es trouvé à mes côtés lors des deux pires épreuves de ma vie, et, maintenant… J'ai l'impression de n'avoir plus de secrets.

Elle ne savait pas si elle parlait à Noah, mais d'une façon inexplicable, sa présence puissante, tel un roc derrière elle, la rassurait.

— Après la mort de maman, j'ai eu du mal à me retrouver.

J'avais été si occupée, prise entre le travail et les soins que je lui prodiguais, et, soudain, plus rien. Un matin, je me suis réveillée en songeant que ce serait merveilleux d'aimer sans… dépendance…

— Les enfants sont plutôt dépendants, commenta-t-il.

— Oui, mais pas pour toujours. En tant que médecin, j'ai vu beaucoup de mamans avec des bébés ou des enfants plus ou moins jeunes, et je devine l'amour absolu. Mais il y a autre chose : les bons parents aiment leurs enfants, certes, mais, en même temps, ils les accompagnent dans leur propre vie, ils leur apprennent à devenir libres. C'est ce que je veux faire. Du moins, ce que je voulais faire.

Elle resserra son étreinte sur la petite boîte.

— Alors, tu as décidé d'avoir un bébé.

— Oui, murmura-t-elle. Mais comment ? L'idée de sortir avec un homme ne me plaisait pas. Après Gavin… Je le connaissais si bien. Tu recommencerais, toi ?

— Je suppose que non.

Elle perçut la sécheresse de sa voix et comprit. Rebecca.

— Pardon, je ne devrais pas…

— Ne t'excuse pas. Addie, il s'agit de toi, pour l'instant. Raconte-moi.

Elle se tourna pour le gratifier d'un regard reconnaissant avant de reporter son attention sur l'eau.

— Étant obstétricienne, j'ai des amis qui… Bref, j'ai pu passer en tête de liste pour bénéficier d'un don de sperme. Mais ça ne fonctionnait pas. À cause de l'endométriose, disaient-ils, ajouta-t-elle avec un haussement d'épaules. Donc j'ai pensé à prendre un poste ici, à la campagne, loin de tout, et on a décidé de continuer à essayer. Ensuite, je suis passée aux FIV. Cet entêtement m'a conduit à tellement de tentatives.

— Parce que tu voulais vraiment ce bébé.

— Oui. Et voilà ce qu'il en reste : un minuscule tas de cendres que je dois laisser partir maintenant. Je peux le faire. J'ai une vie à Currawong Bay, un travail que j'adore, une communauté qui a besoin de moi. Une adorable chienne, une vie où je ne dépends de personne et où, hormis du point de vue professionnel, nul ne dépend de moi. Je peux être heureuse.

— J'en suis certain. Alors, fais-le. Fais-le avec amour.

Après ces mots prononcés avec une immense douceur, Noah redevint silencieux, sentinelle muette derrière elle.

Un pigeon roucoulait dans les arbres au-dessus de sa tête… Comme une berceuse. L'eau venait remplir la mare à ses pieds, et un tapis de nénuphars dansaient dans le faible courant. C'était le bon endroit, le bon moment.

D'éparpiller ses rêves ?

Noah, même silencieux, faisait le lien entre son passé et son avenir. Elle était contente de lui avoir demandé de l'accompagner, finalement.

Elle décrocha l'attache de la boîte, si jolie qu'elle pourrait la garder comme un trésor. Noah y avait-il pensé ? Mais le moment n'était pas bien choisi pour penser à lui, même si elle restait consciente de sa présence. Solide. Rassurante.

Bizarrement, il semblait comprendre.

Elle souleva le petit sachet contenant les cendres et le tint longtemps. Pendant dix semaines, elle avait été follement heureuse : sa fille était bel et bien réelle.

Elle attendit que sa paume réchauffe le petit sachet puis elle versa les cendres qui s'envolèrent lentement et disparurent parmi les nénuphars. Une grenouille sauta, l'eau se plissa et retrouva son calme.

Puis plus rien.

Mais, soudain, Noah fut là, s'asseyant en silence à son côté. Épaule contre épaule. Elle n'avait pas envie d'étreinte ou d'émotions, mais le contact léger de son corps contre le sien était… nécessaire.

— Merci, Noah. On rentre à la maison ?

— C'est ici, ta maison ?

Elle songea à la plage, à l'hôpital, à ses collègues et aux résidents qui s'occupaient de Daisy, à ses patients. Même l'effrayante Morvena…

Elle se retourna vers l'eau. Les cendres avaient été absorbées par ce lieu paisible.

— Oui, c'est ici chez moi. Je le sais. Et toi, Noah, où est-ce chez toi ?

Une ombre passa sur son visage qu'elle ne comprit pas. Déjà, il se relevait et lui tendait la main pour l'aider, pour qu'elle ne glisse pas sur la mousse. Que cachait-il ?

— Qui sait ? répondit-il enfin. Pour encore quatre mois, c'est ici. Chez moi, c'est… où je suis.

5.

Ce fut un peu dur de retourner à l'hôpital comme si de rien n'était, mais la médecine a le don de remplir les espaces même quand on ne le voudrait pas. Ainsi, Noah passa une heure à suturer la jambe d'un enfant de huit ans victime d'une vilaine morsure de chien. Puis une demi-heure à rassurer ses parents au bord de l'hystérie — non, il ne garderait pas de cicatrices permanentes. Suite à quoi il dut témoigner auprès de la police locale, rapport qui servirait à régler le cas de ce chien, laissé en liberté sur la plage où jouait l'enfant.

Enfin, il passa voir Edith Oddie qui déclinait très vite. Mais le chiot l'avait fait rire, lui assura son mari, les larmes aux yeux.

Le cœur lourd, Noah retourna à la résidence des médecins. Il revoyait la main d'Edith dans celle de son époux toujours aimant. Après tant d'années, tout cet amour. Certaines personnes y parvenaient.

Il se secoua. Non, pas d'implication émotionnelle. Il n'avait pas le temps pour cela. Quatre mois et il serait parti, quoi qu'il arrive. Il poussa la porte d'entrée, fort de cette décision…

Et l'oublia sur-le-champ. Addie avait allumé le feu et était assise devant, une Daisy endormie sur ses genoux.

— Mme Rowbotham, la femme de ménage, a laissé des lasagnes au four. Et puis du vin, si tu veux venir partager mon feu.

Noah hésita. La nuit qui tombait. Le feu. Une belle femme. Il n'était pas sûr de savoir gérer pareille intimité. Mais enfin, après tout, il était de repos à compter de ce soir, et ne serait appelé qu'en cas d'extrême urgence. Il pouvait bien boire un verre de vin. Alors, pourquoi hésitait-il ? C'était bête.

Il prépara donc son dîner puis alla s'installer dans le fauteuil près du feu aussi. Addie lui tendit un verre de vin avant de se rallonger devant la cheminée avec sa chienne.

— Merci, pour aujourd'hui.

— Pas besoin de me remercier, répliqua-t-il d'un ton brusque. C'était un privilège.

Il mangea en silence, rapporta son assiette à la cuisine et se demanda s'il valait mieux aller se coucher ou la rejoindre. Revenant près du feu, il contempla le fauteuil, les coussins au sol et puis, sans réfléchir, il s'assit par terre, à côté d'Addie.

Cette femme était sa collègue, il n'avait aucune envie de se rapprocher d'elle. Pas plus que d'une autre femme, d'ailleurs. Mais dans la journée, il y avait eu du chagrin et du courage, et il trouvait déplacé de finir la soirée par un « bonsoir » sec avant de l'abandonner à ses pensées.

À sa solitude ?

Il remplit à nouveau son verre et caressa les oreilles de la chienne, toujours sur les genoux d'Addie. On aurait presque cru une scène… Euh… Non, ne pas s'engager sur ce chemin. Cessant ses caresses, il se recula un peu. Il pourrait retourner dans le fauteuil, mais il venait juste de s'asseoir et elle risquait de penser…

Le silence n'était brisé que par le craquement des bûches. Et l'atmosphère semblait pleine de sérénité.

— Tu vas réessayer d'avoir un bébé ? s'entendit-il demander.

Il n'en revenait pas de poser cette question. Pourtant, Addie continuait à fixer les flammes, en caressant Daisy d'une main, son verre dans l'autre, et ne paraisssait pas choquée. Comme si, ce soir, les limites étaient repoussées. Oubliées ?

Le chagrin avait cet effet-là.

Noah revit le visage d'Addie quand elle avait laissé s'envoler les cendres, et il songea à sa propre fille. Qui n'avait pas été désirée mais l'était maintenant. Sophie.

Non, elle n'est pas ta fille.

— Je ne sais pas, répondit-elle enfin, et il se rendit compte qu'elle l'observait. Avec mon endométriose et les FIV… J'ai fait tellement d'allers-retours à Sydney, subi tellement d'échecs… Tout ça pour ça…

— Il n'y a pas de raisons que ça échoue encore.

— Tu n'en sais rien. Mon endométriose est toujours là, et il m'a fallu plus de deux ans la première fois, alors je ne suis pas sûre de pouvoir supporter ça à nouveau.

— Tu es une femme forte, Addie Blair.

— La force, ça ne fait pas tout. Et puis, je pense que c'est une illusion. Les gens te disent que tu es forte parce que tu ne t'effondres pas mais, ce qu'ils ignorent, c'est que tu t'effondres à l'intérieur.

— C'est ce que tu ressens en ce moment ?

— Que je suis remplie de quelque chose de brisé ? J'ai ressenti ça il y a deux mois. J'ai tenu bon, j'ai recollé, mais c'est comme de la porcelaine cassée. Qu'est-ce qu'on dit ? Que ce qui ne nous tue pas nous rend plus fort ? Je ne suis pas d'accord. Ça nous rend juste plus à même de recoller les morceaux. Les dégâts restent là.

— Et ça fait mal.

— Oui, ça fait mal, répéta-elle doucement. Donc, non, je ne pense pas que j'aurai le courage de recommencer. Je me contenterai de ce petit bout, ajouta-t-elle en se penchant pour enfouir le visage dans la fourrure de Daisy.

Puis elle releva la tête, et ses yeux plongèrent dans les siens. Et quelque chose changea.

— Maintenant, parle-moi de toi, Noah. Tu comprends mon chagrin comme personne. C'est peut-être pour ça que je t'ai demandé de m'accompagner, cet après-midi. Certes, je savais que tu ne m'abreuverais pas des platitudes habituelles, mais dès le diagnostic de la grossesse extra-utérine, j'ai vu ce chagrin se refléter en toi. Noah, ce ne sont peut-être pas mes affaires, mais si tu veux m'en parler…

Voulait-il lui en parler ? Il n'avait jamais rien dit à personne. Hormis cette explosion dans le bureau de son avocat, quand le chagrin et la colère étaient montés telle une éruption à l'annonce des dernières exigences de Rebecca. Et de son ultimatum.

— Je n'en parle pas, dit-il.

— Je comprends, tu es un homme. C'est tellement plus masculin de tout garder pour soi.

— Oui, contrairement à toi qui es allée raconter à tout le monde que tu faisais des FIV…

— Touchée…, dit-elle avec un sourire contrit, en lui prenant son verre pour le poser avec le sien sur le sol. Mais je t'en ai parlé, maintenant, et tu sais, ça aide. Ça fait du bien.

Depuis quand les discussions résolvaient-elles les problèmes ? Les menaces de Rebecca resteraient suspendues au-dessus de sa tête. Pourtant, Addie le contemplait d'un air doux, elle attendait. Avec… Confiance ?

Les flammes scintillaient sur son visage. La chaleur, le vin… Cette femme… Pouvait-il lui faire confiance ?

— Rebecca et moi… On ne faisait pas un super couple, dit-il.

Puis il n'ajouta rien pendant un long moment et Addie non plus. Elle lui laissait le temps. Alors le besoin de s'ouvrir devint presque irrépressible. Pourquoi ? En cinq longues années, il n'avait jamais rien dit. Ce soir, il avait l'impression que les choses avaient changé.

Alors il parla.

— Rebecca était… Bon, tu l'as rencontrée. Dans ses bons jours, elle est presque irrésistible.

— Ah oui ?

Il tourna la tête et, percevant la lueur amusée dans ses yeux, sourit à son tour.

— OK, c'est l'homme qui s'exprime, là. N'empêche… Depuis le début de l'école de médecine, j'avais la tête dans le guidon. Comme j'avais contracté de gros emprunts étudiants, je travaillais la nuit pour les rembourser. J'ai eu une relation ou deux, mais qui ont pâti de mon manque d'investissement très vite. Même après mon diplôme de chirurgien généraliste, je ne me suis pas calmé. Comme j'étais d'une ambition folle, je suis parti au Royaume-Uni pour poursuivre ma formation, puis j'ai postulé au Sydney Central. C'était un poste à responsabilités, et j'étais stressé. Le premier jour, j'ai rencontré Beck.

— Je n'ai jamais vu ses côtés charmants, commenta Addie, et il nota la sécheresse du ton.

Pas étonnant, Rebecca n'avait pas dû se fatiguer à exercer son charme sur Addie. Il devait lui expliquer.

— Elle peut être adorable, mais c'est tout en surface, reprit-il. À l'époque, j'étais toujours à fond dans le travail et j'ai eu l'impression d'émerger dans un autre monde en faisant sa connaissance car elle était pétillante, drôle et très, très belle. J'étais trop bête pour voir qu'elle n'était intéressée que par la sécurité financière et le prestige de ma profession. Avec le temps, je l'aurais compris, mais je n'en ai pas eu, du temps. On ne sortait ensemble que depuis quelques semaines quand elle a eu son accident.

Il s'interrompit. Ne devrait-il pas se taire à présent ?

— Tu veux m'expliquer ce qui s'est passé ? demanda Addie.

Se taire n'était plus une option, maintenant. Il ferma les yeux, envahi par le souvenir du cauchemar.

— On était sortis dîner avec de nouveaux collègues, et elle s'était comportée de manière charmante, mais dès qu'on est entrés dans la voiture, elle a changé. Disant que la soirée avait été ennuyeuse, qu'elle voulait aller en boîte de nuit pour s'amuser un peu. Il était 1 heure du matin et comme je devais prendre le travail à 8 heures, j'ai refusé et elle a piqué une crise. Et quand Beck faisait un caprice… Au bout du compte, elle a essayé de me gifler.

— Décidément, tu attires les coups, murmura Addie.

Il se surprit à sourire. La pression refluait.

— Bref, j'ai été distrait. Il pleuvait, la route était glissante. J'ai pris un virage trop vite et, quand j'ai heurté le trottoir, la voiture a basculé. Beck, qui n'avait pas attaché sa ceinture, a été éjectée.

— Oh ! Noah… Paraplégie ? Je ne sais pas très bien, personne n'a jamais rien dit.

— Rebecca non plus, répliqua-t-il en se rappelant le choc,

le diagnostic, la bataille pour la convaincre d'aller en rééducation. Elle a eu la colonne brisée au niveau de la quatrième vertèbre, mais il s'agit d'une paraplégie incomplète, avec la persistance d'une sensibilité et d'une motricité volontaire. Sauf qu'elle s'était installée dans son rôle de victime. Je sais que ça paraît rude de le dire comme ça, pourtant c'est vrai. La rééducation a été difficile. Les physios lui demandaient de faire des mouvements douloureux, or elle n'est pas du genre à faire ce dont elle n'a pas envie. Un mois après l'accident, elle s'était inventé un rôle : la fiancée du médecin, brisée par la négligence et la stupidité de ce même médecin. Clouée sur son fauteuil, culpabilisante à vie, qui pouvait donc tout exiger.

— Oh ! Noah…

— Elle pouvait marcher, pourtant. Personne ne le sait, mais s'il y a quelque chose qu'elle veut, elle est capable de se lever pour l'attraper. Enfin, peu importe. Elle a souffert, et les chances qu'elle remarche sans boiter sont faibles, or une femme qui boîte, ça ne correspond pas à l'image que Beck désire donner. Elle adore son travail à temps partiel à l'hôpital de Sydney, être la belle réceptionniste dans son fauteuil roulant, trois demi-journées de ragots au vitriol, d'informations qu'elle peut utiliser contre qui lui chante. Le reste du temps, elle le passe en massages, salons de beauté, longs déjeuners etc. Et puis, il y a Sophie, sa fille.

Il s'interrompit en entendant la colère et l'amertume dans sa voix, ce qu'il avait tenté de contenir toutes ces années.

— Sophie ? s'étonna Addie. J'ignorais que Rebecca avait une enfant.

— Comme tout le monde, répondit-il d'un ton morne. Mais pendant le séjour de Rebecca à l'hôpital, je me suis retrouvé aux manettes. Elle s'est éloignée depuis longtemps de sa famille qui vit au Canada, donc comme elle n'a personne, l'hôpital a fini par me noter comme plus proche parent. Ils m'ont donné son téléphone, et pendant qu'elle était assommée par les antidouleurs, j'ai essayé de joindre des amis, de la famille et, un jour, j'ai reçu un appel des services d'aide à l'enfance. Ils m'ont appris qu'elle avait une fille de onze mois, Sophie.

— Elle ne t'en avait jamais parlé ?

— Elle l'avait tout simplement éliminée de sa vie. D'après ce que j'ai découvert, deux ans avant notre rencontre elle sortait avec un type bourré de fric mais sans scrupule. Elle a cru que tomber enceinte l'obligerait à l'épouser, ou du moins à lui fournir un soutien financier très important. Sauf que le père, qui avait encore moins de moralité que Rebecca elle-même, est parti à l'étranger quand il était trop tard pour interrompre la grossesse et, ensuite, Sophie est née avec le syndrome de Down.

— Oh non !

— Ne te fais pas trop de soucis pour Rebecca, dit-il avec rudesse, la colère l'emportant désormais. Les Rebecca de ce monde passent vite à autre chose. Elle voulait se débarrasser de la petite, mais l'adoption était rendue difficile parce qu'elle avait mis le nom du père sur le certificat de naissance et que personne ne parvenait pas à le joindre. Tout un tas de tracas que Rebecca refusait de s'infliger... Alors Sophie a été placée en famille d'accueil. C'est à ce moment-là que je suis apparu dans le paysage. Bref, les services sociaux m'annonçant que suite à un drame survenu dans la famille d'accueil, celle-ci ne pouvait pas la garder, je me suis senti responsable, et quand Rebecca a émergé, j'étais à son chevet, avec une adorable fillette dans mes bras. Elle m'avait déjà conquis sans le moindre effort. Puis quand les services sociaux sont venus, Rebecca s'est accrochée à moi en expliquant que tout allait bien, qu'on formait une famille et que j'allais l'épouser.

— Tu ne lui avais même pas fait de demande ?

— Pas besoin. Enfin, tu connais l'histoire : le riche médecin ayant brisé la vie d'une femme chargée de famille, totalement dépendante, il fallait donc assumer les conséquences de mes actes. En plus, ajouta-t-il avec un sourire, j'étais bel et bien tombé amoureux. Mais pas de Rebecca, de Sophie.

— Ta petite fille.

— Qui ne l'est pas. À l'instant où elle a quitté l'hôpital,

Rebecca a exigé que Sophie retourne en famille d'accueil. Pour être honnête, ce n'était pas insensé. Beck avait déjà fort à faire avec sa rééducation, moi entre l'école de médecine et ses soins, j'étais endetté jusqu'au cou. Je devais donc reprendre le travail et trouver un appartement adapté pour Rebecca. Bref, je n'avais pas les moyens de payer une nounou. On est donc tombés d'accord pour une solution temporaire. Mais très vite, je me suis rendu compte que j'étais le seul à me soucier de la suite. Régulièrement, je ramenais Sophie à la maison, mais Beck s'en fichait, elle ne voulait rien avoir à faire avec elle. Je n'avais pas le droit de la mentionner, c'était comme si elle n'existait pas. Elle ne lui avait servi que pour me contraindre au mariage.

— Quel enfer…

— Exactement. J'aurais dû partir depuis longtemps, mais je continuais à me sentir responsable et puis, si je la quittais, je ne verrais plus Sophie.

Il se souvenait des jours où il allait la chercher au parc, sa petite main dans la sienne, ses sourires, son visage qui s'éclairait quand il lui tendait les bras.

— Et après, il s'est passé quoi ?

— On a vécu comme ça jusqu'à l'an dernier. Un mariage qui n'en était pas un… La nouvelle famille d'accueil de Sophie s'est avérée adorable. Je la voyais chaque fois que possible, mais pour le reste, je me noyais dans le travail. Et puis les parents d'accueil se sont faits trop vieux, ils ont décidé de laisser Sophie à la fin de l'année. Elle allait encore devoir changer de famille. J'ai vu rouge face à la réaction de Rebecca.

Il secoua la tête au souvenir de son « et alors ».

— Je lui ai annoncé que je demandais à adopter la petite, ajouta-t-il.

— Bien… Je crois…

— On a eu la dispute du siècle. Mais au bout du compte elle a accepté. Du moins, je l'ai cru. Elle m'a donné les coordonnées du père biologique de Sophie et a signé les formulaires permettant aux autorités de le contacter. Il a signé les dispenses, et tout semblait en bonne voie mais, non, en fait Rebecca gagnait juste du temps. Elle a refusé que je prenne Sophie à la maison tant que la demande officielle n'était pas validée. Sans autorité parentale, j'ai dû m'y plier. Alors je me suis replongé dans le travail en attendant. Pendant ce temps, Rebecca fomentait un autre plan.

— Un autre plan ? demanda Addie, mais il eut l'impression, au ton de sa voix, qu'elle avait deviné la suite.

— J'étais à une conférence à Denver quand elle me l'a dit. Par téléphone. Elle était soûle, hilare. Triomphante… Apparemment, elle avait rencontré quelqu'un, qu'elle décrit comme l'homme parfait, de vingt ans son aîné, riche à millions, et elle demandait le divorce.

— Oh ! Noah…

— En rentrant à la maison, je m'attendais à ce qu'elle ait déménagé, mais elle était là, sur le banc de la cuisine, à boire du vin. Elle revenait du salon de beauté, et elle voulait m'annoncer qu'elle demandait les deux tiers de mes biens, ce qu'elle méritait après ce que je lui avais fait. En plus, elle avait notifié notre séparation aux services d'aide à l'enfance, et l'adoption était annulée.

Jamais il ne s'était senti aussi écœuré, aussi impuissant. Des sensations qui remontaient à la surface aujourd'hui.

— Mais si tu voulais… Pourquoi t'en empêcher ?

Il dut se forcer à poursuivre tant sa gorge était serrée. Il était allé trop loin pour se taire maintenant.

— Elle transpirait la haine. Elle a prétendu que si j'adoptais cette « mutante », comme elle l'appelait, un jour, je reviendrais dans sa vie et dirais à tout le monde qu'elle était d'elle. J'ai promis de déménager, d'emmener Sophie vivre dans une autre ville, mais elle ne voulait rien entendre. Elle m'a menacé, si je tentais quoi que ce soit, d'utiliser son passeport canadien pour l'abandonner n'importe où sans me le dire.

Addie l'observait, paraissant sidérée. Pas étonnant, lui-même n'en revenait pas d'avoir partagé ce qu'il n'avait jamais révélé à personne. Il avait écarté le chagrin, remplacé par la colère, la rage. Maintenant, il se sentait à vif. Et sur le visage d'Addie il voyait se refléter les mêmes sentiments.

— Et voilà, conclut-il. Je suis parti et je ne l'ai pas revue depuis. Et Sophie non plus.

— Elle est où ? chuchota Addie. Elle est où maintenant ?

— Toujours avec ses parents d'accueil qui l'adorent. C'est un réconfort, même petit. Étant donné la confusion qui règne, ils ont accepté de la garder douze mois supplémentaires. Ils sont merveilleux, mais ils sont âgés, et Harold a des problèmes cardiaques, Sophie risque donc de leur être retirée à tout moment. Pendant cinq ans, j'ai joué avec elle, je l'ai aimée… Et maintenant, je n'ai plus le droit de m'approcher d'elle. Rebecca ne veut pas d'elle, mais elle refuse que je la voie et, légalement, je n'ai aucun droit. Les travailleurs sociaux ont l'air de mon côté, mais eux aussi sont pieds et poings liés. J'ai consulté des avocats, relancé une demande d'adoption. La cour prendra sa décision dans quatre mois, et je me battrai jusqu'au bout mais, en attendant, je ne peux pas l'approcher. C'est pourquoi je suis ici, mais je ne supporte pas d'être aussi proche et de ne pas pouvoir la voir.

— Je ne comprends toujours pas pourquoi elle t'interdit de la voir…

— Ce n'est pas logique, mais ça fait peut-être partie du châtiment qu'elle veut m'infliger pour la perte de ses jambes. Plus probablement, l'homme qui est dans sa vie actuellement n'est pas au courant de l'existence de Sophie, et même si je lui promets de ne rien dire, elle ne me croira pas. Les promesses, ça ne signifie rien, pour Rebecca. Je ne veux pas prendre le risque qu'elle l'emmène Dieu sait où, rien que par vengeance.

— Pauvre Noah…

Il haussa les épaules, résigné.

— Je vais rester ici jusqu'au jugement. Si je l'emporte, je retourne à Sydney. Sinon, je déposerai un appel ou au moins un droit de visite. Et si rien de tout ça ne marche, il y a un programme neurologique à Londres qui me tiendra occupé. Mais je suis désolé de t'avoir raconté tout ça.

— Noah, tu as le droit de t'ouvrir à une amie, murmura-t-elle et, avant qu'il ait le temps de l'imaginer, elle se pencha et lui prit le visage entre ses mains. Bien sûr que tu as le droit.

Le silence tomba. À côté d'eux, le feu craquait, et Daisy avait glissé sur le tapis. Soudain, Noah remarqua une minuscule ligne entre les yeux d'Addie. Elle s'inquiétait. Non, ce n'était pas juste qu'elle s'inquiète pour lui. C'était son chagrin à lui.

— Noah, non.

Elle se pencha encore, un tout petit peu. Juste assez. Et elle attira son visage vers elle et l'embrassa.

C'était censé être juste un bisou de réconfort.

Cela n'était pas censé être un baiser du tout.

Addie n'avait ni l'intention ni le désir d'embrasser qui que ce soit. Et surtout pas Noah, un collègue, un homme qui l'avait vue en des instants de grande vulnérabilité.

Un homme qu'elle avait utilisé pour sa force et qui n'avait pas besoin d'un baiser, même de réconfort.

Sauf que ce baiser, elle ne l'avait pas prévu. C'était une réaction instinctive, presque animale, à la douleur. Il s'était produit avant qu'elle prenne conscience de ce que faisait son corps. Sa bouche.

Et c'était arrivé. Quand sa bouche effleura celle de Noah, il leva les mains. Pour la repousser ? Non, il lui prit le visage aussi et l'effleurement devint…

Un baiser.

Et plus rien ne compta que cet instant.

Il n'y avait plus que Noah.

L'espace de cet instant d'aveuglement, tout changea. La seconde d'avant, ils étaient devant le feu, collègues, peut-être même amis, mais un homme et une femme qui ne se connaissaient pas très bien. Un homme et une femme qui avaient souffert et pris conscience de la douleur de l'autre.

Cependant, il n'y avait pas de chagrin, là. Pas dans ce cocon de chaleur, de feu de cheminée et de vin. Pas dans le contact de leurs bouches, ni dans la façon dont Noah avait posé les paumes sur ses joues.

Surtout pas dans la réaction de son corps à elle.

Elle avait envie… De lui ?

Impossible de le savoir, car elle était incapable de réfléchir. En tout cas, elle avait besoin de le toucher, qu'il la touche. De son corps à lui.

Et il ressentait la même chose, elle le savait aussi sûrement que la nuit suivait le jour. Son baiser s'approfondissait, et elle se sentait se noyer dedans.

Elle voulait plonger, prendre de lui ce dont elle avait besoin, lui donner ce dont il avait besoin aussi. La solitude, le chagrin, la tristesse des mois, non, des années écoulées, venaient de fondre. Il ne restait plus que Noah, sa bouche sur la sienne, ses mains agréables qui l'attiraient plus près.

— Addie… Addie, on ne devrait pas…

Sa voix était un chuchotement saccadé, rauque de désir.

— On a le droit, murmura-t-elle. Noah, là tout de suite, on a besoin l'un de l'autre.

Les mots n'avaient plus leur place, maintenant, car quelque chose de plus vaste, de plus grand qu'eux avait pris le relais. Le désir était monté à un point tel qu'il ne pouvait plus être nié.

Tout à coup, elle se sentit devenir une femme qu'elle ne connaissait pas. Elle n'était plus la fille responsable qui s'occupait de tout le monde. Là, en ce moment… au diable les conséquences.

Daisy bougea, et Noah interrompit leur étreinte pour contempler la jeune chienne. Avec un sourire… Tendre, aimant, tout ce dont Addie avait toujours rêvé.

Sauf qu'il s'adressait à l'animal couché près du feu. Pas à elle.

Puis il se leva et la souleva dans ses bras, elle, Addie, pour la serrer fort. Presque farouchement. Et le sourire était toujours là. Pour elle, cette fois ?

Ni l'un ni l'autre n'eut besoin de préciser ses intentions. Ils savaient.

— Tu es sûre ? murmura-t-il tout de même.

— Je suis sûre.

— Je n'ai pas… Merde, Addie, je n'ai même pas de préservatifs ! Je pourrais… La pharmacie de l'hôpital…

Et s'interrompre maintenant ? Pour filer à la pharmacie fermée à clés et voir s'ils y trouvaient ce dont ils avaient besoin ? Et tout ça pour quoi ? Si elle n'avait pas été autant immergée dans le désir, elle aurait pu en rire.

— Je te rappelle que j'ai une endométriose et un passif d'incapacité à la conception. Don de sperme : échec. FIV : échec. En plus, mes cycles n'ont pas encore repris. Oui, je sais que ça peut arriver quand même. Mais on doit pouvoir prendre le risque, non ?

— On ne devrait pas…

Mais elle l'entendit dans sa voix : lui aussi en avait envie, il en avait autant besoin qu'elle.

— Je sais. Mais nous sommes deux adultes consentants. Pour une fois dans notre vie, soyons irresponsables.

Il pouffa.

— D'accord. Ton lit ou le mien ?

Sa voix était rauque de désir.

— Pourquoi pas les deux ? répliqua-t-elle. L'un après l'autre…

6.

Des geignements réveillèrent Addie aux petites heures du jour. Ils étaient dans le lit de Noah, elle collée en cuillère contre lui, comme dans un cocon, baignée dans un demi-sommeil et le plaisir. Et le bonheur ? En tout cas, cela y ressemblait.

Dehors, il faisait encore sombre, et la chienne gémissait au pied du lit. Noah pouffa en comprenant la source du problème puis il déposa dans son cou un baiser délicat et tendre.

— Le devoir m'appelle, murmura-t-il en se levant.

— Reviens-moi vite…

Elle n'en revenait pas que ces mots soient sortis de sa bouche.

— N'en doute jamais.

Elle perçut le sourire dans sa voix, un sourire qui la fit fondre. Puis il sortit, ayant pris Daisy dans ses bras au passage. Elle l'entendit ouvrir puis refermer le réfrigérateur tout en murmurant quelque chose à la chienne.

Puis il revint et se glissa sous les couvertures, nu comme un ver. Le contact de sa peau contre la sienne était à la fois extraordinairement érotique et merveilleux. Il l'attira contre lui.

— C'est réglé, lui murmura-t-il à l'oreille. Plus ou moins.

— Plus ou moins ?

— Il se peut qu'on ait quelques flaques à éponger plus tard, mais j'ai décidé que ça pouvait attendre. Tout peut attendre.

Sa bouche lui chatouillait agréablement l'oreille. Tandis que ses lèvres s'étiraient en un sourire, elle se tourna face à lui, plaquée à son torse, les bras passés autour de lui.

— Oui, nous avons des choses plus urgentes à faire…

Des choses qu'elle entreprit sur-le-champ. Avec diligence. Avec moult rires. Avec amour ?

Le matin arriva, car il arrivait toujours même quand on essayait de le repousser de toutes ses forces.

Le matin et, avec lui, la réalité.

Addie se réveilla, toujours enchâssée dans la chaleur et l'incroyable sensation de ne faire qu'un avec cet homme dont le corps était pelotonné contre elle. Comme si elle était sur une île, dans un sanctuaire, un endroit où le temps s'était arrêté. Il n'y avait qu'eux deux et elle se sentait… aimée ? Le mot s'était insinué dans son cœur, à l'aube.

Mais voilà, le matin était là, et Noah sentit le changement, elle en était sûre. Il percevait tout. Il fut éveillé à la seconde où elle bougea et posa sur elle des yeux inquiets.

— Addie…

— Qu'est-ce qu'on a fait ? chuchota-t-elle.

— On s'est comportés comme deux adolescents, le sexe en plus ? suggéra-t-il avec ce sourire qui la faisait fondre. Et maintenant, on se rappelle ce que nous disait le professeur de biologie.

— Qu'on ne couche jamais avec quelqu'un sans avoir effectué les tests idoines, acheva-t-elle, souriant malgré elle.

— Et qu'ensuite, on prend toutes les mesures, allant du latex au mur de brique, pour éviter toute grossesse.

Le sourire de Noah s'effaça peu à peu.

— Je ne me tracasserais pas trop, à ta place, dit-elle avec une touche d'amertume qu'elle ne parvint pas à masquer. Côté santé, je suis clean. Quant au risque de grossesse…

— Je suis clean aussi, mais, Addie…

Elle comprenait. Avec son passif, la trahison de Rebecca, pas étonnant qu'il soit soucieux. Vraiment, ils avaient été stupides et irresponsables.

— Il y a toujours la pilule du lendemain, par sécurité, ajouta-t-elle avec un soupir.

Il lui posa une main sur la taille et ce simple contact…

— Addie, c'était une nuit géniale. On pourrait peut-être…

— Non, non, Noah, ne te laisse pas envahir par la culpabilité. On était tous les deux vulnérables d'un point de vue émotionnel, en plus on avait bu du vin et on avait tous les deux besoin de ça. En tout cas, moi oui. Et j'ai adoré, ajouta-t-elle avec un soupir. Je dois admettre que je n'ai jamais eu d'aventure d'une nuit, mais je sais comment c'est. Pas d'engagement puis on passe à autre chose, et tu sais quoi ? C'était merveilleux. Fabuleux. Mais c'est terminé, et Daisy doit avoir faim.

— Tu veux vraiment qu'on fasse comme si rien ne s'était passé ?

— Hum… Je dois…

— J'ai donné à manger à Daisy à 3 heures du matin, elle peut attendre encore un peu.

— Noah ?

— Oui ?

Dis-le. Dis que tu ne veux pas.

Peut-être pouvait-elle attendre un peu, s'autoriser à être heureuse encore une fois ? Une dernière fois ?

Deux heures plus tard, le téléphone sonna. Un fermier local s'était blessé et arrivait pour une opération. Cliff était déjà en route pour l'anesthésie, et on attendait Noah. Après s'être douché, il vint lui déposer un bref baiser sur les lèvres.

— Désolé de te laisser avec les pipis à nettoyer, chérie.

Puis il disparut.

Et Addie resta seule avec sa confusion. Ses remords ?

La sérénité.

Oui, surtout une agréable sérénité. Malgré la tristesse que l'histoire de Noah lui avait inspirée, la nuit écoulée semblait avoir installé une sensation profonde en elle. Cette relation n'irait pas plus loin, elle le savait. Ni l'un ni l'autre ne le souhaitait. Mais ils avaient été là tous les deux au bon endroit et au bon moment pour se réconforter mutuellement.

N'ayant pas d'urgence pour sa part, elle s'accorda le temps d'émerger et de se doucher tranquillement. Son univers l'attendait, avec ses jeunes mamans et leurs bébés, les femmes avec leurs problèmes gynécologiques, le monde tel qu'elle le connaissait. Pourtant, son monde avait changé.

Pourquoi ?

Parce qu'elle se sentait… femme. Elle s'était sentie aimée.

Elle n'était pas amoureuse, aussi fou que cela paraisse, car, après tout, elle ne le connaissait pas beaucoup, cet homme.

Pourtant, ils avaient fait l'amour. Une expression qu'elle avait souvent entendue, notamment prononcée par des adolescentes tombées enceintes par hasard : « On n'a fait l'amour qu'une fois, docteur, je ne pensais pas… » Elle non plus n'avait pas réfléchi. Elle n'aurait jamais cru pouvoir être aussi irresponsable.

Mais cela dit, il avait fallu quatre FIV avant qu'elle tombe enceinte. Les risques étaient donc…

Ils n'étaient pas nuls. Elle avait proposé de prendre la pilule du lendemain, le bon sens voulait qu'elle couvre toute éventualité. Le moment était venu de se montrer sensé.

Elle s'habilla et prit son petit déjeuner avant de sortir Daisy sous la véranda. Les amis de la chienne n'étaient pas encore sortis, mais celle-ci s'amusa à courir de-ci de-là, mâchonnant le paillasson avec fougue, avant de revenir vers Addie, de repartir au galop, tombant à la renverse dans sa précipitation.

Quelle délicieuse matinée.

Pourtant, le voyage à la pharmacie attendait, Addie hésitait. Étant donné le peu de risques de tomber enceinte, est-ce que cela en valait la peine ? Ou alors, est-ce qu'au fond elle voulait tomber enceinte ? Non, c'était de la folie ne serait-ce que de l'envisager, après le chagrin trop récent qu'elle avait vécu. Pourtant, si par quelque miracle…

Machinalement, elle porta ses mains à son ventre. À quoi pensait-elle ? Que risquait-elle ? Non, décidément, cela ne tournait pas rond dans sa tête.

Le problème, c'était de ne pas savoir ce qu'elle risquait exactement. Un nouveau désastre ? Non, Noah lui-même qualifierait sa réaction d'exagérée.

Noah.

Enfin, elle savait ce qu'elle devait faire.

*
* *

Ce samedi-là, il faisait un temps magnifique, et les locaux et les touristes en profitaient au maximum, d'où une matinée très chargée pour Noah.

Deux gamins qui s'étaient télescopés sur leur planche de surf : un nez cassé avec fracture de la pommette, une clavicule disloquée.

Un papa qui voulait montrer son nouveau cerf-volant chinois à ses enfants, sans imaginer la puissance de son jouet : cinq points de suture à la joue.

Il y avait eu aussi un trentenaire ramené de la plage qui, faisant du jet-ski ivre, avait heurté un banc de sable : trois côtes et un fémur cassés.

À la fin de l'après-midi, il était épuisé, mais il rentrait à la résidence des médecins avec un plaisir sans mélange, songeant déjà au repas qu'il allait partager avec Addie.

Hélas, elle n'était pas là. Daisy ne lui sauta pas dessus non plus quand il ouvrit la porte, et il ne vit pas son panier au coin de la cheminée. Aucun joujou ne traînait non plus.

La porte de la chambre d'Addie était ouverte, son lit débarrassé des draps, les couvertures soigneusement pliées, l'armoire vidée.

Son ventre se noua. Elle s'était enfuie ? À cause de lui ?

Elle avait paru heureuse, pourtant. Il aurait pu en jurer.

Les souvenirs de la nuit passée étaient partout autour de lui. D'accord, cela avait été une folie, spontanée et idiote et… merveilleuse. Il s'était senti comme… jamais.

Il n'aurait pas dû s'en aller. Il aurait dû rester, ce matin, et discuter.

Maintenant, elle était partie. Une réaction suscitée par la peur. Elle avait cru quoi ? Qu'il allait lui sauter dessus ? La forcer à quelque chose ? Dépasser les limites qu'ils avaient eux-mêmes fixées ?

Planté au milieu de la chambre vide, il avait la nausée.

Enfin, il fit demi-tour pour retourner au salon. Et découvrir un mot sur le manteau de la cheminée. Il le saisit d'une main tremblante.

Cher Noah,

Ou devrais-je dire « Noah chéri » après la nuit dernière ?

C'était vraiment génial, non ? Exactement ce dont j'avais envie et besoin et, oui, j'ai adoré. Mais bon, on s'est emballés ! On a fait l'amour comme deux adolescents incontrôlables. Je n'en reviens pas qu'on ait été aussi bêtes.

Pour être honnête, je ne regrette rien. Une nuit de sexe débridé, sans promesses de lendemain, une sorte de point de départ pour que chacun puisse passer à autre chose…

Car on a besoin d'avancer, Noah. Tous les deux. Et s'attacher l'un à l'autre ne nous aidera pas. Il te reste quatre mois avant de recevoir une réponse pour Sophie et prendre la décision qui s'imposera.

De mon côté, je dois retrouver mon rôle à l'hôpital et dans cette communauté. Or j'ai compris ce matin que je ne pourrai pas être concentrée sur ma tâche si je continue à partager une maison avec toi. Il s'est passé quelque chose la nuit dernière qui m'a fait perdre toute maîtrise de moi. Ce qu'on a partagé…

Bref, l'idée de recommencer m'effraie, je dois bien l'avouer, alors je prends les devants pour éviter ça.

J'ai loué un cottage. C'est un tout petit truc à deux rues de l'hôpital, trois minutes à pied, entièrement meublé. C'est confortable et avec une vue spectaculaire sur la baie. J'avais songé à le louer à mon arrivée ici, mais on m'a proposé la maison des médecins, alors… Les propriétaires sont ravis que je le prenne pour quatre mois, avec une option pour plus longtemps si je m'y plais. Et je soupçonne que j'aimerai.

Voilà, Daisy et moi y sommes installées. Quant à toi, Noah, tu as une résidence superbe où passer ces quatre mois.

On se croisera comme collègues et, je l'espère, aussi comme amis. Il faudra juste qu'on maîtrise nos mains et nos corps.

Ne t'inquiète pas pour moi, je suis bien plus heureuse

aujourd'hui que je ne l'étais hier. Cette nuit avec toi a chassé les fantômes, alors merci.

En revanche, il y a un point dont je voudrais discuter avec toi, mais pas au téléphone. Tu accepterais de venir dîner d'un fish and chips à la maison ? Sans vin !

Si tu ne peux pas, aucun souci, je te verrai demain matin, car j'aimerais autant que ce soit fait rapidement.

Addie.

Il continua à fixer le papier un long moment. C'était un mot sensé, destiné à lui donner bonne conscience.

Si elle s'était ouverte à lui de ses intentions, il aurait proposé de partir lui-même, mais, apparemment elle avait déjà un lieu en tête.

Il balaya du regard la maison propre et vide. Il se sentait… perdu. Triste.

Non, le terme n'était pas adéquat. Une nuit de sexe ne tissait pas une relation.

Addie se montrait raisonnable, et il devait en faire autant.

Elle voulait lui parler.

Dîner chez elle. Sur le papier, c'était une bonne idée. Ils devaient devenir amis. Rien de plus. Elle avait fait en sorte que cela se passe facilement.

Si c'est tout ce que tu peux avoir…, chuchota une voix dans un coin de sa tête qu'il fit taire aussitôt.

Pourquoi voulait-elle lui parler ?

Il sortit son téléphone et trouva dans la liste fournie par l'hôpital le numéro d'Addie. Elle décrocha à la seconde sonnerie.

— Noah ? répondit-elle d'une voix hésitante. Salut…

Profonde inspiration. Il fallait garder les choses au stade qu'elle avait instauré : l'amitié.

— Alors, comment est la maison ? demanda-t-il.

— Super. On est bien installées, c'est entièrement meublé, et tu devrais voir la vue. Noah, il faut que je te parle…

— Je peux être dans une demi-heure devant chez toi. Et tu as raison, pas de vin, ajouta-t-il sur le ton de la plaisanterie.

Même pas une bière. Tu as pris une décision raisonnable, Addie, je suis tout à fait d'accord. *Fish and chips* sur les marches et puis chacun rentre chez soi.

— Apporte le *fish and chips*, je fournis l'eau pétillante.

— OK, j'enfile ma chemise, mes chaussures et j'arrive.

Oui, décidément, il devait admettre que c'était elle qui avait raison. Plus de situation ambigüe entre eux. Juste de l'amitié.

7.

Le cottage était simple, avec une chambre, une cuisine ouverte sur la pièce de vie et une salle de bains basique, le tout bâti pour loger un couple de personnes âgées qui venaient pêcher ici de temps à autre. Étant désormais trop vieux, ils ne pouvaient plus faire le trajet depuis Sydney, mais ils conservaient la maison dans l'espoir que leurs enfants très occupés aient un jour l'envie ou le temps de l'utiliser. Ils payaient des gens pour faire le ménage et l'entretien et n'aimaient pas l'idée de la louer pour de courtes périodes à des touristes.

Le cottage jouissait d'une magnifique cheminée et, à l'arrière de la demeure, d'une pelouse qui descendait presque jusqu'à la mer. Sans parler de la vue, à couper le souffle.

Addie était justement assise sur les marches et elle admirait les rayons du soleil couchant se reflétant sur l'océan.

Daisy, après avoir exploré et reniflé chaque coin et recoin de la maison, s'était endormie dans son panier. Et Addie attendait. Elle attendait Noah.

Son ami, se rappela-t-elle. Rien de plus.

Puis, tout à coup, il arriva, ouvrit le portail en souriant et elle pensa : *Il est là, le problème. Ce sourire…*

— Je comprends pourquoi tu as déménagé, dit-il en se tournant vers le magnifique spectacle.

— J'espère que tu comprends.

Elle se déplaça pour lui laisser la place de s'asseoir à côté d'elle et déposer son paquet odorant entre eux. Elle avait apporté des verres et de l'eau gazeuse, ainsi qu'une poignée de serviettes en papier.

— Voilà, le dîner est prêt, annonça-t-elle, satisfaite.

Ils mangèrent en silence, mais pas à cause d'une quelconque tension. Au contraire, même. Ce qui s'était passé entre eux aurait dû créer des attentes, des inquiétudes et, oui, une attirance physique, ce qui était peut-être le cas, d'ailleurs, pourtant ici, en cet instant, tout était dissipé. Il ne restait que cette paix, cette sérénité.

Quand ils se furent délectés du poisson et des frites, les meilleurs du monde selon Addie, Noah exhiba une boîte de glace. Elle était repue, mais la gourmandise l'emporta lorsqu'elle vit le chocolat comme elle l'aimait, noir et crémeux.

Elle se servit, consciente du regard de Noah sur elle et de la tension sexuelle qui n'avait pas disparu entre eux.

Une fois la glace terminée, elle annonça qu'elle allait préparer du thé.

— Avec tout ce que j'ai mangé, je vais me traîner plutôt que marcher jusqu'à la cuisine, commenta-t-elle.

Il se mit à rire, et elle aima ce son. Tout allait bien se passer. Ils commençaient à se comporter en amis. Il suffirait ensuite de se souhaiter bonne nuit et de rentrer.

Mais avant, il y avait un impératif.

Fallait-il vraiment qu'elle demande ? Oui. Pourtant, elle n'en avait pas envie. Son cœur lui hurlait de se taire, tandis que sa tête la sommait d'être raisonnable. La nuit dernière, son cœur avait gagné, il était temps que sa tête lui dicte sa conduite, à présent.

Le soleil était couché, et un croissant de lune montait au-dessus de l'horizon. Elle apercevait même l'étoile du berger.

— Noah, je ne t'ai pas demandé de venir uniquement pour le *fish and chips*.

— Tu sais, je l'avais deviné, répondit-il avec un sourire.

— Ce que je voulais te dire… Ce qui est arrivé entre nous, la nuit dernière… On a perdu le contrôle et, pour être honnête, ma réaction te concernant me terrifie. C'est pour ça que j'ai déménagé. Ni toi ni moi ne sommes partants pour une relation. Toi, tu dois te focaliser sur ta bataille pour récupérer Sophie et moi… je commence juste à me reconstruire.

— Je comprends. Je me suis senti mal toute la journée, mais maintenant que je vois cet endroit… je comprends.

— Ce n'est pas tout.

Comment se forcer à dire la suite ?

— Ah non ?

— Non. Ce matin… Je suis allée à la pharmacie pour acheter la pilule du lendemain. Je t'avais promis de la prendre. La promesse tient toujours si tu le souhaites. Mais je voulais te demander… si tu accepterais de reconsidérer…

Puis elle sortit le cachet de la poche de son jean pour le poser sur la marche entre eux.

Un silence s'ensuivit. Un très, très long silence qui s'étira entre eux assez longtemps pour que d'autres étoiles apparaissent dans le ciel. Ils étaient assis sur la marche du milieu, entourés par les reliefs de leur dîner. Et un petit emballage carré en aluminium.

Qu'avait-elle proposé à Noah ?

Une infime possibilité. Une vague chance très lointaine.

— Noah, j'ai conscience que ce n'est pas juste, reprit-elle avec effort. Après tout ce que tu as traversé avec Rebecca, la façon dont tu as été manipulé, tu n'as pas besoin que je fasse pareil. Je devrais prendre cette pilule et passer à autre chose, pourtant… Je n'y arrive pas. Pas sans… te poser la question.

— Tu veux être enceinte ?

— Oui.

— Tu plaisantes ? poursuivit-il, son ton passant du choc à l'incrédulité. Tu avais tout prévu ?

— Bien sûr que non ! Tu dois bien le savoir.

Un instant, elle crut qu'il allait se lever et partir. Son regard était indéchiffrable. Elle se rappela le jour où elle l'avait giflé, alors qu'elle était hors d'elle, à l'image de Noah maintenant. Mais ce soir, pas de gifle. Juste le silence, encore et encore, tandis qu'il réfléchissait.

Enfin, il hocha la tête. Son air incrédule disparut, comme

si sa version des événements de la veille avait finalement été acceptée.

— Oui, je sais.

L'univers d'Addie reprit un peu de sa normalité.

— On avait tous les deux…

— … Le même besoin, termina-t-il à sa place d'un ton plus pondéré. Donc si la nuit dernière aboutit à une grossesse, tu l'accepteras ?

Addie se surprit à trembler. Elle devait se reprendre, s'expliquer.

— Après la grossesse extra-utérine, après tellement de tentatives de FIV, tant d'échecs, je croyais être passée à autre chose. Ma chienne, mon nouveau look, tout ça était censé marquer le début de ma nouvelle vie… C'est seulement ce matin, en regardant ce cachet, que j'ai pensé : qu'est-ce que je fais ? La possibilité que je sois enceinte est si infime que c'en est presque risible, mais anéantir cette infime chance… Je me suis dit : et si j'étais enceinte ? Et ça a été comme un rayon de lumière.

Il la dévisageait comme un potentiel avenir dont elle venait de multiplier par mille la complexité.

— Mais je serais le père, commenta-t-il d'une voix blanche.

— Oui.

Elle y avait réfléchi toute la journée. À présent, elle devait trouver le moyen d'exprimer correctement le résultat de ses réflexions. Sans émotion. Sans le regarder, donc.

— Noah, si j'étais… Eh bien, oui, ce serait ton bébé. C'est pourquoi ce doit aussi être ta décision, si je le garde ou pas. Que les possibilités soient infimes ou pas, la décision doit se prendre conjointement.

Il semblait tout juste comprendre ce qu'elle lui disait.

— Quoi ? Mais Addie, je ne peux te forcer à rien. C'est ton corps.

— Certes, pourtant, si tu me demandes de prendre la pilule, je la prendrai, et sans regret. Il se peut que je retente des FIV, ou bien le don de sperme, et cela n'aura rien à voir avec toi. En revanche, là, cette toute petite chance… C'est ta décision. Quoi qu'il en soit, j'espère qu'on restera collègues, amis même. Tout ce que je ferai en prenant ce cachet, c'est empêcher qu'arrive quelque chose qui a très peu de chances d'arriver de toute façon.

— Et si tu ne prends pas cette pilule et que tu es effectivement enceinte ?

Sa voix semblait venir de loin, très loin.

— Dans ce cas, tu devras décider de ton implication.

Elle avait réfléchi à tout pendant qu'elle faisait ses bagages puis installait son nouveau lit, et pendant qu'elle l'attendait ici, sur la marche.

— Si je suis enceinte… tu auras des droits. Non, tu pourras, avec plaisir, être un vrai papa. Prendre part à sa vie autant que tu le voudras. Noah, je comprends que Sophie est ta priorité et je le respecte, mais on pourra toujours s'organiser au fur et à mesure. De toute façon, je ne suis pas Rebecca, et jamais je n'utiliserai un enfant pour te manipuler ou te contrôler.

— Tu as pensé à tout.

— Je n'ai fait que ça toute la journée, répliqua-t-elle, penaude. Ça tourbillonnait dans ma tête, je t'assure. Il y a autre chose que je veux te dire : Noah, on a fait l'amour une fois, mais je n'ai ni l'intention ni l'envie de développer une relation au-delà de la coparentalité, si c'est la décision qui l'emporte. Car si tu ne le souhaites pas, ça me va aussi. J'avais tout organisé dans ma tête quand j'étais enceinte la dernière fois et je pense que je ferai une mère célibataire correcte. Comme j'ai toute une communauté pour me soutenir, je ne t'en voudrai pas si tu ne veux avoir aucun contact. Ni si tu me demandes de prendre cette pilule maintenant. Si c'est ce que tu souhaites…

En même temps qu'elle parlait, ses tremblements empiraient. Malgré la douceur de la soirée, le repas copieux, elle n'arrivait pas à se calmer.

Soudain, il posa une main sur la sienne, ses doigts chauds et forts étreignant les siens, lui adressant un message à elle seule.

— Tu adorerais être enceinte.

— Oui. Mais je n'ai pas le droit…

— Si tu avais un bébé… Je ne pourrais pas m'en aller. Addie, quelle que soit la manière dont cet enfant aura été conçu, je prendrai soin de toi. De vous deux.

— Comme tu as été obligé de t'occuper de Rebecca ?

D'où sortait cette question idiote ?

— Non, je…

— Tu vois, c'est justement ce que je ne veux pas.

Était-il en train de lui proposer ce qu'il venait justement de fuir ? Ce qu'on lui avait imposé toutes ces années ? Tout à coup, un nouvel afflux d'émotions remontait à la surface. Elle lui retira sa main, comme si la sienne la brûlait.

— Noah, tu pourrais t'occuper de ton bébé autant que tu le voudrais, mais pas de moi.

Elle devrait trouver son attitude noble. Pourtant, elle était en colère malgré elle.

— Je n'ai pas besoin qu'on s'occupe de moi, ajouta-t-elle. Merci, Noah, mais je ne veux pas de ça.

Puis elle se ressaisit. La dernière chose dont il avait besoin, c'était de sa colère. Totalement injustifiée, au demeurant. Mais la journée avait été difficile, elle était épuisée et à cran. Et quelque chose chez cet homme menaçait son précieux contrôle d'elle-même. Lui faisait-il peur ?

C'était la situation qui l'effrayait. Elle devait se reprendre. Expliquer sa réaction presque viscérale à son offre de soutien. La vérité. Oui, cette soirée semblait l'exiger.

— Je tiens à ce que tu comprennes bien, Noah, reprit-elle. Toute ma vie, je me suis occupée des autres. Dès la mort de mon père, ça a été : « Prends-moi dans tes bras, Addie. », « Sans toi, je ne pourrais pas vivre. », « Travaille dur, Addie, étudie, ton père était intelligent et tu es tout ce qui me reste de lui. » Et puis, il y a eu Gavin : « Addie, épouse Gavin… Tu réaliseras mes rêves les plus chers. Tu ne peux pas ramener ton père, mais si tu avais ses petits-enfants… Je pourrais mourir heureuse. » Je pense que tu comprends de quoi je parle, Noah. J'imagine la culpabilité que Rebecca a fait peser sur toi parce que j'ai subi la même.

Et voilà que tu me proposes de recommencer, de t'occuper de moi et d'un potentiel bébé parce que ton honneur te dicte cette conduite. Je ne veux ni n'ai besoin que tu m'aides. Tu dois prendre une décision, mais mes besoins n'entrent pas en ligne de compte.

Sa tirade fut suivie d'un nouveau silence.

Émergeant de sa sieste, Daisy vint réclamer des caresses. Voyant que personne ne réagissait, elle vola une frite dans la boîte et l'emporta dans son panier. Ni Addie ni Noah ne s'en rendirent compte.

Le silence, encore.

Le petit emballage d'aluminium stagnait là.

— Tu ne penses pas que tu réagis un peu trop vivement ? dit enfin Noah et, bizarrement, elle entendit une trace d'amusement dans sa voix.

Bien sûr que si, mais pas question de reculer.

— Tout ce que je dis, c'est que je me suis lancée dans un processus de FIV avec mon plan bien en place, mon avenir de mère célibataire organisé. Alors maintenant… Si quoi que ce soit devait arriver, je t'interdis de m'envisager comme une obligation. Tu as des projets aussi, Noah. Si tu n'obtiens pas la garde de Sophie, si au bout du compte tu n'as même pas le droit de la voir, il sera peut-être temps que tu vives ta vie de célibataire libre d'attaches. Tu le mérites bien. Alors si tu veux que je prenne ce cachet, je le prends, ici, maintenant, sous tes yeux. Ou demain matin si tu as besoin de temps pour réfléchir. Tu… On a une fenêtre de quarante-huit heures pour se décider.

Puis elle en eut assez. Il était trop proche. Et elle trop à fleur de peau.

— Oui, s'il te plaît, penses-y cette nuit, et sache que quelle que soit ta réponse, il n'y aura aucun regret, ajouta-t-elle d'une voix rauque. Aucun reproche. On passera tous les deux à autre chose. Pour l'instant, allons nous coucher, je suis fatiguée.

Mais Daisy en décida autrement. Enhardie par son larcin précédent, elle voulut revenir se servir. Un peu trop vite, hélas, et elle dévala les marches sur le ventre, atterrissant sur le sol les quatre fers en l'air. Une frite, délogée au passage, lui retomba sur le nez.

C'était si comique qu'ils éclatèrent de rire tous les deux, malgré le solennel de la situation et de la conversation. Les émotions les plus vives s'apaisèrent alors qu'ils nettoyaient le désordre.

Une fois la tâche accomplie, le visage de Noah avait recouvré son calme. Sa maîtrise.

— Nous envisageons une situation qui, selon toute probabilité, n'arrivera pas, conclut-il. Alors restons calmes.

— OK.

Elle ne trouva rien d'autre à répondre.

— Je dois retourner à l'hôpital.

— Je… Oui. Merci pour le repas.

— Merci pour ton hospitalité.

Ils restèrent plantés là, immobiles et silencieux. Addie avait pris Daisy dans ses bras et la tenait presque comme s'il s'agissait d'un bouclier.

Pourquoi ?

De quoi avait-elle peur ?

De ses propres sentiments.

Le sujet de la grossesse mis à part, à présent elle se sentait mieux. Soulagée. Et aussi… Elle avait envie de ressentir à nouveau ce qu'elle avait ressenti la nuit dernière.

Raison pour laquelle elle avait déménagé ici.

— Bonne nuit, Noah, dit-elle. Et surtout, surtout, ne te prends pas trop la tête. Ce n'est rien. Tiens-moi juste au courant.

— Non, ce n'est pas rien, répliqua-t-il, sans qu'elle réussisse à déchiffrer le ton de sa voix ou son expression.

— Je ne serai pas enceinte.

— Même si tu ne l'es pas, n'empêche que ce n'est pas rien.

Il lui posa la paume de sa main sur la joue, un geste de… Quoi ? Elle l'ignorait. Tout ce qu'elle savait, c'était que son contact provoqua un frisson dans tout son corps. Elle dut reculer d'un pas.

— Ce n'est pas rien et tu le sais, insista-t-il gentiment. Et tu sais quoi ? Une partie de moi accueillerait cette grossesse avec joie. Mais prenons les choses à mesure qu'elles se présentent.

Les yeux rivés aux siens, il sourit. Ce sourire hypnotique qui faisait battre le cœur d'Addie d'une façon qu'elle n'avait jamais expérimentée auparavant.

— En attendant, je ne sais pas pour toi, mais j'ai très peu dormi la nuit dernière, reprit-il. Alors, tâchons de faire mieux cette nuit.

Puis il gratta Daisy derrière une oreille tout en adressant un nouveau sourire à Addie. Sourire qui, comme d'habitude, lui alla droit au cœur et au corps.

Puis il prit le cachet emballé et le fourra dans sa poche.

— J'emporte ça avec moi, dit-il. La pharmacie peut en avoir besoin, si ce n'est pas notre cas.

Noah rentra chez lui en prenant le chemin longeant la falaise, les mains enfoncées dans ses poches.

Ses pensées étaient restées dans le petit cottage qu'il venait de quitter. Il avait laissé sa voiture à l'hôpital car le vendeur de *fish and chips* était à cinq minutes à pied du cottage d'Addie. De plus, il avait besoin de marcher. Et encore plus maintenant.

Il prit l'itinéraire par le promontoire, soit trente minutes de promenade, mais elle ne suffirait pas à lui éclaircir les idées.

Qu'est-ce qui venait de se passer ?

Plus précisément, tout avait commencé la veille, quand il avait emmené Addie dans son lit. Et qu'elle l'avait amené dans le sien. Du point de vue physique, leur union avait été incroyable, signant la fin d'années de frustration, de colère, de besoin.

Et voilà qu'il se retrouvait dans le même schéma. À se soucier d'elle… Addie n'était probablement pas enceinte, mais si elle l'était, elle prendrait sa décision. Et lui la sienne.

Elle… Ils voulaient un bébé.

Il s'immobilisa et s'abîma dans la contemplation de la vaste étendue noire de l'océan. La lune projetait une lueur argentée sur les vagues, pourtant l'eau semblait sombre, vide, menaçante.

— Mon bébé… Addie…, s'entendit-il crier.

Il avait suivi des cours de statistiques, une fois, afin d'aider aux recherches qu'il entreprenait. Les chiffres, il les connaissait et les comprenait. Et ils disaient qu'il était là, dehors, à parler tout seul d'une chose qui n'arriverait jamais.

Et puis, si cela arrivait quand même…

Eh bien, dans ce cas, il gérerait la situation.

Sauf qu'Addie avait déjà affirmé qu'elle n'aurait pas besoin de lui. Allait-il encore une fois se retrouver mis de côté dans la vie d'un enfant ?

Elle avait juré que non et, sans trop savoir pourquoi, il la croyait.

Alors, la question restait la même : avait-il envie qu'elle tombe enceinte ? Sa vie n'était-elle pas déjà assez compliquée ? Si. Mais, du coup, pourquoi avoir emporté le cachet avec lui ?

— Parce qu'elle veut un bébé, répondit-il tout haut. Et toi ? Essaies-tu de remplacer Sophie ?

Cette pensée lui vrilla les entrailles, et il sut que ce n'était pas vrai. Sophie était irremplaçable et le serait toujours.

— Imbécile, arrête de dramatiser une chose qui ne se produira pas. Inutile de t'inquiéter pour rien.

Il reprit son chemin, tout en songeant que non, il ne s'agissait pas d'une inquiétude, en fait.

Cela ressemblait plus à…

Un espoir ?

8.

Dix jours plus tard…

On dit que les dieux se rient de ceux qui jouent avec le destin.

Le destin disait qu'elle ne pouvait pas être enceinte.

Dans ce cas, il devait y avoir quelqu'un, là-haut, qui rigolait bien.

Addie sortit sur les marches à l'arrière de sa maison, devenues son endroit préféré au monde, et s'assit.

Voyant Daisy se ruer sur elle, elle posa le test en plastique à l'écart, comme s'il risquait de se casser. Prenant sa petite chienne dans ses bras, elle l'étreignit.

Et se mit à trembler.

Ce chemin, elle l'avait déjà emprunté, et tout s'était terminé dans les larmes. Mais l'espoir était chose tenace et, en l'occurrence, il reposait à côté d'elle sous la forme de deux lignes bleues parallèles dans une fenêtre de plastique.

Elle était enceinte, et tout ce qu'elle éprouvait, c'était une immense terreur.

Instinctivement, elle porta les mains à son ventre.

Son bébé.

S'il vous plaît.

Elle allait devoir informer Noah. La décision avait été la sienne aussi. C'était son bébé.

Mais… Mais… Il n'y avait pas d'urgence à le lui dire, aucune raison de le lui dire déjà car elle était bien placée pour connaître les risques de fausse couche. La plupart arrivaient avant même que la mère se sache enceinte. S'il rencontrait le moindre problème, le corps de la femme était programmé pour se débarrasser d'une grossesse non viable et se préparer à recommencer le cycle.

Non, pas cette fois. Faites qu'il n'y ait pas de problème.

Si, elle devait en parler à Noah.

Pour lui dire quoi ? Qu'elle était enceinte de même pas deux semaines ? Non, elle attendrait de voir.

Sauf qu'elle ne pouvait pas, évidemment. Il avait le droit de savoir.

Elle devenait folle. Hystérique. Ce bébé, elle le voulait tellement et, d'une certaine façon, elle avait entraîné Noah dans cette galère. Noah et son sens des obligations, Noah et son amitié. Ou bien était-ce davantage ?

Non, elle n'allait pas y penser. Il y avait trop de choses qu'elle ne comprenait pas chez cet homme, au point que cela l'effrayait presque. Elle ne se contrôlait plus, en sa présence.

Tellement d'émotions.

Son esprit était pris dans un tourbillon qui lui donnait presque la nausée. Elle devrait être heureuse, mais il y avait tant d'inconnues. Tellement de peurs.

Et Noah.

Quelle route suivre à partir de là ?

Faire comme si tout était normal ? Attendre ? La décision semblait impossible à prendre. Alors, quand son téléphone sonna, elle en fut presque soulagée.

Ce qu'il lui fallait, le temps de se reprendre, c'était le travail. Une naissance sans complications majeures, mais assez complexe à gérer pour lui occuper l'esprit. La détourner de ce qu'elle osait à peine espérer. Elle avait trop de futures mamans à terme. Avec un peu de chance, c'était l'une d'elles qui réclamait son attention.

— Addie ?

Noah. Au son de sa voix, elle devina que ce n'était pas un appel de courtoisie. Elle perçut l'urgence, dans ces deux syllabes.

La médecine. Son univers. Déjà, elle enfilait ses chaussures et franchissait la porte.

— J'écoute.

— Accident de voiture. Voiture contre camion. Ils nous amènent Briana et Tom Danvers. Briana souffre de blessures multiples et, d'après Morvena, elle est l'une de tes patientes. Dernier trimestre de grossesse, d'après l'urgentiste.

Effectivement, Addie la connaissait. Elle l'avait vue deux jours plus tôt pour sa visite prénatale, pleine d'entrain et de confiance, l'image même d'une grossesse tout à fait normale.

— Elle est à trente-quatre semaines, dit-elle en attrapant ses clés de voiture.

— Ils parlaient de détresse fœtale, au début, parce qu'ils n'avaient pas de pouls mais, maintenant, ils l'entendent. C'était peut-être une erreur de jugement, due à l'inexpérience ou au stress, mais dans tous les cas on a besoin de toi ici.

— Bien sûr. Où est l'ambulance ? Je peux les retrouver sur la route ?

Inutile de lui préciser que le risque majeur, lors d'un accident de voiture, c'était la rupture placentaire. Si le placenta se séparait complètement de l'utérus, la mort du bébé était inévitable. Mais s'ils avaient un pouls, ce n'était pas le problème, et le scénario le plus probable était donc soit la rupture partielle, soit une entaille, et si l'apport en oxygène était interrompu un temps trop long, voire de manière intermittente… Bref, elle devait les rejoindre au plus vite.

— Ils seront là dans cinq minutes.

— Je suis en route. D'autres blessures ?

— Tom a des lacérations, une commotion et une suspicion de fracture de clavicule. Briana a un poignet cassé et des blessures à la poitrine. Des difficultés à respirer. Suspicion de côtes cassées. À cause de sa grossesse, ils n'ont rien pu lui administrer.

— Ils peuvent lui donner de la morphine si nécessaire. L'antalgique passe dans le sang, mais c'est mieux que de la laisser souffrir. La priorité, c'est la stabilisation des voies aériennes, mais ils le savent déjà. J'arrive dans trois minutes, voire moins.

Morvena était peut-être tyrannique, dogmatique, peut-être sans pitié, mais les médecins savaient pouvoir compter sur elle et, en cas de crise, elle rameutait les troupes sans problème. Addie arriva à l'hôpital avant l'ambulance, en même temps que deux véhicules : ceux de Cliff, l'anesthésiste, et de Rob Holloway, le plus jeune des généralistes locaux.

Ce qui faisait quatre praticiens en tout : Clive et Rob pour s'occuper de Tom, Noah et elle pour Briana, étant entendu que Cliff passerait de l'un à l'autre selon les besoins. Si la blessure au cerveau de Tom était sévère, il faudrait lui assigner Noah et Clive, tandis que Rob irait avec elle.

Elle se dirigea directement vers la salle de trauma et vit que Noah y était déjà. Ils ne prirent pas la peine de se saluer. Pas le temps, avec ce qui les attendait.

— On prend Briana, annonça-t-il. Les urgentistes disent qu'elle est essoufflée et qu'ils sentent des côtes cassées. Il y a aussi un problème de circulation bloquée au niveau du bras, sans compter les soucis avec le fœtus. Je me prépare pour une thoracotomie, en cas de besoin. Nos priorités sont l'évaluation de son état, sa respiration, son bébé et son poignet.

La spécialité d'Addie, c'étaient les bébés. Les accoucher. Vite. Noah étant le chirurgien généraliste, c'était à lui de prendre les décisions. Elle hocha donc la tête. Ils pourraient toujours changer d'avis après l'examen approfondi mais, au moins, ils avaient un plan d'attaque.

Morvena se tenait à l'écart, le téléphone à la main, attendant les ordres.

— Il me faut tout le matériel pour un prématuré, annonça Addie. Dont un incubateur. Voyez si vous pouvez faire venir un autre généraliste en cas de besoin et appelez l'unité néonatale de Sydney. On pourra toujours les renvoyer s'ils ne sont pas utiles.

— Déjà fait, répliqua Morvena.

— Qu'ils ajoutent un médecin à l'équipe, intervint Noah. Un spécialiste en traumatologie en plus d'un pédiatre. Si on doit évacuer un prématuré et une mère en détresse respiratoire, en plus de Tom et ses blessures à la tête, il nous faut le soutien médical maximum.

— Si on a un tube de thoracotomie, on peut les évacuer par hélico ? demanda timidement Addie.

Comme ce n'était pas sa spécialité, elle posa la question, et Noah opina brièvement de la tête.

— Oui, pas de problème, dit-il. Du moment que le tube est inséré et qu'ils volent à basse altitude. Morvena…

— C'est bon, j'appelle des infirmières en renfort.

Addie se dirigea vers les lavabos.

Deux minutes plus tard, le hurlement des sirènes résonnait dans le silence de la vallée. C'était parti.

L'évaluation des ambulanciers sur l'état de Brianna qu'ils déchargèrent en premier avait été exacte. Il suffisait d'un regard pour comprendre qu'elle allait mal : elle respirait vite, sa poitrine se soulevait avec peine, et ses yeux étaient écarquillés par la panique. Noah, déjà en tenue, gants compris, regardait Addie qui repoussait la couverture de survie dont on avait enveloppé la patiente pour lui tenir chaud puis lui enlevait délicatement la minerve installée par les urgentistes en cas de fracture du cou. Après examen, il fut évident que la trachée avait été déplacée sur le côté.

Pneumothorax sous tension.

Les urgentistes avaient déjà découpé son T-shirt et un examen léger de sa poitrine suggérait une possible fracture des côtes. Ainsi qu'un poumon percé d'où le collapsus de l'organe.

Sans compter son poignet : la main de la patiente était blême, froide, et ne montrait pas de pouls.

Mais le problème respiratoire devait passer en premier.

Addie saisit la main valide de Briana et prit une fraction de seconde pour rassurer la patiente effrayée, un contact humain qui lui indiquait que, désormais, c'étaient eux qui allaient se battre pour elle.

— Tout va bien se passer, Briana. Vous êtes en sécurité.

Essayez de vous détendre pendant qu'on s'efforce de faciliter votre respiration.

La voix de Noah, profonde, calme, posée, prit le relais. Ils étaient tous les deux dans le champ de vision de Briana, pourtant le regard de cette dernière se focalisa sur Noah.

— Briana, vous rencontrez des difficultés à respirer parce que vous avez de l'air dans la poitrine. Apparemment, vous avec une côte cassée qui perfore votre poumon. Ça fait peur dit comme ça, mais c'est facile à soigner. Nous allons commencer par passer un tube dans votre poitrine afin d'évacuer l'air.

— Tom..., murmura Briana dans un halètement forcené.

— Il va bien. Il a quelques coupures, des hématomes et une clavicule cassée, mais nous pensons qu'il se remettra bien. Les Drs Holloway et Brooks s'occupent de lui, mais ils ne l'amèneront pas ici : il saigne un peu et Morvena, notre infirmière chef, un vrai dragon, n'aime pas que l'on salisse sa jolie salle de trauma.

— Mon bébé..., hoqueta Briana.

— Oui, on va s'occuper d'elle aussi, répondit calmement Noah. Enfin, est-ce elle ? Lui ? On sait ?

— Elle.

— Bien, dit-il en souriant. Les ambulanciers ont vérifié le pouls de votre bébé, qui est fort et régulier. Notre priorité est donc de nous occuper de vos problèmes respiratoires. Vous avez aussi un poignet cassé, que nous devrons gérer, mais ça viendra ensuite. Je suis sur le point d'insérer une aiguille qui vous débarrassera de l'air en trop dans votre poumon. Ensuite, on file à la radio et on s'occupe du poignet qui doit vous faire un mal de chien. Ça vous va comme ça, Briana ?

Il avait les yeux rivés sur sa patiente, et Addie perçut clairement l'instant où la panique reflua, remplacée par la confiance.

Cette femme faisait confiance à Noah sans hésitation. Pourtant, il n'avait rien minimisé et lui avait dit l'exacte vérité.

— Bon, on va devoir vous déshabiller un peu, ajouta-t-il en adressant à Briana l'un de ses sourires enjôleurs. C'est assez gênant, je sais, mais besoin fait loi, ici. Addie doit pouvoir écouter votre bébé, et moi, j'ai besoin d'un accès complet à votre poitrine. Désolé, mais ce très joli T-shirt va finir en lambeaux. Pareil pour le jean…

— Ce sont… mes habits de jardinage, murmura Briana. On rentrait à la maison… après avoir aidé maman… à étaler du fumier au pied de ses rosiers.

— Eh bien, je suis désolé pour vos vêtements spécial caca, mais nous les pleurerons plus tard. D'abord, on vous soigne.

Pendant que Noah œuvrait, Addie jouait son rôle : installation du moniteur fœtal afin de vérifier l'état du bébé. Et elle n'aimait pas ce qu'elle découvrait.

Les urgentistes avaient mentionné leur incapacité à trouver un pouls au bébé à la première tentative. Mais étant donné les conditions d'examen, avec la détresse de la mère, leur propre stress sans doute, ils avaient pu le rater. La deuxième fois, ils l'avaient trouvé, mais il était irrégulier. Addie préleva du sang afin de croiser les résultats, par précaution, et installa un moniteur du rythme cardiaque du fœtus. À l'étude du cardiotocographe, elle ne fut pas rassurée : le rythme du cœur du bébé présentait des chutes inquiétantes.

Briana avait reçu un choc grave, et le placenta avait dû être malmené à l'intérieur de l'abdomen. Elle présentait aussi des saignements vaginaux. Pas énormes, mais assez pour susciter l'inquiétude.

Si la rupture placentaire n'était que partielle, elle pouvait devenir totale à tout instant. Ou bien les dommages actuels pouvaient suffire à causer la mort du fœtus.

La grossesse en était à trente-quatre semaines, donc le bébé était totalement viable. Laisser le fœtus *in situ*, en revanche, impliquait des risques énormes. Bref : il fallait donner naissance à ce bébé maintenant.

Elle leva les yeux vers Noah, et leurs regards se croisèrent une fraction de seconde. Pas plus, mais il avait lu son message.

Il travaillait rapidement lui-même, avec habileté et précision, à établir une voie respiratoire sécurisée.

On administra d'abord un anesthésiant local puis des

antibiotiques prophylactiques afin de prévenir toute complication, comme une pneumonie, plus tard. Enfin, le tube fut inséré avec précaution et Addie put entendre l'évacuation de l'air, ce qui soulagea instantanément le poumon compressé.

Les inspirations courtes et précipitées de Briana s'apaisèrent. La panique s'atténua.

Puis Cliff apparut, arborant son air nonchalant de médecin en visite. Lui aussi était doué, songea Addie, qui remerciait sa bonne étoile d'être aussi bien entourée. D'autant que sa présence annonçait deux nouvelles rassurantes : non seulement ils étaient désormais trois praticiens, mais, en plus, Tom devait être hors de danger.

— Bonjour à tous…, lança-t-il à la cantonade avant d'adresser un sourire à la patiente. Madame Danvers, votre mari et vous m'avez privé de la fin du match de foot de mon fils de douze ans. Son équipe a gagné quarante-sept à trois et mon Luca a marqué sept buts. Je dois y retourner pour fêter ça avec lui. En attendant, je suis passé voir votre Tom : il est un peu cabossé et ecchymosé, il a mal à une épaule, mais ça va. Je lui ai donné un bon petit truc pour qu'ils puissent le recoudre sans le faire souffrir et le Dr Holloway a pris la suite. À votre tour, désormais. Qu'est-ce que je peux faire pour me rendre utile, chers collègues ?

— On passe à la radio.

Noah, qui ajustait le tube de thoracotomie, avait répondu à Cliff avant de s'adresser de nouveau à Briana.

— Briana, votre poignet est cassé, et nous devons le remettre en place. Le Dr Blair doit aussi effectuer des examens sur votre bébé. Nous prévoyons une radio, peut-être un ultrason de votre bébé, avant de prendre une décision.

Il hésita, mais tellement brièvement que Briana ne put le remarquer, au contraire d'Addie. Une hésitation qui signifiait qu'il avait noté l'inquiétude de cette dernière.

— Briana, nous allons devoir vous anesthésier afin de traiter votre poignet, lui expliqua-t-il. Le sang n'irrigue plus vos doigts, ce qui pourrait avoir pour résultat une raideur permanente. Mais surtout, reprit-il avec un regard à l'attention d'Addie, l'invitant à le corriger s'il faisait erreur, nous allons examiner très soigneusement le bébé. Votre petite fille a été sacrément secouée, et si elle naît aujourd'hui, à trente-quatre semaines de grossesse, elle sera tout juste considérée comme prématurée. Dans l'idéal, elle choisirait sans doute de rester au chaud quelques semaines supplémentaires, mais elle est complètement formée et, comme elle a reçu un choc, nous souhaitons la voir pour nous assurer qu'elle va bien. Le Dr Blair pense que le plus prudent reste la césarienne, seriez-vous d'accord avec cette intervention ?

— Vous… allez me prendre mon bébé…

La voix de Briana vacilla, et Addie se pencha vers elle pour essuyer une larme sur sa joue.

— Non, Briana, nous ne prenons pas votre bébé, seulement, je suis un peu inquiète car vous avez un hématome au niveau du ventre, ce qui implique que vous avez reçu un coup. J'entends le pouls de votre bébé, donc elle va bien, en revanche, j'ignore si vous avez une hémorragie interne. Pour le moment, vous, votre bébé et Tom allez bien et nous ferons tout pour que les choses restent en l'état, quitte à faire naître votre petite fille un peu en avance. Faites-nous confiance, d'accord, Briana ?

La patiente regarda toutes les personnes présentes, s'attardant plus longuement sur Noah. Qu'y avait-il chez cet homme pour que, d'instinct, elle lui accorde sa confiance ? Addie la vit se détendre.

— OK, murmura-t-elle enfin. Faites ce qu'il faudra.

À partir de ce feu vert, tout s'enchaîna très vite. La radio montra une fracture fragmentée du poignet. Le pouls était intermittent, heureusement, car en cas d'absence totale de pouls, la main serait perdue : les urgentistes avaient bien fait leur travail en stabilisant la fracture, contenant le membre de leur mieux, ce qui avait permis une infime circulation du sang.

Cependant, il fallait agir vite. La patiente allait avoir besoin d'une chirurgie orthopédique à Sydney afin de veiller à ce que la main retrouve toutes ses fonctionnalités, mais ils devaient réduire la fracture auparavant.

Pendant ce temps-là, les informations qu'accumulait Addie étaient de plus en plus inquiétantes. Les saignements vaginaux étaient faibles mais constants, quant aux battements de cœur du bébé…

Elle se pencha et embrassa Briana sur la joue. Un geste pas du tout professionnel, mais elle était son médecin depuis plus de deux ans et elle avait vu la joie des futurs parents à l'annonce de la grossesse. Comment rester froidement détachée dans ces conditions ?

Puis elle fit signe à Cliff de préparer l'anesthésie.

— Allez, on prend les rênes, Briana, lui murmura-t-elle, les yeux dans les yeux. Quand vous vous réveillerez, vous aurez votre bébé.

— Promis ?

Il y avait des risques, mais qui était-elle pour affoler cette future maman maintenant ?

— Promis, répondit-elle.

Au même moment, elle sentit un effleurement contre son bras. Noah. Ce geste non plus n'était pas très professionnel, mais elle l'acceptait volontiers.

— On vous le promet tous, dit-il d'un ton grave.

— Tom…

— Il est encore en train de tout salir dans mon service d'urgences, intervint Morvena. Mais à la minute où il sera propre on l'amènera rencontrer sa fille. Je vous promets ça aussi.

Tous souriaient à la jeune femme.

— Bon, prête à nous dire au revoir ? demanda Cliff.

— Oui, s'il vous plaît, chuchota Briana. Je veux… mon bébé.

La salle d'opération était bondée. Pendant qu'Addie travaillait à l'accouchement du bébé, Noah stabilisait le tube de thoracotomie. Il n'hésitait pas à s'en référer à elle, ce qu'elle considérait comme un talent en soi, tant les querelles d'ego semblaient inhérentes au poste de chirurgien. Pas étonnant, au fond, pour ces gens qui tenaient des vies entre leurs mains chaque jour, alors sans confiance en eux, ils n'étaient rien. Noah possédait l'équilibre parfait entre l'autorité et la capacité à déléguer.

Ils avaient installé un écran pour séparer les deux espaces d'intervention, comme si Briana était réveillée et ne voulait pas assister à l'incision. En réalité, ce procédé permettait de mieux circonscrire les opérations, tout en diminuant les risques de contamination. Pourtant, Noah n'entreprendrait pas la réduction de la fracture du poignet avant que le bébé ne soit sorti et la plaie refermée. En attendant, il faisait de son mieux pour maintenir la circulation vers la main, sans jamais donner à penser à Addie qu'elle devait accélérer le mouvement. Il savait qu'elle avait compris l'urgence et ne lui mettait pas de pression supplémentaire inutile.

Les autres intervenants s'activaient. Cliff surveillait la respiration, une tâche malaisée chez une patiente telle que Briana. Rob, le généraliste qui s'était occupé de Tom, était apparu au début de l'opération.

— Tom va bien, leur annonça-t-il. Il est inquiet, mais tiré d'affaire. On l'a placé en observation, et j'y retournerai si nécessaire, mais je me suis dit que vous auriez peut-être besoin de bras pour le bébé.

Morvena aussi était là. Ainsi qu'Heidi.

L'incubateur était chaud, le matériel de réanimation pédiatrique prêt.

Une inspiration se fit entendre. Retenue. Jusqu'au premier cri, un peu faible… et puis plus fort. Presque indigné.

Une minuscule petite fille, fragile mais déjà toute rose, venait d'arriver au monde.

Tandis qu'Addie se tournait pour la tendre à Rob — sa priorité était désormais Briana car le danger d'hémorragie restait prégnant —, elle capta le regard de Noah. Rien qu'un instant. Un bref coup d'œil, l'ombre d'une expression.

De l'intérêt ?

Plus que cela. De l'implication. Une totale empathie.

Malgré la complexité de cette opération, malgré la

concentration nécessaire, il surveillait la salle tout entière. Devinait-il ce que chacun d'eux pensait ?

Difficile. Addie savait à peine ce qu'elle pensait elle-même. Cependant, en tendant aux bras expérimentés de Rob le petit être tout neuf, elle ressentit comme une hésitation à lâcher la petite fille.

Rob la plaça sur le lit déjà chaud avant d'aspirer les voies respiratoires supérieures.

— Je ne vois aucun problème, commenta-t-il après un rapide examen, notamment en quête de dégâts causés par l'impact. Elle est parfaite, cette jolie demoiselle.

L'espace de ce bref instant, Addie sentit sa maîtrise lui échapper.

Parfaite.

— L'hélico est en route avec l'équipe de néonat, Rob, dit Noah, sans quitter Addie des yeux.

Elle comprit.

Il savait.

Mais son trouble avait disparu, maintenant. Elle s'était retournée vers la table d'opération et prenait sans trembler les instruments dont elle avait besoin que Morvena lui tendait.

Briana saignait. Les dommages causés à l'utérus à l'endroit de la rupture placentaire étaient visibles. Ils avaient eu de la chance…

Elle était déjà au travail à nouveau, et faisait tout son possible pour s'assurer que Briana soit capable de mener à bien une grossesse si elle souhaitait d'autres enfants dans le futur.

Pendant tout ce temps, elle ressentait presque physiquement un bébé qui grandissait en elle.

Le bébé de Noah.

L'hélicoptère redécolla une heure plus tard avec, à son bord, un Tom vaseux mais conscient, une Briana encore plus vaseuse mais consciente aussi, et une minuscule nouveau-née nommée Alicia Adeline.

— Ne prenez aucune décision tant que l'effet des médicaments n'est pas complètement dissipé, leur avait conseillé

Addie quand ils lui avaient annoncé leur choix du second prénom.

Briana lui avait adressé un sourire faible en lui prenant la main.

— Vous êtes la dernière personne que j'aie vue avant de m'endormir et, à mon réveil, mon bébé était là, chuchota-t-elle. J'aimerais utiliser aussi celui de Noah, mais ça devra attendre le prochain.

— Et il y aura une prochaine fois..., dit ce dernier, posté près d'Addie dans la véranda de l'hôpital, les yeux rivés sur l'appareil qui décollait. Non seulement tu as sauvé ce bébé, mais j'ai vu la manière dont tu as recousu l'utérus et je mets au défi un second fœtus de déchirer cette œuvre d'art. Tu es sacrément douée, docteur Blair.

— Je te retourne le compliment, docteur McPherson.

Elle avait assisté au travail d'orfèvre qu'il avait fait sur le poignet de Briana. Surtout, elle avait vu la façon dont il avait apaisé la panique de la patiente, de même que celle de Tom quand, avec terreur, celui-ci avait découvert tout le matériel qui entourait sa femme.

Maintenant, ils étaient en route pour Sydney où ils seraient entre les meilleures mains possible. Certes, la toute petite Alicia était prématurée, et Briana aurait besoin d'une autre opération, mais tous les voyants étaient au vert pour la poursuite d'une vie heureuse.

À cet instant, Addie s'autorisa enfin à se détendre. Elle ferma les yeux, et les émotions de la journée reculèrent d'un pas.

Elle était dans la véranda, les rayons chauds du soleil de ce magnifique après-midi lui caressant le visage, le son du ressac dans les oreilles, les conversations tranquilles des résidents âgés en fond sonore.

Le frôlement de la main de Noah. Et puis son bras autour de sa taille.

— Tu es enceinte, dit-il.

Ce n'était pas une question.

9.

Elle n'ouvrit pas les yeux.

C'était juste une extension de ses émotions, songea-t-elle. Dieu était dans son paradis, et tout allait bien dans son monde à elle.

Elle était enceinte.

— Oui, dit-elle dans un souffle. D'à peu près deux minutes ! Il est donc beaucoup trop tôt pour…

Beaucoup trop tôt pour être sûre de quoi que ce soit. Trop tôt pour savoir si cette grossesse était viable. Trop tôt pour savoir si elle était extra-utérine.

Trop tôt enfin pour dire s'il s'agissait d'autre chose que d'un espoir fou.

Cela, Noah le savait aussi.

Il ne répondit rien, ne fit aucun commentaire, aucune phrase stéréotypée. Longtemps, ils restèrent là, sans rien dire ni rien faire d'autre que de contempler le paysage. Sa main n'était pas possessive, c'était juste un contact dans le creux de son dos.

Une chaleur.

Une force ?

Elle devait s'écarter, lui montrer qu'elle n'en avait pas besoin. Qu'elle n'avait pas besoin de lui. Elle le ferait dans un instant mais, pour le moment, elle s'autorisait à absorber ses ondes, son contact, comme partie intrinsèque du bonheur du moment.

Ils venaient de sauver une jeune vie.

Il existait une possibilité de vie entre eux.

Émanant d'eux.

Cependant, il y avait aussi les aspects pratiques. Cliff et Rob étaient à l'intérieur, occupés à tout débarrasser. Ils devaient remplir les rapports d'intervention, renseigner les dossiers. Ils avaient mis sous pli de brefs rapports confiés à l'hélicoptère, mais ils devaient encore envoyer un fax détaillé à l'hôpital Sydney Central et qui, avec un peu de chance, arriverait avant l'hélicoptère.

Ensuite, ils devaient retourner aux plaies et bosses habituelles d'un samedi après-midi.

Le monde pouvait bien attendre un peu.

Alors qu'Addie esquissait un mouvement pour s'éloigner, Noah resserra son étreinte.

— Tu n'es pas seule, Addie. Ce voyage, il est partagé.

Elle cilla. À quoi s'était-elle attendue ?

Voulait-il faire main basse sur son bébé ? Peut-être pas, mais la façon dont il l'avait exprimé…

— Je peux me débrouiller, répliqua-t-elle avec effort. Je… Même s'il s'avère… qu'il n'est pas viable…

Elle prit une profonde inspiration.

— Tu sais, il y a une forte probabilité pour que ça aboutisse à une fausse couche. Ou que je fasse une autre grossesse extra-utérine.

— Oui, et il y a aussi une chance pour que ce ne soit pas le cas.

— Je refuse de m'autoriser à penser comme ça, pour l'instant. Peut-être d'ici quelques semaines…

— À ce moment-là, on saura s'il pousse au bon endroit, dit-il avec un sourire. Une échographie, c'est excitant, non ? Même si c'est encore trop tôt pour déterminer si on va avoir un garçon ou une fille.

Si on va avoir…

On.

— Ce sera aussi trop tôt pour savoir quoi que ce soit d'autre, hormis si la grossesse est *in utero* ou dans les trompes de Fallope, répondit-elle. À cinq semaines, une grossesse n'est rien qu'une… vague idée.

Une vague idée. Qui essayait-elle de convaincre, là ?

Son bébé.

Il avait dit « on ».

— Tu n'es pas obligé… Noah, si tu veux… Ça peut n'avoir rien du tout à voir avec toi. Je n'ai jamais…

— En tout cas, il est bel et bien là et il est de nous.

— Tu n'en voulais pas…

— J'ai dit ça ?

Son regard croisa le sien, franc et assuré. Mais aussi avec une trace d'autre chose. D'implacable.

— Addie, tu sais pertinemment que ni toi ni moi n'avions prévu ça. Que ni l'un ni l'autre n'a pensé une seconde aux conséquences. Mais voilà, c'est arrivé, et tu es pleine d'espoir. Et tu sais quoi ? Moi aussi.

— Mais je ne veux pas…

— « Je » ? Pardon, Addie, mais tu es coincée avec moi. Tu m'as fait des promesses, la nuit où tu n'as pas pris la pilule du lendemain. Je te les rappellerai si besoin. Pas question que je n'aie été qu'un donneur de sperme qui va sortir de ta vie aussi vite qu'il y est entré. Pareil pour la vie de notre enfant.

— Sauf que tu vas retourner à Sydney. Tu dois t'occuper de Sophie. Et si tu la perds… Tu as évoqué l'Angleterre.

— Il se peut que ça doive changer, dit-il en haussant les épaules. D'ailleurs, ça n'arrivera peut-être jamais. Même si je n'ai plus le droit de l'approcher… Si je dois m'éloigner d'elle… Et maintenant, il y a toi…

— Noah, tu ne peux pas m'intégrer à cette équation. Tout d'abord, parce que c'est beaucoup trop tôt. C'est de la folie. Et, ensuite, je n'ai pas besoin de toi. Je n'aurai pas besoin de toi…

— Qu'est-ce que tu entends par là ?

Elle était tellement à bout de nerfs qu'elle lui répondit aussitôt :

— Noah, je ne peux pas. Je te l'ai dit, toute ma vie, ma mère a eu besoin de moi pour tout. Ses besoins ont gouverné ma vie. J'ai failli épouser Gavin à cause de ça. J'étais un paillasson. Le besoin n'est la base de rien. Alors je te le répète : je n'aurai pas besoin de toi.

Il restait à la dévisager, l'air songeur. Voire… gentil. Oui, il était bienveillant. Et elle pourrait si facilement se laisser aller… au besoin.

Non.

— C'est pour ça que tu avais opté pour le don de sperme ? demanda-t-il. C'est pour ça que tu ne t'es lancée dans aucune autre relation ? Parce que tu as peur de devenir dépendante ?

— Et qu'on dépende de moi, ajouta-t-elle, ponctuant sa réponse d'un sourire coupable. Je suis désolée, Noah, si je te parais insensée. Mais moi, je me comprends.

— Ce bébé, il va avoir besoin de toi, pourtant.

— Je saurai lui apprendre l'indépendance.

— C'est ta priorité ? L'indépendance ?

— Je n'ai pas le choix, Noah.

Elle perçut l'instant où il comprit qu'elle luttait contre la panique, contre la perte de contrôle.

Elle vit aussi l'instant où il décida de reculer.

— OK, oublions ça, dit-il avec douceur. Il est trop tôt. On doit attendre. Attendre au moins la date des cinq semaines, qu'on soit assurés que le bébé est bien *in utero*. Ensuite, on attendra les trois mois pour la première échographie digne de ce nom qui nous indiquera si notre bébé a bien tout ce qu'il faut là où il faut. Et, enfin, on attendra une quarantaine de semaines avant de l'accueillir.

Notre bébé.

— Tout peut arriver, commenta-t-elle avec une infinie tristesse. Tu ne peux pas prévoir…

— Je ne prévois rien, Addie. Je ne peux qu'espérer, tout comme toi. Mais quoi qu'il arrive…

Il soupira, puis esquissa un sourire qui disait qu'il se trouvait en territoire inconnu, tout comme elle. Il leva une main pour lui caresser la joue d'un doigt léger comme une plume, peut-être pour la rassurer ou peut-être… plus ?

— Quoi qu'il arrive, tu n'es pas seule, Addie. Ne sois pas aussi paniquée, chérie. Je ne suis pas en train d'essayer de prendre le contrôle, de t'enfermer pendant que tu serviras d'incubateur à mon enfant. Les décisions majeures, c'est toi qui les prendras. En revanche, je suis là. Tu auras besoin…

— Je n'aurai pas « besoin ».

La colère revenait. À moins que ce soit la peur ? Les émotions, en tout cas, menaçaient de la submerger.

— Ne me mets pas dans le même sac que Rebecca, Noah. Je t'interdis de changer ta vie parce que quelqu'un a besoin de toi. En tout cas, pas moi.

— Peut-être que notre bébé, si.

— Eh bien, alors c'est… C'est un contrat entre toi et ce bébé. C'est à toi d'y réfléchir pour l'avenir. Maintenant, je dois me ressaisir car j'ai des rapports d'intervention à rédiger et toi aussi. On doit retourner au boulot.

— Sans pour autant oublier ce qui est en train de se passer.

— Dans une certaine mesure, oui. Car je ne peux pas m'autoriser à espérer trop.

— Je pense que c'est une cause perdue, commenta-t-il avec ce sourire, celui qui lui faisait tant d'effet qu'il en était dangereux pour son pauvre cœur. Parce qu'on espère tous les deux de tout notre cœur. Addie… Tu n'envisagerais pas de revenir à la résidence des médecins ?

— Pourquoi ferais-je ça ?

— Si la grossesse est extra-utérine…

— Dans ce cas, il est largement trop tôt pour que ça commence à causer des soucis. Noah, laisse-moi de l'espace. Je refuse que tu passes les prochaines quarante semaines les yeux rivés à mon ventre, à attendre que ça explose d'une minute à l'autre.

— Ce ne sera pas le cas. En revanche, je tiens à te montrer mon soutien.

— Arrête ça, marmonna-t-elle avec une brusquerie qui la surprit elle-même. Ou alors… Montre-le un peu, mais pas trop, et soucie-toi du bébé uniquement, pas de moi. Pour l'instant, on doit juste patienter et aller de l'avant.

— Mais pas ensemble ?

— Il n'y a pas de « ensemble ».

À ces mots, elle vit s'allumer dans les prunelles de Noah une lueur exprimant la même colère que celle qu'elle éprouvait. À moins que ce ne soit de la frustration ? Peut-être un mélange des deux ?

— Addie, on est liés, que tu le veuilles ou non. C'est mon bébé que tu portes.

Soudain, il s'interrompit, peut-être en entendant sa propre phrase et l'effet qu'elle pouvait avoir.

— Enfin, c'est le nôtre, se corrigea-t-il d'un ton plus doux, mais avec la même fermeté. Le tien et le mien. Et je serai impliqué. Or pour que ça se produise, il doit forcément y avoir une relation entre nous quelle que soit la forme qu'elle prenne.

— Très bien, répliqua-t-elle d'une voix qu'elle-même entendait tremblante de peur. Je voulais juste dire, pas une relation homme-femme, pas une relation basée sur le besoin, la dépendance. Je ne m'engagerai pas sur cette voie à nouveau, et tu ne devrais pas le faire non plus.

La fin de l'après-midi et la soirée furent chargées, et Noah en était ravi.

Thomas Emmanuel, sept ans, s'était fracturé le bras en tombant à rollers. Une fracture incomplète qui aurait dû être facile à traiter, si ce n'était l'hystérie de la mère de Thomas, anxieuse, et son père qui menaçait de poursuivre tout le monde en justice, en particulier le maire qui avait fait planter des sapins dans le parc dont la résine au sol avait causé la chute de son fils. Quand Noah examina Thomas, celui-ci avait été contaminé par les émotions de ses parents, si bien qu'il vomissait de peur et de douleur, au point qu'il parvenait tout juste à l'approcher.

Il fallut une bonne dose de patience, du temps, et enfin de l'autorité pour calmer les choses.

— Si vous ne pouvez pas vous montrer calmes, si vous ne me laissez pas travailler sans intervenir, alors je devrai évacuer Thomas à Sydney afin qu'il soit soigné par une équipe pédiatrique. C'est vraiment ce que vous souhaitez ?

Non, évidemment. Ils firent un effort pour se ressaisir, mais Noah dut passer du temps avec l'enfant, l'intéresser à ce qui se passait, lui parler des décorations qu'ils pourraient mettre sur son plâtre, avant de pouvoir traiter le bras sans avoir recours à un anesthésiant.

Enfin, Thomas repartit avec ses parents, portant son bras en écharpe tel un trophée. Il arborait déjà sa première décoration : un autocollant de moto que Noah conservait pour ce genre d'occasions, et l'enfant lui avait demandé où il pouvait en trouver d'autres pareils.

Tous les patients ayant été vu par lui ou ses collègues, il fut enfin libre de rentrer à la maison.

La maison des médecins.

Qui était vide.

Il l'avait partagée avec Addie pendant moins d'une semaine, y avait vécu presque deux mois seul avant. Alors pourquoi lui paraissait-elle aussi vide, ce soir ?

Il mangea le ragoût que Mme Rowbotham lui avait préparé, puis sortit une bière du réfrigérateur et alla s'asseoir dans la véranda. Certains services de l'hôpital étaient encore allumés, des gens bougeaient derrière les rideaux.

Abandonnant sa bière, il descendit sur la plage.

Il en avait assez, des gens. À l'exception de Sophie. Addie avait raison en affirmant que la dernière chose dont il avait besoin, c'était d'une personne dépendante de lui.

Pourtant…

Pas question de la quitter.

Pourquoi ? Parce qu'il voulait ce bébé ?

Oui, oui, c'était sans doute pour cette raison. Quelque chose semblait être mort en lui le jour où Rebecca lui avait annoncé qu'il ne pouvait plus voir Sophie. La nouvelle de la grossesse d'Addie lui avait fait l'effet d'une électrocution, et, maintenant, il l'envisageait comme le plus extraordinaire des cadeaux.

Et ce n'était pas seulement à cause du bébé. Pas du tout, même. Ce qu'il ressentait pour Addie…

Seulement, il devait progresser avec précaution. Une femme qu'il connaissait à peine, avec qui il n'avait partagé qu'une nuit, était enceinte. Elle avait pris sa décision. Il ne lui devait rien.

Sauf qu'en fait, si. Elle était vulnérable.

Et puis c'était Addie.

D'où il se tenait, sur la plage, il apercevait les lumières de son cottage. Était-elle encore éveillée ?

Bon, cela ne le regardait en rien.

Pour l'instant, il devait assimiler le choc de cette journée. Trop d'émotions. Ni elle ni lui n'avaient besoin de cet emballement. Non, il devait rester calme, posé. Raisonnable.

Si cette grossesse aboutissait à une naissance, quoiqu'il arrive avec Sophie, il ne pourrait plus partir à Londres. Il le savait.

Cela dit, même si la grossesse n'aboutissait pas, réussirait-il à quitter Addie ? Comment la laisser seule avec sa douleur ?

La lumière s'éteignit dans le petit cottage sur la falaise. Elle était partie se coucher.

Sans doute avait-elle peur. Outre le territoire inconnu que représentait cette grossesse, il l'avait menacée, il l'avait vu à sa réaction, à son langage corporel. Elle n'avait pas besoin de lui. Ou plutôt, elle ne voulait pas avoir besoin de lui.

Amis… Oui, il pouvait peut-être.

Par où commencer ?

Il marcha encore un moment, en pleine réflexion. C'était important. Il devait faire les choses bien, sans faux pas.

10.

Le dimanche, Addie fut réveillée par Daisy qui se déchaînait devant la porte. Puis elle entendit des pas dans la véranda, et on frappa.

Repoussant un peu les rideaux, elle vit Noah planté là, dehors. Vêtu d'un jean et d'un T-shirt, il souriait, sans doute à cause du bruit qu'il percevait à l'intérieur.

Noah. Ici…

Un coup d'œil à sa montre lui arracha un hoquet : 10 heures ! Elle avait dormi comme une souche.

L'un des premiers signes de la grossesse, c'était la fatigue. Machinalement, elle porta une main à son ventre. Elle était enceinte. Elle était toujours enceinte !

Et le père de son bébé se tenait devant sa porte.

Inutile de faire semblant qu'elle n'était pas à la maison quand Daisy faisait des allers-retours tout en aboyant avec excitation entre la porte et sa chambre. Après avoir enfilé des tongs et chaussé ses lunettes, Addie jeta un coup d'œil dans le miroir, histoire de s'assurer que son pyjama était à peu près présentable. Elle avait besoin de se coiffer et d'une bonne dose de maquillage car ses cheveux étaient en bataille, et ses yeux semblaient lui manger le visage.

Mais elle n'avait pas le temps car Noah attendait. Quand elle ouvrit la porte, Daisy se rua dans les bras de leur visiteur.

— Bonjour, docteur Blair, dit-il en souriant.

— Bonjour… On est dimanche, les gens ont bien le droit de faire la grasse matinée, ajouta-t-elle, légèrement sur la défensive en le voyant, si beau et détendu, alors qu'elle se sentait ridicule en pyjama.

— Hormis en cas d'urgence médicale.

— Il y a une urgence ?

Pourtant, rien dans son attitude ne l'indiquait.

— Plus ou moins, répondit-il. J'ai décidé que tu risquais d'être carencée en vitamines D, il est donc de mon ressort, en tant que ton chirurgien conseil, de remédier à cette situation.

— Depuis quand es-tu mon chirurgien conseil ?

— Je suis chirurgien ou pas ?

— Je… Ben oui.

— Et est-ce que tu me consultes pour avis médical ?

— Bien sûr, mais…

— Voilà, je suis donc ton chirurgien conseil, conclut-il avec un sourire plus large encore. Et Mme Rowbotham, ta femme de ménage conseil, est de mon avis. Il n'y a rien à l'hôpital que Rob ne puisse assumer. Certes, on doit rester à portée de bip, mais ça, c'est facile à arranger… Bon, Daisy a passé une journée un peu ennuyeuse, hier, et nos résidents conseil…

— Nos résidents conseil ?

— Oui, nous effectuons une consultation sur un large panel, à Currawong Bay, répliqua-t-il, l'air content de lui. Et les résidents de la maison d'accueil pour personnes âgées sont d'accord. Le diagnostic est unanime : risque de baisse du taux de vitamine D pour toi et neurasthénie aggravée pour Daisy. La prescription est simple, et mon sac à dos est par conséquent rempli des plus délicieuses créations de Mme Rowbotham, de serviettes de plage, d'écran solaire, de palmes et de masques de plongée. Au cas où tu ne l'aurais pas encore remarqué, le soleil est radieux, et notre tâche nous attend.

Addie avait du mal à comprendre où il voulait en venir. Surtout à cause de ce maudit sourire qui lui faisait perdre des neurones en quantité astronomique.

— Notre tâche ?

— Agate, répondit-il.

Elle cilla.

— Agate ? Qu'est-ce…

— Le Morning Bluff. Tu dois connaître.

Effectivement, elle connaissait, s'étant renseignée quand elle avait emménagé à Currawong Bay. C'était une portion de côte à deux ou trois kilomètres au sud de la ville, où les falaises s'élevaient à pic, au point que la plage était presque inaccessible. Toutefois, un escalier pentu, étroit et creusé dans la roche y descendait. Une fois au pied, il fallait patauger jusqu'à la crique où, selon la légende, on pouvait trouver des nodules d'agate si on avait de la chance.

— Tu sais qu'on peut y trouver de l'agate ? s'enquit-il.

— J'en ai entendu parler, oui, dit-elle. Ou du moins des gemmes.

— C'est vrai que, pour l'agate, c'est plus compliqué. Les rochers ont été arpentés par des siècles de fouineurs.

Addie était complètement déconcertée. Noah la regardait, tout sourires, et elle était encore en pyjama…

— Mais je crois ce que disent les gens d'ici… Oh ! Addie, j'ai plongé dans les parages…

— Plongé…

— Bien sûr, répliqua-t-il sur un ton presque penaud. Les formations rocheuses sont un paradis pour les plongeurs.

— Malgré toutes ces marches, tu transportes ton matériel ?

— Dans une vie antérieure, j'étais bouquetin… En plus, une fois que tu es en bas, c'est magique. Si tu nages au-delà du promontoire, les rochers immergés sont juste… sublimes.

Il se tut soudain, comme frappé par une inquiétude.

— Tu sais nager ?

— Oui, répondit-elle d'un ton prudent.

— Alors, c'est décidé. On n'est jamais à plus de quelques mètres d'une zone où on a pied et, aujourd'hui, il y a une mer d'huile. Et les agates… C'est l'or noir, Addie.

— L'or noir ?

— OK, ce ne sont que des pierres semi-précieuses, mais elles sont magnifiques. J'en ai vu il y a quelques jours. Il n'y en a pas partout, mais si tu fouilles tout au fond de la crique, tu trouves des pierres minuscules d'un noir brillant. Certaines ont des lignes blanches, d'autres ont des strates de couleurs différentes des dessins très compliqués. Ces pierres, généralement vertes, bleues ou ambre, sont issues de terres volcaniques. Les noires sont rares et, toi, tu en as presque devant ta porte.

Elle était toujours sonnée, mais l'enthousiasme de Noah devenait contagieux.

— Tu en as trouvé ?

— Oui.

— Mais tu ne les as pas ramassées ?

Il écarta les bras.

— Pour quoi faire ? Je n'avais pas de raison d'en emporter. Mais ce matin…

Son expression changea, et il redevint sérieux.

— Addie, aujourd'hui, c'est une journée spéciale, reprit-il d'une voix douce. On est le lendemain du jour où tu as découvert que tu étais enceinte. Il te faut un événement marquant à te rappeler, ce week-end. Alors j'ai pensé… que si on trouvait quelques gemmes, on pourrait peut-être en utiliser pour te faire une bague. Et puis aussi un bracelet ou une gourmette pour… pour… ce bébé qui arrive.

Elle contemplait son visage : il souriait de nouveau, mais derrière le sourire, elle perçut les doutes. La peur ?

Peur qu'elle refuse ? Qu'elle rentre et lui claque la porte au nez ? Qu'elle l'écarte de sa grossesse ? De ce bébé ?

Qu'elle lui refuse de partager, comme il en avait déjà fait l'expérience avec Sophie ?

Pour le coup, c'était son besoin à lui, pas le sien à elle. Donc pas de problème.

De l'agate noire… Elle en avait vu, polie et luisante, ou bien des pierres incrustées de cœurs blancs. S'ils réussissaient à en trouver…

— Qu'est-ce que tu en penses, Addie ?

— On pourra toujours retourner à l'hôpital en cas d'urgence ?

— Rob et Cliff nous remplacent, mais oui, on pourra. On va prendre la voiture.

— Mais toutes ces marches…

— Je peux te porter si nécessaire, et tout en yodlant même. Je te l'ai dit, je suis un bouquetin.

— Et ça yodle, les bouquetins ?

Elle éclata de rire avant de se taire. Noah resta silencieux, lui laissant le temps de formuler sa réponse, comme s'il comprenait que la décision ne concernait pas que les pierres précieuses.

Il n'y avait pas que les agates ou une journée ensemble à la plage. Ils devaient développer une relation, quelle qu'elle soit, effectivement. Du moment qu'elle n'impliquait pas une forme de dépendance.

— Je pense…, commença-t-elle en esquissant un sourire, que Daisy adorerait. Et je pense aussi : quelle chance que j'aie acheté un nouveau maillot de bain !

Noah se décrivait comme un bouquetin, mais Daisy n'avait rien à lui envier, se riant d'une centaine de marches abruptes. La chienne dévalait, puis remontait, redescendait, comme pour les inviter à avancer plus vite.

Si Noah portait un sac, il refusait de lâcher Addie. Il avait lu quelque part qu'un homme devait précéder une dame dans un escalier afin de la rattraper si elle tombait. Logique. Pourtant, Addie était passée devant. Elle semblait sûre d'elle, et puis s'il avait été devant, il n'aurait pas eu le plaisir d'admirer ses courbes en mouvement, ses jambes magnifiques dévoilées par son adorable petit short, sa façon de se pencher pour caresser Daisy, la manière dont tout son corps exprimait son bonheur d'être là.

Il repensa au jour où elle était revenue, avec son nouveau look et son chiot, prête à embrasser le monde. Cette grossesse, si elle tournait mal, risquait de l'anéantir.

Mais bon, aujourd'hui, rien de mal ne surviendrait. *S'il vous plaît.*

Ils atteignirent la base de l'escalier. Ici, on comprenait pourquoi cet endroit était désert : outre les marches, un amas de rochers, sans sable, vous accueillait. Pour atteindre la crique, il fallait contourner, à moitié dans l'eau, un promontoire rocheux. Chose qu'Addie savait, manifestement. Elle ôta ses sandales, son T-shirt et son short, puis elle entra dans l'eau.

Il avait eu le temps de l'apercevoir en bikini. Tout à fait en accord avec la nouvelle Addie : mini, osé, rouge vif à pois blancs. Rayonnante, elle leva les bras, comme pour étreindre le soleil.

Noah dut s'arrêter — quel homme n'aurait pas réagi pareillement ? —, le souffle coupé.

— Allez, lanterne, la mer nous attend…, lança-t-elle.

Alors il rassembla à peu près ses esprits et descendit les ultimes marches.

— Crème solaire, grommela-t-il, cette remarque terre à terre devant masquer son émotion.

— Déjà fait, répondit-elle. Je suis une femme prévoyante. Ou du moins, en général, ajouta-t-elle avec un sourire taquin. À un dérapage notable près.

La grossesse.

— C'était vraiment un dérapage ? demanda-t-il sans réfléchir.

Le sourire d'Addie s'effaça.

— Tu penses toujours que j'avais tout prévu ? dit-elle sur un ton sec qui ne lui ressemblait pas. Tu sais, il faut être deux, donc, c'est autant ta faute que la mienne. Mais je ne pense pas ça, en fait. Ce n'était la faute de personne car qui dit faute, dit conséquences négatives, or en l'occurrence, elles sont positives. Je n'ai même pas de nausées matinales.

— C'est sans doute encore un peu tôt.

— Ne joue pas les rabat-joie. Bon, on va porter Daisy jusqu'à la crique, ensuite, on enfile le matériel de plongée et on se retrouve au fond…

Puis elle souleva la chienne dans ses bras et avança parmi les rochers. Elle avait lâché une de ses sandales qu'il ramassa, avant de la suivre, médusé.

Quand il la rejoignit de l'autre côté, elle avait déjà posé Daisy et ses vêtements sur le sable et ajusté une paire de lunettes puis s'était élancée dans l'eau. À l'approche d'une plus grosse vague, elle plongea, et Noah fut rassuré : elle devait nager depuis sa plus tendre enfance.

Daisy la suivit, tentant de la rejoindre, mais il y avait tellement de tentations ! Des mouettes à pourchasser, des algues à renifler… Elle préféra faire demi-tour.

Le visage caressé par le soleil, Noah contemplait la crique déserte, la mer tel un paradis de saphir. Et Addie qui agitait la main dans sa direction.

— Eh bien, qu'est-ce que tu attends, lambin ?

Il devait d'abord recouvrer son souffle. Il resta immobile quelques minutes, juste pour le plaisir des yeux, tandis qu'elle se mettait à nager lentement à travers la baie.

Et puis… Après tout, non, rien ne le retenait.

Addie était bonne nageuse. Il y avait une piscine municipale près de sa maison d'enfance où elle passait ses vacances d'été, et l'eau ne lui posait donc pas de problèmes. À Noah, non plus, apparemment. Il plongea dans les vagues et disparut d'une ondulation fluide, tel un phoque partant chasser. Quand il remonta à la surface, il était loin, souriant.

Oh ! ce sourire…

— On fait une course, histoire de s'échauffer ? demanda-t-il.

Addie dut reprendre son souffle avant de pouvoir lui répondre.

— Je ne suis pas assez bête pour te défier à la course, cher ami. J'exige donc un handicap, disons dix fois pour toi et sept pour moi, d'ici jusqu'au côté de la crique.

— Tu plaisantes ? Je t'ai vue nager.

— OK, alors huit. Prêt, feu, partez !

L'eau était cristalline, le fond sablonneux et elle… comme en transe. Pendant un moment, elle crut qu'il allait la battre : il avait parcouru trois longueurs pendant qu'elle arrivait péniblement à deux. Mais il ralentit. Non parce qu'il était épuisé, mais pour nager à côté d'elle, au même rythme, mais ses brasses puissantes et fluides ne trompaient pas : il aurait pu nager deux fois plus vite sans effort.

Chaque fois qu'elle tranchait la surface de l'eau de la main, il l'imitait. Son corps n'était pas assez proche pour le toucher, mais suffisamment pour qu'elle sente le roulis de sa vague, qu'elle soit consciente de sa présence à son côté.

Dire qu'elle était fascinée aurait été un euphémisme. Céder à cet homme n'avait pas été un instant de folie. Il y avait quelque chose en lui qui agissait sur elle comme une irrésistible attraction.

Presque comme s'il faisait partie d'elle.

D'accord, c'était une pensée dingue et qui n'aidait pas, étant donné les résolutions qu'elle avait prises la veille.

Mais bon, elle pouvait bien fantasmer. Non, elle ne devait pas, surtout pas elle. Mieux valait se concentrer sur la nage et arrêter les bêtises.

Seulement, sa présence était trop prégnante.

Elle s'arrêta, et Noah fit de même pour voir ce qui se passait.

— Un problème ?

— Non, je voulais voir où était Daisy, dit-elle en faisant mine de fouiller la rive du regard.

Pas de souci, la chienne pourchassait les oiseaux qui semblaient bien s'amuser à la rendre folle.

— C'est ça… En fait, tu avais besoin d'une pause, dit-il, moqueur.

— Bien sûr… Comme si j'avais une chance de gagner même en trichant, répliqua-t-elle. Je pourrais doubler ton handicap que je perdrais quand même.

— Tu ne perdrais pas, Addie. Je n'ai encore jamais rencontré personne avec un mental de gagnant comme toi.

Elle prit une mine faussement écœurée.

— Tu sors ça d'où ? Du manuel du parfait flagorneur ? Au cas où tu aurais oublié, tu m'as déjà mise dans ton lit.

— Je ne t'ai pas juste mise dans mon lit, Addie, répliqua-t-il d'un air redevenu sérieux. Tu le sais. Et je ne suis pas en train de te jouer la scène de la séduction.

— On le dirait, pourtant.

— Tu penses que j'essaie de te séduire ?

— C'est peut-être l'inverse. Et… ça m'effraie.

— Il n'y a pas de raison.

Quand il s'approcha pour lui caresser la joue, elle esquissa un mouvement de recul. Pourquoi ? Elle aimait qu'il la touche.

Cependant, elle éprouvait bel et bien de la peur. Pourquoi ? *Parce qu'il le fait pour les mauvaises raisons*, songea-t-elle. *Il pense que tu as besoin de lui.*

Elle ne serait pas cette femme. Secouant la tête, elle lui écarta la main.

— Elles sont où, ces agates ? demanda-t-elle, plus brusquement qu'elle l'aurait souhaité.

— La course est annulée ?

Il l'observait, tel un requin observe sa proie.

Oh ! mais arrête un peu ! C'est un homme bien, qui fait ce qu'il faut sans intentions cachées.

Alors, certes, il y avait bien un peu d'attirance physique qui leur avait fait perdre les pédales, ce qui n'était pas sans conséquence, mais cela ne signifiait pas que la relation devait continuer. Il fallait juste qu'elle cesse de se laisser dicter sa conduite par ses hormones désorientées.

Il fallait dire, à sa décharge, qu'elle n'avait jamais rien ressenti de tel avec Gavin. Elle frissonna.

— Tu as froid ? s'inquiéta aussitôt Noah.

— Non, je repensais juste à des choses que je devrais avoir oubliées. Oui, la course est annulée, ajouta-t-elle. C'est ridicule de faire la course avec toi. Montre-moi plutôt où sont les agates.

Le ton était presque furieux, mais Noah ne parut pas s'en offusquer, se contentant de la contempler. Elle n'aimait pas qu'il la regarde ainsi. Ou bien elle aimait, mais cela la perturbait beaucoup trop.

— Il faut contourner ces rochers, là, sur le côté, en nageant. Il y a un rebord où les agates s'agrègent à peu près à deux mètres de fond.

— Je peux plonger à cette profondeur, répliqua-t-elle avant s'élancer.

Trouver l'agate parfaite s'avéra laborieux. Parce que Noah était difficile et que les pierres étaient nombreuses. Il plongea et passa un moment à les choisir avant d'en remonter quelques-unes, les plus belles, afin de les inspecter. Addie, qui n'était pas douée en apnée, en ramassa une poignée qu'elle rapporta à la surface pour les poser sur un rocher afin de les examiner tandis que Noah replongeait.

C'était déconcertant, comme situation, elle accrochée au rocher, triant des gemmes pendant que Noah était sous l'eau. Plus que déconcertant, en fait, c'était agréable. Très, très agréable.

Le soleil lui chauffait le visage, l'eau était fraîche et agréable. Daisy avait découvert qu'elle pouvait la rejoindre en franchissant les blocs de roche, du coup Addie se retrouvait avec une aide précieuse.

Les pierres nécessitaient un examen attentif, d'autant que Noah en rapporta d'autres avant de se hisser sur le rocher à son tour. Il se trouvait juste au-dessus d'Addie toujours dans l'eau, accrochée à la roche d'une main et triant de l'autre.

Il portait un boxer de bain, ce qui laissait tout loisir d'admirer son corps mince, musclé et bronzé tout brillant de gouttelettes.

— Alors ? s'enquit-il. On a quoi ?

— Je pense… qu'il y en a de belles. On pourrait effectuer un tri plus affiné sur la plage.

— Faisons-le ici. Il ne nous en faut qu'une ou deux. Le reste, on le remettra à l'eau, comme ça, un autre couple pourra trouver son bonheur aussi.

Couple…

Elle ne répondit pas, préférant se concentrer sur les gemmes. Après un moment de silence, un moment au cours duquel le mot couple sembla suspendu au-dessus de leurs têtes, Noah l'imita.

Les pierres qu'il sélectionnait, de la taille d'un petit pois, étaient d'un noir profond avec des paillettes blanches. Elles avaient été polies par des années de flux et de reflux, brillantes étant mouillées, mais perdant déjà leur scintillement dès qu'elles séchaient.

— Elles feront un effet magnifique, une fois montées, commenta-t-il en ramassant une petite pierre qu'il tendit vers la lumière. Regarde la profondeur du noir et la pureté du blanc. Mais là, il forme une ligne, presque comme une division. Moi, je cherche un cœur blanc.

Un cœur ? Pourquoi tout lui échappait aujourd'hui ?

— Tu veux les monter ? demanda-t-elle pour écarter l'autre partie de sa réflexion.

— Mon grand-père, qui était joaillier, collectionnait les pierres précieuses. Je me souviens de l'émerveillement que c'était de les voir transformées. Puisque je ne vais pas partir à Londres… Je pourrai m'acheter le matériel.

Il abandonna la pierre pour en prendre une autre.

— Mais… Si tu n'obtiens pas la garde de Sophie, tu devras aller à Londres.

— Pourquoi ?

— Parce que c'est ce que tu as prévu.

— Non. J'avais prévu de partir. De changer de vie. Or c'est déjà arrivé.

— Noah, je refuse d'être responsable de…

— Tu n'es responsable de rien, Addie. Je suis un grand garçon et je prends mes propres décisions. Je reste en Australie, et j'achète du matériel de joaillerie.

Il hésita en la regardant, et elle nota une soudaine incertitude. De la vulnérabilité, peut-être.

— Peut-être même que je vais tomber amoureux, ajouta-t-il, si bas qu'elle crut avoir mal entendu.

Les mots restèrent en suspens.

Tomber amoureux ?

— Non, dit-elle platement.

C'était comme s'il y avait un bouclier, quelque part, qu'elle devait mettre en place. Il était lourd, difficile à soulever, mais elle y parvint.

— Pourquoi pas ? Ça arrive à d'autres.

— Tu ne dirais pas ça si je n'étais pas enceinte. Si tu ne pensais pas que j'ai besoin de toi.

— Tu n'arrives pas à imaginer que je puisse le dire malgré le fait que tu sois enceinte ?

Il saisit une mèche de ses cheveux mouillés et la lui coinça derrière l'oreille.

— Tu es adorable, Addie.

— Daisy est adorable.

Elle avait du mal à respirer normalement.

— Aussi, oui, mais je ne la choisirais pas comme épouse.

Épouse.

Les souvenirs affluèrent tel un tsunami, les mois, non les années, de préparatifs du mariage du siècle, la joie de sa mère, le trajet interminable dans la voiture qui la conduisait à l'église. Et ensuite… Le chagrin de sa mère. Celui de la mère de Gavin. Les gens qui ne savaient pas quoi dire. Et elle, se sentant ridicule dans sa fichue robe de tulle blanc, plantée sous le soleil avec son bouquet tombé à ses pieds. Elle avait haï Gavin de chaque fibre de son être, cet homme qu'une minute plus tôt elle pensait son meilleur ami…

L'homme qui l'avait accusée d'avoir besoin de lui.

— Tu penses vraiment que c'est ce que je souhaiterais ? chuchota-t-elle, sidérée. Me marier ?

— Euh… Peut-être pas, admit-il, penaud. Tu peux oublier ce que je viens de dire ? C'était stupide, et ça nous fait peur à tous les deux. On n'est pas obligés de se marier. Pas avant longtemps, très longtemps. En revanche, pour ce qui est de l'amour… Addie, on pourrait peut-être accepter que ça, c'est possible. Je sais que c'est trop tôt, mais…

— On a tous les deux déjà essayé, l'interrompit-elle d'une voix dure. Et pour tous les deux, ça a été un désastre. L'amour, ça implique des attaches qui brisent le cœur quand elles se cassent, et je n'ai pas besoin de ça.

— On parle de dépendance, là, ou d'amour ?

— Les deux fonctionnent pareil. Je ne peux pas prendre ce risque…

— Je ne te demande pas de prendre de risque, répliqua-t-il sur un ton proche de l'exaspération. Je te demande d'abaisser tes barrières, car elles ne servent à rien, sinon à faire du mal. Je demande à te découvrir, apprendre à te connaître. Je voudrais savoir ce qui te fait rire, pleurer. Je veux apprendre ce que tu aimes manger sur tes tartines, te voir comme je t'ai vue ce matin, pas maquillée, naturelle. J'ai vu tellement d'Addie différentes…

— Oui, celle en robe blanche…

— Et la stakhanoviste, et la patiente effrayée, la folle de Daisy… et celle qui était allongée dans mes bras. Et puis ce matin, l'Addie aux cheveux en bataille, superbe, et maintenant, dégoulinante, si belle, l'Addie qui ne veut pas sortir de l'eau pour s'asseoir à côté de moi parce qu'elle a peur.

— Je n'ai pas peur.

— Menteuse.

— OK, j'ai peur !

Ce fut un cri, si inattendu que Daisy s'immobilisa dans sa poursuite d'une mouette et revint au galop pour voir ce qui se passait.

Arrivée près d'eux, elle les observa tour à tour et fourra le nez sous le bras de Noah, en signe d'allégeance, peut-être !

— Traîtresse…, marmonna Addie.

Rassemblant ses forces, elle se hissa hors de l'eau. Comme Noah lui tendait une main, elle lui retourna un regard noir.

Est-ce qu'il avait souri ? Il n'avait pas intérêt.

— On assez de gemmes, décréta-t-elle, tentant de conserver un semblant de dignité. Il est temps de rentrer à la maison.

— Mme Rowbotham nous a préparé un pique-nique. Il est dans le sac.

— Je n'en veux pas.

— Addie ?

— Oui ?

Elle se redressa, trempée, sur le rocher voisin de celui de Noah.

— Tu ne crois pas que tu donnes un tout petit peu dans le mélodrame ? Non ? On n'a pas finalisé notre choix de pierres et, ce déjeuner, il faut bien le manger.

— Oui, bon, d'accord, marmonna-t-elle. Mais je t'avertis : plus de mots en « A ».

— Amour, tu veux dire ?

— Noah !

Il se moquait bel et bien d'elle, le monstre.

— D'accord, d'accord, dit-il en levant les mains dans un geste de reddition. Pas de mot en « A ». Et pas non plus de mot encore plus effrayant, celui en « D » comme dépendance. Toute discussion sur notre relation future est reportée, mais on est quand même des collègues et puis Daisy a besoin qu'on soit amis. Enfin, il faudra peut-être qu'un jour on soit parents ensemble. Alors, commençons d'ores et déjà à établir des rapports civilisés. Déjeuner, tri de gemmes et, peut-être, une petite sieste au soleil avant de rentrer.

— D'accord, dit-elle à contrecœur.

Puis, parce qu'elle en avait assez de faire la tête et que la journée était splendide, elle ajouta :

— Pardon. Tu m'as fichu la frousse, mais ça va mieux.

— Excuses acceptées.

Il ramassa les pierres. Il était grand. Il était encore mouillé. Il était…

Non. Il fallait établir de nouvelles limites. Déjeuner, tri, mais pas de sieste.

À compter de maintenant, ce serait ainsi.

Noah contemplait la mer, assis sur le sable à côté d'Addie, endormie sur sa serviette.

Qu'avait-il dit ? Le mot en « A ».

Non, mais à quoi pensait-il ?

Il soupçonnait Addie de s'imaginer qu'il avait dit cela afin de s'assurer l'accès à un enfant qui, enfin, était le sien. Une pensée qui se tenait. Elle savait qu'il aimait Sophie et qu'il risquait de la perdre. Elle avait deviné aussi qu'il l'aimerait, ce bébé.

Mais ce qu'il ressentait pour elle, c'était différent. Très différent.

Peut-être ne le percevait-elle pas car, presque chaque fois qu'il l'avait vue, elle était en état de vulnérabilité extrême, mais n'était-ce pas là, une fois le vernis tombé, qu'on voyait le mieux la personne ? La vraie personne. La gifle au mariage. Son courage et sa peur face à une grossesse extra-utérine. Sa défiance et son changement quand elle était revenue, avec son chiot et son nouveau look…

Et son bikini rouge à pois blancs. Maintenant, elle avait noué un sarong rouge par-dessus, mais les pois blancs restaient visibles sous le tissu transparent. Ses boucles humides s'étalaient sur la serviette qui lui tenait aussi lieu d'oreiller, et elle serrait ses lunettes dans une main. Ces lunettes, elles lui servaient presque de bouclier.

Elle pouvait se réveiller d'une seconde à l'autre, plus méfiante que jamais.

Elle se méfiait de lui ?

Ou de l'amour ? Ou de la dépendance ?

Avait-elle raison ? Avait-il parlé en l'air ?

Peut-être, pourtant, avec elle, c'était ce qu'il ressentait. Elle était vulnérable, elle avait besoin de lui, quoi qu'elle affirme, mais elle était aussi combative, douée et forte. Et drôle.

La quitter maintenant était impensable.

Si ce bébé tenait bon, elle le laisserait le voir. Il le savait, mais il ne pensait pas au bébé. Il contemplait une femme endormie.

Sa femme ? Une part de lui, en tout cas.

Cette sensation était si profonde, si primale, qu'elle lui coupa presque le souffle.

Après Rebecca… La perspective d'une autre relation avait semblé inenvisageable. Pourtant, il ne savait comment, mais c'était évident, Addie avait touché des points sensibles qu'il ignorait posséder.

Alors, comment la convaincre d'essayer de développer un peu plus qu'une belle amitié ?

Hélas, ce n'était pas quelque chose dont on pouvait convaincre une personne. Cela existait… Ou pas. Si elle ne le ressentait pas, eh bien tant pis. Loin de lui l'idée de vouloir à toute force imposer ce genre de sentiments.

Mieux valait donc prendre du recul. De toute façon, il lui faisait peur. Il allait devenir son ami, n'exercer aucune pression. Comme maintenant. *Allez, retourne nager un peu, au lieu de rester là, à l'observer tel un voyeur.*

Mais il voulait rester là. À côté d'elle. Veiller sur sa femme ?

Non, mais c'était n'importe quoi. Il avait de ces idées…

Il se leva donc et se dirigea vers l'eau, malgré le gémissement de reproche d'une Daisy endormie contre ses jambes. Comme pour lui signifier que sa place était là, avec elles.

En tout cas, si ce n'était pas le cas, il ignorait où elle était, sa place.

Addie refusait qu'il la soutienne, elle n'aurait pas besoin de lui, apparemment, et cette idée l'attristait. Pire, elle l'angoissait. Le désolait.

Il arriva au bord de l'eau, y entra puis avança jusqu'aux premières vagues et plongea. Pour rester sous l'eau très, très, très longtemps.

11.

La grossesse n'était pas extra-utérine. Le fœtus se développait bien *in utero*, comme l'avaient indiqué les tests sanguins, et ce que confirma l'échographie des cinq semaines. Addie l'annonça à Noah à la fin d'une longue journée d'opérations et elle regarda son visage s'illuminer. Mais elle recula quand il s'approcha pour l'étreindre puis rentra à son cottage.

Dont elle referma la porte.

En toute honnêteté, elle était trop effrayée pour se comporter autrement. L'idée qu'il tombe amoureux… qu'elle tombe amoureuse… était tout bonnement terrifiante. Tout ce contrôle qu'elle avait si soigneusement cultivé semblait menacé, à l'instar d'un château de cartes dans une tempête de vent.

À mesure que les semaines s'écoulaient, ils s'installèrent dans une routine un peu maladroite. Amis ? Collègues ? Vis-à-vis de l'extérieur, tout incitait à le penser, et c'était peut-être la vérité, car Noah respectait les limites qu'elle avait instaurées. Ils travaillaient ensemble, se retrouvaient dans la salle de repos du personnel et discutaient de leurs patients communs, de Daisy, de choses banales. Parfois, il l'accompagnait promener la petite chienne, et il se montrait amical, chaleureux. Normal.

Pourtant, dans un coin de sa tête elle ne pouvait s'empêcher de le soupçonner d'escamoter quelque chose.

L'expression qu'il avait utilisée sur la plage — tomber amoureux — lui restait en tête. Elle se réveillait la nuit en y pensant. Y pensait encore quand elle le voyait sur la plage lancer un frisbee à Daisy.

L'amour ?

C'était une folie. Comment pouvait-on tomber amoureux si vite ? Non, ce qu'il ressentait avait tout à voir avec le bébé. Sans doute croyait-il qu'elle avait besoin de lui, et son code de l'honneur faisait le reste. Cela ne pouvait pas être autre chose.

Elle savait qu'elle ferait mieux de murer ses émotions, seulement au fil des semaines, une nouvelle couche venait s'ajouter.

La date du jugement en appel pour la garde de Sophie approchait. De temps en temps, elle le voyait dans la véranda, qui prenait de longs appels téléphoniques, et son visage était toujours morose.

Cela ne la regardait en rien, alors pourquoi était-elle triste pour lui ? Parce qu'ils étaient amis, elle voulait partager sa peine, et c'était bien naturel, arguait-elle *in petto*, sauf que les émotions qu'il suscitait chez elle la poussaient à prendre le large.

Tomber amoureux.

Impossible.

Elle vivait chaque jour l'un après l'autre, en tâchant d'oublier sa présence déstabilisante. Et de se focaliser sur son travail et sa grossesse.

Son bébé.

Leur bébé.

Comment organiser une garde partagée ? En tant que père de son bébé, il ferait partie de sa vie… Pour toujours ?

Oui, mais juste en tant que père de son bébé.

Elle aurait bien le temps de s'en soucier le moment venu. Même si la grossesse se passait normalement, elle osait toujours à peine s'autoriser à espérer.

Elle se débrouillerait, comme elle l'avait toujours fait.

Elle n'avait pas besoin de Noah.

*
* *

Quatorze semaines.

Non qu'il les compte. Enfin, pas vraiment. C'était la grossesse d'Addie, et il devait rester en retrait.

Ceci dit, il tenait à faire partie de la vie de cet enfant, et il connaissait suffisamment Addie désormais pour ne pas craindre d'être tenu à l'écart. Restait le problème de faire partie de sa vie à elle.

Car elle l'avait écarté. C'était son droit le plus strict, pourtant…

Quatorze semaines.

Et encore deux semaines jusqu'au jugement des affaires familiales pour Sophie. Il allait devenir dingue.

Si quoi que ce soit arrivait au bébé d'Addie, si quoi que ce soit arrivait à Addie, s'il perdait le procès comme ses avocats le lui prédisaient, s'il perdait le droit de voir Sophie…

Et puis, un matin, il reçut un coup de fil.

Il répondit et n'en revint pas de ce qu'on lui annonçait. Après avoir raccroché, il s'abîma dans la contemplation de la mer, sans la voir, tandis que son univers changeait. Au bout d'un moment, tout se cala de nouveau.

Bizarrement, une seule et unique réaction lui vint.

Hélas, la médecine devait passer en priorité, mais c'était gérable car il ne lui restait plus que deux patients à voir avant de pouvoir aller retrouver Addie.

À quatorze semaines, elle s'était finalement astreinte à l'échographie que passaient la plupart des femmes enceintes à douze semaines. Jusque-là, elle avait eu trop peur pour le faire. L'échographie des trois mois montrait les bras, les jambes, un petit visage. Ou pas… Elle avait l'impression de tenter le destin en faisant cette échographie.

Au stade des quatorze semaines, cependant, elle ne pouvait plus repousser l'épreuve fatidique. Hélas, son rendez-vous dut être décalé car le radiologue qui venait à Currawong Bay une fois par semaine avait du retard.

Addie se rendit dans la salle de repos, se prépara un thé et, la tête entre les mains, elle ferma les yeux.

— Docteur Blair !

Elle se réveilla pour découvrir Morvena plantée devant elle, paraissant surprise. Son thé posé sur la table refroidissait. Oui, elle s'était profondément endormie, et il lui fallut un instant pour rassembler ses esprits.

— Quoi ? Oh ! pardon, je me suis octroyé une petite sieste entre deux patientes pour rattraper mon sommeil en retard.

Un coup d'œil à sa montre la rassura. Il lui restait dix minutes avant son rendez-vous en radiologie.

Mais Morvena continuait à la dévisager, et Addie comprit que l'infirmière en chef était en train de réfléchir.

Oh oh…

— On n'a pas eu de naissance hier soir, pas d'appels nocturnes, dit Morvena qui tenait les plannings de l'hôpital de main de maître. Pourquoi auriez-vous besoin de rattraper du sommeil en retard ?

— Je… J'ai mal dormi la nuit dernière.

— Les lumières de votre cottage étaient pourtant éteintes. Toute la nuit.

Y avait-il quelque chose que cette femme ignorait ? Décrétant que la remarque ne méritait pas de réponse, Addie se leva pour porter sa tasse dans l'évier et la laver. Avec Morvena dans son dos.

Elle savait, réponse ou pas, que l'inévitable arrivait.

— Vous êtes à nouveau enceinte, c'est ça ?

Allez-vous-en, voilà ce qu'Addie brûlait de lui rétorquer. *Ça ne regarde personne que moi, c'est mon bébé et celui de personne d'autre.*

Ayant reposé sa tasse propre sur l'égouttoir, elle mit les mains sur son ventre. Refusant de se tourner. Son bébé, elle voulait le garder pour elle. Comme son espoir.

— Il est du Dr McPherson, ajouta Morvena.

Et ce n'était pas une question.

Addie en eut le souffle coupé. Elle compta jusqu'à dix,

non qu'elle ait besoin de contrôler ce qu'elle s'apprêtait à dire, mais elle ne savait pas quoi répondre.

— Laissez tomber, Morvena, marmonna-t-elle. Le Dr McPherson doit partir dans deux semaines. Il n'a pas besoin que vous lanciez une rumeur maintenant.

— Je ne lance aucune rumeur, docteur Blair…, rétorqua-t-elle. Je constate juste un fait. Il est triste comme la mort, et vous vous endormez à tout bout de champ à l'hôpital. Donc je vais perdre un excellent chirurgien et j'ai une obstétricienne incapable de garder les yeux ouverts. Si ce ne sont pas mes affaires, je ne sais pas ce qui l'est.

— J'en suis à quatorze semaines et je devrais bientôt cesser d'être aussi fatiguée.

Et zut, pourquoi avait-elle donné cette information ? Elle aurait dû nier. Morvena l'avait déjà interrogée lors de sa grossesse extra-utérine et elle avait admis avoir suivi un traitement FIV. Elle aurait pu sous-entendre qu'il s'agissait du même processus.

Trop tard. Morvena plissa les paupières, et Addie la voyait effectuer des calculs arithmétiques.

— Quatorze semaines… Donc, j'ai raison. Et vous avez déménagé de la résidence des médecins parce que…

— Parce que c'était une erreur. Parce que ni lui ni moi ne souhaitons…

— Eh bien, c'est n'importe quoi ! la coupa Morvena avec son autorité habituelle. Vous le voulez tous les deux… Vous, vous prenez un chien — qui soit dit en passant perturbe toute l'organisation de l'hôpital — alors que ce dont vous avez envie, c'est d'un foyer avec des enfants. Tout comme lui.

— Morvena, je ne… Il ne…

— Pas de ça avec moi. J'ai bien vu comment vous le regardez. Et comment il vous regarde.

— Il a déjà assez à faire. Savez-vous que…

Elle s'interrompit, affolée : non, le jugement du tribunal, ce n'était pas une information à soumettre à toutes les oreilles.

— Avec sa petite fille ? Bien sûr que je suis au courant. Et pas parce que j'écoute aux portes, précisa-t-elle d'un ton brusque. Il passe des coups de fil au fond de la véranda, or mon bureau se trouve juste de l'autre côté. Je ne suis pas stupide. Je sais pourquoi il est si triste. Et je sais aussi pourquoi il vous regarde comme il le fait.

— Morvena, ça suffit.

Addie ne savait pas si elle devait rire ou pleurer. Elle opta pour un coup d'œil à sa montre.

— Je dois être en radiologie dans cinq minutes.

— Pour votre rendez-vous. J'ai vu.

— Vous n'avez pas le droit…

— J'ai tout à fait le droit. Ça fait partie de mon travail, de vérifier les rendez-vous de Frieda. Si personne n'est inscrit, c'est moi qui lui demande de ne pas venir. En voyant votre nom sur sa liste, j'ai redouté qu'il ne s'agisse d'un problème grave. Et puis, j'ai réfléchi un peu.

— Morvena…

Soudain, étonnamment, le tyran s'adoucit.

— Ne vous tracassez pas, mon petit. Je ne compte pas le crier sur les toits. Allez passer votre échographie des quatorze semaines. Noah vous accompagne ?

— Je… Non.

— Vous ne lui avez pas dit que vous aviez rendez-vous ?

— Ça ne le concerne pas.

— Et pourquoi donc, mon Dieu ?

— Parce que c'est impossible.

Sa voix mourut presque dans un geignement et, tout à coup, ce fut comme si une digue cédait.

— Morvena, et si je tombais amoureuse de lui ? Je refuse de le laisser prendre soin de moi au prétexte que j'ai besoin de lui. Pas question… Nous avons tous les deux été dans des relations de ce genre, et ça me fiche une frousse folle.

Eh bien…

Qu'avait-elle dit ?

Et à qui ? Parce que, soudain… il n'y avait plus uniquement Morvena.

Alors que la panique refluait tandis qu'elle fixait l'infirmière en chef, elle perçut une ombre derrière elle. Qui occupait tout l'encadrement de la porte.

Noah.

Qu'avait-il entendu ? Où était la machine à remonter le temps quand on en avait besoin ?

— Vous savez quoi ? reprit Morvena d'un ton tout ce qu'il y avait de plus normal. Je viens de me rappeler qu'on m'a signalé la présence d'un chiot dans l'aile pédiatrique, ajouta-t-elle, s'offrant le luxe de sourire. Si vous voulez bien m'excuser, je vais aller m'en occuper car j'ai des règles à faire respecter. Docteur McPherson, je pense qu'une tâche compliquée vous attend ici. Quiconque avouer à une personne aussi renfrognée que moi qu'elle est peut-être amoureuse… Bref, je crois que cette femme est amoureuse de vous, même si elle refuse de l'admettre. J'ai été bête moi aussi, jadis, et ça m'a donné un mari aimant et deux enfants tout aussi bêtes que leur mère en son temps. Parfois, la folie, c'est ce qu'il y a de plus sensé. Bon, je vous laisse.

Encore une fois, elle eut l'effronterie de pouffer, un son quasiment jamais entendu venant d'elle, puis elle tourna les talons.

Depuis combien de temps était-il là ? se demanda Addie.

— Je… Je dois y aller aussi, dit-elle.

— Passer ton échographie.

— Tu es planté là depuis combien de temps ?

— Assez longtemps. Le son porte dans les couloirs, et Morvena a une voix sonore.

— Je…

— Addie, tu voudrais que je vienne ?

Pas de pression.

Et à la fois toute la pression du monde.

S'il avait dit : « Je veux venir », elle aurait su répondre. Mais est-ce qu'elle le souhaitait ?

— Je n'ai pas besoin…

— Laissons cette histoire de besoin de côté, la coupa-t-il, d'une voix soudain rauque d'émotion. Concentrons-nous plutôt sur ce que nous voulons. Addie, tu es sur le point de passer une échographie importante, celle des quatorze semaines. Elle va te dire s'il y a des problèmes que tu devras affronter, que nous devrons affronter. Plus probablement, elle nous dira qu'on a un bébé normal et en bonne santé, qui s'est installé là pour les deux trimestres à venir. J'aimerais bien être présent. Non, je veux y être. Pas de besoin qui tienne, juste l'envie. Mais tu as raison, nous avons tous les deux été embarqués dans des directions qui ne relevaient pas de nos choix, et je ne t'imposerai pas ça, non. Alors est-ce que tu me fais confiance ou pas ? Le temps est venu de le dire. Qu'est-ce que tu veux ?

Que voulait-elle ?

Elle voulait son bébé. Cela, c'était une vérité immuable. Elle avait toujours les mains sur son ventre, comme pour protéger cette vérité de potentielles menaces extérieures.

Noah en était-il une ?

Étrangement, elle avait fait de lui une menace, pourtant, il se tenait devant elle maintenant et, en le regardant dans les yeux, elle vit…

Noah.

Un collègue.

Un ami.

Un homme bien.

Un homme qui l'avait tenue dans ses bras et avait fait disparaître le monde extérieur.

Un homme qui aimerait son bébé autant qu'elle l'aimerait. Cela, elle le savait.

Un homme qui pourrait l'aimer ?

Mais il était trop tôt pour y penser. La panique était toujours là, qui pointait sa vilaine tête dans son cœur. Se laisser aller…

Mais non, elle n'avait pas besoin de céder. Pas complètement. Tout ce qu'il lui demandait, c'était de lui dire ce qu'elle voulait maintenant.

Souhaitait-elle qu'il l'accompagne à l'échographie ?

Celle des cinq semaines n'avait rien montré, à l'exception de la position du fœtus. Son bébé n'était alors pas plus gros qu'un pépin de pomme — on lui avait donné un tableau qui montrait aux femmes enceintes les équivalences des tailles des bébés par rapport aux fruits.

Sur cette échographie, le bébé serait de la taille d'un citron. Ou d'une pêche. Oui, plutôt une pêche. Elle aimait bien cette image.

Elle allait voir son bébé. À quatorze semaines, le bébé sucerait son pouce ou il agiterait les orteils. Il serait bien réel. Si tout allait bien…

Si quelque chose clochait, en revanche, le supporterait-elle ? Déjà, la peur était présente.

Voulait-elle Noah à son côté ?

La réponse lui parvint, claire comme de l'eau de roche : oui.

Et plus encore.

Elle ne le voulait pas parce qu'elle avait besoin de soutien. Non, elle le voulait parce qu'elle savait qu'il désirait ce bébé lui aussi. Autant qu'elle. Ce bébé symbolisait l'amour pour Noah aussi.

L'amour.

Un concept avec lequel elle continuait à avoir du mal, mais qui était bel et bien présent, quelque part dans cette salle de repos impersonnelle, avec son réfrigérateur bruyant et ses fauteuils inconfortables, ses tasses sales.

L'amour.

Noah attendait. Calmement. Quoi qu'elle réponde, il n'insisterait pas.

Alors, voulait-elle de lui pendant l'échographie ? Voulait-elle lui faire partager ça ?

— Oui, s'il te plaît, chuchota-t-elle, avant de répéter, plus fort : Oui, Noah, s'il te plaît, j'adorerais que tu viennes.

Normal. Un mot bien étrange que l'on associe souvent à « banal » ou « ennuyeux ». Rien à voir avec ce qu'Addie ressentait, allongée sur la table d'examen tandis que Frieda promenait la sonde sur son ventre.

Normal était un mot fabuleux.

Frieda leur expliquait ce qu'elle voyait au fur et à mesure qu'ils découvraient les images, et elle était manifestement ravie de les voir émerveillés.

— Je compte les vertèbres. Toutes sont en place, sans aucune exception. Magnifiquement normales. La circonférence du crâne : dans la moyenne normale. Génial… Tête baissée, superbe posture, même s'il lui reste beaucoup de temps pour s'agiter. À présent, le sexe… Vous savez qu'à quatorze semaines, c'est difficile. J'ai vu beaucoup d'échographies et je pourrais hasarder un pronostic, mais…

— Non.

Ils avaient parlé en même temps. Addie leva les yeux vers Noah qui baissa les siens sur elle, puis ils les tournèrent simultanément vers l'écran. La main de Noah se glissa soudain dans la sienne et la serra. Fort.

Elle observa les mouvements à peine perceptibles sur l'écran. Son bébé — leur bébé — essayait de donner des coups de pied, et Addie sentit un sourire aussi large que celui du chat du Cheshire dans *Alice au pays des merveilles* étirer ses lèvres. Comment ne pas sourire de toutes ses dents quand on éprouvait une joie pareille ?

Normal.

Qu'est-ce qu'il y avait de normal dans la perfection d'un bébé ?

Qu'est-ce qu'il y avait de normal dans le fait de tenir la main d'un homme ? Le père de son bébé.

Noah.

De partager sa joie avec lui.

— Je vais noter les résultats, mais tout est merveilleux, conclut Frieda.

Addie songea que merveilleux était un mot encore plus magnifique que normal.

— Vous souhaitez une impression de l'image ? Ou bien je peux vous copier le dossier et vous l'envoyer.

— Oui, répondirent-ils encore d'une même voix.

Noah pouffa et Addie aussi tandis que Frieda essuyait le lubrifiant de son ventre. L'échographie était terminée.

Le moment était-il venu de relâcher la main de Noah ?

Non. Et là aussi ce fut une décision mutuelle et réciproque. Noah affermit l'étreinte de ses doigts sur les siens.

Il l'aida à s'asseoir puis il l'enlaça si bien que Frieda dut passer par-dessus lui.

— J'adore les histoires qui se finissent bien, commenta-t-elle. Ou plutôt qui commencent bien. Bienvenue dans votre deuxième trimestre, docteur Blair, docteur McPherson et monsieur ou mademoiselle bébé.

Un autre détail fort agréable.

Tous les parents ressentaient peut-être la même chose. Peut-être était-ce normal ?

Normal.

Elle commençait à l'aimer, ce mot. Si seulement le contact de la main de Noah dans la sienne pouvait être normal aussi…

Mais il était trop tôt, songea-t-elle, une trace de peur montrant l'ombre de sa vilaine tête. Alors elle ne dit rien. Toutefois, alors qu'elle se rhabillait, puis que Noah rouvrait la porte vers le monde extérieur et lui reprenait la main, elle pensa…

Que normal, cela pouvait être carrément génial.

Hélas, le monde extérieur attendait.

Alors qu'elle flottait dans une bulle d'euphorie, elle sentit Noah se raidir à l'instant où ils émergèrent de la salle d'examen.

Le service radiologie avait deux entrées, une porte qui ouvrait sur l'intérieur de l'hôpital et une autre pour les patients qui ressortaient, donnant sous la véranda. Ils avaient abouti dans la véranda — pourquoi pas, après tout ? Le soleil brillait sur une mer d'huile qui scintillait jusqu'à l'horizon. Et le monde extérieur attendait.

Mais outre le monde il y avait autre chose qui attendait.

Une voiture venait de se garer sur le parking du personnel, une berline blanche avec des plaques d'immatriculation gouvernementales. Une femme d'âge moyen vêtue d'un tailleur élégant émergeait du siège conducteur.

Elle ouvrit la portière arrière et aida une enfant à descendre. Une petite fille en salopette bleue et baskets rouge vif. Elle avait des cheveux d'un noir de jais, attachés en deux couettes à l'aide de rubans à carreaux rouges. Son visage était large, ses grands yeux ronds un peu méfiants.

Même depuis la véranda, Addie devina…

Sophie.

Elle le sut avant même que Noah ne lâche sa main pour s'avancer à grandes enjambées puis bientôt courir jusqu'au parking où il souleva la fillette dans ses bras.

Addie le sut même avant que la petite ne s'accroche au cou de Noah, qu'elle noue ses petits bras autour de lui, qu'elle enfouisse le visage dans le creux de son épaule.

— Papa !

Quelque chose de très ressemblant à un sanglot échappa à Noah. Il avait le visage dans les cheveux de la fillette, la tenait comme si elle était le trésor le plus précieux du monde.

L'amour. Le mot flottait tout autour d'eux.

Cette enfant n'était pas celle de Noah, du moins pas d'un point de vue biologique. C'était la fille de Rebecca, dont on lui accordait la garde.

Non, on ne la lui accordait pas, il l'avait demandée, exigée même.

Parce qu'elle avait besoin de lui ?

Non. Rien n'indiquait une quelconque forme d'obligation dans l'expression de Noah. Il n'y avait que de la joie pure.

Il pivota, la fillette dans ses bras, et sourit à Addie. Alors elle vit le scintillement des larmes sur ses joues.

Elle ne savait toujours pas de façon certaine ce qui était en train de se passer. La voiture arborait le logo des services de l'aide sociale à l'enfance. La femme — une travailleuse sociale ? — se tenait en retrait, souriante, mais elle tenait un bloc à pince.

— Sophie, je te présente mon amie, Addie, annonça Noah à la fillette.

Celle-ci lui adressa un long regard curieux avant de fourrer à nouveau son visage dans l'épaule de Noah. Il lui déposa un baiser sur le sommet du crâne avant de se tourner vers la femme postée près de la voiture.

— Merci, dit-il avec une ferveur qui pouvait donner à réfléchir.

— Je vous laisse, intervint Addie, de plus en plus incertaine quant au bien-fondé de sa présence. J'ai… J'ai des patients à voir.

— Attends…, lança Noah. Addie, c'est important. Reste un moment, s'il te plaît. Tu veux venir faire la connaissance de Sophie ?

Alors elle autorisa ses jambes à la porter jusqu'au bas des marches, jusqu'à Noah qui étreignait la fillette, tandis que la femme en tailleur rayonnait derrière eux.

— Addie, je te présente ma Sophie.

La petite gardait le visage caché contre son cou mais, lui, il souriait. Puis il reporta son attention vers la femme au bloc à pince.

— Et voici Diane, l'assistante sociale qui s'occupe de Sophie. Preneuse de risques et faiseuse de miracles…

— Waouh…, murmura Addie à qui la femme tendit une main qu'elle saisit. Ça en fait, des compliments.

— Elle les mérite et même plus, dit Noah. Elle m'a gagné ma Sophie.

— Je ne comprends pas.

Il y avait des tas de choses qu'elle ne comprenait pas et elle aurait été bien en peine de les lister.

— Le père d'accueil de Sophie a eu une crise cardiaque, la semaine dernière.

Noah enlaçait toujours Sophie, parlant par-dessus sa tête, assez doucement pour ne pas l'effrayer.

— Sa mère d'accueil est à son chevet depuis, et il n'y a pas de famille d'accueil provisoire disponible en ce moment. Comme je n'ai pas le droit de la voir, Sophie a dû être recueillie dans une structure de groupe, mais elle n'a pas supporté et restait prostrée. En tant que son assistante sociale, Diane avait dû prendre ces dispositions, mais elle détestait la voir ainsi perturbée. Par ailleurs, elle savait que j'étais ici, que j'aimais Sophie, que les papiers de l'adoption étaient remplis, et le jugement imminent.

— C'était une situation totalement insatisfaisante, intervint l'assistante sociale d'un ton sec, tenant son bloc à pince fermement, comme pour garder un aspect professionnel à la conversation. Noah s'est comporté en père chaque fois qu'il en a eu la possibilité pendant cinq ans, et nous savons qu'il veut la garde. Il répond à toutes les exigences en matière d'aptitude, et pourtant, la mère de Sophie conserve ses droits. Ça frustrait tout le monde, alors quand la crise s'est produite…

— Je ne veux même pas imaginer…, commença Noah, mais sa voix se brisa.

— Ça n'a duré qu'une semaine, heureusement, mais oui, c'était devenu intenable, reprit Diane. Sophie dépérissait, dans le centre, elle ne communiquait plus, ne mangeait plus, passait son temps à pleurer, et rien n'y faisait. On est pas mal débordés, dans le service, mais enfin je… On a pris le temps de parcourir son dossier depuis la naissance. J'ai intégré ce service il y a dix-huit mois seulement, donc beaucoup de choses étaient nouvelles pour moi, mais je me suis rendu compte qu'il existait des incohérences entre les déclarations de Rebecca quant à sa capacité à s'occuper de la petite et sa façon de se comporter dans la vie. J'ai effectué… une enquête subtile et discrète qui a mis au jour le problème de communication de Rebecca. Mais la question se posait néanmoins : pourquoi ne pas ramener simplement l'enfant à sa mère ?

— Parce que Rebecca la hait, par exemple ? ironisa Noah à voix basse, tout en ébouriffant les cheveux de la petite pour l'empêcher d'entendre.

— Ce qu'elle n'a jamais admis, rétorqua Diane. Elle justifiait le besoin de mettre sa fille en pension à cause de l'étendue de son handicap, dont je pense avoir prouvé qu'il est bien moindre que ce qu'elle affirme. Notre travail, à partir de là, a été de prendre une décision immédiate visant à sortir Sophie d'une situation de désarroi évident. Une fois les faits établis, nous avons réuni un conseil d'urgence afin de déterminer si Sophie pouvait être rendue à sa mère car il n'a jamais été stipulé que Rebecca avait maltraité sa fille.

Nous avons décidé qu'elle serait placée sous surveillance constante et que nous nous réservions la possibilité de la lui retirer à tout instant. Nous avons donc contacté Rebecca en lui annonçant que nous lui amenions la petite sur-le-champ.

— J'imagine comment elle a réagi…, commenta Noah d'une voix triste.

Diane esquissa un sourire pincé.

— Le bien-être de l'enfant passe avant tout, et nous n'avions pas le choix. Nous savions que Rebecca vivait avec un nouveau compagnon sur qui nous avions effectué des recherches avant l'affaire. Rien n'indiquait qu'il ne soit pas recevable mais, en fait, il n'était pas au courant de l'existence de Sophie. La réaction de Rebecca, quand nous l'avons interrogée, a d'abord été la fureur, puis le déni, et enfin la panique. Apparemment, l'existence de cette enfant était incompatible avec cette nouvelle relation.

— Bien entendu…, dit Noah en serrant Sophie plus fort contre lui.

— J'admets que nous étions soucieux, poursuivit l'assistante sociale. Nous étions prêts à abandonner, mais nous avons tenu assez longtemps pour que Rebecca, prise de panique, cherche une autre issue.

Elle esquissa une grimace un peu honteuse, infime faille dans une apparence par ailleurs de marbre.

— Et ça a marché. Comme je… Comme on l'avait espéré. Rebecca cherchait désespérément un moyen de se sortir de l'impasse, et une personne s'est avérée la seule alternative immédiatement jouable : vous, Noah… Bon, ça n'a pas été entièrement professionnel de notre part mais, à la fin du coup de fil, il n'y avait plus aucune objection quant à une adoption. Les papiers ont été signés le lendemain matin, pendant que son compagnon était au golf. La seule stipulation est que vous gardiez le silence au sujet de la parentèle de Sophie, Noah. La petite recevra cette information de notre part quand elle en aura besoin. Bien sûr, il reste des formalités, mais de mon point de vue, il n'y aura plus de problèmes.

— Vous avez ma gratitude éternelle, commenta Noah.

Puis il se tut, le visage enfoui dans les cheveux de Sophie, les bras serrés autour de la fillette.

Diane et Addie la regardaient, qui s'accrochait à lui comme une toute petite sangsue. Diane souriait, contrairement à Addie qui n'y parvenait pas, et une boule énorme dans sa gorge l'empêchait presque de respirer.

Noah la voulait, cette petite fille.

Pourtant, Sophie n'était pas son enfant. Il n'avait nul besoin de s'impliquer dans sa vie, il n'en avait jamais eu besoin.

Il l'aimait, un point, c'était tout.

L'amour…

Ce mot semblait voleter partout autour d'Addie et se frayer un chemin jusqu'à elle.

L'amour.

Pendant que Diane sortait du matériel de la voiture, Sophie releva la tête et regarda autour d'elle avec méfiance, observant ce nouvel univers dans lequel on venait de l'introduire.

À cet instant, Noah croisa le regard d'Addie par-dessus la tête de la fillette et sourit. Et sourit.

C'en était trop. Les larmes qu'elle ne pouvait pas retenir se mirent à couler.

— Je… Excusez-moi, dit-elle. J'ai… J'ai des patients qui m'attendent. Je vais…

Rien d'autre ne lui venant, elle pivota pour rentrer à l'intérieur de l'hôpital.

Mais l'amour restait autour d'elle, accroché comme Sophie à Noah. Le sourire de Noah. Le plaisir de Diane.

Et davantage encore : les événements de la matinée la submergeaient. Telle l'image neigeuse sur l'échographie.

Elle avait besoin d'un câlin avec Daisy. Où était donc cette chienne quand on avait besoin d'elle ?

— Dans quelle salle Daisy traîne sa petite carcasse en ce moment ? demanda-t-elle à Heidi qu'elle croisa dans le couloir.

Cette dernière lui jeta un coup d'œil inquiet.

— Tout va bien ?

— Oui, je… J'ai juste besoin de Daisy.

— Il se peut qu'elle se trouve dans la salle 7, répondit Heidi. Mais…

— Merci, l'interrompit Addie, coupant court à toute nouvelle question.

Elle se dirigea vers la salle 7 et y trouva la petite golden retriever — enfin plus tout à fait petite — qui distrayait une vieille dame que l'on soignait après une chute.

— Bonjour, madame Crammond. Ça vous dérange si je vous emprunte ma chienne ? Disons que c'est pour… un besoin urgent.

— Mais allez-y, je vous en prie, répondit la vieille dame, tout sourires, tandis que Daisy descendait maladroitement du lit pour s'approcher de sa maîtresse. Tout le monde a besoin de câliner un gentil toutou comme elle.

— Tout le monde a besoin d'un câlin. Tout le monde a besoin… d'amour.

12.

Il était 20 heures.

Addie avait travaillé tout l'après-midi, recevant patiente après patiente, avant d'organiser une visite à domicile chez une femme chez qui elle suspectait un risque de dépression post-partum. Sans doute n'y avait-il pas d'urgence à y aller ce soir, mais cette visite figurait sur sa liste de choses à faire, et elle avait besoin de s'occuper.

Elle emmena Daisy avec elle. Assise à la table de sa patiente, après avoir admiré le nouveau-né, elle se mit à discuter avec le couple. Elle parla des difficultés à s'adapter à devenir parent, des exigences d'une vie complètement chamboulée. Elle parla du manque de structure, de sommeil et de la peur de l'avenir.

Elle évoqua avec eux des stratégies possibles à mettre en place, comme des tours de sommeil dès la nuit prochaine. Elle aida cette femme posée et calme à envisager l'idée de se décontracter, de déléguer et de demander de l'aide, de ne pas toujours chercher à atteindre la perfection.

Quand elle les quitta, ils étaient animés par un espoir prudent, en tout cas ils semblaient prêts à affronter les défis ensemble.

Ensemble. Quel beau mot aussi.

Il lui fut impossible de se le sortir de la tête.

Elle reprit la voiture jusqu'au cottage, dîna léger avec un thé puis, une fois Daisy lovée dans son panier, elle se mit en route, à pied, vers la résidence des médecins.

Le mot résonnait encore à ses oreilles.

Ensemble.

Noah était assis sur les marches de la véranda.

Elle s'était doutée qu'elle le trouverait là. Non, en fait, elle le savait.

Parce qu'elle connaissait cet homme ?

Non, parce qu'elle l'aimait.

Il ne se leva pas en la voyant approcher. Il avait une bière à la main, qu'il posa, mais se tint immobile.

La nuit était totalement silencieuse. Ou peut-être pas. Elle entendait le ressac léger des vagues sur la plage en contrebas et aussi l'appel des courlis, mais rien d'autre. Le monde semblait en paix.

En attente ?

— Je suis venue te demander…, commença-t-elle, avant de s'interrompre.

Comment le formuler ? Comment effectuer ce pas de géant ?

Il ne l'aidait pas. Comment le pourrait-il ? Comme il lui avait tout donné, c'était elle qui avait toutes les cartes en main.

Jamais il ne la pousserait à faire ou dire quelque chose, cet homme-là. Un homme qui assumait la garde d'une enfant qui n'était pas la sienne. Un homme qui s'était engagé dans un mariage sans amour faute d'autre solution.

Un homme qui lui avait dit le mot en « A » et l'avait regardée prendre la fuite suite à son aveu.

— Je suis venue te demander en mariage, ajouta-t-elle.

Silence.

Un silence si profond qu'il en était terrifiant. Les courlis s'étaient tus, même les vagues semblaient s'être immobilisées.

Se pouvait-il qu'elle se soit trompée à ce point ?

— Pourquoi ? demanda-t-il enfin d'une voix qu'elle ne reconnut pas.

Distante. Faible. Comme si lui aussi était face à une barrière qu'il n'avait jamais envisagé de franchir.

Quoi qu'il en soit, il n'y avait qu'une réponse à sa question, et elle devait la lui donner. À haute voix. Ici et maintenant.

— Parce que je t'aime.

Nouveau silence. Ni l'un ni l'autre ne bougeait, à croire qu'ils en étaient tous les deux incapables. Il était toujours assis sur la marche du haut, et elle à un mètre environ de celle du bas, les yeux levés vers lui.

Retenant son souffle.

Le monde entier retenait son souffle.

— Je n'ai pas besoin de toi, dit-il enfin.

Elle aurait pu prendre sa phrase comme un rejet, mais cela n'en était pas un. Elle le connaissait, cet homme. Elle comprenait ce qu'il lui disait.

— Je n'ai pas besoin de toi non plus, répliqua-t-elle. Je peux me débrouiller toute seule et toi aussi. Tu pourras voir et t'occuper de ton bébé à ta guise, et on peut être ses parents à égalité sans se marier. Et toi, Noah, je sais que tu feras un papa merveilleux pour Sophie sans mon aide. Donc non, je n'ai pas besoin de toi, et tu n'as pas besoin de moi. Mais aujourd'hui… Il m'a fallu un moment pour le comprendre, mais quand j'ai vu ton visage alors que tu tenais Sophie dans tes bras… Quand j'ai vu à quel point tu l'aimes… Noah, j'adorerais partager. J'adorerais aimer, moi aussi. Si tu veux bien me laisser…

Soudain il se leva, sans toutefois s'approcher d'elle. Elle voyait son visage sous la lumière faible de la véranda et elle y perçut l'afflux d'émotions.

— Sophie…, dit-il lentement, comme s'il luttait pour s'extirper d'un rêve. Parfois… Parfois elle n'est pas facile, Addie.

Là encore, il n'y avait qu'une réponse possible, et elle venait du cœur. Elle dit ce qu'elle croyait vraiment.

— Ce sera notre fille, répondit-elle d'une voix qu'elle dut forcer un peu pour être audible. Notre famille… Peut-être que ce ne sera pas facile, Noah, mais je veux tout. Si tu le veux aussi.

— Avec tambours et trompettes…

— Non, ça, pas tout à fait… Mais me marier avec toi ? Oui et oui et oui ! Élever Sophie et le petit qui arrive, ainsi qu'une chienne du nom de Daisy ? Oui, s'il te plaît, ça aussi.

En revanche, je ne m'habillerai pas une nouvelle fois en blanc, Noah. Même pas pour toi.

— Même pas un tout petit peu ?

Il avait l'air si désolé qu'elle ne put s'empêcher de pouffer. Mais elle ne dérogerait pas sur ce point.

— Même pas un centimètre carré de tulle. Je me le suis juré, j'ai banni ce truc à vie.

Elle prit une profonde inspiration.

— Noah, pour le mariage… Qu'est-ce que tu en penses ?

Enfin il sourit.

Il garda son sourire en place tandis qu'il faisait le trajet jusqu'à elle. Lentement, comme s'il ne croyait pas à ce qui l'attendait en bas des marches. Et au-delà.

Il l'atteignit au bout de ce qui parut à Addie une éternité, lui prit les mains et plongea ses yeux dans les siens.

— Tu es sûre, mon Addie ?

— Je t'aime, Noah.

— Et je t'aime. Si tu me fais l'honneur de devenir ma femme, je serai l'homme le plus heureux de la terre.

— Mais tu ne m'épouses pas par besoin.

Elle était encore anxieuse, malgré elle.

— En fait, ce n'est pas tout à fait vrai, dit-il d'un ton presque intimidé. Si, j'ai besoin de toi, et ça dure depuis un moment maintenant que je l'ai admis. J'ai besoin de toi, Addie. De toi, pas de ce que tu peux faire pour moi ou pour les miens. J'ai juste besoin… de toi.

— Présenté comme ça, alors je peux dire que j'ai besoin de toi aussi, Noah.

Au moment où elle prononçait les mots, quelque chose se lézarda en elle. Et fondit. Puis disparut comme si cela n'avait jamais existé.

Des années passées à se construire cette armure, à faire tout comme il fallait, des années de vide. Tout disparut. Il n'y avait plus rien.

Pourtant, il n'y avait pas de vide. Noah la regardait dans les yeux avec tant d'amour, tellement de désir, tellement de besoin…

Finalement, c'était peut-être un mot délectable aussi, songea-t-elle pour la première fois. Et puis, quand Noah tomba sur un genou, elle décida que c'était le meilleur mot qu'elle ait jamais entendu.

— Dans ce cas, faisons les choses bien, dit Noah, la voix rauque de passion. Adeline Margaret Blair, me ferais-tu l'immense honneur de devenir ma femme ?

— Comment connais-tu mon second prénom ? demanda-t-elle, étonnée.

Drôle de question, à vrai dire, car quelle importance ? Pourtant, le sourire de Noah s'étira encore. Son si beau sourire.

— J'ai regardé dans les dossiers du personnel… Juste au cas où j'en aurais besoin un jour.

Elle gloussa et tomba à son tour à genoux.

— Moi aussi, dit-elle. Disons que je voulais m'informer sur le personnage. Alors… Noah William McPherson, oui, oui, je le veux, chuchota-t-elle. Et toi, tu le veux ?

— Ne sois pas ridicule, chérie, répondit-il en l'attirant contre lui. Tu me l'as déjà demandé mais, oui, oui, je le veux.

Et, soudain, il n'y eut plus besoin de mots. Pendant très, très longtemps.

Heureuse est la mariée sur qui brillent les rayons du soleil…

Sauf qu'il ne brillait pas, le soleil, pensa Addie avec satisfaction, le regard perdu par la fenêtre de sa chambre, sur la plage en contrebas, sur la mer couverte d'une brume matinale.

C'était un mariage très, très différent du précédent.

Ils avaient opté pour une cérémonie le matin car c'était le moment où Sophie et le nouveau membre de leur famille, Giles Williams, étaient dans les meilleures dispositions en société.

Sophie était le « garçon d'honneur » autoproclamé de Noah. Elle était habillée de tellement de frous-frous roses que le tissu l'engloutissait presque. Depuis des jours, elle répétait, tourbillonnant encore et encore, ravie de la façon dont sa robe se soulevait, gloussant de voir son image virevoltante dans le miroir. Ils avaient eu du mal à lui garder sa tenue propre mais, à compter d'aujourd'hui, elle pourrait la porter quand cela lui chanterait.

À compter d'aujourd'hui…

Heidi s'affairait sur la robe d'Addie, magnifique mélange de saphir et de blanc, style années 1950, agrémentée d'un châle arc-en-ciel. Le bustier était moulant jusqu'à la taille, puis la robe s'évasait telle celle de Sophie. Comme Addie allaitait encore, ses seins étaient deux fois plus gros que la dernière fois où elle avait enfilé une robe de mariée.

De manière générale, elle était une femme différente. Complètement, merveilleusement heureuse.

Car, mariage ou pas, Noah et elle étaient désormais un vrai couple, et Currawong Bay semblait destiné à être leur foyer permanent. Ils vivaient toujours à la résidence des médecins, mais une nouvelle maison magnifique était en construction sur le promontoire. Ils avaient des amis, une vie sociale, un travail qu'ils adoraient.

Et ils s'étaient trouvés, eux.

Noah…

Il l'attendait en ce moment, vêtu d'un costume gris anthracite, debout sur le sable, la main dans celle d'une Sophie radieuse.

L'adoption était désormais définitive, et les papiers leur étaient parvenus trois jours après la naissance de Giles. Ce dernier était pour l'heure dans les bras de Morvena, Daisy assise à ses pieds.

Tout le monde l'attendait.

La météo annonçait de la chaleur mais, pour l'instant, le soleil bataillait encore pour filtrer à travers la brume suspendue au-dessus de l'océan calme et paisible. Des petites vagues s'échouaient sur le sable, et les courlis détalaient à leur arrivée pour revenir chercher des vers quand elles refluaient, peu gênés par les chaises, les rubans, l'autel recouvert de fleurs et la kyrielle d'invités aux noces de Noah et d'Addie.

Elle jeta un dernier coup d'œil au miroir et son reflet lui sourit.

— Prête ? lui demanda Heidi, tout sourires aussi.

— Prête.

Elle quitta sa chambre, la maison, et descendit les quelques marches jusqu'à la plage.

Où l'attendait Noah, l'air ravi. Son beau Noah.

— Acceptez-vous de prendre cet homme…

Évidemment qu'elle l'acceptait. Évidemment.

Puis ce fut l'échange d'alliances, deux anneaux d'or incrustés de minuscules agates. Assorties à la chevalière de Noah et à la pierre qu'Addie portait autour du cou : une agate d'un noir de jais arborant le plus pur des cœurs blancs.

Parfait.

Enfin, les mots furent prononcés.

— Je vous déclare à présent mari et femme.

Alors qu'Addie ne parvenait plus à réprimer son sourire, le soleil perça la brume pour les illuminer de sa lumière d'or.

Heureuse est la mariée sur qui brillent les rayons du soleil.

Pas besoin de soleil quand j'ai Noah, Sophie, Giles et Daisy. Quand j'ai tout ce dont j'ai besoin.

Quand j'ai l'amour.

TINA BECKETT

Surprise au Grace Hospital

Traduction française de
ANOUK

Blanche

HARLEQUIN

Titre original :
ONE NIGHT TO CHANGE THEIR LIVES

1.

Ces si jolies perles n'étaient plus à elle.

Plus jamais elle ne les porterait, et elle ne voulait plus jamais les voir.

Bye bye…

Déterminée, Adelina Santini lança le collier dans son écrin de velours.

Oui, c'est terminé…

Elle referma le boîtier noir d'un geste sec et le balança sur la pile, de plus en plus haute, d'affaires à donner lors de la prochaine vente aux enchères de l'hôpital.

Le grand gala de charité annuel qu'elle évitait systématiquement serait, cette fois, bienvenu. L'événement médiatique était prévu à la fin du mois mais Adelina aurait vraiment préféré qu'il se déroule plus tôt ! D'ici là, elle devrait trouver un lieu pour stocker ce dont elle se débarrassait et qui n'avait pas été pris par l'association d'insertion qui récupérait mobilier et vêtements.

Peut-être entreposerait-elle les cartons dans un coin de son bureau. Ce serait pratique.

Adelina soupira, soulagée et attristée tout à la fois.

Bientôt, il ne resterait plus rien de ses cinq années de mariage avec Léo. Rien sauf sa déception…

Sa blessure…

Et sa colère qui, au fil du temps, diminuerait sans doute, même si par moments, elle se demandait si elle parviendrait à oublier.

Adelina jeta un coup d'œil circulaire à la chambre aux

murs pastel, joliment ornés d'une délicate frise fleurie. C'est elle qui, à l'époque, avait posé cette décoration.

Elle était pleine d'espoir… Et si amoureuse de son mari !

Dans ce qui avait été leur chambre régnait à présent un désordre qui, d'une certaine manière, symbolisait la fin de leur amour.

Le lit était défait. Il n'y avait plus ni drap ni oreiller, plus de couette… Presque tout avait été jeté dans le grand sac-poubelle qui contenait également son album et ses photos de mariage.

Ce sac serait donné à l'association d'insertion. Tel quel. Sans regret.

Adelina savait pertinemment qu'elle ne pourrait plus jamais dormir dans cette pièce…

D'ailleurs, elle avait passé les nuits des six semaines précédentes sur le canapé du salon où s'entassaient les autres cartons.

Il en serait ainsi jusqu'à ce qu'elle ait décidé ce qu'elle ferait des meubles que Léo ne voulait pas, ainsi que de la maison qui serait bientôt mise en vente. Tout avait été si vite… La dégringolade accélérée, définitive, de leur histoire.

Les papiers du divorce à l'amiable étaient remplis, en attente de signature, et son futur ex-mari avait déjà emménagé avec la femme qu'elle avait surprise avec lui.

Le jour même où elle les avait découverts ensemble, il s'était installé chez sa maîtresse.

Il n'avait eu aucun état d'âme. Pas un mot d'excuse comme si ce qu'il avait accompli était normal, acceptable et pardonnable.

Adelina sentit son cœur se serrer.

Si elle avait été procédurière, elle aurait demandé un divorce pour faute. Elle aurait accusé Léo, elle l'aurait obligé à assumer juridiquement ses torts…

Elle aurait peut-être moins pleuré.

Sauf qu'agir ainsi ne lui ressemblait pas. Même si son avocate lui avait suggéré de ne pas se laisser miner ainsi,

Adelina avait refusé de surenchérir et d'exiger des comptes à Léo.

Elle voulait surtout oublier le naufrage de son mariage et passer à autre chose le plus vite possible.

Se débarrasser des perles de nacre — un cadeau de mariage qu'elle avait vraiment beaucoup aimé —, représentait peut-être le premier vrai pas pour tourner la page et commencer à se reconstruire.

Adelina l'espérait de tout cœur.

Elle aurait tant voulu ne plus jamais revoir Léo…

Jamais.

Elle l'aurait gommé de sa mémoire pour toujours.

Mais c'était impossible. Léo Santini était secouriste, et inévitablement, ils se rencontraient au travail. Il véhiculait des blessés, elle accueillait ces mêmes blessés aux urgences. Ils devaient échanger des comptes rendus, des informations, assurer un suivi… Qu'ils le veuillent ou non, ils collaboraient.

Dans ces moments strictement professionnels, Adelina parvenait presque à occulter qui était Léo, et ce qu'il représentait à ses propres yeux. Un homme qu'elle avait aimé, épousé, en qui elle avait cru…

Un homme qui l'avait trahie.

À l'hôpital, l'essentiel était de s'occuper des patients, de les aider, de les sauver parfois.

Mais ensuite, la rage au cœur, Adelina luttait contre une violente envie de fuir cet endroit, cet établissement de South Beach où, pourtant, elle s'était fortement investie depuis bientôt huit ans.

En partir serait une erreur, elle le savait. Il lui faudrait refaire ses preuves, reconstituer son réseau, trouver un logement décent, s'éloigner de l'océan qu'elle aimait tant…

Non, sûrement pas.

Elle se répétait alors qu'il n'était pas question qu'elle démissionne et cherche un poste ailleurs.

Hors de question de changer de ville.

Hors de question de fuir à cause de Léo le traître.

Il fallait qu'elle tienne le coup, qu'elle trouve d'autres repères et qu'elle reconstruise sa vie…

Seule.

Divorcée bientôt.

Soudain oppressée, Adelina se prépara pour aller travailler.

Trop d'interrogations la minaient.

Ce n'était pas la première fois… Et ce ne serait pas la dernière.

Une fois de plus, elle pensa alors que son travail était le meilleur moyen de lutter contre la déception et la déprime qui la guettaient.

Adelina prit une douche, enfila une tenue simple et fonctionnelle — jean, T-shirt et baskets — et, comme tous les jours, but un thé vert accompagné d'une tartine de pain complet agrémentée de marmelade.

Ce petit déjeuner peu copieux mais sain était devenu une habitude. Elle se forçait même si elle n'avait plus très faim, en ce moment.

Oui, son travail lui faisait de plus en plus l'effet d'une bouée de sauvetage…

Elle s'y accrochait consciemment, et même volontairement : elle arrivait sur place bien avant le début de son service, et repartait tard, très tard, sans que personne ne s'en rende forcément compte.

De toute façon, elle se moquait qu'on remarque sa présence ou non. Elle était médecin, après tout… Et à ce titre, elle accomplissait consciencieusement ce qui entrait dans ses attributions sans se montrer avare de son temps.

Une demi-heure plus tard, Adelina s'engouffrait dans la salle du personnel des urgences de l'hôpital de Miami : le Grace Hospital. Un établissement d'importance dans la région de South Beach.

Dès qu'elle en franchissait les doubles portes, elle se sentait sûre d'elle et dynamique.

Elle traversa la pièce et, dans un coin, lâcha plus qu'elle ne posa les cartons qu'elle avait apportés. Elle les rangerait ensuite dans son bureau.

L'un d'eux se renversa, et quelques affaires s'éparpillèrent sur le sol. Des foulards, des taies d'oreiller, des cravates… Et la petite boîte contenant son collier de perles.

Il ne manquait plus que ça…

— Attends, je vais t'aider, proposa alors une voix masculine aux chaudes inflexions.

Adelina, qui s'était déjà agenouillée pour tout ramasser, leva les yeux vers Garret Stapleton, le responsable administratif.

— Oh ! non, c'est inutile…

— Tu es sûre ?

Elle lui jeta un nouveau coup d'œil.

Garret était un bel homme blond aux biceps musclés, souriant et, de toute évidence, séducteur. Bien que son rôle l'oblige à un sérieux permanent, ses yeux bleus en amande étincelaient d'une petite lueur taquine. Tous deux se croisaient régulièrement au détour des couloirs mais, jusqu'à présent, et même s'ils se tutoyaient, Garret s'était toujours montré poliment distant.

Contrairement à cet instant. Là, il la regardait avec une surprenante attention, comme s'il sentait qu'elle était énervée.

Adelina en fut encore plus irritée.

— Je suis si maladroite en ce moment…

— Parce que tu es trop pressée. Allez, laisse-moi faire.

— Merci, c'est gentil, dit-elle, refoulant tant bien que mal son agacement. Merci, vraiment.

— Je t'en prie, Addy. Tiens, voilà qui est charmant… C'est à toi, ce joli sautoir ? demanda Garret en saisissant les perles nacrées pour les examiner suspendues à l'un de ses doigts.

Comme bon nombre de collègues, il l'appelait Addy, son diminutif.

— C'était à moi, rectifia-t-elle. Je donne tout ça… Tout, y compris ce collier que je portais à mon mariage.

Elle eut soudain l'impression de déballer sa vie privée devant Garret.

Tant pis.

De toute façon, comme beaucoup de ses collègues, il devait savoir qu'elle était en plein divorce. De plus, étant l'adjoint du directeur des ressources humaines, Garret avait accès à l'intégralité des données personnelles non confidentielles de tous les soignants du Grace Hospital.

Elle avait dû mentionner sa séparation d'avec Léo.

Garret rangea le bijou dans son coffret et contempla Addy d'un air perplexe.

— Tu ne veux pas plutôt le vendre ?

— Si je le faisais, je le braderais.

Addy haussa les épaules.

— Pour être franche, je me moque de l'argent qu'il pourrait me rapporter. En fait, avec tout ce que contiennent ces cartons, il fera partie des lots pour la prochaine vente aux enchères.

— Tu es sûre ? Ce sont de vraies perles, observa Garret après avoir jeté un nouveau coup d'œil au collier. Tu es généreuse…

Il la dévisagea longuement.

— Tu ne le regretteras pas ?

Addy soutint son regard.

Pourquoi la scrutait-il ainsi ?

Et d'abord, depuis quand s'intéressait-il à elle à ce point ?

— Je ne regrette jamais rien, affirma-t-elle.

Du moins, j'essaie, rectifia-t-elle en son for intérieur.

Elle regrettait d'avoir cru en Léo et de lui avoir fait confiance.

Garret ébaucha un bref sourire.

— Tant mieux. La vie est faite de décisions parfois radicales et indispensables pour avancer… Et on doit avancer, sinon, on se noie ou on coule.

Il avait énoncé cette évidence d'un ton nonchalant, mais Addy eut la sensation que ses propos revêtaient une tout autre signification.

— Bien d'accord avec toi, Garret. En donnant toutes ces affaires pour le gala de charité, je contribue à une sorte de sauvetage personnel… Et je garde la tête hors de l'eau.

Garret la regarda de nouveau. Une lueur indéchiffrable mais intense se reflétait dans ses yeux clairs.

Un court instant, Addy en fut troublée.

— Je comprends. Bon, Addy, si tu le veux bien, allons discuter quelques minutes. Je voulais justement te voir.

— Maintenant ? s'étonna-t-elle.

— Si ça ne t'ennuie pas, oui. Je t'aurais envoyé un mail pour te convoquer mais puisque tu es là…

Une attention particulière brilla de nouveau dans les yeux de Garret.

— Comme souvent, tu es en avance dans le service, et moi aussi. On a un point commun, toi et moi ! Profitons-en. Je m'occupe de tout ça…, enchaîna-t-il.

Et sans attendre de réponse, il empila les cartons qu'il prit à bras-le-corps pour les transporter dans son bureau, la pièce adjacente à la salle du personnel.

On a un point commun, toi et moi…

Profitons-en…

Addy éprouva de nouveau un trouble indéfinissable qu'elle chassa vite pour se ressaisir.

La politesse de la proposition de Garret peinait à cacher un ordre plus formel. Après tout, il était le responsable administratif de l'établissement. Il possédait donc autant de pouvoir que le directeur des ressources humaines.

À ce titre, Garret était en quelque sorte l'employeur d'Addy.

Qu'avait-il donc à lui dire ? Aurait-elle commis une erreur ? Une faute ?

Garret avait la réputation d'être un homme autoritaire. De fait, il l'était, mais en douceur. Une main de fer dans un gant de velours.

Intriguée et malgré tout un peu inquiète, Addy lui emboîta le pas.

Garret posa les affaires de la jeune femme dans un coin de son bureau, et réprima une grimace en repliant les doigts de sa main gauche.

Depuis son accident de voiture, il avait pris l'habitude de l'utiliser au minimum, si bien que le moindre effort devenait douloureux. Les tendons et ligaments se rouillaient inexorablement.

Il lui faudrait remédier à ce problème avant que ce ne soit trop tard. D'un point de vue neurologique, il n'existait rien de pire que l'immobilité.

Comment s'avouer que jusqu'à présent, il n'avait pas ressenti le courage d'affronter pleinement la réalité ?

— Assieds-toi, dit-il en désignant l'un des deux fauteuils de cuir placés devant sa table de travail.

Addy prit place, les yeux fixés sur lui.

Ses longs cheveux bruns étaient noués en queue-de-cheval, ce qui lui donnait l'allure d'une étudiante alors qu'elle était le meilleur urgentiste de l'hôpital. Réactive, attentive, dotée d'une curiosité insatiable indispensable à une bonne pratique. Quand il s'agissait de soigner ses patients, elle ne laissait rien au hasard, n'hésitant pas à interroger ses collègues si besoin. Cela traduisait une posture d'humilité que peu de médecins possédaient. Garret appréciait qu'elle se comporte ainsi.

En vérité, il appréciait beaucoup de choses chez elle.

— Pourquoi tu veux me voir ? l'interrogea-t-elle, interrompant les pensées de Garret. Il y a un problème ?

Il hocha la tête, se remémorant les rumeurs qui allaient bon train à propos de la jeune femme. On disait qu'Addy rencontrait de sérieux soucis personnels. En raison d'une désorganisation involontaire de son planning, on la soupçonnait aussi de souffrir d'un surcroît de stress potentiellement néfaste à son rôle de médecin.

Il se racla la gorge, un peu ennuyé de devoir aborder la situation de la jeune femme. Oui, il aimait bien Addy Santini. Il l'aimait même beaucoup.

Il espérait ne pas la froisser.

Le pouce de sa main abîmée frotta son index enflé. Décidément, oui, comment dire les choses ?

En même temps, s'il gardait le silence et qu'un incident survenait, il s'en voudrait terriblement.

— Addy, à chaque fois que le nom d'un médecin apparaît sur un tableur suite à un rendez-vous ou une intervention, c'est intégré dans les statistiques du système informatique. Si l'ordinateur trouve une trop grande différence entre les heures de travail assignées habituellement et les heures effectuées en réalité, il envoie un signal d'alarme. Tu sais combien de signaux d'alarme tu as générés au cours des dernières semaines ?

Addy fronça les sourcils, l'air incrédule.

— J'ai eu beaucoup de temps libre donc…

— Trouve une autre excuse.

Garret avait tenté d'adoucir ses paroles d'un sourire. Il ne voulait pas donner l'impression d'être un surveillant trop autoritaire.

Addy redressa fièrement le visage, et un éclair traversa ses yeux verts.

— Une excuse ? Je ne comprends pas… Et pourquoi ces questions, Garret ? Si mon travail pose problème, ou si j'ai commis une erreur, ça concernera sûrement davantage le service régional des ressources humaines que toi, non ?

Garret acquiesça.

— Normalement, je devrais te répondre par l'affirmative. Sauf que le service des urgences est le cœur du Grace Hospital de Miami. Donc il est important que je m'assure du bon fonctionnement des équipes. C'est même primordial pour l'hôpital tout entier.

Addy esquissa une moue.

— Bien sûr. Si je travaille des heures supplémentaires, c'est bénéfique pour les résultats généraux de l'établissement, je présume.

— Oui, on peut l'imaginer, mais ce n'est pas toujours le cas. Il y a certains paramètres à prendre en compte…

Garret laissa sa main gauche pendre derrière le bureau. Il ne voulait pas l'utiliser comme un exemple de ce qui pouvait advenir quand on poussait ses limites trop loin.

— J'ai besoin de toi au top de ta forme.

— Ce n'est pas le cas ? répliqua Addy d'un ton vif.

— Si. Tu es même un immense atout pour cet hôpital. Je suis certain que tu le sais, ajouta Garret. C'est pour cette raison que je ne veux pas que tu en fasses trop, ou que tu aies envie d'aller voir ailleurs.

Addy secoua la tête, l'air perplexe.

— Je n'ai aucune intention d'aller travailler ailleurs. Pas pour le moment, du moins, conclut-elle en détournant le regard, évitant ainsi de croiser celui de Garret.

Donc elle avait déjà eu l'idée de partir.

— Est-ce que tout se passe bien avec l'équipe ? demanda-t-il. Est-ce que quelqu'un te rend la vie difficile ?

— Tu veux dire quelqu'un d'autre que toi ?

Elle ébaucha un sourire qui illumina ses yeux, en en plissant le coin d'une manière que Garret trouva irrésistible.

Il sentit les battements de son cœur s'accélérer.

Toutefois, comme lui-même ne souriait pas, elle redevint vite sérieuse.

— Bien sûr que non, répondit-elle. Personne ne nuit à ma façon de travailler.

— Alors pourquoi ce changement brutal dans ton emploi du temps ?

Garret se força à se concentrer sur ce qui lui semblait essentiel. Addy ne pourrait nullement nier que ses habitudes avaient changé. Peut-être était-il en train de s'avancer en territoire interdit, mais pour assurer sa propre mission, il se devait de vérifier certains détails. Le but demeurait l'hôpital, sa réputation et la qualité des soins prodigués dans l'établissement…

Du moins se plaisait-il à le penser. Parce qu'il aimait bien ce dialogue avec la jeune femme.

Addy hésitait.

— Je traverse une période difficile pour des raisons personnelles, finit-elle par lâcher. J'ai besoin de travailler pour ne pas trop y penser et garder un objectif concret : bien soigner mes patients.

Garret sentit qu'il se raidissait. Bon sang, la connotation familière de ces mots était perturbante… Lui-même avait traversé ce genre d'épisode douloureux quelques années plus tôt.

— Tu veux en parler ?

Addy lui donna l'impression de tressaillir, mais elle se ressaisit.

— Non. Oh ! en fait, si…

Elle garda le silence pendant un long moment comme si elle s'efforçait de trouver les mots justes.

— Je divorce de mon mari, et c'est compliqué. Voilà.

Garret s'appuya contre le dossier de son fauteuil. Il était à la fois surpris et étonnamment soulagé.

Des problèmes personnels, une séparation… Il connaissait si bien.

— Addy, écoute, je ne veux pas m'immiscer dans ta sphère privée. C'est juste que tu travailles trop. Beaucoup plus que tu ne devrais.

Elle le regarda fixement. Cette fois, une lueur de surprise traversa ses prunelles vertes. Un vert émeraude, profond. Envoûtant.

— Effectivement, je suis très disponible en ce moment, admit-elle. Ça tombe bien, le Dr James, mon binôme, est souffrant. Pour ne rien arranger, son remplaçant vient quand il peut… C'est difficile.

— Je sais. Vous êtes en sous-effectif. Il n'empêche que tu fais vraiment trop d'heures supplémentaires, insista Garret. Matin et soir, si je ne m'abuse.

— Oui… Et alors ? Et d'abord, comment es-tu au courant ? demanda Addy d'un ton perplexe. J'y reviens, mais… Si ce n'est pas le service régional, c'est Charles, notre responsable des ressources humaines, qui devrait me parler de ce genre de problème, non ?

— Exact. Mais Charles est absent aujourd'hui et, hier soir, il m'a chargé de voir ça avec toi.

Addy hocha la tête.

— Je vois. Alors qu'est-ce qui ne va pas ? Ou plutôt, qu'est-ce qui ne vous va pas ? Parce que, je le répète, franchement, l'équipe des urgences ne se plaint pas, au contraire.

— Je sais. Ce n'est pas la question.

— Ah. Bon, dans ce cas, qu'est-ce qui vous dérange, Charles et toi ?

Garret perçut le net agacement d'Addy.

Lui non plus n'aurait pas apprécié de devoir se justifier alors qu'il donnait le maximum de lui-même à son employeur. Mais là, avec Addy, l'enjeu humain était de taille.

La direction de l'hôpital voulait préserver le Dr Addy Santini, et surtout, anticiper un éventuel arrêt de travail provoqué par un burn-out.

Addy travaillait vraiment beaucoup trop. Les conséquences d'un épuisement physique ou mental étaient nombreuses : perte de motivation, énervement, envie de changer d'air, voire de poste, et dans les cas extrêmes les plus graves, erreurs médicales. Sans parler des problèmes de santé.

Garret s'éclaircit de nouveau la voix. Il sentait qu'il marchait sur des œufs.

— Addy, on te connaît bien, ici. Je n'irai pas par quatre chemins : il faudrait que tu te montres plus modérée dans ton investissement professionnel…

— Plus modérée ? le coupa la jeune femme, choquée. Franchement, c'est la première fois qu'on me recommande ça ! En général, on nous reproche, à nous tous, de ne pas en faire suffisamment !

— Ce qui n'est pas ton cas. Tu en fais plus qu'assez, et on ne voudrait pas que ça se retourne contre toi ou…

— Contre les malades ? La vérité, c'est que vous craignez que je commette des fautes, lança Addy. Comme si c'était possible… Vous savez bien que je suis un médecin consciencieux.

— Oui, nous le savons tous. Mais tu es humaine, donc faillible, insista Garret avec douceur. Tu travailles presque soixante-dix heures par semaine, tu assures les urgences pratiquement jour et nuit depuis un mois et demi… Franchement, Addy, tu ne pourras pas garder ce rythme encore bien longtemps. Tu en es consciente, pas vrai ?

La jeune femme baissa brièvement les yeux, signe qu'elle reconnaissait les faits.

— Bon, alors, cessons de tourner autour du pot. Qu'est ce qui se passe ? insista-t-il, la gorge soudain nouée par la fragilité qu'il percevait chez elle. J'ai entendu dire des choses…

— Des choses ? répéta-t-elle d'un ton ironique.

Addy darda un regard fier sur lui.

— Bien sûr, tout le monde en parle… Je déteste les ragots !

Elle poussa un soupir, croisa et décroisa ses jambes musclées.

Sous sa blouse blanche, son jean moulait ses mollets et ses cuisses. Fugitivement, Garret se demanda quelle activité sportive elle pratiquait. Quand il la rencontrait dans les couloirs, il la voyait marcher d'un pas vif. D'ailleurs, elle portait plus souvent des baskets que des escarpins.

— Il se passe que comme je te le disais il y a quelques minutes, je suis en plein divorce, que c'est douloureux et compliqué, lâcha-t-elle visiblement à contrecœur.

— Un divorce…

Garret hocha la tête. Il savait à quel point c'était déstabilisant et douloureux. Tant de renoncements étaient en jeu.

— Ceci explique peut-être que tu te débarrasses de certaines affaires, observa-t-il, fixant des yeux les cartons de la jeune femme entassés dans un coin.

— Exactement. Le collier de perles, par exemple, confirma-t-elle en esquissant une moue attristée. Je ne veux plus rien garder en souvenir. Rien. L'ennui, c'est que mon ex-mari… futur ex-mari, rectifia-t-elle, est secouriste. On est amenés à se revoir, qu'on le veuille ou non. Mais pour l'instant, je gère.

Pour l'instant…

La même crainte revint à l'esprit de Garret. Plus claire. Addy avait déjà envisagé la possibilité de changer d'hôpital.

— Tu serais prête à démissionner si ce n'était plus gérable ? interrogea-t-il.

Un court silence s'installa. Addy garda le regard fixé au loin, une lueur songeuse au fond des prunelles. Puis elle reporta son attention sur lui, l'air grave.

— Pour l'instant, Garret, je suis ici, dans cet hôpital, et

à ce stade, si ça peut te rassurer, ou vous rassurer, vous, les administrateurs de l'établissement, je ne postule nulle part ailleurs. Je n'en ai pas le temps.

— Tant mieux, dit Garret.

Les mots lui avaient échappé.

— Oui, tant mieux, répéta Garret, conscient du léger étonnement qui se reflétait dans les yeux de la jeune femme. Tu es importante, pour nous. On a envie que tu restes, non que tu t'épuises à la tâche.

Il aurait pu ajouter que lui, tout particulièrement, désirait qu'Addy Santini ne parte pas. Elle était jolie et intelligente. Intéressante. Une femme pas comme les autres qu'il espérait connaître davantage.

Naturellement, jamais il ne pourrait le lui avouer... Jamais.

Garret se leva et se força à sourire, espérant dissimuler le trouble inexplicable qui l'envahissait.

— Merci, Addy, d'avoir accepté cet entretien informel.

— Je t'en prie.

Elle se redressa à son tour, et une petite moue reconnaissante affleura à ses lèvres. Son regard, toutefois, demeura sérieux.

— Je vais faire attention et moins travailler... C'est promis.

Ce jour-là, en dépit de ce qu'elle avait assuré à Garret, Addy ne partit de l'hôpital qu'à 22 heures passées. Il y eut trois admissions de dernière minute, et l'urgentiste de garde arriva avec vingt minutes de retard. Lui-même avait dû faire face à des soucis personnels, sa propre fille ayant fait une intoxication alimentaire. Parfois, les problèmes se cumulaient.

Une fois chez elle, Addy se prépara un thé vert et s'obligea à manger un peu. Un dîner, un vrai dîner, c'était impossible. Seule ? Aucun plaisir... Elle n'avait décidément plus beaucoup d'appétit. Mais elle se força à avaler un bol de soupe à la tomate et un morceau de fromage avec du pain de mie.

Ensuite, comme souvent, elle appela son père qui habitait seul. Depuis la mort de la mère d'Addy, le vieil homme s'efforçait de garder le moral, mais c'était difficile. Il ne se remettrait jamais vraiment du décès de sa femme qu'il avait tant aimée pendant plus de quarante-cinq ans.

Tombant sur le répondeur, Addy laissa un message affectueux.

La suite de la soirée s'écoula vite. Quelques cartons encore, remplis d'affaires qui seraient données à une association caritative. Un peu de lecture. Une douche. Un mail à Charleen, sa meilleure amie, également médecin. Charleen s'inquiétait pour Addy.

Il fallait la rassurer…

Et affirmer, comme elle l'avait fait avec Garret, qu'elle maîtrisait la situation, qu'elle était consciente de ses difficultés du moment, qu'elle veillait sur elle-même.

Toutefois, écrivant ce message à Charleen, Addy se demanda si c'était la vérité.

Parfois, elle avait l'impression que sa vie lui échappait…

Et qu'elle partait à la dérive, lentement mais sûrement, comme lorsqu'elle s'abandonnait au courant quand elle surfait.

Quand c'était une planche de surf, elle devait se diriger grâce au vent, qu'elle « attrapait » afin de filer dans la bonne direction. Elle savait agir ainsi. Peut-être mieux que dans son quotidien…

Mieux que dans la vie.

2.

Deux jours plus tard, de bonne heure, Addy reçut un mail de Garret. Elle s'apprêtait à partir faire du surf quand le message arriva sur son portable.

Elle sentit son souffle se bloquer.

Elle avait déjà agi de son mieux pour diminuer ses heures, mais elle savait qu'elle continuait à travailler plus que demandé.

Elle le lut, le cœur battant.

À sa grande surprise, Garret ne lui parlait pas de ses heures. Pas du tout. Il l'informait avoir fait expertiser son collier de perles qui avait été estimé à deux mille dollars. Voulait-elle toujours le confier à la vente aux enchères ?

Addy répondit aussitôt par l'affirmative. Elle précisa qu'elle n'était pas étonnée par la valeur du bijou mais que ça ne changeait rien pour elle.

Elle ne précisa pas que l'intérêt que Garret lui manifestait l'étonnait et la flattait.

Se comportait-il de même auprès de tous les médecins qui travaillaient trop ? Elle ne le pensait pas.

Mais s'il lui prêtait une telle attention, c'était peut-être parce qu'il avait décelé un réel signal d'alarme. Un danger.

Addy avait entendu dire qu'il avait été victime d'un terrible accident qui avait failli lui coûter la vie. La main paralysée de Garret demeurait le stigmate de ce drame. Il avait été l'un des meilleurs neurochirurgiens du pays, et tout avait été pulvérisé en quelques secondes. Garret avait alors quitté New York pour venir s'installer à South Beach.

Pourquoi si loin de la côte est ?

Peut-être que, comme elle en ce moment, il avait eu besoin de changer d'air. Radicalement.

Peut-être aurait-elle intérêt à faire de même. Quitter South Beach et aller à New York…

Sauf qu'elle était une fille de Floride. Même si ses parents étaient des immigrés italiens, elle était une vraie surfeuse comme les autochtones passionnés.

D'ailleurs, là, maintenant, il fallait qu'elle y aille. Elle avait besoin de « goûter à la mer ».

Addy partit surfer.

À cette heure, la plage de South Beach dédiée aux amoureux du surf était presque déserte. L'eau étincelait, argentée sous les premiers rayons du soleil. Le sable était d'un blond clair, humide de rosée.

C'était si beau…

Comme à chaque fois, Addy oublia son travail.

Elle oublia ses soucis et ses peines.

Elle fut portée par les éléments de la nature et l'instant présent, concentrée sur les arrondis des vagues qu'elle prenait de biais, tranquillement, avec confiance.

Sauf que deux heures plus tard, Addy courait presque en se dirigeant vers l'entrée du service des urgences.

Non qu'elle soit en retard…

Au contraire.

Il était à peine 8 heures du matin.

La réalité était déstabilisante : parce que cette fois-là elle n'arrivait pas en avance, elle culpabilisait presque !

C'était absurde.

Garret avait donc raison : elle franchissait allègrement les limites de sa propre résistance psychique et physique, ce qui la mettait potentiellement en danger.

Heureusement qu'elle avait le surf…

Même en octobre, quand la fraîcheur ambiante annonçait l'automne, c'était un sport merveilleux.

Addy adorait tellement cette échappée marine. C'était

une parenthèse pure et tellement rafraîchissante dans son quotidien.

Tout en marchant vers son bureau, elle revécut sa séance de surf matinale, encore emplie de sensations grisantes.

La mer avait été lisse, juste traversée de vagues suffisamment fortes pour que ce soit un délice… Elle aurait toutefois préféré des rouleaux puissants et entraînants, une houle plus mouvementée !

Oui, le surf, c'était sa bouffée d'oxygène depuis toujours.

Addy avait appris à glisser sur l'eau quand elle était petite, et elle était la seule de sa famille à aimer le surf. Ses parents préféraient la terre ferme… Mais ils l'avaient toujours encouragée dans sa pratique sportive.

C'était dans le cadre d'un concours de surf qu'elle avait rencontré Léo Santini cinq ans plus tôt…

Ce jour-là, elle aurait mieux fait de déclarer forfait au lieu de se mesurer à ce beau brun qui lui avait promis monts et merveilles. Un beau brun aux yeux de velours, tellement gentil et séducteur…

À l'époque, Addy essayait de s'occuper au mieux de sa mère, atteinte d'un Alzheimer précoce. Elle s'était reposée sur Léo. Elle avait cru à son amour.

Elle s'était trompée.

Léo était un homme superficiel qui se donnait des airs de penseur.

Addy inspira profondément, consciente que son cœur se serrait tandis qu'elle empruntait un long couloir aux murs blancs et jaune pâle.

Elle avait arpenté ce lieu si souvent avec son mari…

Mon futur ex-mari.

Vivement que le divorce soit prononcé. Elle ne supportait plus de s'appeler Mme Santini.

Chassant les idées moroses qui l'assaillaient de nouveau, Addy entra dans la petite pièce où elle recevait ses patients.

Elle rangea son sac de sport et enfila rapidement sa blouse blanche.

Après avoir rassemblé ses cheveux en une torsade souple,

elle jeta un coup d'œil au miroir au-dessus du lavabo. Pour une fois, elle avait bonne mine. Le grand air de la mer semblait avoir lavé ses soucis…

Apparence.

Au fond d'elle-même, elle savait qu'elle restait fragile… Meurtrie.

Garret n'avait décidément pas eu tort en la mettant en garde contre un possible épuisement mental. Seul le travail lui permettait de ne plus trop réfléchir, encore moins de se souvenir.

Le travail et le surf.

Mais travailler de façon excessive, ce n'était pas une bonne solution.

Pas du tout.

La matinée se déroula d'une manière étonnamment tranquille.

Il y eut peu de vraies urgences, rien de très grave à traiter. Pour une fois que c'était calme…

Addy collaborait avec Alicia et Kelly, les deux infirmières du service, secondées par Betty, Nadia et Janine, les aides-soignantes. Ensemble, elles formaient une équipe soudée, presque idéale tant elles s'entendaient bien.

Il n'y avait que lorsque Léo et ses collègues secouristes ou ambulanciers arrivaient que tout changeait pour Addy. À ce moment-là, une colère sourde l'envahissait, mêlée de regrets, d'amertume, de rancœur…

Mais elle s'efforçait de n'en rien montrer.

Jamais.

Après tout, elle était médecin et, de ce fait, agissait comme un repère, un point de référence, pour les patients et son équipe. Elle ne devait pas faillir, n'est-ce pas ? Surtout pas. Quoi qu'il se passe, il fallait qu'elle soit disponible, à l'écoute, active et réactive.

Sauf quand la pression professionnelle diminuait… Addy se sentait alors si fragilisée.

Ce midi-là, ce fut encore le cas. À midi, elle se rendit à la cafétéria en espérant ne croiser personne.

Dès qu'elle cessait de travailler, la même sensation de tristesse l'accablait, et elle évitait les situations l'obligeant à parler, à sourire… À être comme tout le monde.

Elle avait l'impression de ne plus être comme tout le monde. Parce qu'elle avait été trompée. Parce que Léo ne l'avait pas respectée. Parce qu'il lui avait menti.

Tout en pénétrant dans la vaste pièce aux murs blancs, Addy chassa une fois de plus les souvenirs douloureux. Combien de temps lui faudrait-il pour se remettre et réussir à tourner la page ?

Elle choisissait distraitement son plat principal — du cabillaud en sauce accompagné de légumes et de riz —, quand elle aperçut Garret assis non loin. Il la regardait.

Difficile de prétendre qu'elle ne l'avait pas vu. Elle était solitaire par nécessité, mais pas impolie !

Comme il lui adressait un petit signe amical, elle lui sourit.

Elle s'apprêtait à aller s'asseoir à une autre table mais d'un autre geste, Garret l'invita à le rejoindre.

Plateau à la main, elle s'approcha un peu à contrecœur. *Pourvu qu'il n'aborde pas de nouveau le problème des heures supplémentaires*, se dit-elle, prête toutefois à répondre si nécessaire.

— Bonjour…

— Bonjour, Addy. Si tu veux, on peut déjeuner ensemble, proposa-t-il gentiment. Mais si tu préfères être seule…

Il s'interrompit, l'air un peu gêné, ce qui étonna Addy.

— Oh ! je suis souvent seule, oui, mais pour une fois, ça me changera, avoua-t-elle.

Elle sourit, surprise par ses propres paroles.

— C'est bon ? demanda-t-elle, remarquant qu'il avait choisi la même nourriture qu'elle.

— Correct, sans plus, dit Garret. La restauration collective est rarement goûteuse, mais peu importe… On reprend des forces, c'est ce qui compte.

Acquiesçant, Addy s'assit et resta silencieuse quelques secondes.

Elle connaissait assez bien Garret. La force, pour lui,

c'était avant tout une question de mentalité, de courage, presque de foi. L'accident dont il avait été victime l'avait inévitablement marqué.

— Le service a été plutôt calme aujourd'hui…

— Oui, c'est appréciable, renchérit Garret. Personnellement, en ce moment, je m'ennuie presque dans mon bureau ! Même si j'ai à organiser la vente aux enchères de la fin du mois. Ambiance kermesse, en somme. Théoriquement, ce n'est pas trop mon truc. Pourtant, je m'y fais.

Elle soutint son regard.

— J'imagine à quel point tu dois regretter ta vie d'avant. Rejoins-nous, de temps en temps ! proposa-t-elle spontanément. Aux urgences, on n'a jamais assez de médecins…

Garret sourit, l'air sceptique et amusé.

— J'ai des regrets, oui, prétendre le contraire serait absurde. Mais il faut que je m'habitue, même si ça me paraît inenvisageable. Quant à venir vous aider…

Il resta silencieux quelques secondes, le regard dans le vide.

— Techniquement parlant, je le pourrais, bien entendu… Sauf s'il fallait soulever des poids ou bouger des choses lourdes. Je suis quelque peu handicapé à ce niveau-là, ajouta-t-il en remuant le poignet de la main gauche.

Ses doigts, eux, restèrent immobiles, raides dans leur attelle.

— Oui, mais tu pourrais nous aider autrement, objecta Addy. En examinant les patients, en participant au diagnostic… Tu n'y as jamais pensé ?

Garret hocha la tête, et son visage s'assombrit.

— Si, bien sûr. Sans être convaincu. Depuis ce qui m'est arrivé, je me méfie de moi-même, lâcha-t-il brutalement.

Addy garda un silence prudent pendant quelques secondes.

— C'est-à-dire ?

— Tu n'es pas au courant ? s'étonna-t-il. Je croyais que les ragots allaient bon train…

— Pas de ragots sur toi. Tu détiens un rôle-clé, à l'hôpital, et je crois qu'on redoute de te déplaire ! poursuivit-elle en s'efforçant d'adoucir ses propos en employant un ton humoristique.

Ça fonctionna : Garret se mit à rire.

Malgré elle, Addy le trouva alors terriblement séduisant. Quand il riait, une fossette se creusait de chaque côté de sa bouche. Elle remarqua qu'il avait des lèvres pleines, sensuelles, et des dents bien alignées, blanches.

C'était un bel homme, et il devait le savoir.

— On ne raconte rien sur moi parce que je suis l'administrateur ? répliqua-t-il. Peut-être… Et tant mieux ! Comme toi, je déteste les ragots. Bref, pour en revenir à ce que je disais, il y a quatre ans, j'ai eu un accident de voiture. Je venais de travailler quatorze heures d'affilée et j'étais épuisé. Je me suis endormi au volant, confia-t-il.

Addy sentit son cœur se serrer. Soudain, son entretien de l'autre jour dans le bureau de Garret revêtait une signification différente, plus forte.

— Je comprends mieux pourquoi tu crains que je travaille trop…

Garret leva le pouce de sa main droite.

— Stop à l'épuisement ! Ma triste expérience joue sur ma perception de notre réalité professionnelle, c'est certain. Mais il n'y a pas que ça, se hâta-t-il de préciser. On veut que tu continues dans notre service le plus longtemps possible dans de bonnes conditions. On tient à toi, Addy.

Elle sourit, sincèrement touchée.

— Merci. Rassure-toi, je décompresse en faisant du sport. Du surf, plus précisément.

Garret arqua un sourcil, l'air impressionné.

— Du surf ? C'est tonique.

— Très tonique. J'en ai besoin. J'en fais depuis longtemps… Depuis mon enfance.

— Félicitations !

— Je n'ai pas de mérite, dit Addy, un peu gênée.

Elle n'avait pas l'habitude de parler d'elle. Ça ne lui plaisait pas. Mais curieusement, ses petites confidences personnelles à Garret semblaient couler de source.

Parce que je me sens bien avec lui, comprit-elle tout à coup.

— On vit à Miami, au bord de l'océan, donc on en profite... En tout cas, moi, j'en profite au maximum.

— C'est sûr.

Garret esquissa un sourire, et les fossettes qu'Addy trouvaient irrésistibles apparurent.

Il avait vraiment un sourire craquant.

— Quand j'habitais à New York, je partais au ski dans le Vermont. J'adorais skier. J'avais plutôt un bon niveau... Mais depuis mon accident je ne fais plus de sport, avoua Garret après une courte hésitation.

Elle le contempla, s'absorbant involontairement dans le bleu des yeux de Garret.

— Pourquoi ? demanda-t-elle sans détour.

— Pourquoi ?

Garret hésita.

— Manque d'énergie... Perte de confiance en moi... À cause de ça, sans doute, ajouta-t-il en montrant sa main gauche. Mes doigts sont paralysés. Raides comme du bois mort.

— Oui, mais ça n'empêche pas de rester en équilibre sur une planche, objecta Addy.

Elle s'en voulut aussitôt de s'être montrée aussi catégorique. Que savait-elle, au juste, de ce qu'on pouvait ressentir dans une telle situation ?

— Exact. Ça empêche seulement de...

Contre toute attente, il s'interrompit et lâcha un soupir.

— Bien vu, Addy. J'allais te donner une fausse excuse. Je n'ai simplement plus le courage de faire du sport, quel qu'il soit, depuis mon accident.

Elle le dévisagea longuement. Il la regardait, lui aussi, calme, l'air résigné ; triste.

Son cœur se serra puis se mit à battre plus vite. Trop vite. Sans réfléchir, elle déclara :

— Un jour, si tu veux et si on en a l'occasion, viens surfer avec moi. Je te donnerai des trucs pour que ce soit plus facile. Ce n'est pas du ski... Mais ça y ressemble un peu, ajouta-t-elle en souriant.

— On glisse... On a des ailes... Et ça fait du bien,

poursuivit-il en soutenant le regard d'Addy. D'accord… Je relève le défi. J'achèterai une planche.

Elle sourit de nouveau et acquiesça, agréablement troublée.

— Bonne nouvelle.

3.

Addy saisit la brochure présentée à l'accueil de l'hôpital et observa la photo en première page avec stupeur.

Présenté sur un écrin de velours noir, son collier de perles était montré dans toute sa splendeur.

Pourvu que Léo ne voie pas ça…

En même temps, qu'est-ce que cela lui ferait ? Pas grand-chose… Sauf s'il voulait reprendre le coûteux bijou !

Non, ça n'arriverait pas. Impossible. Mais elle ne voulait pas qu'on le remarque trop. Peut-être ferait-elle bien de prévenir Garret qu'elle voulait que le don demeure anonyme.

Elle gagna rapidement l'ascenseur et l'appela pour se rendre au quatrième étage. Comment expliquerait-elle le problème ? Hier encore, quand elle avait déjeuné avec Garret, le prospectus n'avait pas été imprimé. La reprographie avait battu des records de vitesse !

Frappant à la porte du bureau de Garret, elle songea qu'entre eux le courant passait vraiment bien… Très bien. Curieux comme, jusqu'à présent, elle ne s'en était pas rendu compte. Mais les occasions ne s'étaient pas présentées, et finalement, la préparation du gala leur permettait de mieux faire connaissance.

Elle frappa à la porte et attendit qu'il réponde. Quand il l'invita à entrer, elle vit qu'il se trouvait avec le Dr Jake Parson, pédiatre.

— Docteur Santini, que puis-je pour vous ?

Oh ! le tutoiement avait disparu. De même que l'appellation par son prénom. Mais c'était normal. Garret n'allait pas l'accueillir comme si elle était une vieille amie ! Ils n'étaient pas amis. Seulement collègues.

Non, pas tout à fait. Garret était son supérieur hiérarchique.

Son chef… Et elle lui avait proposé d'aller faire du surf avec lui. Quelle idiote elle avait été.

— Je ne savais pas que vous étiez occupé. Je peux attendre.

Réalisant qu'elle tenait la brochure dans la main, elle s'efforça de la cacher dans son dos. Elle ne voulait absolument pas parler de ça devant quelqu'un d'autre.

— On a fini, Jake et moi.

Addy acquiesça, notant qu'il appelait son confrère par son prénom. Pourquoi, subitement, était-elle redevenue docteur Santini ?

Le Dr Jake Parson les salua tous deux et s'esquiva rapidement.

— C'est un camarade de promotion, expliqua alors Garret en écho des interrogations d'Addy. On se connaît bien.

Il contourna son bureau et s'approcha d'elle.

— Qu'est-ce que tu ne voulais pas nous montrer ?

Donc il avait remarqué…

Addy se sentit soudain très bête. Garret n'avait certainement rien à voir avec le service communication de l'hôpital.

— La brochure du gala. Ils ont fait vite pour la publier et la proposer au public.

— Exact. Trop vite. Je peux la voir ? Je n'y ai pas encore jeté un œil, je me suis chargé du rédactionnel en partie seulement.

Garret contempla la photo en première page et émit un léger sifflement.

— Je ne savais pas qu'ils présenteraient ton collier de cette manière. C'est une franche mise en avant.

— Totalement, oui. Je peux comprendre puisque ces perles rapporteront beaucoup d'argent. Mais je tiens à rester anonyme. C'est très important pour moi, précisa Addy.

Garret lui lança un bref regard.

— Parce que le collier t'a été offert par ton ex-mari ?

J'imagine, oui… C'est délicat. Si tu veux, je vais faire enlever toutes les brochures et demander qu'on les réimprime.

Soulagée et incrédule, Addy resta silencieuse un court instant. Garret agirait ainsi ? Rien que pour elle ?

— Ce serait idéal, oui, admit-elle. J'aurais dû préciser que je souhaitais le maximum de discrétion.

— Je comprends.

Garret sourit.

— Tu as bien fait de venir me voir. Je vais m'assurer que la prochaine impression respecte ton vœu, et que ton nom n'apparaisse pas dans la liste des donateurs. Tu es sûre que ce n'est pas un bijou de famille qui pourrait être éventuellement réclamé ?

— Certaine. Il l'a acheté chez un bijoutier.

Addy sentit sa gorge se nouer. Le souvenir du jour où Léo lui avait offert les perles, dans un si joli coffret noir, affluait soudain à son esprit.

Il fallait qu'elle se détache de lui au plus vite, qu'elle tourne la page, qu'elle l'oublie…

— Parfait, Addy, je reprends ce prospectus en main, dit Garret. Compte sur moi. Je peux garder cet exemplaire ?

— Bien sûr.

Elle s'efforça de sourire.

— Mais il y en a plein dans l'hôpital.

— Ils vont être récupérés. Assieds-toi, proposa Garret en lui désignant une chaise. Je voudrais te dire un mot, si tu as encore cinq minutes.

Addy obtempéra.

— J'espère que ce n'est pas encore pour me faire des remarques sur mes heures de travail… J'essaie vraiment de moins travailler.

— Je l'ai remarqué. Non, en fait…

Garret prit place dans le fauteuil à côté d'elle.

— J'aimerais parler surf avec toi.

— Ah bon ?

Génial… Alors que j'aimerais revenir sur ma proposition ! songea Addy.

— Oui, parce que tu m'as gentiment dit qu'on pourrait peut-être aller faire du surf ensemble.

Elle lui sourit.

— Pourquoi pas, oui… Mais je ne serai pas forcément une bonne monitrice. Il vaudrait sans doute mieux que tu t'exerces avec un professionnel et…

— Non, je n'en ai aucune envie. Je devrais me débrouiller. Sauf que j'ai presque quarante ans, poursuivit Garret.

Elle le dévisagea, incapable de cacher sa surprise. Pourquoi lui confiait-il cela ?

— Et alors ? J'ai trente-cinq ans, et ça ne m'empêche pas de prendre ma planche, dit-elle en souriant.

— Donc tu es un peu plus jeune que moi. Et moi, je suis moins costaud qu'avant, surtout depuis mon accident, ajouta-t-il en montrant sa main. On ne dirait pas que tu as trente-cinq ans.

Croyait-il qu'elle était plus jeune ? Depuis sa séparation d'avec Léo, Addy se sentait tellement fatiguée, comme quelqu'un qui a été roulé dans la farine… Peut-être avait-elle l'air plus âgée qu'elle ne l'était.

— Tu as accès aux données personnelles, donc tu devais le savoir…

— Exact. Et tu as l'air bien plus jeune. Mais je me doutais que tu avais au moins trente-trois ans. Très peu de médecins finissent leurs études avant vingt-huit ou vingt-neuf ans, après quoi, ils se spécialisent dans un domaine…

— J'ai commencé plus jeune, admit Addy.

À ce moment-là, le biper glissé dans sa poche sonna. Elle s'en empara aussitôt, le consulta et fronça les sourcils.

— C'est le bureau des infirmières.

Elle appuya sur le bouton de réponse et enclencha le haut-parleur.

— Ici le docteur Santini.

— Addy, on s'apprête à prendre en charge une famille victime d'un incendie domestique. Ils sont en route. Cinq personnes : un adulte, quatre enfants dont un bébé.

— Une estimation de la gravité ?

Addy savait que ça risquait de varier entre les conséquences de l'inhalation de fumées plus ou moins toxiques à des brûlures au troisième degré.

— Deux brûlés, mais on ne sait pas encore à quel point ils sont touchés. Arrivée prévue dans dix minutes.

— Je vous rejoins. Appelez le Dr Hascup et voyez s'il peut être avec nous. Assurez-vous de la disponibilité de chambres, ajouta Addy.

Il leur faudrait absolument la présence d'un spécialiste de l'unité de soins dédiée aux grands brûlés, active dans un autre établissement hospitalier de Miami.

Addy mit fin à l'appel et jeta un coup d'œil à Garret. Elle aurait voulu lui demander qu'il vienne aussi les aider. L'urgence serait telle que tous les médecins seraient utiles…

Garret dut comprendre car il hocha la tête, l'air grave.

— Je ne sais pas si je serai vraiment efficace, Addy, mais je peux toujours me charger du triage et donner des directives aux infirmières.

— C'est déjà ça, merci beaucoup. Tu ne peux pas du tout te servir de ta main gauche ? l'interrogea Addy, détestant se montrer aussi incisive.

Elle devait savoir ce que Garret était capable de faire avant d'être sur le terrain, dans le feu de l'action.

Garret ne parut ni choqué ni gêné par sa question. Juste ennuyé.

— Je peux ramasser des objets, par exemple, mais je serai maladroit, un peu comme si je maniais une grosse paire de pinces dans un jeu de foire… Je ne peux rien faire qui nécessite de la précision ou une dextérité rapide.

Addy sentit son cœur se serrer en entendant cet aveu d'impuissance. Quelle humilité cela impliquait pour Garret…

— Bon, tu pourras toujours utiliser un stéthoscope, t'occuper des diagnostics visuels et éventuellement suivre la commande des médicaments. C'est précieux. On y va ?

— On y va, oui.

Garret se leva.

— Allons voir nos patients.

*
* *

Bon sang, comme il regrettait le plein usage de sa main… Comme il se sentait limité !

Tout le monde dans le service aurait un rôle précis et connaissait son travail. Tout le monde sauf lui.

Mais curieusement, dès que Garret entendit le hurlement des sirènes qui se rapprochait, il sentit sa nervosité décroître instantanément.

Il pouvait le faire.

Il n'avait qu'à utiliser ses méninges… Pas sa main.

Une bouffée d'air chaud l'accueillit tandis que les portes coulissaient, le laissant passer en compagnie d'Addy. Ils filèrent vers l'extérieur au pas de course. Garret éprouva alors des pulsations régulières dans ses membres, partout, comme lorsqu'il s'apprêtait à entrer au bloc autrefois. Il reconnut l'effet de l'adrénaline qui l'envahissait de la tête aux pieds…

Au moins, ça, oui, c'était familier.

Il avait presque oublié cette sensation.

Le brancard de la première ambulance fut mené vers le sol sans le moindre soubresaut. Garret s'avança tandis qu'Addy allait à la rencontre de la deuxième ambulance.

Une fillette, âgée de trois ans à peine, était allongée, inconsciente, le visage recouvert de suie. Elle ne portait qu'un T-shirt et une couche-culotte. Normal, elle se trouvait chez elle quand l'incendie avait éclaté et, ce jour-là, il avait fait plutôt chaud. Le secouriste maintenait un masque à oxygène sur la figure de l'enfant. Au moins respirait-elle de façon autonome.

— Ses constantes ?

— PA à quatorze-dix, pouls à quatre-vingt-dix, respiration à quarante-cinq. Pas de brûlures mais on l'a trouvée dans une chambre emplie de fumée.

Au même instant, le diaphragme de la petite fille se contracta à cause d'une soudaine quinte de toux sèche.

Garret nota mentalement qu'elle n'était pas trop mal en point. Une chance…

— Emmenez-la à l'intérieur pendant que je jette un œil aux autres patients. Qui est le plus atteint ?

L'infirmier secouriste esquissa une grimace.

— Le bébé. Il ne va pas bien. Et sa mère est très gravement brûlée. C'est une poêle avec de l'huile qui a pris feu. Elle a essayé de l'éteindre avec de l'eau mais…

— Ça a eu l'effet inverse, compléta Garret.

— Oui. Elle a des brûlures surtout sur les mains et les bras. Coup de bol, elle a pu fuir l'incendie à temps. Un voisin a vu de la fumée s'échapper de la cuisine et a appelé les pompiers.

— Et les autres enfants ?

Nouvelle moue du secouriste.

— Elle tenait le bébé tout en faisant la cuisine. Quand elle a jeté de l'eau, de l'huile bouillante l'a éclaboussée, et elle a dû laisser tomber son bébé… J'ai entendu dire qu'il est méchamment touché, mais j'ai dû m'occuper de la fillette que je transportais, donc je n'ai pas pu en savoir plus.

À cet instant, des éclats de voix retentirent dans le dos de Garret. Inquiet, il se retourna.

Addy était en train de s'adresser à l'autre secouriste de l'équipe, un homme mince, brun, qui essayait apparemment de l'empêcher de se rendre auprès de la victime amenée par l'ambulance.

— Ce n'est pas le moment, Léo ! s'exclamait-elle. Laisse-moi examiner mon patient !

— Pas avant que tu m'aies expliqué…

— Je t'ordonne de bouger de là ! l'interrompit sèchement Addy. C'est une faute professionnelle très grave que tu commets ! Une vie est en danger, et toi, tu me fais une scène ?

L'homme s'aperçut soudain qu'on le regardait. Il haussa les épaules d'un air mauvais et fit un pas sur le côté.

— OK, maintenant laisse-moi, ordonna Addy, le visage sombre. Tu as aussi un travail à accomplir, je te signale.

— Ne me parle pas sur ce ton, grommela son interlocuteur.

Garret devina alors qu'il s'agissait de l'ex-mari d'Addy. Il semblait à bout de nerfs tout en grimpant dans le véhicule et s'installa au volant, la mine franchement excédée.

— Addy, tu as besoin d'aide ? demanda Garret, cherchant à croiser le regard de la jeune femme.

Elle se tourna brièvement vers lui et ébaucha un vague sourire.

— Merci, ça va, ne t'inquiète pas. Désolée, Léo s'est fait remarquer…

Puis, stéthoscope autour du cou, elle se dirigea vers l'arrière de l'ambulance d'un pas déterminé.

Garret lança un coup d'œil en direction de Léo qui paraissait plus calme à présent. Visiblement, ce n'était pas quelqu'un de fiable…

Et visiblement, Addy ne se laissait pas faire.

Une quatrième ambulance arriva à ce moment-là. Garret se précipita tandis qu'un autre médecin émergeait du service des urgences : le Dr Lyle Hascup, connu pour son travail auprès des grands brûlés. Il avait pu se joindre à eux plus vite que prévu.

Garret laissa Lyle prendre en charge la femme qui souffrait de brûlures sur les bras, les mains et au niveau de la poitrine. Elle se tordait de douleur sur sa civière tout en appelant son bébé. Lyle essaya vainement de la calmer.

— Vous savez où est son enfant ? demanda-t-il au secouriste.

— Il arrive dans la prochaine ambulance. Il a fallu plus de temps pour le stabiliser.

L'homme baissa la voix avant d'ajouter :

— Polytraumatisé au niveau de la tête et du cou des suites d'une chute.

Lyle acquiesça, l'air grave, avant de se tourner vers Garret.

— Docteur Stapleton, c'est de votre ressort je crois. Vous vous en chargez ?

Garret sentit l'appréhension l'envahir mais, simultanément, il s'obligea à paraître sûr de lui. Pas question de flancher.

— Oui, je me charge du bébé… Mais assurez-vous de la présence d'un autre neurochirurgien à l'hôpital au cas où.

— OK.

Lyle se détourna pour s'occuper de sa patiente. Il clama des ordres et courut à côté de la civière tandis qu'on transportait précipitamment la mère des enfants à l'intérieur.

Addy s'avança vers Garret.

— Tu sais quoi faire ? Moi, je soigne les autres enfants… Lyle est, lui, auprès de la mère.

— Pas de problème, j'assure, affirma Garret.

La première ambulance démarra et s'éloigna, suivie de la seconde conduite par l'ex-mari d'Addy. Des questions tourbillonnèrent soudain à l'esprit de Garret, mais ce n'était pas le moment…

De toute façon, la vie privée d'Addy ne le concernait pas. Sauf si cela affectait la qualité du travail de la jeune femme.

Une douleur lancinante traversa brusquement les doigts de la main gauche de Garret. Une douleur fantôme qui lui rappelait soudain que la vie personnelle pouvait sérieusement impacter la vie professionnelle. Mais à quoi bon y penser maintenant ?

Garret chassa ses souvenirs et attendit pendant ce qui lui parut être une éternité l'arrivée de la dernière ambulance.

Quand le véhicule se gara, il y eut aussitôt un regain d'activité à l'intérieur comme à l'extérieur.

Les portes à l'arrière s'ouvrirent, laissant paraître un jeune secouriste.

— On a un bébé dans un état critique ! Vous êtes médecin ? demanda-t-il en s'adressant à Garret.

— Oui…

Garret se rendit alors compte qu'il ne portait pas son badge. Il l'avait enlevé et laissé dans son bureau parce que la carte plastifiée ne cessait de cogner la table, ce qui l'énervait au plus haut point.

Il vit aussi que l'homme contemplait fixement sa main gauche d'un air perplexe.

— Je suis neurochirurgien.

Mais je ne fais plus qu'un travail administratif sans intérêt et je ne sauve plus personne ! compléta Garret en son for intérieur.

— Parfait, fit le secouriste en sautant à terre.

Son binôme le rejoignit et ensemble, doucement, ils firent descendre la civière transportant le petit patient.

Les constantes du bébé furent énoncées.

Pas terribles.

L'enfant souffrait d'une fracture du crâne ou, peut-être, d'une hémorragie cérébrale. On en saurait plus après un scanner.

La gorge sèche, Garret releva rapidement les paupières du bébé pour évaluer le réflexe de ses pupilles.

Aucune ne resta sans réaction, ce qui était positif, même si la droite s'avéra plus vive que celle de gauche. Garret ne possédait toutefois plus de stylo-lampe puisqu'il n'exerçait plus en tant que médecin. Il lui faudrait en emprunter un…

Sauf qu'il ne pourrait pas le manier tout en utilisant sa main valide pour soulever les paupières du bébé.

À la place, Garret écouta les battements cardiaques de son patient. Heureusement, ils étaient dynamiques alors que la pression sanguine du bébé était plus faible qu'il ne l'aurait souhaité.

Il observa le crâne de l'enfant. Bien sûr, aucun saignement n'était apparent. La minerve et la planche de soutien du dos empêchaient tout autre examen.

— Emmenez-le à l'intérieur. Je veux qu'on lui fasse un scan au plus vite, tête et cou, pour poser un premier diagnostic.

Ils menèrent rapidement le petit patient dans la salle des urgences, et le transférèrent de la civière de l'ambulance à celle de l'hôpital. Garret donna des consignes à une infirmière qui, à son tour, appela le service de radiologie pour les prévenir de l'arrivée de l'équipe.

— Vous savez s'il y a des personnes de la famille du bébé à prévenir ? demanda-t-il.

Le secouriste fit signe que non.

— Je ne sais pas. Un collègue s'est occupé de la mère. Allez lui parler si vous voulez plus d'infos.

Garret ne lui répondit pas que son homologue n'était plus là depuis longtemps déjà. Il s'adressa à une autre infirmière :

— Voyez si la mère peut signer un formulaire d'accord de prise en charge. J'emmène le patient à l'étage.

— OK. Je vous préviens dès que ce sera fait.

Garret apprécia qu'on ne remette pas en question ce qu'il demandait.

Mais au fond pourquoi douterait-on de ses compétences ?

Parce que peu de gens savent que je suis médecin…, se dit-il alors.

Oui, la réponse était évidente.

Néanmoins, tous l'avaient écouté et lui avaient fait confiance.

Lorsqu'ils parvinrent au service d'imagerie médicale, le formulaire réclamé par Garret avait été signé, scanné et intégré dans la base de données de l'hôpital.

— La mère est mal en point, prévint l'infirmière.

— C'est bien normal. Je vous tiens au courant dès qu'on en sait plus sur l'état de…

Garret jeta un coup d'œil sur la fiche consignée sur le bloc-notes numérique.

— … Matthew. Comment vont les autres enfants ?

— Ils souffrent surtout d'avoir inhalé des fumées toxiques. L'un d'eux a un doigt cassé à cause d'une chute qu'il a faite dans l'appartement en feu. Rien de bien grave. C'est déjà soigné. On les gardera tous en observation cette nuit.

Une autre infirmière les rejoignit à ce moment-là.

— On vient de nous apprendre que la mère est célibataire. Pas de père présent dans la famille. Elle demande qu'on prévienne sa propre mère qui vit dans le Michigan.

Le Michigan ? Bon sang, c'était au bout du monde. S'ils ne trouvaient pas de proches ou d'amis pour s'occuper des enfants une fois ceux-ci sortis de l'hôpital, ce serait compliqué… Et même impossible puisque leur mère resterait hospitalisée plus longtemps qu'eux.

Soucieux, Garret se concentra sur ce qu'il pouvait faire à présent, c'est-à-dire soigner le pauvre bébé.

Le technicien du service d'imagerie médicale se montra rapide et réactif. L'enfant fut transporté, et on l'installa délicatement pour lui faire passer plusieurs clichés. Comme il était toujours inconscient, ils n'eurent pas à se soucier de le maintenir immobile, ce qui facilita les choses. La procédure dans son ensemble prit moins de dix minutes.

Pendant qu'une infirmière veillait sur le bébé, Garret examina les clichés. Il remarqua immédiatement qu'il y avait bel et bien une fracture basilaire. C'était logique dans la mesure où la mère avait lâché son enfant quand l'huile avait giclé sur elle. La force de l'impact du crâne sur le sol avait probablement provoqué une fracture linéaire comme celle qu'il apercevait sur le scan.

Il ne repéra pas de signe de compression cérébrale ni d'hémorragie. Un autre bon signe.

Le bébé n'avait pas été brûlé grâce au bon réflexe de sa mère qui s'était détournée de la zone enflammée. Sinon, l'accident aurait été plus grave. Beaucoup plus grave.

Apparemment, il ne serait pas nécessaire de faire appel à un neurochirurgien pour une opération. Ils pourraient soigner l'enfant grâce à un protocole de soins classiques, des thérapeutiques injectables. En principe, ils obtiendraient de bons résultats. Le bébé commençait à avoir des cernes sombres et, le lendemain, ce phénomène serait probablement aggravé, mais c'était normal avec ce type particulier de fracture.

Enfin, et c'était un soulagement, aucune blessure au niveau du cou et de la nuque n'apparaissait. Par conséquent, on pourrait ôter la minerve et trouver un lit dans le service de réanimation pédiatrique. Ainsi, le petit patient serait bien surveillé.

Garret rédigea une prescription pour la prise en charge de Matthew et s'assura qu'une chambre était libre.

À présent, les constantes du bébé se stabilisaient.

L'enfant se réveillait. D'ici peu, il s'agiterait.

Ça se comprenait. Il devait souffrir d'un mal de tête terrible.

D'un doigt, Garret effleura le dos de la main du bébé.

— Ne t'inquiète pas, petit bonhomme, on va bien s'occuper de toi, on va te soigner et, ensuite, tu pourras retrouver ta maman.

D'ailleurs, il avait envie de jeter un coup d'œil à la maman afin de savoir dans quel état elle se trouvait. Regardant les doigts recourbés de sa main gauche, il espéra que ses doigts à elle seraient moins touchés que les siens.

Garret se rendit aux urgences. Maintenant, le hall était vide. Aucun signe d'Addy. Peut-être était-elle partie ?

Consultant sa montre, il fut étonné de constater qu'il était presque 21 heures. Il n'avait pas vu le temps filer.

Il aperçut alors la fine silhouette de la jeune femme qui se dirigeait vers lui d'un pas vif. Son cœur battit plus vite. Il était content de la revoir… Très content.

Même si elle semblait préoccupée.

S'avançant vers Garret, elle lui adressa un léger sourire.

— Comment va le petit ?

— Il est stabilisé, répondit Garret. Au fait, il s'appelle Matthew.

Addy l'observa d'un air intrigué.

— Comment le sais-tu ?

— J'ai lu le formulaire d'admission. Donc petit Matthew s'en sortira.

Addy ne cacha pas son soulagement.

— Quand ce sont des enfants, j'ai toujours peur que le pire se produise…

Elle se ressaisit.

— La mère s'appelle Grace. On va pouvoir lui annoncer la bonne nouvelle.

— Oui, il faut vite le lui dire. Son bébé n'est pas en danger. Elle a eu un bon réflexe. Si elle l'avait gardé contre elle, ça aurait été affreux, conclut Garret.

Addy le dévisagea, l'air attristé comme si elle était en train d'imaginer un tel drame.

— Bon, ce n'est pas le cas, alors réjouissons-nous.

Garret percevait une grande fatigue sur le joli visage de la jeune femme. Néanmoins, elle tenait le coup. Elle avait l'habitude de ce genre de situation. Quel courage elle avait…

— Absolument. Et les autres enfants ? Comment vont-ils ?

— Ils sont sous surveillance. On a changé certains patients de chambre pour pouvoir garder la famille ensemble. Deux d'entre eux seront sous oxygène pendant toute la nuit. L'un d'eux pourrait probablement sortir mais…

— Mais on ne saurait pas où l'envoyer. Je sais qu'il n'y a ni famille ni amis susceptible de proposer un hébergement. La grand-mère, peut-être, pourrait venir ?

— Oui, Grace lui a trouvé un billet d'avion. Elle devrait être là dans quelques heures.

— Bonne nouvelle, dit Garret. Et Grace, comment va-t-elle ?

— Mieux que tout à l'heure. Au final, il semblerait qu'elle ait été chanceuse. Elle souffre de brûlures qui ne sont que superficielles. Sur le bras et le cou.

Addy hocha la tête, l'air plus soucieuse.

— Mais elle a quand même des zones plus touchées sur les mains. Des brûlures au second degré qui affectent les deux premières couches du derme.

— Les nerfs sont affectés ? s'inquiéta Garret.

— Peut-être. On ne sait pas encore. Ils vont surveiller et anticiper une éventuelle infection. Tout aurait pu être vraiment pire.

Garret acquiesça.

— J'ai pensé exactement la même chose après avoir lu le scanner de Matthew. Sinon, tu sais s'ils ont perdu leur maison ?

— Non, ça va. L'un des secouristes m'a dit que l'incendie a vite été maîtrisé. L'un des murs de la cuisine a été très abîmé par les flammes et l'eau, mais tout reste réparable.

— C'est l'essentiel. La leçon, poursuivit Garret, est qu'il ne faut jamais faire la cuisine en portant un bébé dans ses bras !

Addy l'observa en silence quelques secondes.

— Bien d'accord. Le nombre d'accidents domestiques est encore trop important. Alors, qu'est-ce que ça t'a fait de redevenir médecin ? l'interrogea-t-elle à brûle-pourpoint.

Redevenir médecin…

Garret éprouva une soudaine tristesse.

— J'ai apprécié. J'ai aimé ça, avoua-t-il. Ça me manque beaucoup de ne plus exercer.

— J'imagine…

Addy lui sourit gentiment.

— Mais tu es toujours docteur, tu sais ? Tu t'en rends compte ?

Elle lui effleura la main gauche, déclenchant en lui une bouffée d'émotion brûlante. Le contact des doigts d'Addy sur sa peau était tellement intime que c'en était insupportable.

— Ce problème-là…

De nouveau, elle lui toucha sa main paralysée.

Elle la caressa presque.

— … N'affecte pas qui tu es ni ce que tu sais : ton savoir et ton savoir-faire. Tu es médecin et, même si tu ne peux plus te charger d'interventions chirurgicales à proprement parler, tu peux faire plein d'autres choses pour aider les gens et continuer d'exercer ton beau métier.

Garret crispa les mâchoires. Simultanément, il sentait un trouble indéfinissable le gagner, mêlé de désir…

Le désir de serrer la jeune femme dans ses bras et de l'embrasser.

Il s'obligea à se ressaisir.

— Le fait que je ne puisse pas me servir de mes deux mains affecte ma capacité globale…

Il perçut l'amertume qui perçait dans sa voix et se détesta pour cela.

— Ma vie entière a basculé en quelques secondes.

Le regard de la jeune femme exprima de la compassion, de l'angoisse, de la tristesse, mais pas ce que Garret craignait le plus : la pitié.

— Dans cet accident de voiture, ajouta-t-il. Il faut que j'accepte que plus rien ne soit pareil… Vraiment plus rien. Tout ça parce que j'étais épuisé et…

— Tu t'es endormi au volant, compléta Addy.

Elle garda le silence quelques instants.

— Tout ne tient qu'à un fil parfois. Mais je suis convaincue que rien n'est impossible… Et si tu veux exercer ta dextérité, t'entraîner encore et encore, tu arriveras peut-être à retrouver de la souplesse et de la motricité.

— Pour redevenir neurochirurgien ? Je ne crois pas, Addy. Mon métier nécessite énormément de précision.

Elle lui sourit.

— Je m'en doute.

— Et il faut être très détendu.

— Le surf, ça détend et, en plus, ça permet de se muscler les cuisses, le dos et les mains.

Interloqué, Garret ne répondit pas tout de suite. Puis il se remémora leur conversation à propos de la pratique de ce sport.

— Message reçu. À ce sujet, je te tiendrai au courant…

Addy ébaucha un nouveau sourire, et il sentit les battements de son cœur s'accélérer.

— C'est sûr ?

— C'est une promesse. Une nouvelle promesse, affirma Garret.

4.

Une semaine plus tard, Garret avait la sensation d'avoir enfin commencé à écrire une nouvelle page de sa vie.

Peut-être parce qu'il l'avait promis à Addy…

En réalité, c'était à lui-même qu'il avait fait la promesse de recommencer à s'occuper de sa santé.

Ce lundi matin, il arriva de bonne heure à l'hôpital. Il avait besoin de classer ses papiers, de ranger des affaires et, surtout, de finir de préparer la vente aux enchères…

Il se sentait en forme, mieux qu'il ne l'avait été depuis des mois, voire des années.

La raison de ce changement se trouvait chez lui, à l'entrée de sa petite maison non loin de la côte de Miami. Une planche rouge vif et bleu turquoise ornée de petites étoiles, avec une belle voile blanche…

Il avait hâte de s'y mettre.

Avec Addy.

Grâce à Addy.

Il n'avait pas vu la jeune femme depuis la veille : une fois de plus, ils s'étaient octroyé un tête-à-tête improvisé à la cafétéria. Un doux moment très simple qui lui avait permis de découvrir un peu mieux Addy Santini.

Il la trouvait si jolie… Et touchante dans sa manière d'être sérieuse, concentrée, entièrement dédiée à son travail.

Addy était aussi redoutablement efficace quand il le fallait.

Il lui avait assuré qu'il veillerait personnellement à ce que la publication de la future brochure annonçant le gala de charité soit en accord avec ses desiderata. C'était normal vu ce qu'elle donnait à leur établissement.

Alors qu'il se dirigeait vers l'aile de l'hôpital qui accueillait les services administratifs, Garret croisa une femme et une fillette d'une dizaine d'années qui sortaient de la consultation de chirurgie orthopédique. La petite fille avait la main gauche bandée et un sourire radieux aux lèvres malgré sa blessure.

— Maman, je pourrai vite retourner à la gym ! s'exclamait-elle. Le docteur a dit oui, à partir de samedi…

— Il a aussi précisé, et tu l'as bien entendu, qu'il fallait que tu sois très prudente… Et bien sûr, pas d'agrès ni de barres parallèles avant une bonne quinzaine de jours, répliqua sa mère.

Garret les suivit du regard. *Quel symbole pour moi !* ne put-il s'empêcher de songer. Lui qui hésitait à reprendre le sport à cause de son handicap, voilà qu'il recevait une vraie leçon de vie, là, dans la bouche de cette fillette ! Une magnifique leçon d'audace naturelle.

Lui aussi recommencerait à faire du sport. Très bientôt. Le plus vite possible.

Repartant en direction de son bureau, au bout du couloir, Garret pensa alors à Leticia, sa propre fille.

Elle-même avait été l'incarnation d'un courage sans faille, admirable, pendant sa maladie. Jusqu'à ce que la leucémie l'emporte. Elle n'avait que dix ans, et une fabuleuse force vitale l'avait envahie jusqu'au bout.

Elle s'était tellement battue pour rester en vie…

La gorge nouée comme à chaque fois qu'il se remémorait ce que Leticia avait enduré, Garret gagna son bureau et referma la porte derrière lui.

Les rayons du soleil matinal se coulaient dans la pièce.

La bibliothèque remplie de volumes de toutes sortes et le canapé imitation cuir à côté créait une atmosphère paisible, propice aux entretiens qu'il avait parfois à mener.

Comme la fois où il avait convié Addy.

Décidément, il pensait souvent à elle.

Garret mit une capsule de café dans la cafetière, se prépara un expresso et s'installa devant son ordinateur.

Le dossier « Vente aux enchères » était à présent bouclé. Beaucoup d'objets de toutes sortes seraient proposés, dont les affaires d'Addy et son fameux collier de perles. La publicité serait beaucoup plus discrète, cette fois.

Le but du gala était de trouver des fonds complémentaires pour que l'hôpital puisse moderniser l'aile pédiatrique : acheter des jouets, rénover la salle commune… Rendre plus gai ce lieu où tant de familles étaient parfois désespérées, effondrées, à cause de la maladie de leur enfant.

Tout comme lui-même et son ex-femme, l'avaient été avec Leticia.

Chassant les souvenirs douloureux qui menaçaient de l'envahir une fois de plus, Garret but son café d'un trait. La boisson brûlante lui piqua la gorge, et il réprima une grimace.

Cette brève brûlure était moins agressive que la tristesse qui affluait en lui quand il pensait au passé et à ce qu'il avait perdu.

Il suffisait de si peu pour que toute cette période de son existence jaillisse encore à sa mémoire. Accepterait-il jamais la perte de Leticia ? Probablement non. Certainement pas. On ne se remettait pas de la mort de son enfant.

Revenant à l'instant présent, Garret relut le communiqué annonçant l'événement, ainsi que l'affiche invitant tout le monde, public et soignants, à participer à la vente aux enchères.

C'était maintenant sans fautes. Prêt à être imprimé et distribué.

Après quoi, il rédigea un message à l'attention d'Addy pour lui demander si malgré la maladresse précédente du service marketing, elle accepterait de faire partie des bénévoles qui œuvreraient pour les enchères.

Au moment d'envoyer le mail, il hésita quelques secondes avant d'ajouter rapidement, s'interdisant de trop réfléchir :

Au fait, j'ai fait l'acquisition d'une belle planche à voile… Merci à toi !

*
* *

Addy frappa plusieurs fois à la porte du bureau de Garret. Au bout de quelques instants, n'ayant pas de réponse, elle entra dans la pièce.

Le mail qu'elle avait reçu nécessitait une réponse immédiate, du moins aussi rapide que possible. Garret l'avait clairement écrit. Eh bien, elle se montrait réactive ! Il apprécierait, d'autant qu'elle venait en personne. La messagerie, c'était bien, mais rien ne remplaçait le vrai contact humain !

Même si Garret n'était pas présent…

Sans s'interroger sur ce qui l'incitait à vouloir le revoir, Addy s'avança.

Un ordre impressionnant régnait dans le bureau. À croire que personne ne travaillait dans cette pièce…

En un clin d'œil, elle remarqua les piles de documents bien rangées, des boîtes et cartons — dont les siens —entreposés dans un coin, et le coffre-fort où Garret rangeait les objets précieux.

C'était un homme organisé. Et détaché ? S'investissait-il totalement dans cet hôpital ?

Peut-être pas.

Comment un ancien neurochirurgien parviendrait-il à se contenter d'être un simple administrateur ?

Pourtant, Garret s'efforçait de remplir son rôle au mieux, Addy le savait.

Et elle l'avait vu à l'œuvre.

Elle déposa le bulletin confirmant sa participation au gala bien au centre de la table de travail. Il le remarquerait dès qu'il reviendrait.

C'est si bien rangé, songea-t-elle de nouveau, perplexe.

Sur le bureau, il n'y avait qu'un porte-documents, un pot à crayons, et trois petites boules de caoutchouc de la taille d'une balle de tennis. Chacune avait une couleur différente et portait un petit anneau à l'une des extrémités. Des boules antistress ?

Non, bien sûr… Addy en avait déjà remarqué de semblables dans la salle de rééducation fonctionnelle.

Ces petites balles servaient à renforcer les réflexes et l'agilité manuelle. L'anneau permettait qu'on les tienne plus facilement par le majeur quand les autres doigts n'étaient pas assez forts.

Elle ne se souvenait pas d'avoir vu ces balles la dernière fois qu'elle était venue dans ce bureau. Peut-être Garret les avait-il rangées ce matin-là, ou alors, il les avait achetées depuis.

Elle en saisit une, laissant le caoutchouc lisse rouler et se placer doucement dans le creux de sa paume. C'était plus dense et lourd qu'elle ne l'aurait cru.

— Bonjour…

La voix grave et chaude de Garret la fit sursauter.

Elle ferma brièvement les yeux, gênée d'être surprise en flagrant délit d'indiscrétion. Elle n'avait pas à toucher les objets appartenant à Garret.

— Désolée, dit-elle, se retournant vers lui. Je suis venue t'apporter mon bulletin pour la vente aux enchères, parce que bien sûr je serai là pendant le gala et je m'occuperai d'un stand, c'est promis.

— Bonne nouvelle, répondit-il. On aura un kiosque d'articles de sport nautique. Tu seras notre experte en la matière.

— Avec plaisir. Garret, tes balles d'exercice sont super… Bravo, ajouta-t-elle, posant celle qu'elle avait prise.

— Bravo ? Pourquoi ?

Garret semblait sincèrement étonné.

— Parce que tu ne te laisses pas aller ! souligna-t-elle, se ressaisissant. Ta main est peut-être paralysée, mais ça ne t'empêche pas de faire des efforts pour essayer de pallier ton manque de motricité…

Il acquiesça en silence, la contemplant comme s'il attendait la suite de sa phrase.

— Et toi qui es neurochirurgien, donc spécialiste du précieux système nerveux et neurologique qui nous permet de nous mouvoir, tu sais vraiment, encore plus que n'importe qui d'autre, à quel point c'est important.

Garret hocha la tête.

— Exact. Mais le moral est tout aussi important. J'ai eu du mal, je l'avoue… Du mal à croire à une nouvelle vie, depuis que je ne suis plus neurochirurgien, ajouta-t-il en détournant brièvement le regard.

Comme s'il voulait lui cacher sa tristesse.

Comme si Addy ne s'était pas rendu compte qu'il était malheureux et qu'il s'efforçait de ne pas le montrer.

Ils avaient un point commun…

Elle n'aimait pas qu'on sache ce qu'elle ressentait.

Elle détestait qu'on ait de la peine pour elle.

— Je te comprends. Bon, je serai donc là pour la vente aux enchères, bien sûr, poursuivit-elle d'un ton animé. C'est un événement solidaire, positif pour notre hôpital, et je m'engage à cent pour cent !

Garret lui sourit, se déridant aussitôt.

— Tant mieux. Ça ne m'étonne pas de toi. Merci, Addy, je noterai ta participation pour ce fameux kiosque d'articles de plage et de sport nautique.

— Je m'en chargerai avec plaisir. Voilà une bonne chose de faite, ajouta Addy plus pour elle-même en se dirigeant vers la porte. Je donne des affaires, je participe à la vente…

— Ce sera une soirée de gala, n'oublie pas, l'interrompit Garret. Théoriquement, on devrait être sur notre trente et un.

— Oh…

Elle avait oublié cet aspect-là alors que c'était inscrit en lettres capitales sur le mail que Garret avait déjà envoyé.

— Ne compte pas trop sur moi pour adopter l'allure d'une princesse en robe longue, plaisanta-t-elle. Je suis plutôt du genre garçon manqué.

Il se mit à rire.

— Reste toi-même, Addy… Sportive et décontractée. Pas de souci. Tu es notre médecin préféré, alors…

Soutenant son regard, elle sentit son cœur faire un bond dans sa poitrine.

Une fois de plus, elle sentait que Garret s'intéressait différemment à elle. Il était plus attentif… Et si gentil…

Oh oui, si gentil comparé à Léo ! Son futur ex-mari n'avait pas hésité à se comporter en parfait macho égoïste. Il lui avait menti et l'avait tranquillement trompée pendant qu'elle s'occupait de sa mère malade.

Dire qu'il osait la provoquer sur son lieu de travail ! Tout ça parce qu'il n'acceptait pas qu'elle ait demandé le divorce…

— Alors, je serai là, assura-t-elle, revenant à l'instant présent.

Elle était chamboulée par ce qu'elle éprouvait soudain.

Une telle attirance…

C'était impossible !

Interdit !

Garret était en quelque sorte son employeur…

Leurs relations devaient demeurer strictement professionnelles.

Ce qu'elle ressentait était forcément le fruit de son imagination débordante.

La fatigue n'arrangeait rien.

— Au fait, j'ai acheté une planche à voile, dit-il au moment où elle ouvrait la porte du bureau.

— Oui, tu me l'as écrit… Je suis contente pour toi, répondit-elle, sincère. Tu verras, ça te fera du beaucoup de bien. Et comme je te l'ai proposé, un jour, on ira peut-être ensemble…

Garret lui sourit.

— J'aimerais. Ce serait très motivant et très agréable. Un jour, oui, on ira ensemble, Addy.

Elle capta une lueur indéchiffrable dans son regard, se contenta de sourire elle aussi et quitta la pièce le cœur battant.

Rêvait-elle ou il se passait soudain quelque chose d'inhabituel entre Garret et elle.

C'était doux…

Troublant.

Et même si c'était interdit, ça lui faisait chaud au cœur.

5.

Ce soir-là, Addy fit l'effort de partir du travail plus tôt.

Oh ! un peu plus tôt… Une demi-heure simplement…

Histoire de se forcer à ne pas penser qu'aux exigences de son métier.

Mais ce n'était pas la seule raison. Elle voulait aussi montrer à Garret, au cas où il aurait vérifié son emploi du temps, qu'elle l'avait écouté et qu'elle était capable de lever le pied.

Ce fut donc presque fièrement qu'Addy quitta l'hôpital.

Au moment où elle sortait, une vieille femme aux cheveux tout blancs coupés court se dirigeait, seule, en boitant, vers le service des urgences.

Addy s'immobilisa pour la suivre du regard.

La femme s'appuyait sur un déambulateur. Elle semblait franchement mal en point.

Néanmoins, d'un pas aussi décidé que chancelant, elle franchit les doubles portes en regardant autour d'elle d'un air inquiet.

Addy rebroussa chemin sans hésiter une seule seconde.

— Excusez-moi, madame… Vous avez besoin d'aide ?

— Qui ça ? Moi ?

La femme la dévisagea avec un évident étonnement. Un éclat de panique se refléta brièvement dans ses yeux auréolés de rides profondes.

— Moi, non, pas du tout ! C'est pour mon mari… Je suis ici pour mon mari ! répéta-t-elle, les sourcils froncés.

— Vous venez lui rendre visite, peut-être ? demanda

Addy, notant mentalement que son interlocutrice tenait à peine debout.

Elle était vêtue d'un imperméable gris qui laissait dépasser les pans d'un peignoir en éponge. Son œil droit était rouge, comme si elle souffrait de conjonctivite. Sa main droite tremblait.

De toute évidence, elle n'allait pas bien. Pas bien du tout.

Comme la visiteuse gardait le silence, l'air hagard, visiblement perdue, Addy répéta sa question.

— Madame, votre mari est hospitalisé ici ?

— Mais non, il est ici, vous ne le voyez pas ? s'énerva alors la vieille dame. Il est là, tout près de moi, comme toujours depuis notre mariage ! Il est très malade ! Oh mon Dieu, il est tellement malade… Pourquoi tu ne guéris pas, hein ?

Et elle se tourna vers une place vide à côté d'elle.

Addy sentit sa gorge se nouer.

Elle avait déjà assisté à ce genre de symptômes.

Chez sa mère.

— Comment vous appelez-vous ? demanda-t-elle doucement.

— Marilyn Trentford. Et je vous répète que je viens pour mon mari Daniel. Daniel Trentford.

À cet instant, Jenny, l'une des infirmières de garde, arriva, un volumineux dossier sous le bras. La surprise se peignit sur son visage quand elle vit Addy.

— Docteur Santini ? Je vous croyais partie depuis longtemps…

Puis, apercevant la vieille femme qui chancelait, agrippée à son déambulateur, elle esquissa un sourire bienveillant.

— C'est vous, madame Trentford ? Comment allez-vous ?

— Bien, moi, ça va, vraiment, mais je suis inquiète pour mon mari…, dit Mme Trentford en désignant, une fois de plus, un espace tout contre elle. Daniel est si souffrant… Dan, mon Dan, tiens bon, hein ?

Addy croisa le regard de l'infirmière et, discrètement, s'approcha d'elle, l'interrogeant en silence.

— En fait, son mari s'appelait Ben, dit Jenny à voix basse. Elle souffre de la maladie d'Alzheimer depuis trois ans. Elle fugue régulièrement de la maison de retraite où elle vit et, avec mes collègues, on s'est déjà occupés d'elle.

— Je vois, murmura Addy, la gorge nouée.

De toute évidence, Mme Trentford était en détresse. Elle souffrait sans doute aussi d'une forme de décompensation psychique ou d'un épisode de démence légère.

Il lui fallait une prise en charge rapide.

— Venez avec moi, madame Trentford, proposa-t-elle en invitant la vieille femme à la suivre. Je suis médecin, on va régler le problème qui vous tracasse.

— Oh… Vous croyez, docteur ? C'est possible ?

Mme Trentford hésita encore puis, d'une main tremblante, s'appuya sur la poignée de son déambulateur pour avancer.

— Dan, allons-y… On va te soigner, mon chéri… Allons-y…

Plus touchée qu'elle n'aurait voulu l'admettre, Addy sourit et, lentement, la précéda en direction de son bureau.

Tout en marchant, elle réfléchissait.

Le diagnostic d'un neurologue serait indispensable. Comment en trouver un à cette heure tardive ?

Une idée s'imposa alors à elle.

Garret…

Il était neurochirurgien, n'est-ce pas ? Il s'y connaissait forcément en neurologie. S'il acceptait de lui donner un conseil, ce serait vraiment appréciable.

La vieille femme s'assit dans le bureau d'Addy, la mine abattue, une main toujours posée sur son déambulateur. À croire que cela la rassurait de tenir l'appareil de locomotion.

Addy lui prit sa tension, qui s'avéra un peu trop faible. Il faudrait demander une analyse d'urine au plus vite car une infection pouvait provoquer un état de confusion mentale chez certains patients âgés.

Néanmoins, la maladie d'Alzheimer était également susceptible d'engendrer ce qui, au final, équivalait à un épisode d'hallucinations visuelles ou auditives, voire les deux.

En un éclair, Addy se rappela sa propre mère qui s'adressait aux arbres en pensant qu'il s'agissait de ses élèves… Elle avait été institutrice toute sa vie et elle avait aimé son travail jusqu'à ce que se déclare la maladie d'Alzheimer. Au début, courageuse et combative, elle voulait même continuer à travailler…

Sauf que très vite, les pertes de mémoire et les incohérences mentales l'avaient cruellement et définitivement handicapée.

La dégénérescence avait été foudroyante.

— Comment allez-vous, maintenant ? demanda-t-elle gentiment à la vieille femme.

— Mal !

Les lèvres de Mme Trentford furent agitées d'un long tic nerveux.

— Oh ! docteur, docteur, écoutez-moi, Dan, mon mari, me manque ! Je vois bien qu'il n'est plus là… Si seulement je pouvais repartir en arrière, et rester avec lui pour toujours…

Des larmes se mirent à ruisseler sur ses joues ridées. Son chagrin était si intense qu'Addy en fut involontairement bouleversée.

La situation de sa patiente la renvoyait soudain à ses souvenirs.

Sa mère, qui avait souffert de cet Alzheimer terrible, était décédée un an plus tôt exactement, à quelques jours près.

La maladie, la mort et le deuil faisaient partie du quotidien d'Addy : à cause de son travail mais aussi de sa vie personnelle.

Par moments, elle craquait.

Pas à cet instant, non, elle devait se montrer forte, mais par la suite, elle pleurerait sans doute…

Ou elle irait faire du surf pour tout oublier.

Décidément, oui, Garret et son amie Charleen avaient raison : elle devait se ménager et prendre soin d'elle-même.

Addy se ressaisit tant bien que mal.

— Vous voulez une tasse de thé ? proposa-t-elle, faisant chauffer de l'eau dans la petite bouilloire qu'elle gardait près de sa table de travail. Ou une infusion ? Verveine, menthe…

La vieille femme acquiesça en silence, les yeux dans le vague.

Quelques minutes plus tard, pendant que le sachet infusait

dans la tasse qu'Addy avait placée sur le bureau, elle parut toutefois un peu revigorée.

Soulagée, Addy prit son portable et appela Garret. Pourvu qu'il soit encore là…

— Allô ?

Aussitôt, la voix grave et chaleureuse lui fit chaud au cœur. Heureuse, Addy sourit.

— Si tu es disponible, tu veux bien me rejoindre, s'il te plaît, j'ai besoin de toi, dit-elle tout bas.

Garret dut comprendre l'urgence car il répondit aussitôt par l'affirmative.

Quelques minutes plus tard, il frappait à la porte.

Addy le rejoignit dans le couloir et, restant devant la pièce pour empêcher toute éventuelle tentative de fuite de sa patiente, expliqua rapidement la situation.

— Ce genre de situation est assez classique, hélas, pour les patients atteints d'un Alzheimer, dit Garret. Il faut maintenir une surveillance au long cours, une surveillance permanente, bien sûr. Tu ne peux rien faire d'autre. Elle a de la famille ?

— Aucune idée. Je vais voir avec l'infirmière de garde qui, par chance, connaît cette vieille femme, ajouta Addy. Par rapport à un éventuel protocole de prise en charge, qu'est-ce que tu me recommandes ?

— Pas grand-chose, avoua Garret après une brève hésitation. Il faut surveiller, veiller, et anticiper les fugues dans la mesure du possible. Quelle est sa maison de retraite ?

— Je l'ignore encore. On va prendre les choses en main avec Jenny, assura Addy à contrecœur.

Pour une fois qu'elle voulait partir plus tôt de l'hôpital, c'était raté. Mais il n'était pas question qu'elle s'en aille avant d'avoir sécurisé la situation de cette pauvre vieille dame. D'autant que malgré elle Addy ne pouvait s'empêcher de se remémorer sa propre mère atteinte de la même maladie dégénérative.

— Tu es un bon médecin, commenta Garret avec un sourire entendu. Tu es consciencieuse.

— Je suis engagée dans ce que je fais, quoi de plus normal ? rétorqua-t-elle en s'apprêtant à retourner dans son bureau. Qui laisserait une patiente seule, dans cet état ? On a une obligation de secours et de soins, pas vrai ?

— Bien sûr…

D'un geste impulsif, Garret lui saisit la main. Addy sentit son cœur faire un bond.

— Mais toi, tu te donnes, tu es impliquée à fond… C'est ce que j'aime en toi. Entre autres choses, ajouta Garret.

« Entre autres choses » ?

Surprise, Addy resta silencieuse. Garret se montrait de plus en plus familier avec elle.

De plus en plus gentil… Et même davantage. Elle sentait qu'il s'intéressait à elle d'un point de vue plus personnel que professionnel. Qui l'aurait cru ? Depuis la trahison de Léo, elle avait l'impression de ne plus être capable de plaire. Encore moins d'être séduite. Or, ce qui se produisait entre eux lui prouvait exactement le contraire.

Garret lui plaisait…

Et l'attirance était réciproque.

— C'est sympa de ta part, murmura-t-elle, consciente de rougir comme une adolescente.

— Sincère, surtout, précisa Garret. Pardon de t'embarrasser, poursuivit-il en souriant de nouveau. Je n'ai pas l'habitude d'agir ainsi avec mes collègues. Mais c'est vrai, Addy, tu es une personne que j'apprécie beaucoup.

Le cœur battant, elle soutint son regard.

— Moi aussi, je t'apprécie beaucoup, avoua-t-elle sans réfléchir. D'ailleurs, merci d'être venu à ma rescousse…

Puis elle retourna dans son bureau, déjà concentrée sur la patiente qui l'attendait. Mais elle sentait qu'elle était troublée…

Et heureuse, tout à coup. Heureuse comme elle ne l'avait pas été depuis longtemps.

*
* *

De retour dans son bureau, Garret s'efforça de chasser le trouble qui l'avait envahi comme à chaque fois qu'il se trouvait en présence de la jeune femme.

C'était étrange…

Indéfinissable et très agréable.

Un doux mélange d'attirance et de respect, une envie de mieux la connaître, de la faire sourire, de partager avec elle des moments de détente plus agréables qu'à la cafétéria de l'hôpital…

Surpris par ce qu'il éprouvait, Garret s'assit à sa table de travail et empoigna deux balles qu'il avait laissées au milieu du bureau. Il les malaxa, puis les fit rouler dans le creux de sa paume gauche pendant plusieurs minutes.

Addy l'avait encouragé à s'exercer comme personne ne l'avait jamais fait. Avec douceur et gentillesse.

Comme si elle s'intéressait à lui…

Serait-ce possible ?

Il était célibataire depuis si longtemps. Célibataire et heureux de l'être.

Tranquille.

Mais subitement, ça changeait en lui. Addy lui plaisait…

Elle lui plaisait vraiment.

Elle l'émouvait.

Garret se renversa dans son fauteuil, tête appuyée sur le dossier, et ferma les yeux.

Oui, elle lui plaisait…

Et il avait même envie qu'elle le sache.

6.

Durant les jours suivants, Addy eut tellement de travail qu'elle eut à peine le temps de souffler…

Encore moins de penser à ces légers changements qui survenaient en elle, imperceptibles mais réels, depuis qu'elle s'était rendu compte de ce qui se produisait avec Garret.

Cette nouvelle émotion qui, doucement mais sûrement, s'emparait d'elle…

Ces frémissements intérieurs, ces battements de cœur, cette chaleur qui se diffusait dans tout son corps dès qu'elle pensait à lui…

Comme si elle tombait peu à peu amoureuse.

C'était stupéfiant.

Pendant plus d'une semaine, elle enchaîna donc les interventions, les diagnostics, les protocoles d'urgence sans avoir le temps de s'attarder sur ses émotions ou sentiments.

Une fois de plus, son équipe se montra soudée, réactive et pleinement engagée.

Mme Trentford fut de nouveau prise en charge, cette fois en hospitalisation de jour, amenée par son fils qui ne dissimulait pas son inquiétude : la vieille femme s'était de nouveau enfuie de la maison de retraite médicalisée où elle résidait, et le personnel soignant commençait à faire comprendre qu'ils ne pourraient plus garder Mme Trentford encore bien longtemps.

L'établissement était devenu inadapté pour une patiente atteinte d'Alzheimer. Il leur faudrait se tourner vers l'hôpital, probablement une unité de soins de longue durée en psychiatrie…

À l'annonce de cette éventualité, le fils de Mme Trentford avait eu les larmes aux yeux. Addy, qui venait d'orienter Mme Trentford vers une admission provisoire en gériatrie, s'efforça de le rassurer et de l'apaiser au mieux.

Pas facile…

Enfin, peu à peu au fil des jours, la succession d'urgences laissa la place à un calme relatif. Il était temps.

Addy avait déjà remarqué ces flux et reflux de patients, comme si, étrangement, à cause d'une pleine lune ou de l'approche de fêtes particulières — bientôt, ce serait Halloween —, les gens souffraient de maux similaires. Il y avait la vague des bras cassés, puis la vague des saignements de nez intempestifs, puis celle des chutes…

Un vendredi soir de la fin du mois d'octobre, comme l'air était particulièrement doux et que le soleil se couchait tard, Addy décida d'aller faire de la planche à voile. Elle avait grand besoin de se changer les idées.

Elle passa rapidement chez elle pour se changer, glissa sa planche sur le toit de sa petite voiture, et fila vers la côte sauvage de Miami, là où tous les adeptes de bons *spots* se retrouvaient.

Il ne lui fallut pas bien longtemps pour savourer l'ambiance qui régnait à cet endroit si spécial, fréquenté par les amoureux de la mer.

Addy se jeta à l'eau et se laissa vite porter par la brise, debout sur sa planche, les yeux presque mi-clos tant c'était bon. Comme à chaque fois, le parfum des embruns salés ne tarda pas à l'enivrer…

Lorsqu'elle rouvrit les paupières, elle crut rêver en voyant un homme à quelques mètres, sur une planche rouge, qui ressemblait à Garret.

Il lui tournait le dos, agrippé au mat d'une voile blanche… Mais, oui, aucun doute, c'était bien lui ! Elle reconnaissait son profil, sa chevelure blonde un peu longue et bouclée sur la nuque…

Elle orienta sa voile et, attrapant le vent, laissa sa planche s'approcher de celle de Garret.

En un clin d'œil, elle remarqua que seule la main droite de Garret était mobile et agile. Il avait coincé le mat de la planche sous son bras gauche.

— Hello ! lança-t-elle joyeusement.

Garret virevolta avec une surprenante agilité malgré son handicap.

— Hello ! Tiens, comme on se retrouve !

Ses yeux brillaient.

— Défi relevé ! Je suis sur l'eau ! s'exclama-t-il. Grâce à toi…

— Non, grâce à toi ! rétorqua-t-elle. Je n'y suis pour rien…

— Tu m'as donné l'envie d'essayer et, franchement, ça me plaît ! Merci, Addy…

Et il laissa sa planche glisser sur une vague, mordant la crête comme s'il avait toujours surfé.

— Tu es doué ! lança-t-elle en l'imitant. On dirait que tu as fait ça toute ta vie !

Garret éclata de rire.

— J'ai beaucoup skié et j'avoue que je redécouvre des réflexes. Je ne pensais pas que ce serait aussi simple !

Ils surfèrent ensemble pendant une dizaine de minutes. Le soleil commençait à se coucher à l'horizon, vaste globe orangé illuminant la surface de la mer. Les autres surfeurs s'en donnaient à cœur joie autour d'eux. *C'est vraiment un endroit paradisiaque*, songea Addy, heureuse de sentir l'air tiède lui picoter la peau.

Mais elle n'était pas dupe. Partager ce moment de liberté avec Garret l'enthousiasmait. Habituellement, elle était seule, et cela lui plaisait. Là, c'était si différent, tout à coup. Un peu comme avec Léo autrefois…

Sauf que Garret n'avait aucun point commun avec Léo. Heureusement.

Lorsqu'ils eurent terminé leur session, ils gagnèrent le rivage l'un à côté de l'autre, tout naturellement.

— Waouh ! C'était si bon ! s'exclama Garret en secouant sa chevelure. J'ai l'impression de revivre…

Il s'assit dans le sable et, gardant les mains posées sur sa planche, sourit à Addy.

Elle ne put s'empêcher de remarquer ses pectoraux bronzés, son ventre parfaitement plat, ses cuisses musclées. On voyait qu'il avait été sportif dans le passé.

— Tu restes un peu ici ? demanda-t-il. J'ai apporté du jus de mangue et des pommes. On peut partager, même si c'est très frugal…

— Avec plaisir, dit Addy sans hésiter, s'asseyant à son tour sur le sable.

Il était tiède, gorgé du soleil de la journée. En octobre, la côte de Floride jouissait d'un climat doux, très agréable comparé aux chaleurs parfois caniculaires de l'été.

Garret sortit une bouteille, l'ouvrit et la tendit à Addy. Elle but quelques gorgées d'un délicieux jus de mangue et le lui rendit.

— Très bon…

Garret se contenta d'acquiescer les yeux fermés, savourant visiblement la boisson. Il avalait vite, goulûment, des lampées, pensa Addy.

Un frisson la parcourut soudain, et elle s'enveloppa dans son drap de bain.

— Tu as froid ? s'inquiéta-t-il.

— Non, je suis juste bien…

Et emplie de désir pour toi…

Réalisant brutalement cette vérité, Addy détourna les yeux. Elle ne pouvait pas… Elle ne voulait pas tomber amoureuse de Garret qui était à la fois un collègue et son employeur ! C'était lui qui avait le pouvoir de valoriser son travail, d'aménager ses horaires… Ou, au contraire, de décider d'un blâme.

Gênée, elle voulut se relever mais Garret lui saisit le poignet. Son geste était à la fois doux et ferme.

— Reste. S'il te plaît.

Le cœur battant la chamade, Addy se figea.

— Je ne veux pas qu'on…

— Reste. J'ai envie qu'on se connaisse mieux, toi et moi. S'il te plaît, insista Garret, les yeux dans ceux d'Addy.

Un court instant, elle songea qu'il lui jouait peut-être le parfait numéro du séducteur.

Mais non…

Il possédait le physique d'un don Juan sans en avoir le comportement. Il était direct, franc… Et même plutôt distant par rapport aux femmes. Alors de quoi avait-elle peur ?

7.

Elle était restée.

Elle s'était même confiée à lui, lui parlant de sa vie de médecin, de son futur ex-mari qui l'avait trahie, de leur divorce en cours.

Elle lui avait dit qu'elle était fille unique, que son père vivait toujours dans la maison où elle avait grandi, que sa mère était décédée un an auparavant de complications liées à la maladie d'Alzheimer.

Elle lui avait parlé de sa mère, dont elle s'était occupée, et dont ce serait bientôt l'anniversaire de la mort.

Garret lui avait également fait quelques confidences. Son propre divorce après le décès de sa fille Leticia, emportée par une leucémie, son accident de voiture provoqué par la fatigue mais aussi un profond épuisement mental et physique.

En apprenant qu'il avait perdu un enfant, Addy s'était raidie, visiblement ébranlée, mais elle n'avait soufflé mot, comme si elle savait qu'aucune parole ne serait à la hauteur de la consolation souhaitée.

Parce qu'il n'en existait pas.

Pour Garret, il n'y avait rien de pire qu'un « oh ! mon Dieu, que c'est triste », ou pire encore : « Comment une telle injustice peut-elle se produire ? »

Il aurait pu énumérer tous les commentaires provoqués par un élan de gentillesse qui, au final, l'avaient énervé ou découragé. Après la tragédie, il s'était senti encore plus seul dans son chagrin et sa douleur.

Addy n'avait rien dit, elle. Pudique, réservée, sensible. Elle avait compris que le silence suffisait.

Néanmoins, à cet instant, Garret savait très bien que si la jeune femme se trouvait encore là avec lui, alors que le soleil venait de se coucher à l'horizon et que la plage devenait déserte, c'était parce qu'il le lui avait demandé. En insistant franchement.

Il jeta un coup d'œil à Addy qui marchait le long du rivage à côté de lui, le visage légèrement levé vers le ciel. Elle semblait humer l'air avec gourmandise. Il adorait son fin profil encadré de mèches folles. Elle avait un menton volontaire et un petit nez légèrement retroussé qu'il trouvait adorable.

— … Et le surf m'aide tellement ! disait-elle. Ça me permet de me changer les idées, oui, mais surtout c'est un sport qui me rend plus forte, plus résistante… Et avec nos métiers, il faut être fort, pas vrai ?

Garret acquiesça. Lui-même avait exercé la neurochirurgie pendant presque dix ans. Il savait à quel point il fallait être endurant, aussi bien psychologiquement que physiquement.

— Je ne te dirai pas le contraire. Même si je ne suis plus médecin, je me souviens très bien de ce qui est essentiel pour tenir le rythme et garder le cap.

Addy lui lança un regard où brillait une évidente curiosité.

— Garder le cap… Oh oui, entre les consultations, les examens, les vraies et les fausses urgences… Par moments, je ne sais plus ce que je ressens face aux patients. Peut-être même que je ne ressens plus rien, auquel cas, c'est grave !

— Non, c'est salvateur. Il ne faut ni pathos ni sensiblerie. Si tu t'apitoies sur le sort des gens, tu ne peux plus les soigner avec la même efficacité.

— Il paraît, oui. En tout cas, moi, je suis médecin depuis huit ans déjà et je sais, viscéralement, que je ne dois jamais laisser mes sentiments prendre le dessus, ajouta la jeune femme.

— Tu as raison. Sauf pour nos vies personnelles, on doit faire comme si on était un peu anesthésiés, précisa Garret.

Comme si nos âmes et nos cœurs étaient si solides qu'ils en devenaient imperméables à la souffrance.

Tout en parlant, il songea que leur conversation paraissait un peu surréaliste.

Tout était si calme autour d'eux !

Le clapotis des vagues troublait à peine le silence. La mer s'étalait devant eux à perte de vue, frangée de sable blond et, plus loin, bordée de palmiers. Un paysage idyllique qui invitait plutôt à la détente.

— En attendant, là, maintenant, je me sens bien, ajouta-t-il. Et pour être franc, j'ai plutôt envie d'oublier le travail. Pas toi ? poursuivit-il en s'immobilisant pour la regarder.

Addy hésita à peine.

— Si. On devrait s'amuser !

Garret la regarda, charmé, ému.

Ce fut alors impulsif. Un élan irrépressible. Il l'enlaça et s'empara de ses lèvres.

Douces, si douces…

La jeune femme se raidit entre ses bras, sa bouche se ferma un court instant, comme si elle résistait, mais un instant plus tard elle s'abandonnait à l'étreinte et répondait à son baiser.

Garret la serra encore plus fort contre lui, appréciant sa taille souple, l'arrondi des seins fermes contre son torse, la douceur si féminine de sa peau… Il laissa échapper un gémissement de plaisir et, enfin, embrassa Addy avec passion.

Léo avait enfin signé la convention de divorce. Son avocat venait d'en informer celui d'Addy, et le mail qu'elle venait de recevoir confirmait la séparation juridique définitive.

Parcourant rapidement le document joint — la copie numérique de l'accord qui mettait un terme à leur mariage —, Addy sentit à la fois du soulagement et de la tristesse.

Elle avait cru à leur couple. Elle avait cru à leur amour. Elle avait fait confiance à Léo qu'elle avait aimé si fort pendant cinq ans…

Mais Léo n'était pas du tout l'homme idéal qu'elle avait

imaginé. Il n'était ni stable ni fidèle… Il avait besoin de séduire et d'être séduit. Tout le temps.

Comme Addy s'occupait à l'époque de sa mère malade, elle n'avait plus été aussi disponible qu'au début de leur relation, et Léo ne l'avait pas supporté. Immature, égoïste, il avait commencé à chercher ailleurs ce qu'il ne trouvait plus dans son couple…

Au lieu de parler à Addy, au lieu d'essayer de surmonter l'épreuve avec elle, il s'était réfugié dans l'adultère et le mensonge.

La gorge nouée, Addy referma le mail et l'archiva.

Voilà, c'était terminé. La maison serait vendue, chacun retrouverait sa mise de départ et sa liberté.

Ils ne se reverraient plus qu'au travail… Hélas !

Addy se leva et jeta un coup d'œil à son bureau. Une petite pièce aux murs blancs, au mobilier fonctionnel réduit au strict minimum : table, chaises, table d'examen derrière un paravent, lavabo. Des dossiers suspendus, un ordinateur, des papiers en vrac, des boîtes de médicaments rangées sur une étagère.

Elle s'approcha de la fenêtre qui donnait sur le parking de l'hôpital, deux étages en contrebas. Heureusement, l'abondance de verdure du parc entourant l'établissement, avec les palmiers, les pins et les bougainvillées, apportait une note de fraîcheur à cet environnement.

Laissant son regard errer, elle pensa que dorénavant, elle était célibataire ; seule.

Puis, une fois de plus depuis la veille au soir, elle songea à Garret. Aussitôt, son cœur se mit à battre plus vite, et une chaleur enivrante se diffusa en elle, de la tête aux pieds.

Comme un envoûtement…

Ou la sensation qu'on éprouve quand on tombe amoureuse.

Leur baiser fougueux l'avait autant surprise que transportée. Elle avait adoré embrasser Garret…

D'abord, ça avait été doux et tendre. Puis peu à peu le désir les avait envahis, un désir si fort qu'ils s'étaient allongés sur le sable pour continuer à s'embrasser, lovés, serrés l'un contre l'autre, de plus en plus grisés par l'élan qui les poussait à s'enlacer fébrilement… Et leurs peaux nues, gorgés du sel de la mer, ainsi que le fin tissu de leurs maillots, n'avaient rien dissimulé de leurs envies à chacun, là, à cet instant sur la plage.

C'était elle qui s'était écartée la première.

C'était elle qui, d'une voix assourdie, avait dit à Garret qu'il valait mieux arrêter.

Il lui avait souri et, en guise de réponse, l'avait aidée à se relever. Il l'avait alors prise dans ses bras et l'avait étreinte contre lui avec gentillesse.

— Tu as raison, ce n'est pas raisonnable, avait-il murmuré.

Mais l'éclat de son regard exprimait autant de passion que de regret.

Se détournant de la fenêtre de son bureau, Addy ignora la flamme de désir qui la gagnait de nouveau et s'obligea à se concentrer sur l'instant présent.

Il fallait qu'elle retourne assurer les consultations. Une réunion de staff était prévue à 11 heures. Elle déjeunerait plus tard, quand elle le pourrait, sans doute à la va-vite.

En fin de journée, peut-être irait-elle de nouveau surfer ou faire de la planche à voile…

On était vendredi, les urgences étaient souvent animées en fin de semaine, tout dépendrait donc de l'affluence. Comme toujours.

Aujourd'hui, peut-être reverrait-elle Garret. Elle ne l'avait pas encore croisé, ce matin.

Une bouffée d'impatience l'envahit soudain. Elle avait hâte de le revoir… Hâte de se serrer de contre lui, de l'embrasser encore, de goûter à ses lèvres, à son souffle…

Elle saurait alors si ce qui s'était passé la veille avait été provoqué par leur session commune de planche, ou si c'était autre chose…

Au fond d'elle-même, elle sentait que ce n'était pas qu'une

simple attirance physique. Elle n'avait jamais été ce genre de femme. Elle avait besoin d'émotions, de sentiments…

De sincérité.

— Rassurez-vous, tout va bien, affirma Garret en regardant les deux hommes en costume assis autour de la table. J'ai parlé avec le Dr Santini, et elle est consciente des dysfonctionnements de son planning.

Ils étaient administrateurs comme lui et, une fois par mois, ils se réunissaient pour aborder diverses questions concernant la gestion de l'hôpital.

Au début, Garret avait trouvé cette contrainte très ennuyeuse. Maintenant, il estimait que c'était nécessaire.

Finalement, il s'investissait dans son travail plus que ce qu'il aurait d'abord imaginé. L'administratif l'avait fortement ennuyé mais depuis peu, il aimait organiser les choses.

Surtout le gala de charité…

Et il savait très bien pourquoi. Ce n'était pas seulement parce que l'événement rapporterait de l'argent qui serait utile au service de pédiatrie.

La présence confirmée d'Addy le réjouissait.

— Des dysfonctionnements ? répéta Charles Mingas, l'air sceptique. Le Dr Santini est un électron libre… Elle arrive et part d'ici quand bon lui semble !

— Addy travaille beaucoup, fit remarquer Garret, détestant la critique explicite de son homologue.

— Elle est très impliquée et très investie, renchérit Will Grant, son deuxième collègue. Nous devons lui conserver notre confiance.

C'était un homme de son âge qui, comme lui, avait vécu à New York. Charles était, quant à lui, originaire de Floride et n'en était jamais parti.

Dans la mentalité des deux hommes, cette différence se ressentait. Will était plus flexible, plus ouvert. Charles, plus âgé, se montrait souvent vieux jeu et conservateur. Mais à eux trois, ils formaient une bonne équipe.

— C'est sûr, elle est très investie, confirma Garret. J'ai rarement vu un médecin aussi engagé.

En prononçant ces mots, il eut conscience de faire preuve d'un peu trop d'enthousiasme. Mais il savait qu'il ne se trompait pas. Il avait observé les habitudes professionnelles d'Addy, et écouté ce que ses confrères ou consœurs racontaient sur elle.

Que du bien.

Des éloges, des compliments…

Addy était très appréciée.

Il ne lui avait pas dit qu'elle avait fait l'objet d'une surveillance bienveillante à cause de l'inquiétude qu'elle avait suscité. Elle n'aurait pas apprécié et pour cause…

Mais à présent, tout rentrait dans l'ordre. Addy semblait retrouver son équilibre. Elle veillait à conserver une amplitude horaire raisonnable.

Heureusement. Il s'était inquiété pour elle…

Beaucoup.

— Si vous vous portez garant, je vous suis, déclara Charles. Le Dr Adelina Santini reste avec nous.

— On y compte bien, dit Garret. Sans elle, le service des urgences ne tournerait pas aussi bien. On poursuit ?

Ses collègues acquiescèrent.

Ce fut le cœur léger que Garret passa au dossier suivant. Addy allait mieux, il avait rassuré les administrateurs, tout était donc en bonne voie…

Il ne lui restait plus qu'à espérer qu'Addy ne recommencerait pas comme avant.

8.

Addy jeta un coup d'œil au salon encombré de cartons et de sacs plastique emplis d'affaires. Elle devrait faire appel à des déménageurs… Une fois qu'elle aurait trouvé un nouveau logement. Donc après la vente de la maison. Maintenant que le divorce était conclu, ce serait plus simple de tourner la page.

Elle alla s'affaler sur le canapé et ôta ses baskets. Elle se sentait quand même découragée par l'ampleur de ce qu'il lui restait à accomplir. Autant par indifférence que par facilité, Léo lui avait tout laissé : le mobilier, mais aussi le bazar à trier. Des papiers, des livres, des bibelots…

Elle s'en chargerait petit à petit. Il le faudrait bien.

En attendant, une ou deux heures de spot me redonneront de l'énergie, décida-t-elle en se levant d'un bond, déjà impatiente d'y être.

Ce vendredi soir, elle avait quand même pu quitter l'hôpital à une heure correcte, ni trop tôt ni trop tard, grâce à l'arrivée de l'urgentiste avec lequel elle travaillait en binôme.

Elle se changea rapidement, enfilant son maillot une pièce et un grand T-shirt par-dessus. Alors qu'elle s'apprêtait à chausser ses sandales, elle entendit frapper un petit coup discret. Surprise — elle n'attendait personne —, elle alla ouvrir.

Garret se tenait sur le seuil, en jean et chemise bleu ciel, un léger sourire aux lèvres. Il tenait un bouquet de roses jaunes et blanches.

— Toi ?

Addy avait eu du mal à dissimuler son étonnement. En même temps, elle était heureuse de le voir… Si heureuse.

— Je te dérange ?

— Je partais à la plage.

— Surfer ?

— Bien sûr. Rien de tel, après une journée de travail, pour se rafraîchir les idées.

Garret hocha la tête et, la regardant de la tête aux pieds, sourit plus franchement.

— Je sais et je partage dorénavant ta passion pour le surf. Je reviendrai une autre fois.

— Non, attends…

Addy n'hésita pas.

— Je suis contente que tu sois là. C'est pour moi ? ajouta-t-elle en désignant les fleurs.

— Oui. Un petit bouquet de rien du tout.

— Un très joli bouquet, rectifia-t-elle. J'adore les roses. Merci Garret.

Et spontanément elle se dressa sur la pointe des pieds pour l'embrasser au coin des lèvres.

Garret l'enlaça et la serra contre lui, une main impérieuse dans le creux de la taille d'Addy.

Elle sentit un long frisson la parcourir.

Leur désir était palpable. Il avait suffi de quelques secondes à peine pour que l'un et l'autre le sente.

— Viens, murmura-t-elle en l'invitant à entrer.

Garret soutint son regard.

— Je passais juste pour…

— Viens.

Par la suite, Addy se demanderait comment tout s'était enchaîné aussi vite. Ils avaient commencé à s'embrasser fiévreusement et, sans relâcher leur étreinte, avaient gagné la chambre. Leurs corps s'étaient trouvés, leurs caresses les avaient enivrés, transportés…

Et ils avaient fait l'amour à même le sol, éperdus et guidés par leurs sensualités qui se répondaient à merveille. Puis ils avaient poursuivi sur le lit, sous le drap de coton qu'Addy avait jeté à la hâte au-dessus du matelas, tout son linge de maison étant déjà dans des cartons… Garret avait ri, elle s'était blottie contre lui, et ils s'étaient aimés de plus en plus fort pendant toute la nuit.

Le lendemain matin, Addy eut l'impression d'avoir rêvé cette nuit d'amour…

D'autant plus que la réalité, soudain, semblait plus lourde que d'habitude.

Et pour cause… C'était le premier anniversaire de la mort de sa mère.

Dans la voiture, à côté de Garret qui avait insisté pour qu'ils se rendent ensemble à l'hôpital, Addy se promit de passer au cimetière après sa journée de travail. Cette pensée se logea en elle, obsédante et anxiogène. Il fallait qu'elle accomplisse ce devoir qui était aussi une preuve d'amour… N'est-ce pas ?

Involontairement, la main d'Addy posée sur la cuisse de Garret se crispa.

— Qu'est-ce qu'il y a ? demanda-t-il aussitôt.

Il conduisait, un léger sourire aux lèvres.

— Rien, mentit-elle, refusant de gâcher la tranquillité de ce matin.

À leur réveil, ils avaient pris un copieux petit déjeuner presque sans parler, les yeux dans les yeux, encore alanguis, comme envoûtés l'un et l'autre par le plaisir fou qu'ils venaient de partager.

Jamais Addy ne s'était sentie aussi comblée. Même si elle savait qu'il s'agissait d'une parenthèse enchantée dans leur quotidien, elle était heureuse. Cela ne durerait pas, elle s'en doutait. Garret avait sa vie, et elle, la sienne.

Elle avait accepté d'être accompagnée au travail pour prolonger cet état de grâce…

Sauf que se retrouvant sans sa voiture, elle devrait appeler un taxi après sa journée, retourner chez elle et, ensuite, acheter de quoi fleurir la tombe de sa mère. Pourquoi n'y avait-elle pas pensé avant ?

Garret lui jeta un coup d'œil inquiet.

— Rien ? Tu es sûre ?

Elle détourna le regard.

— Pas vraiment, en fait.

Après un court instant, elle lui expliqua ce qui la tracassait.

— J'ai besoin d'aller sur sa tombe, tu comprends ?

— Bien sûr. Je te ramènerai, ne t'inquiète pas. Et si tu le souhaites, je viendrai avec toi au cimetière.

— Oh non, c'est gentil, mais… non. Je te remercie, se hâta-t-elle d'ajouter.

Ce ne serait pas gai.

Surtout, elle ne voulait pas mêler Garret à sa vie personnelle, à ses souvenirs… Il en savait déjà trop sur ce qui l'avait rendue triste ces derniers temps. Elle rêvait d'une relation amoureuse légère, insouciante…

Si cela était possible compte tenu des doutes qu'elle éprouvait sur sa capacité à faire confiance à un homme.

Comme promis, Garret raccompagna la jeune femme chez elle en fin d'après-midi.

Si seulement Addy savait à quel point il avait été touché par ce qu'elle allait entreprendre…

Il insista de nouveau pour aller avec elle au cimetière.

Addy refusa.

Il l'embrassa doucement au coin de la lèvre, et sentit à quel point elle était émue.

— On se revoit vite ?

Addy sourit et, de la main, esquissa un vague mouvement qui pouvait signifier qu'elle était peut-être d'accord…

Ou pas.

— Forcément, Garret, ne serait-ce qu'au travail, on se croisera, dit-elle en souriant.

Elle se serra contre lui et lui sourit de nouveau.

— Merci pour ce bon moment… Je ne m'étais pas sentie aussi bien depuis longtemps.

Sur ces mots, elle s'éloigna d'un pas rapide en direction de sa petite maison, une bâtisse de plain-pied aux façades blanches.

Garret se souvint qu'elle la vendrait bientôt, apparemment sans état d'âme. Sans regret. De ce lieu, lui avait-elle confié, elle garderait davantage de mauvais souvenirs que de bons.

Comme lui, quand il avait quitté New York pour repartir de zéro à Miami.

Retournant vers sa voiture, Garret comprit brutalement qu'il évitait depuis longtemps, beaucoup trop longtemps, de se rendre au cimetière. Un an après la mort de Leticia, il y était allé en compagnie de Patricia, son ex-femme. Ensuite, à cause de son travail — quelle mauvaise excuse ! —, il n'y avait plus mis les pieds.

Addy venait de lui rappeler, involontairement, qu'il avait, lui aussi, un défunt à honorer.

Son propre enfant.

L'émotion lui serra le cœur.

Merci Addy… Merci…

9.

— … Et pour la vente aux enchères, on voudrait créer une plaquette qui présenterait les plus beaux témoignages de guérison de nos patients, déclarait le directeur du marketing de l'hôpital. Nous l'avons déjà fait il y a deux ans et, apparemment, le public s'est intéressé à toutes les réussites de nos équipes…

Garret sentit son attention faiblir de nouveau.

Cette réunion avait été organisée à la dernière minute par le département communication de l'établissement, et une vingtaine de médecins, dont Addy, avait été conviée.

Elle se tenait au fond de la salle, en tenue chirurgicale verte. Elle n'avait même pas eu le temps de se changer.

Les sourcils légèrement froncés, elle écoutait d'un air perplexe.

Évidemment. Un médecin ne pouvait pas adhérer aux objectifs publicitaires du Grace Hospital de Miami. Un médecin avait besoin d'être auprès de ses patients et de s'occuper d'eux. Là, comme ses collègues, Addy perdait son temps…

Garret croisa le regard de la jeune femme. S'en rendant compte, elle ébaucha un vague sourire et reporta son attention sur l'orateur : James Knott, à la tête de toutes les opérations à visée commerciales de leur structure hospitalière.

Le futur gala de charité permettrait de recueillir des fonds destinés au service de pédiatrie mais aussi d'élargir l'équipe d'administrateurs et de mécènes. Le Grace Hospital était financé par des dotations privées, il fallait donc attirer ceux et celles qui y placeraient leur argent, donc leur confiance…

Ce genre d'événement relevait de tout un art que Garret admirait. Lui-même en était incapable. Ancien médecin, il restait soignant dans l'âme.

Ses patients lui manquaient.

Si, un jour, il retrouvait l'usage de sa main gauche, au moins partiellement, peut-être pourrait-il envisager une reprise de son activité de neurochirurgien…

Mais jusqu'à présent les séances de rééducation fonctionnelle n'avaient donné aucun résultat probant. Sa volonté de s'en sortir, de trouver un nouveau souffle à sa carrière, avait grandement flanché. Il n'y croyait plus.

Chassant ses idées noires, Garret jeta un coup d'œil à sa montre. Heureusement, la réunion se terminerait d'ici quelques minutes. Heureusement. Même si, pour sa part, il n'avait plus grand-chose à faire de la matinée, il avait hâte de retourner dans son bureau…

Et d'être avec Addy.

Aussi improbable soit-elle, cette évidence s'imposa à son esprit.

Oui, il voulait lui parler…

Oui, il voulait la voir ne serait-ce qu'un court instant et lui dire à quel point elle changeait sa vie.

Depuis qu'ils avaient fait l'amour deux jours plus tôt, ils n'avaient pas échangé un seul mot. Ils s'étaient croisés une fois dans les couloirs et, curieusement, Addy s'était contentée de lui adresser un simple sourire.

Pas de coup de fil. Pas de mail.

Lui-même n'avait pas osé la contacter…

Lui en voulait-elle de quelque chose ?

Le doute lui était insupportable. Même s'il ne savait pas ce qu'il attendait de la jeune femme ou de leur relation naissante, il était sûr d'une chose : il tenait à Addy. Plus les minutes s'écoulaient, plus Garret se détachait de la réunion et de ses enjeux. Il ne pensait qu'à Addy.

Alors qu'il cherchait un motif valable pour l'inviter à venir lui rendre visite dès que possible, il reçut un SMS.

On se retrouve tout à l'heure pour un café ? écrivait Addy.

Il releva les yeux et rencontra de nouveau ceux de la jeune femme.

Il sourit, heureux et étonné qu'ils soient sur la même longueur d'onde. Elle avait donc pensé à lui…

Il acquiesça d'un bref signe de tête et, discrètement, lui envoya un texto pour lui proposer de passer dans son bureau après la réunion. En réponse, il reçut un smiley complice.

Cela lui fit chaud au cœur et lui fit l'effet, un court instant, d'être comme un adolescent.

— J'ai dix minutes, annonça-t-elle en ôtant sa blouse. C'est peu mais c'est mieux que rien.

Elle portait un petit T-shirt blanc en dessous.

Garret remarqua que le tissu moulait la poitrine de la jeune femme et, malgré lui, des images lui traversèrent l'esprit. Le corps nu d'Addy qui frémissait sous ses caresses, les petits soupirs qu'elle exhalait dans le plaisir, la merveilleuse sensualité qu'ils avaient partagée…

Il maîtrisa à grand-peine son trouble. Bon sang, que lui arrivait-il ?

— Dix minutes, c'est déjà mieux que rien, dit-il en fermant la porte de son bureau. Pour être franc, je t'aurais contactée si tu ne m'avais pas envoyé ce SMS.

Addy lui sourit.

— Aujourd'hui ?

— Aujourd'hui, oui. Tu me manquais.

Elle arqua un sourcil étonné et ébaucha un autre sourire.

— C'est gentil…

— C'est sincère, dit-il.

Il prépara deux cafés et lui tendit une tasse.

— Merci… C'était une réunion plutôt décevante, poursuivit Addy en s'asseyant. J'ai du mal à comprendre que le directeur du marketing veuille nous associer, nous, médecins, à ce genre de discussion commerciale.

— Je suis d'accord avec toi. Mais je n'ai malheureusement pas mon mot à dire, avoua Garret. Je ne suis que le responsable administratif.

Ils gardèrent le silence pendant quelques instants. Un silence lourd de tout ce qu'ils n'osaient probablement pas se dire.

Il fallait que l'un d'entre eux brise la pudeur qui les enveloppait soudain.

Garret décida alors d'avouer à la jeune femme ce qu'elle avait peut-être involontairement suscité chez lui. La prise de conscience brutale par rapport à Leticia, la réalité du cimetière qu'il évitait…

— Je dois te faire une confidence, Addy. Quand tu m'as parlé de ta mère, et de sa tombe que tu allais fleurir, ça m'a fait réfléchir à mes propres évitements. Je t'en remercie.

Addy resta silencieuse un court instant.

— Tant mieux, alors. Tu pourrais peut-être prendre une semaine de congé pour aller à New York et te rendre sur la tombe de ta fille.

Il sentit qu'il se crispait, surpris par cette suggestion directe.

— Oui, je le ferai… Mais pas maintenant.

Je n'en ai pas encore la force.

— J'irai un jour, c'est certain. Ma fille chérie est dans mon cœur… Pour toujours, ajouta-t-il, une main sur le côté gauche de sa poitrine.

Addy esquissa un doux sourire un peu triste.

— C'est ta fille… Plus tard, quand tu auras d'autres enfants, tu auras sans doute de nouveau la possibilité d'écrire une autre page de ta vie et…

— Je n'aurai pas d'autres enfants, le coupa-t-il.

Elle hocha la tête.

— Jamais ?

— Jamais. Ça a été trop dur de perdre Leticia.

Déjà qu'il ne parvenait pas à se rendre sur la tombe de sa fille… Comment réussirait-il à regarder un autre bébé dans les yeux sans penser à elle… Sans se demander s'il ne lui serait pas arraché, lui aussi ? Rien que cette pensée lui flanquait la nausée.

— Je comprends, dit Addy, visiblement touchée par les confidences de Garret.

Il s'approcha de la jeune femme et, lui prenant les deux mains, l'invita à se lever. Elle se redressa, les yeux dans ceux de Garret.

— Tu es importante, pour moi, murmura-t-il. Je te dis tout… D'ailleurs, j'ai un autre aveu à te faire : grâce à toi, j'ai eu le courage de me mettre au surf et à la planche à voile. Je pense que tu es en train de changer le cours de ma…

— N'importe quoi, l'interrompit Addy, gênée. Je suis certaine que tôt ou tard, tu aurais eu envie de découvrir ces sports… Parce que tu faisais du ski avant, parce que tu aimes bouger, pas vrai ?

Garret fut un peu pris de court par la soudaine véhémence de la jeune femme.

— Je ne me laisse pas aller, si c'est ce que tu veux savoir. Jamais. Sauf que depuis la disparition de Leticia et mon accident j'ai perdu en volonté. Je me suis même demandé si je n'étais pas en train de faire une dépression.

Addy l'observa d'un air interrogateur, puis elle sourit gentiment.

— Tu sais quoi ? On pourrait aller surfer ensemble un de ces jours…

— Bonne idée. J'aimerais tester quelques mouvements dans l'eau pour mieux utiliser ma main gauche, confia-t-il.

— Génial, oui…

Le joli visage d'Addy s'illumina aussitôt.

— Ce soir, si tu veux ? Je peux m'organiser pour partir un peu plus tôt, mon binôme arrive exceptionnellement à 17 heures…

— D'accord, dit Garret sans hésiter. J'adore ton enthousiasme.

J'adore tout chez toi…

Il résista à l'envie de le lui avouer, se contentant de la

prendre tendrement dans ses bras. Addy se laissa faire et appuya sa tête contre le buste de Garret.

— OK, alors ce soir, on fonce sur les vagues ! dit-elle en levant les deux pouces en signe de victoire.

— Oui, on fonce. J'ai hâte.

Elle le regarda, les yeux brillants.

— Moi aussi.

Garret n'avait pas imaginé qu'il voguerait de nouveau sur l'eau aussi vite. Mais il y était…

Allongé sur sa planche, cette fois, carrément à plat ventre.

Il pagayait avec les mains. Les deux mains.

À chaque mouvement, il sentait que ses doigts paralysés se détendaient et se retendaient en rythme, comme caressés par les vaguelettes. Les muscles, les tendons réagissaient et, même si ça lui faisait mal, il continuerait le plus longtemps possible.

Ce soir-là, au lieu d'utiliser exclusivement sa main droite, il forcerait volontairement sur celle de gauche.

Garret s'efforça de replier ses doigts de manière à former une sorte de coupelle captant et poussant l'eau. Ça lui brûlait sous la peau, mais ça restait supportable.

Il repéra une vague qui roulait au loin et attendit, bien installé au milieu de sa planche. Dès qu'il sentit l'élan magique de la masse aquatique, il aplatit ses paumes sur le surf et essaya de rebondir sur ses pieds…

Erreur colossale.

Il eut la sensation que des poignards s'enfonçaient dans sa chair à la seconde où son poids se reposa sur sa main gauche.

Sa vision se troubla, il crut voir des étincelles…

Il se laissa tomber dans l'eau, coula quelques secondes, remonta à la surface en s'empoignant la main, écrasé par la souffrance physique qui jaillissait soudain.

Il en avait fait trop… Et trop vite.

Addy pagaya aussitôt vers lui, l'air inquiet.

— Tu as besoin d'aide ?

— Non… Je ne pensais pas que ce serait aussi douloureux, avoua-t-il.

Il plaça sa main sous l'eau afin d'adoucir la sensation cuisante, espérant maîtriser la gêne qu'il éprouvait.

Il n'aimait pas qu'elle le voie souffrir.

— Essaie d'arrondir ta paume, suggéra Addy. C'est parce que tu as voulu la mettre à plat que ça te fait si mal. Je te conseille d'y aller doucement pour trouver un équilibre entre le fait de forcer la tension des doigts, et au contraire, de minimiser l'effort.

Garret resta silencieux quelques secondes, conscient que la jeune femme avait totalement raison. Il n'avait pas été prudent. Pas du tout.

— Tu es médecin et philosophe ? plaisanta-t-il, s'efforçant d'adopter un ton léger.

Ce qu'elle venait de lui énoncer aurait pu s'appliquer à sa vie… Depuis combien de temps essayait-il de trouver un nouvel équilibre ? Il s'était mentalement réfugié derrière un bouclier de métal afin de ne plus souffrir.

Mais depuis peu, avec Addy, il s'ouvrait et se laissait aller en toute confiance. Au point de ne plus dissimuler ses faiblesses.

— Philosophe, oh non… J'ai juste dit ce qui me passait par la tête. Je suis assez douée pour ça, je crois…

Elle posa le menton sur sa planche et le regarda d'un air malicieux.

— On continue ? Tu as été si courageux…

Garret hésita à répliquer qu'en vérité il se sentait plutôt lâche.

Peut-être même que son travail d'administrateur n'était qu'une manière déguisée de ne plus assumer son rôle de médecin…

Car après tout, même s'il ne pouvait plus opérer en tant que chirurgien, il aurait été tout à fait capable d'assurer des consultations.

Malgré le léger courant marin, sa main s'engourdissait. Il la sortit de l'eau et la secoua, réprimant une grimace.

— Je pense qu'il vaut mieux que je sois prudent. Je vais retourner sur la plage, bien tranquillement.

— OK, je te suis.

Garret porta sa planche hors de l'eau et se dirigea vers l'endroit où Addy et lui avaient laissé leurs serviettes. La jeune femme le rejoignit, sa chevelure emmêlée par les embruns salés et un grand sourire aux lèvres.

Elle s'essuya énergiquement et revêtit une tunique de fin coton blanc au-dessus de son maillot bleu marine.

Garret s'assit à côté d'elle. Le sel séchant déjà sur sa peau piquait un peu.

— Merci, Addy. Franchement, grâce à toi, je me sens pleinement vivant, lâcha-t-il sans réfléchir.

Elle se mit à rire.

— Tant mieux. On recommence quand tu veux.

— D'accord. Sincèrement, c'est thérapeutique, le surf, admit Garret. Je me suis forcé à faire quelque chose de difficile pour moi. Cette sensation de vie…

Il inspira profondément, absorbant mentalement le ciel bleu et la mer qui reflétait les derniers rayons du soleil.

— C'est toi.

— Mais non, protesta la jeune femme. C'est toi et toi seul ! Tu peux être fier de toi…

Sans vraiment l'écouter, il la contempla et éprouva une forte bouffée de désir.

Le désir ne rimait-il pas avec la vie ?

Il n'avait rien ressenti de tel depuis des années.

Sauf que repartir sur ce chemin-là maintenant serait une erreur…

Son mariage avait été désastreux. Le mariage d'Addy avait été désastreux. Ni l'un ni l'autre ne pouvait se vanter d'avoir réussi leur vie personnelle.

En vérité, Garret ne savait même pas ce qu'était une relation réussie. Il s'était tellement effondré après la mort de sa fille qu'il n'avait plus rien ressenti ni pour sa femme ni pour personne…

Il avait été comme anesthésié par la douleur. Plus rien ne

comptait pour lui… Rien. Il avait fini par fuir sa maison, son travail, sa femme…

Certes, leur mariage titubait déjà avant la tragédie. Au lieu de partager leur peine et leur chagrin, ce qui les aurait soudés, ils s'étaient séparés peu à peu, lentement mais sûrement.

Peut-être que tout se serait déroulé autrement s'il n'avait pas été aussi égoïste, incapable de prêter attention à Patricia qui souffrait pourtant autant que lui…

Garret regarda Addy.

Qu'elle était jolie… Vive, naturelle, déterminée…

Il ne voulait pas d'une relation compliquée, oh non, mais rester avec elle sans s'engager vraiment, juste pour le plaisir, ce serait peut-être possible…

— Garret, ça va mieux ?

Elle l'observait d'un air interrogateur, vaguement inquiet.

Aussitôt, Garret revint à l'instant présent.

— Oui, Addy. Merci. Désolé, je pensais à autre chose. Qu'est-ce que tu disais ?

— Juste que Léo a signé les papiers du divorce. Officiellement, je ne suis plus Mme Santini, ajouta-t-elle, les yeux à la fois brillants et graves.

— Bonne nouvelle, non ?

— Oui, bien sûr…

Elle resta songeuse un court instant, les genoux repliés contre sa poitrine. Il remarqua fugitivement sa peau dorée par le soleil, ses cuisses fines et musclées. Il aimait son corps… Il aimait son énergie et tant d'autres qualités chez elle.

— J'aurais préféré qu'on réussisse notre mariage, c'est sûr. On ne peut pas changer le passé, et il faut que j'accepte ce qui s'est produit entre nous, cet échec total…

Elle soupira et, évitant le regard de Garret, ajouta :

— Je crois bien que je ne l'ai jamais réellement connu. On ne s'est pas donné la chance d'apprendre à nous connaître mutuellement avant de nous marier. On est allés trop vite.

Garret songea que Patricia et lui ne s'étaient pas dépêchés mais, malgré tout, leur union s'était également soldée par un échec.

— Ce n'est jamais facile d'être en couple, dit-il enfin.

— Tu parles par expérience…

— Disons que mon mariage n'a pas survécu à ma propre stupidité. Bon, les liens n'étaient pas très forts au début. Mais la mort de Leticia a tout fait chavirer. Je me suis immergé dans le travail jusqu'à l'épuisement, j'ai eu mon accident… Et les dés étaient lancés.

Addy fronça les sourcils.

— Tu étais en deuil. On ne se comporte pas de façon rationnelle quand on traverse cette épreuve. Je m'en souviens…

— C'est vrai. La perte d'un être cher nous déchire, murmura Garret.

Il s'aperçut que les premières étoiles brillaient dans le ciel. Une douce semi-obscurité les enveloppait peu à peu. Depuis combien de temps parlaient-ils ?

Il jeta un coup d'œil à sa montre.

— Il est déjà 19 heures…

Quelques rares surfeurs continuaient à glisser sur la mer, essayant encore d'attraper quelques bonnes vagues.

— Ne t'inquiète pas, je ne suis pas pressée. J'ai passé un bon moment.

— Tant mieux. Moi aussi.

Et même un très bon moment…

Garret n'avait aucune envie d'analyser plus en détail ce qu'il ressentait en compagnie d'Addy, mais une chose était sûre, il se sentait bien, très bien, avec elle. Comme si elle était une amie… Et une tendre amoureuse. Une complice…

Une femme dont, bientôt, il ne pourrait plus se passer.

10.

Le mois d'octobre s'achevait avec un soleil resplendissant, comme souvent en Floride.

Regardant les couleurs du ciel par la fenêtre du vestiaire de l'hôtel, Addy éprouva soudain une bouffée de nostalgie. Sa mère aimait tant l'automne…

Comme cette année avait vite filé. Les souvenirs, eux, demeuraient vifs.

Addy se détourna et posa une main sur son bas-ventre légèrement douloureux.

Ses règles avaient du retard. Presque quatre jours.

Vêtue de la jolie robe verte qu'elle avait choisie spécialement pour le gala de charité, Addy se sentit frissonner.

Un déséquilibre hormonal, peut-être ? Provoqué par ce qu'elle vivait en ce moment, son divorce, sa rencontre avec Garret… ?

C'était peu probable. Cela ne lui ressemblait pas.

C'est pourquoi, ce matin, elle avait acheté un test de grossesse même si elle savait que c'était trop tôt pour que le diagnostic soit fiable.

De toute façon, Garret avait utilisé un préservatif.

Sauf qu'ils avaient fait l'amour plusieurs fois, passionnément et que, parfois, une toute petite fuite…

Addy s'approcha d'un des miroirs de la pièce et vérifia son maquillage. Un fin trait de khôl soulignait son regard, et elle avait mis un peu de rouge à lèvres rose nacré.

Et si j'étais enceinte ?

Le doute la traversa de nouveau.

Quand elle était mariée avec Léo, les deux ou trois premières années, elle avait rêvé de fonder une famille. Elle avait rêvé d'une grossesse désirée, heureuse… En vain.

Et si, inconsciemment, j'avais tout fait pour être enceinte de Garret ?

Un homme qui ne veut plus d'enfant…

Pour le coup, le destin serait ironique.

Addy sentit sa gorge se nouer. Ce serait une situation très délicate.

Elle n'avait pas encore vu Garret ce soir, mais il était forcément là, au milieu de la foule de messieurs en smoking ou costumes sombres.

Elle ne lui soufflerait mot de son inquiétude. Elle ne lui en parlerait que si le test s'avérait positif.

Joignant les deux mains, Addy pria pour que ce ne soit pas le cas.

Elle quitta le vestiaire, et gagna le vaste hall du luxueux hôtel où se déroulait le gala. Il y avait plus de monde que prévu, tellement qu'on pouvait à peine se frayer un passage parmi la foule.

Après la vente aux enchères, un buffet froid serait proposé, copieusement garni de plats salés et sucrés. Pour sa part, elle n'avait pas faim du tout.

— Addy, ma douce Addy, tout va bien ?

La voix masculine derrière elle était chaude et familière.

Elle se retourna.

En chemise blanche amidonnée et costume trois-pièces noir, Garret était superbe.

Il la regarda de la tête aux pieds, et une lueur d'admiration traversa son regard.

— Waouh… Le vert te va vraiment bien. Tu devrais porter cette couleur plus souvent.

— Merci… J'y penserai, dit-elle, étrangement émue par ce simple compliment.

Garret sourit.

— Pour une femme qui se sent plutôt comme un garçon manqué, tu es ravissante et si féminine…

— C'est vrai ? Merci, répéta Addy, consciente de rougir.

Depuis la trahison de Léo, elle manquait affreusement de confiance en elle. Garret la regardait avec une telle gentillesse, et tant de désir évident, qu'elle aurait dû se sentir plus sûre d'elle… Ce n'était pas le cas. Il faudrait du temps avant qu'elle oublie, qu'elle passe vraiment à autre chose.

— Comment va ta main ? demanda-t-elle.

Garret la souleva et, lentement, fit tourner son poignet.

— Je resterai toujours handicapé, je le sais mais, depuis notre dernière session de surf, j'ai l'impression de ressentir des frémissements internes différents. Comme s'il y avait un petit retour de mobilité.

— Merveilleuse nouvelle ! Il faut que tu continues à t'exercer…

— Bien sûr.

Garret lui effleura la joue du bout de son index droit.

— Je ne lâcherai jamais. Tu veux un verre ? poursuivit-il. On a encore quelques minutes avant que la vente commence.

— Avec plaisir. Un rafraîchissement.

Elle hésita avant d'ajouter :

— Non alcoolisé.

Tu n'es pas enceinte, Addy…

— Parfait, je sais ce qu'il te faut. Je reviens tout de suite.

Heureusement, il n'avait pas remarqué sa petite pause avant qu'elle précise son souhait de ne pas boire d'alcool.

Addy le suivit du regard tandis qu'il se dirigeait vers le bar. Il avait le dos droit, et les yeux fixés là où il voulait se rendre. C'était un homme fier.

Cela n'avait vraiment pas dû être facile, pour Garret, de comprendre qu'il ne pourrait plus exercer comme chirurgien. Pourtant, aujourd'hui, il paraissait avoir accepté ses nouvelles fonctions. Même s'il restait détaché en apparence…

Addy se rappelait l'ordre étonnant du bureau de Garret. Il remplissait son rôle avec cœur et sérieux.

Mais cela le rendait-il heureux ?

Il était efficace à l'hôpital, tout le monde le disait…

Sauf que c'était peut-être une sorte d'emploi par défaut,

un travail qui n'était pas réellement à la hauteur de ses compétences. *Mais même si c'était le cas, ce n'est pas à moi de lui parler de ce genre de choses… Il est mon patron !* se rappela Addy.

Garret revint en apportant un grand verre contenant une boisson orange en haut et rose en bas, décorée d'une petite ombrelle. Il avait, quant à lui, pris de l'eau pétillante.

— Oh ! c'est beau ! s'exclama-t-elle. Qu'est-ce que c'est ?

Elle saisit la coupelle, intriguée. Que lui avait-il donc choisi ?

— Jus de grenade et d'orange.

— Ça doit être délicieux…

Elle prit une première gorgée, s'attendant au goût fort du jus d'orange. C'était plus vif, presque astringent, à cause de notes de citron et de pamplemousse. Elle avala une autre gorgée. *Ah, oui, là on sent la grenade…*

— J'adore. Merci.

— J'espérais que tu apprécierais.

Il la prit par le bras.

— Allons voir la vente aux enchères.

Des kiosques aux couleurs tropicales étaient installés en cercle, chacun proposant des articles différents. *La personne qui a conçu la présentation a l'œil artistique*, songea Addy, impressionnée.

C'était magnifique. Et varié. Il y avait des jouets, des articles de plage, des produits de beauté, des vêtements, des bijoux…

Dans le kiosque qui proposait justement des colliers, bracelets et bagues, Addy repéra ses perles de nacre à côté d'une aquarelle marine.

— C'est toujours aussi beau ? Je ne suis jamais venue, avoua-t-elle.

— On essaie, oui. L'année dernière, le thème était le voyage en mer. Ils ont tout organisé pour que ça ressemble à un paquebot de croisière. Les décorateurs avaient pensé à tout, même à assortir le buffet et les fausses piscines.

— Ce sont les entreprises locales qui paient le décor ? l'interrogea Addy, de plus en plus impressionnée.

Elle avait lu, dans le catalogue du gala, les noms des divers sponsors et mécènes.

— Oui. Ça leur apporte une belle couverture médiatique pour une bonne action, puisqu'ils aident l'hôpital à mieux répondre aux besoins de la population.

Garret mena Addy vers une autre salle où un diaporama était diffusé sur un grand écran. Les images montraient différents services de l'hôpital tout en insistant sur le département pédiatrique. On voyait des enfants, certains malades puis guéris, souriants, la vie pétillant dans leurs yeux.

— C'est bien fait, murmura Addy.

— Je trouve aussi qu'on a bien réussi cette présentation. Maintenant, espérons que le public s'intéresse à nos équipes, à nos besoins, à nos objectifs et…

Une voix masculine diffusée dans un haut-parleur retentit à ce moment-là.

— Bienvenue à ce dixième gala de charité du Grace Hospital de Miami ! Nous espérons recueillir le maximum de fonds qui nous permettra, comme vous le savez, de moderniser l'aile pédiatrique de notre établissement… Merci à nos bénévoles de bien vouloir prendre place dans leurs kiosques, et commençons !

— C'est à nous de jouer, maintenant, dit Garret. Allons-y.

Addy lui emboîta le pas. Ce n'était plus l'heure de se poser de questions. Il fallait qu'elle se rende à son stand qui, elle venait de le découvrir sur la brochure, proposait des articles de sports aquatiques. C'était sûrement Garret qui avait parlé de sa pratique de ces sports… Et il avait eu raison. Elle se sentirait bien plus à l'aise dans ce domaine que dans celui de la mode !

— À tout à l'heure, lui souffla Garret à l'oreille. Tu es très belle…

Elle lui sourit et se dirigea vers le kiosque décoré comme une boutique de plage.

« Pour une femme qui se sent comme un garçon manqué, tu

es ravissante et si féminine… », lui avait-il dit. Ce compliment l'avait touchée plus que de raison. Parce qu'elle manquait de confiance en elle.

Une fois à son poste, Addy arrangea machinalement quelques affaires, puis elle s'assit derrière la petite table sur laquelle divers documents avaient été posés. Elle devrait noter les adresses des futurs acheteurs, leurs coordonnées complètes, et bien d'autres informations utiles.

Tout en examinant les papiers, elle pensa de nouveau à Garret, n'osant pas le chercher du regard. Il était occupé, lui aussi…

Pourquoi ne l'avait-elle pas rencontré cinq ans plus tôt, à la place de Léo ?

La réponse était évidence : il était marié et avait traversé l'une des pires épreuves qu'une personne pouvait affronter dans sa vie. La perte d'un enfant.

Garret était un homme différent, à cette époque.

Elle-même était également différente.

Addy reporta son attention sur l'événement en cours : l'ouverture officielle du gala.

L'organisateur finissait de présenter Garret.

— Et maintenant, je vous passe la parole, lui dit-il.

Garret s'éclaircit la voix et s'adressa au public. Il souhaita la bienvenue à chacun et expliqua brièvement le but et les enjeux du gala. Son discours fut impeccable, sans hésitation et sincère. Il croyait à ce qu'il énonçait.

Peut-être appréciait-il son travail davantage qu'elle ne l'avait cru.

Addy se surprit à le regarder intensément, avec admiration, probablement comme la plupart des femmes présentes dans l'assemblée. Il était beau, plein de charisme…

Et célibataire. Sans attache.

Elle sentit son estomac se crisper.

Elle savait des choses sur Garret que les autres ignoraient. Mais cela ne changeait rien, au final. Elle n'avait aucun droit sur lui…

D'ailleurs, elle n'en voulait pas.

Même si, au fond d'elle-même, dans le plus grand secret, un petit être invisible commençait à exister et aurait, quant à lui, son mot à dire.

Elle chassa aussitôt cette pensée.

Mais une autre, tout aussi improbable, jaillit à son esprit.

Accepterait-elle qu'une des riches femmes mécènes présentes à la soirée désire repartir au bras de Garret ?

Non… Non !

Elle aurait envie de lui arracher les yeux !

En réalisant cette vérité, Addy eut du mal à refouler son irritation.

Tomber amoureuse de Garret, quelle erreur ! Surtout si elle se retrouvait enceinte de lui. La déception et la blessure seraient encore pires que celles qu'elle avait éprouvées à cause de Léo…

Puisque Garret ne voulait plus d'enfant.

Il le lui avait clairement exprimé.

Garret termina son discours, et des applaudissements enthousiastes s'élevèrent. La vente aux enchères allait vraiment débuter.

Addy se sentit nerveuse, tout à coup, et pas seulement parce qu'elle allait s'occuper d'un stand.

Les enjeux du gala étaient importants, il fallait donc qu'elle se concentre et qu'elle mette ses propres problèmes de côté.

L'hôpital pourrait acquérir de nouveaux équipements pour le service pédiatrique et, de ce fait, les enfants concernés recevraient un meilleur diagnostic et une meilleure prise en charge. L'essentiel, pour elle, en tant que médecin.

Elle espéra que les enchères seraient audacieuses, compétitives. Des enchères qui rapporteraient le plus possible.

Le commissaire-priseur détailla les objets du premier kiosque : des outils de jardinage et de bricolage. Le plus bel objet, et le plus coûteux, était une remorque parfaite pour du matériel de jardin ou de camping. Il fut adjugé à plus de mille dollars.

Peut-être devrait-elle jeter un œil plus attentif à la liste des objets proposés à la vente… Elle y trouverait sûrement des affaires intéressantes pour sa nouvelle vie… Mais elle n'en avait pas le courage.

Là, à cet instant, elle voulait juste faire ce pour quoi elle était là ; remplir son rôle le mieux possible.

Les enchères s'achevèrent pour le premier kiosque et se poursuivirent avec le second : essentiellement de la vaisselle. Les achats furent rapides, efficaces.

C'était à présent au tour du lot qu'Addy présentait.

Elle monta sur le podium et attendit que le commissaire-priseur annonce le premier article proposé à la vente : un ensemble d'articles de plage, qu'il détailla en montrant chaque objet jusqu'à ce qu'un acheteur soit preneur.

— Adjugé à monsieur…

Et le numéro du participant fut noté dans le dossier.

Il y avait trente lots allant d'un équipement de plongée sous-marine à une grande planche de surf, magnifiquement sculptée à la main, évaluée à douze mille dollars. Personnellement, elle aurait bien aimé posséder une telle planche mais c'était probablement contraire aux règles d'usage de souhaiter acheter un article du kiosque dont on s'occupait.

Utilisant les sangles destinées au transport, Addy mit la planche sur son épaule et présenta au public la meilleure manière de porter le surf. Ce faisant, elle ne résista pas à l'envie de laisser ses doigts glisser sur la surface polie. Elle avait sans doute l'air ridicule avec cette planche sous le bras alors qu'elle était en robe de soirée, mais peu lui importait…

Captant le regard de Garret qui se tenait sur le côté du parterre d'invités, elle sentit son cœur s'emballer.

Elle reporta vite son attention sur ce qu'elle était en train de faire. Bien sûr, elle ne pouvait pas se lancer dans une démonstration à proprement parler en se tenant debout sur le surf, cela abîmerait la dérive et le flotteur. Elle se contenta donc d'aller et venir parmi la foule en montrant le bel objet et en vantant ses qualités.

L'enchère finale atteignit presque dix-sept mille dollars. La planche les valait bien.

Laissant échapper un soupir, Addy s'adossa au faux

palmier qui décorait le stand et s'autorisa une dernière fois à effleurer la surface de ce surf exceptionnel. Après quoi, elle s'attaqua aux objets suivants qui devaient également être vendus.

Lorsqu'elle eut enfin terminé, Addy fut heureuse de souffler et de pouvoir simplement s'asseoir dans un coin, discrètement.

Garret ne tarda pas à venir la rejoindre.

— Bravo, Addy, tu as assuré. Et quel beau surf…

— Merci. J'ai l'impression que tout se passe bien, comme vous l'avez tous espéré, non ? ajouta Addy.

— Exact.

— Cette planche était magnifique… Je n'en avais jamais vu de si belle, avoua-t-elle.

— Il n'y a pas que cette planche qui est belle, répliqua Garret.

Addy se rendit alors compte qu'il avait le regard tourné vers la nouvelle commissaire-priseur qui venait d'apparaître, visiblement chargée de la deuxième partie de la vente. Une jolie femme blonde et élégante.

Oh… Dire que pendant une fraction de seconde, elle avait cru que Garret parlait d'elle !

Rêve toujours, Addy…

Elle s'obligea à se ressaisir.

— Est-ce que tu sais combien ça a rapporté pour l'instant ?

— Non, on n'a pas encore compté. On verra ça plus tard d'autant que les gens pourront aussi faire un don et ne rien acheter. Mais comme c'est plus agréable de se mettre sur son trente et un pour un gala que d'envoyer un chèque par la poste, on comptabilisera l'ensemble dans un mois environ, précisa Garret. Il faut qu'on ait suffisamment de recul.

— Comment sont organisés les dons ? demanda Addy.

— Très simplement : le commissaire-priseur va énumérer différentes sommes d'argent, et les personnes intéressées lèveront leur ardoise pour accepter de donner le montant en question.

— Super… Ce gala sera une bonne action de publicité

pour l'hôpital, commenta Addy. Je crois bien n'avoir jamais vu comment ça fonctionnait avant. Je ne m'y intéressais pas. J'ai l'impression que les gens de la région sont généreux et qu'ils tiennent au Grace Hospital.

— C'est vrai. La population de South Beach a toujours soutenu notre établissement, dit Garret. Je l'ai découvert en lisant les dossiers de presse des précédents galas. Sans les citoyens et leur implication, on ne pourrait rien faire.

Il sourit à Addy.

De nouveau, elle sentit son pouls s'accélérer.

— On va grignoter quelque chose ? Viens.

Il lui saisit le bras et, ensemble, ils gagnèrent le buffet. Ils prirent des sandwichs, des verrines et des boissons. Addy choisit un autre cocktail à base de jus de grenades, et Garret fit de même.

Ils allèrent s'asseoir dans l'espace dédié aux vendeurs qui avaient apporté la plupart des articles proposés aux enchères. Jusqu'à présent presque tout avait été vendu si bien qu'ils regagnaient leurs places les mains vides. Un excellent résultat pour l'hôpital et les entreprises qui faisaient des dons.

— Tu m'as dit que tu ne sais pas combien l'établissement a gagné pour l'instant mais, en général, ça rapporte combien, ce genre d'événement ? demanda Addy.

— Environ cent mille dollars.

— C'est beaucoup ! Et qu'est-ce que vous en faites ? Si tu as le droit de me répondre, poursuivit Addy. Tu es administrateur, donc peut-être as-tu une obligation de réserve.

Garret prit un sandwich de sa main valide, le goûta et esquissa une grimace.

— C'est au fromage frais et concombre, dit Addy en riant. Typiquement le genre de mets proposé par ce genre de buffet mondain.

— Comment tu le sais ? Je croyais que tu évitais les mondanités ?

— Celles qui sont liées au fonctionnement de l'hôpital, oui. Mais de temps en temps je vais à des soirées… Ou du moins, j'y suis allée, précisa-t-elle. On sortait peu, avec Léo.

Garret l'observa d'un air songeur.

— Ce mariage… Tu en as tourné la page, tu penses ?

— Je suis en train de le faire. Finalement, j'ai bien aimé présenter les articles à mettre aux enchères, poursuivit Addy, désireuse de changer de sujet.

— C'est vrai ? Tant mieux. J'avoue que si tu n'avais pas aussi bien vanté les mérites de cette belle planche de surf, les prix n'auraient pas autant grimpé.

— Oh ! tu crois ?

Addy avait conscience qu'ils parlaient un peu pour ne rien dire, comme s'ils avaient juste besoin de dialoguer pour être ensemble.

— C'était une planche vraiment exceptionnelle. Elle valait au moins ce qui a été adjugé, probablement beaucoup plus. Donc tout cet argent servira à…

— On a une liste de souhaits, répondit aussitôt Garret. Tout d'abord, le service de pédiatrie. Il faut rénover le service en achetant du matériel, en repeignant les couloirs, les chambres… On aimerait aussi acquérir des jeux, toutes sortes de jeux pour nos petits patients. Et avoir les moyens d'embaucher des artistes qui viendraient sur place pour proposer des spectacles. Ensuite on verra ce qu'il nous reste…

Il hocha la tête et jeta un rapide coup d'œil au cercle d'intervenants qui s'était rassemblé sur le podium. L'heure des débats avait commencé. Des médecins mais aussi des sponsors du gala, mécènes et autres, dialoguaient face au public.

— Tout a été indiqué dans la brochure de l'événement, ajouta-t-il. Comme ça, les donateurs savent à quoi servira leur argent.

— Oui, bien sûr. En tout cas, moi, j'y vois plus clair, avoua Addy, sincère.

Elle ne s'était pas trop sentie concernée par cet événement médiatique, mais maintenant, elle voyait bien à quel point il était important.

Surtout, elle comprenait à quel point Garret s'y était impliqué.

Contrairement aux apparences, il devait apprécier son nouveau métier.

— Tu aimes faire des discours ?

— Pas spécialement. Je m'en charge si c'est nécessaire.

— Avec talent.

Garret la contempla avec perplexité.

— Talent ?

— Oui, tu es à l'aise et tu communiques bien ce qui compte pour vous tous qui dirigez l'hôpital.

— Merci.

Garret sourit.

— Je me doute bien que pour toi qui es médecin, le travail d'administrateur doit sembler monotone et sans intérêt. Pour moi aussi, qui suis un ex-médecin, ça peut l'être. Mais j'ai dû m'adapter et trouver un sens à ma vie. Ça n'a pas été facile. Encore récemment, je me posais plein de questions… J'accepte peu à peu, lentement mais sûrement, que plus jamais je n'opérerai. Même si ma main gauche allait mieux…

Il essaya de mouvoir ses doigts.

— Je ne récupérerai jamais suffisamment.

— Non, peut-être pas, mais tu peux jouer un autre rôle dans la médecine, pas vrai ? Enseigner, conseiller les plus jeunes…

— J'ai pensé au tutorat, admit Garret. Un jour, plus tard, on verra. Pour l'instant, il faut que je me consacre à mon travail d'administrateur, toute l'équipe compte sur moi.

D'un geste tendre, il effleura le poignet d'Addy.

Elle frissonna en le laissant faire.

Deux autres kiosques venaient d'être vidés suite aux enchères, et fermés.

Le suivant serait celui des bijoux, avec son collier de perles.

Addy se leva d'un coup. Elle ne voulait pas entendre ce que la commissaire-priseur dirait à propos de cette parure qu'elle avait tant appréciée. Non qu'elle y soit attachée… C'était juste à cause des souvenirs. De mauvais souvenirs.

Elle préférait les garder au fond de sa mémoire et les laisser s'échapper peu à peu.

— Tout va bien ? s'inquiéta Garret.

— Oui… En fait, j'ai juste besoin de prendre un peu l'air pendant cette partie-là, avoua-t-elle. Je sais que ça peut paraître bête mais…

— Pas du tout. Et si tu veux que je te tienne compagnie, je peux m'éclipser quelques instants.

Addy ne répondit pas. En vérité, elle ne savait pas trop ce qu'elle ressentait à cet instant.

Elle le laissa décider.

Il lui emboîta le pas.

Quelques instants plus tard, ils traversaient la rue et se dirigèrent vers la passerelle qui surplombait un petit canal menant à la mer. Transportés par une douce brise, les embruns salés imprégnaient l'air.

— J'aime ce parfum… Je ne m'en suis jamais lassée, ajouta Addy.

— Le parfum des algues ?

— Ah, ah, très drôle. Non, celui du sel. Celui de la terre humide et de l'atmosphère pure qu'on trouve au bord de l'océan.

Garret sourit et regarda au loin tout en appuyant ses coudes sur la balustrade.

— Même si South Beach est parfois surpeuplé, surtout en été, on n'a jamais l'impression d'étouffer… Alors qu'à New York, on se sent vite coincés entre les immeubles, les embouteillages, le métro…

Il inspira profondément.

— Ici, on respire. On peut se relaxer et apprécier la vie, même pendant une soirée aussi stressante que celle d'aujourd'hui.

— Et quand on le désire, quand on est libres, on peut prendre une planche de surf et filer sur la plage, là-bas, pour goûter aux vagues…

Garret sourit, rêveur.

— Exact. Grâce à toi, j'ai vu cette région sous un autre jour.

— Tant mieux… Est-ce que New York te manque ? Je n'y suis jamais allée, donc je ne me rends pas compte de ce que ça peut être. J'ai une vision stéréotypée de cette mégapole… Celle des séries de télé, ajouta Addy avec un petit rire.

Pourquoi lui posait-elle cette question ? Craignait-elle qu'il y retourne un jour ? Oui, peut-être…

D'autant qu'il voudrait forcément, par la suite, fleurir la tombe de sa fille.

— Pas vraiment, dit Garret. Enfin, si. Certaines choses me manquent, oui, comme le fait de voir le changement des saisons. J'aimais bien également avoir l'impression de vivre dans une sorte de bulle. Malgré les milliers de personnes qu'on croise au quotidien dans cette ville immense, on reste dans une toute petite zone isolée où personne ne peut entrer sauf si on l'y invite. Ici, à South Beach, l'ambiance est amicale. Parfois, j'ai même la sensation que les frontières sont brouillées.

Il sourit et ajouta :

— Ici, tout change grâce à l'océan. J'aime l'ambiance.

— Tu as envie de continuer à vivre ici ? l'interrogea Addy.

Une fois de plus, elle se demanda pourquoi elle posait cette question plutôt indiscrète. Mais Garret n'en fut pas gêné.

— Oui. Je suis bien en Floride, bien dans cette ville, et bien dans cet hôpital.

— Bonne nouvelle. Parce que si tu partais, je serais très triste, confia spontanément Addy.

Les mots lui avaient échappé.

— Merci… C'est gentil, dit Garret, visiblement touché. Si toi, tu partais, ça me serait insupportable.

« Insupportable »… Le choix de l'adjectif n'était pas neutre.

— Carrément ? murmura Addy, émue.

Si seulement Garret avait su ce qu'elle imaginait, ce qu'elle craignait aussi, avec ce doute viscéral qui la saisissait par moments…

Et si j'étais enceinte ?

Non, c'était impossible. Ils avaient été prudents. Passionnés mais prudents.

Une fois de plus ce jour-là, Addy s'obligea à penser à

autre chose, à ne pas céder à l'appréhension… Et à goûter l'instant présent.

Garret dut ressentir la même chose. Il tourna le visage vers elle à cet instant-là et l'enlaça tendrement.

— Ce qui me ferait plaisir, Addy, c'est qu'on prenne du temps pour nous tout à l'heure, après le gala. On pourrait aller chez moi ?

— Pourquoi pas, murmura-t-elle.

Se serrant contre lui, elle ressentit une vive émotion. Comme un long tressaillement chaud qui donnait envie de sourire et même de rire…

Un frisson amoureux ?

Oui, cela y ressemblait…

Puis, se rappelant tout ce qu'elle s'était dit à propos de sa relation avec Garret, Addy revint à la réalité. S'amuser, se détendre, passer du bon temps, ce serait possible, oui. Mais s'il s'agissait de quelque chose de sérieux, bon sang, serait-elle jamais prête ? Confiante ? Rien n'était moins sûr.

11.

L'appartement de Garret se trouvait dans un quartier agréable de Miami. Il était peu meublé, aéré, moderne.

Non que cela importe vraiment à Addy. À cet instant, seul comptait le long et lent baiser qu'elle échangeait avec Garret.

Ils avaient à peine franchi le seuil qu'il l'avait plaquée contre le mur…

Il avait jeté ses clés sur une table et avait commencé à l'embrasser.

Il n'avait pas cessé… Et c'était délicieux.

Les deux mains posées de chaque côté d'Addy, il l'étreignait amoureusement. Il semblait goûter ses lèvres et son souffle, prenant son temps contrairement à la fois précédente, chez elle, où tout était allé si vite, de manière presque désespérée.

Garret avait insisté pour qu'elle vienne.

Addy n'avait pas hésité.

Elle avait besoin de se réfugier dans un endroit où elle pouvait s'extraire de la réalité…

Dans un lieu où elle ressentirait vraiment ce qu'elle représentait pour lui.

Garret la décala de quelques centimètres le long de la paroi, et ses mains glissèrent sur le dos d'Addy. Il tâtonna à la recherche de la fermeture Éclair de sa robe. Addy sentit le poignet de la main handicapée de Garret appuyer à la base de sa nuque pendant que son autre main descendait plus bas, encore plus bas vers ses reins.

Soudain, ce fut comme si la robe s'enroulait autour du corps d'Addy tout en s'évasant à ses pieds.

Elle n'y prêta pas attention ; ne pensa même pas à la ramasser, trop hypnotisée par le doux ballet de leurs bouches. Garret lui effleurait la sienne, taquin, et quand elle essaya d'approfondir le baiser, il l'en empêcha.

— Patience… Cette fois, je veux apprécier pleinement ce moment…

Elle sourit, blottie contre lui.

— Tu veux dire que tu n'as pas aimé… ?

Il accompagna les paroles d'Addy de petits baisers qui, chacun, la titillait davantage comme de délicieuses morsures.

— J'ai adoré, murmura-t-il. Mais je voulais plus… Je veux toujours plus, là maintenant…

Les dents de Garret lui mordillèrent tendrement la mâchoire.

— Déchausse-toi…

Il recula d'un pas tandis qu'elle appuyait le bout d'un escarpin pour faire tomber l'autre. La deuxième chaussure glissa facilement par terre.

Pieds nus devant Garret, en slip et soutien-gorge, Addy sentit une bouffée de désir brûlant l'envahir.

Elle le regarda. Qu'il paraissait grand comparé à elle…

— Enlève ta cravate.

— Bien, mademoiselle.

En souriant, il passa un doigt sous le nœud et le défit habilement.

— Maintenant, les boutons de ta chemise, dit-elle.

— Oui, une seconde.

Le sourire malicieux, Garret obtempéra.

— Tes chaussettes…

Une fois de plus, il lui obéit. Puis, tout à coup, il éclata de rire…

Un rire joyeux, insouciant, qu'elle n'avait jamais entendu chez lui.

— Oh ! toi, je t'adore, dit-il en l'enlaçant passionnément. Tu es si jolie, vraiment jolie…

— C'est… C'est vrai ? murmura-t-elle, bouleversée, alors qu'il commençait à lui caresser le dos.

Garret la regarda dans les yeux, l'air grave.

— Jamais je ne te mentirais. Jamais. Tu es la première femme avec qui je me sens bien depuis ce qui m'est arrivé… Et je te remercie d'être ici, avec moi.

— Moi aussi, je te remercie, dit-elle, consciente des larmes qui lui piquaient les paupières. Je…

Garret étouffa ses mots en l'embrassant.

Ce fut un baiser plus passionné encore que les précédents, fiévreux, empli d'un désir tellement intense qu'Addy eut la sensation de n'avoir jamais rien éprouvé de tel auparavant.

Ils firent l'amour toute la nuit dans le salon, dans la chambre… Leur plaisir semblait décupler au fur et à mesure, et leurs étreintes ne suffisaient pas à les combler. Addy en voulait encore, toujours encore…

Garret aussi.

Lorsque le jour commença à se lever, leurs caresses se firent plus sensuelles encore, plus frissonnantes. Addy prit la main gauche de Garret dans la sienne et, doucement, elle la posa sur son ventre.

— Dis-moi ce que tu sens…

Il se figea aussitôt.

— Ce que je sens ?

— Oui, au bout de tes doigts… Les doigts de cette main-là.

Garret, qui était allongé tout contre elle, se raidit imperceptiblement. Il laissa néanmoins sa paume contre la peau d'Addy, et la fit remonter vers ses seins. Il lui en effleura les pointes, l'une après l'autre, et sourit d'un air résigné.

— Rien. Ou si peu… C'est comme si mes pores étaient anesthésiés. Mais j'imagine le contact, j'imagine l'effet sur ton épiderme et le mien, j'imagine à quel point c'était bon quand je pouvais toucher… Et sentir, ajouta-t-il d'une voix un peu rauque. Mais avec le temps, beaucoup de temps, les sensations reviendront peut-être.

Les larmes aux yeux, Addy lui saisit de nouveau sa main handicapée, et elle commença à lui embrasser chaque doigt. Si seulement elle avait pu le soigner, le guérir grâce à ses baisers…

Devinant sans doute ce qu'elle éprouvait, Garret l'enlaça fort, très fort, et s'empara de ses lèvres.

— Tu es merveilleuse, chuchota-t-il entre deux baisers. Avec toi, je suis de nouveau heureux…

En guise de réponse, Addy se serra tendrement contre lui, submergée par un tourbillon d'émotions inconnues.

— Moi aussi, je suis heureuse, murmura-t-elle sans être certaine qu'il pouvait l'entendre.

Et dans un sens, tant mieux. Malgré tout, ça allait de nouveau très vite entre eux…

Trop vite.

12.

— Tu es sûre ? répéta Charleen, la meilleure amie d'Addy.

— Non, mais j'ai de sérieux doutes, avoua Addy. Presque dix jours de retard… Ça ne m'est jamais arrivé de toute ma vie.

Charleen la contempla d'un air perplexe. Elle-même était maman de Lewis, un petit garçon de deux ans bientôt, et avec Daniel, son mari, elle envisageait déjà un second enfant. Elle avait le même âge qu'Addy, mais son existence, après l'obtention de son diplôme de généraliste, avait pris un tout autre tournant. Elle avait rencontré Daniel à la fin de son internat et, depuis, ils ne s'étaient pas quittés. Elle avait ouvert son cabinet et exerçait en libéral avec succès.

Par moments, Addy l'enviait un peu… Tout réussissait à Charleen !

Elle chassa vite le soupçon de jalousie qui la gagnait une fois de plus alors qu'elle discutait avec Charleen. *Un jour, pour toi aussi tout se passera bien*, se répéta-t-elle sagement.

Toutes deux s'étaient retrouvées pour déjeuner dans une pizzeria non loin de l'hôpital. Bien qu'Addy n'ait pas faim du tout, elle avait tenu à maintenir ce rendez-vous pris depuis plusieurs semaines. Pour une fois qu'elle ne mangeait pas seule à la cafétéria…

— Je sais, ça peut te paraître impossible, mais j'ai toujours été réglée avec une précision incroyable, reprit Addy. Or là, voilà, c'est n'importe quoi.

— Depuis que tu sors avec Garret ? Ce n'est pas un hasard, ma chérie… Tu es peut-être amoureuse, et ça perturbe l'équilibre général.

— Je ne sais pas si je suis amoureuse.

En prononçant ces paroles, Addy sentit qu'elle n'était pas franche.

Elle ne cessait de penser à Garret.

— Enfin, si… Tu n'as pas tort. Je suis un peu chamboulée, admit Addy. Un peu beaucoup.

Charleen lui sourit gentiment.

— Je sais que tu ne seras pas d'accord mais, au fond, ce serait une bonne nouvelle, non ?

— Une bonne nouvelle ? répéta Addy, incrédule. Non, pas du tout. Si j'étais enceinte, ce serait affreusement compliqué.

— Pourquoi ? Il ne t'aime pas ?

— Aucune idée. Il est avec moi, il m'aime bien, mais je ne suis sûre de rien, ajouta Addy.

— Et toi ?

— Moi… Je pense à lui plus qu'il ne le faudrait. Depuis Léo, c'est la première fois.

— Je m'en doute, observa Charleen en hochant la tête. Tu me l'aurais dit.

Addy garda le silence, soudain submergée par une étrange émotion.

Le regard bienveillant, compatissant, de son amie lui faisait prendre la pleine mesure de la solitude dans laquelle elle s'était trouvée ces derniers mois…

Une solitude qui avait commencé bien avant, quand elle aidait sa mère malade. Elle travaillait à l'hôpital puis, presque tous les jours, elle se rendait directement chez ses parents, au chevet de sa mère.

Une fois sur place, Addy se chargeait des courses car son père, abattu et accablé par la rapide détérioration de sa femme, ne pouvait pas s'en occuper. Elle appelait parfois le médecin référent ou une infirmière et prenait un rendez-vous souvent dans l'urgence. Elle avait embauché une auxiliaire de vie pour les derniers mois, et gérait l'emploi du temps de cette dernière en fonction de l'évolution de l'état de santé de sa mère.

Après, et seulement après, Addy rentrait chez elle. Elle retrouvait Léo…

Et parfois, leur maison était vide. Léo n'était pas là, et elle ne s'en était pas inquiétée.

De toute façon, cela n'aurait rien changé. Leur couple n'était pas destiné à durer.

— Addy ? Tu es dans la lune, je crois…

La voix amusée de Charleen tira Addy de ses souvenirs.

— Oui, pardon… J'ai tendance à rêvasser, en ce moment.

— C'est bon signe ! Toi qui as les pieds sur Terre… Quand tu ne les as pas sur la mer…

Devinant qu'elle faisait allusion au surf, Addy se mit à rire.

— Très juste.

Elle se racla la gorge.

— Je te disais que ce ne serait pas une bonne nouvelle que je sois enceinte… Parce que Garret ne veut plus d'enfant.

— Ah…

Charleen fronça les sourcils.

— Il en a déjà ?

— Il avait une fille, mais elle n'est plus de ce monde.

— Oh mon Dieu…

— Eh oui. C'est affreux. Elle a été emportée par une leucémie, précisa Addy. Elle avait dix ans.

— C'est affreux, murmura Charleen. Je me demande comment on peut survivre à une épreuve pareille. S'il arrivait quoi que ce soit à Lewis, je ne sais pas comment je ferais face. Pas sûre d'y parvenir.

— Inutile de te faire du mal en imaginant ce genre de situation extrêmement douloureuse, lui conseilla aussitôt Addy. Il ne faut pas.

Pour le coup, elle retrouvait son aplomb professionnel. En tant qu'urgentiste, elle avait pris l'habitude d'inciter les gens, qu'ils soient ses patients ou non, à envisager une issue positive à leur situation. Elle refusait le mélodrame et marquait un point d'honneur à dédramatiser les choses.

— Non…

Charleen secoua vigoureusement la tête, comme pour chasser les idées noires qui menaçaient de l'assaillir.

— Tu as raison, c'est totalement inutile. Ça plombe le moral pour rien. Bon, tu me tiendras au courant ? Quel que soit le résultat du test de grossesse, Addy, surtout, dis-moi…

— Promis.

Addy sourit.

— Et toi, ça va ? Raconte…

Charleen ne se fit pas prier et, tout en dévorant la pizza végétarienne qu'elle avait commandée, elle décrivit les vacances au ski que sa famille prendrait prochainement. Addy ne l'écouta que d'une oreille, consciente d'être préoccupée par la sensation inconnue qui l'envahissait régulièrement, comme un titillement, un chatouillement au plus profond d'elle-même. Elle rêvait, évidemment…

Elle rêvait d'un petit bébé qui, peut-être, était en train de grandir, millimètre par millimètre.

Un petit bébé qui bouleverserait sa vie…

S'il existait.

Cinq tests de grossesse étaient rangés l'un à côté de l'autre sur la tablette de la salle de bains.

Cinq preuves totales qu'une nuit de plaisir pouvait radicalement tout bouleverser dans le quotidien.

C'était même plus qu'un bouleversement…

À partir de maintenant, plus rien ne serait pareil.

Addy s'enfonça dans les bulles de son bain. Elle frissonna, imaginant toutes sortes de scénarios.

Peut-être que Garret serait heureux… Peut-être qu'il bondirait de sa chaise en apprenant la nouvelle, et il l'embrasserait passionnément en lui disant qu'il l'aimait autant qu'elle l'aimait…

Parce qu'elle l'aimait.

Oui, c'était de l'amour qu'elle éprouvait. Un amour fort, excitant… Merveilleux.

Elle s'en était vraiment aperçue lorsqu'ils avaient passé la nuit ensemble. Dans leurs étreintes, leurs caresses, le peau à peau brûlant, elle l'avait senti.

Depuis, ça ne la quittait pas.

Sauf qu'elle ignorait profondément ce qu'il éprouvait, lui. Ils n'en avaient pas parlé.

Elle avait fait comme si elle n'y prêtait pas attention.

Un nouveau frisson envahit Addy. Elle plongea la main dans l'eau savonneuse, rassembla de la mousse au creux de sa paume et souffla dessus, éparpillant le savon.

Était-ce ce qui se produirait entre Garret et elle ? Une dispersion, une fragmentation…

Une rupture ?

Addy regarda de nouveau les tests de grossesse sur la tablette.

La nouvelle empêcherait-elle définitivement un avenir avec Garret ?

À moins qu'au contraire cela ne les rapproche…

Peut-être que ce serait comme un accélérateur, un catalyseur de bonheur… Peut-être que contre toute attente Garret serait fou de joie ou, au moins, simplement content…

Addy rassembla ses cheveux en une torsade qu'elle attacha au sommet de son crâne. Elle s'allongea dans la baignoire et inclina la tête en arrière de façon à sentir l'eau chaude flotter à la base de sa nuque. Puis elle mit de nouveau les mains sous l'eau et se caressa le ventre.

Enceinte.

Comment était-ce possible ?

La conception devait remonter à leur toute première fois. Ils avaient utilisé plusieurs préservatifs. Sans doute s'y étaient-ils mal pris…

Ou alors le latex s'était fendillé. Il suffisait de si peu. Tant de grossesses avaient débuté de la sorte, par hasard, voire malencontreusement.

Les languettes de plastique captèrent de nouveau le regard d'Addy.

Cinq tests prouvant qu'elle faisait maintenant partie de ces statistiques-là.

Et elle en était heureuse. Oui, heureuse… Même si elle était emplie d'appréhension.

Je ne devrais pas me réjouir autant… Je devrais avoir peur, être en colère peut-être, ou me sentir perdue ! songea-t-elle.

Mais ce n'était pas le cas.

Subitement, Addy eut l'impression de tout percevoir, de tout comprendre avec une clarté toute nouvelle, comme un sixième sens.

Elle voulait cet enfant.

Elle avait envie d'être mère depuis longtemps, même quand son ex-mari ne souhaitait pas d'enfant. Que le père soit Garret et non Léo était une très bonne chose ! C'était même parfait… Au moins le papa serait-il un homme qu'elle respectait. Un homme qui avait déjà eu un enfant…

Un enfant qu'il avait profondément aimé.

Même s'il ne désirait pas l'enfant qu'elle portait, Garret était fait pour être père.

Même s'il avait affirmé qu'il ne voudrait plus jamais avoir d'enfant, Garret avait la fibre paternelle, Addy le pressentait.

Fermant les yeux, Addy se rappela le moment où Garret lui avait confié ne plus vouloir être père. Il avait l'air si sérieux. Si triste.

Il n'avait plus envie de courir le risque de fonder une famille, et cela se comprenait. Sauf que le destin l'obligerait à revoir sa vision des choses. Qu'il le veuille ou non, ça changerait tout pour lui, pour elle…

Pour toujours.

Du moins elle l'espérait…

Elle l'espérait de tout son cœur.

Un long tremblement la parcourut lentement.

Et si Garret réagissait mal ?

Et si, contrairement à ce qu'elle était en train d'imaginer, de rêver, il refusait la réalité de cette grossesse ? *Et s'il me rejetait ?*

La solution serait peut-être de ne rien lui dire… De lui cacher la nouvelle.

Un sursaut de révolte gagna Addy.

Non, impensable.

Garret devait savoir.

Il avait le droit de choisir d'accepter ou de refuser cette nouvelle.

Addy redressa et entoura ses genoux de ses bras comme pour protéger, déjà, la vie minuscule qui palpitait en elle.

Quoi que décide Garret, cela impacterait son destin… Leur destin. Ensemble ou séparément.

Une dizaine de minutes plus tard, vêtue de son peignoir, Addy se prépara un thé et, tout en le buvant, elle envoya un SMS à Charleen. Comme promis, elle la tenait au courant.

Le sourire aux lèvres, elle se contenta de demander à sa meilleure amie de lui mettre quelques grenouillères de côté… Charleen comprendrait !

De fait, quelques secondes après l'envoi du message, elle reçut une réponse : une succession de smileys enthousiastes suivis d'une petite phrase de félicitations.

Tu verras, c'est extraordinaire et fabuleux… Ta vie ne sera plus jamais la même ! Bravooooo ! écrivait Charleen.

Addy eut soudain envie de rire toute seule. Oui, c'était incroyable et merveilleux… Rien ni personne n'amoindrirait sa joie. Jamais.

13.

Garret relut le document pour la troisième fois.

Le compte rendu du gala de charité était si précis qu'il avait l'impression de se noyer dans les détails.

Les résultats étaient excellents.

La publicité générée était ultra-porteuse.

L'hôpital pourrait s'offrir une rénovation totale du service de pédiatrie. C'était ce qu'ils voulaient.

Tous.

Le pari était gagné, et Garret avait joué son rôle dans ce succès. D'ailleurs, sa contribution était mentionnée.

Mais alors pourquoi ne parvenait-il pas à se concentrer ?

La réponse était évidente : depuis plusieurs jours, il n'avait aucune nouvelle d'Addy. Pas de mail, pas d'appel… Et il ne l'avait pas vue à la cafétéria.

C'était bizarre.

Pourtant, ils avaient passé une nuit merveilleuse ensemble. Il avait adoré faire l'amour avec elle. Et il avait eu l'impression qu'elle aussi avait aimé…

Le plus grave, c'est que la jeune femme recommençait à travailler trop ; à rester tard. Elle avait déjà un excédent de cinq heures. Garret observait cet écart sur le tableur qui comptabilisait le volume horaire de travail journalier des équipes.

Pourquoi Addie repartait-elle dans l'excès ?

À cause d'un nouveau problème… Probablement.

Dorénavant, il savait qu'Addy essayait d'oublier ce qui n'allait pas dans sa vie personnelle en travaillant plus.

Si d'ici vingt-quatre heures il n'avait pas de nouvelles, il irait vers elle.

Peut-être l'évitait-elle ou le fuyait-elle. Peut-être l'avait-il blessée involontairement. Peut-être ne voulait-elle plus de cette relation amoureuse et passionnée qui naissait entre eux…

S'appuyant au dossier de son fauteuil, Garret posa les mains à plat sur le bureau et contempla ses doigts raidis.

Pire que la paralysie dont il souffrait, il y avait ce blocage psychologique qui le tenaillait encore. Il s'était senti affreusement gêné quand Addy lui avait tenu la main pour la poser sur différentes parties de son corps. Elle lui avait demandé ce qu'il ressentait…

Il n'avait pas osé lui avouer que c'était surtout de la honte…

La honte de ne plus être comme avant, agile.

Pourtant, tout au bout de ses doigts, il avait éprouvé un léger picotement qui pouvait annoncer une renaissance de la motricité fine. Un espoir fou s'était emparé de lui…

D'autant que cela s'était produit plusieurs fois auparavant.

Pour l'instant, Garret n'en parlait à personne. Il se contentait d'observer, et de multiplier les séances de rééducation avec ses petites balles…

Et la pratique du surf.

Addy avait eu raison d'insister : les mouvements dans l'eau l'invitaient à travailler différemment les positions manuelles et sa dextérité.

Garret avait déjà l'impression de progresser. Plus qu'au cours des dernières années, en tout cas…

Et c'était en grande partie grâce à Addy.

Bon sang, que se passait-il encore dans la vie de la jeune femme pour qu'elle ne donne pas signe de vie ? Si elle lui en voulait de quelque chose, il voulait le savoir.

Garret se leva, décidé. Ça ne pouvait pas continuer ainsi, il devait savoir ce qui se produisait et…

Un léger coup frappé à la porte interrompit ses réflexions.

Et si c'était elle ?

Non, ce serait trop beau…

Mais peut-être que justement, oui, leurs esprits se rencontraient…

— Entrez.

Il avait répondu avec un tel empressement qu'il se sentit presque ridicule. Ce ne serait sans doute pas Addy.

Mais si c'était elle, il fallait vite qu'il sache quoi dire… De préférence avant qu'elle pénètre dans la pièce !

Son intuition se révéla juste : le visage d'Addy passa à travers l'entrebâillement.

— Tu as une minute ?

— Plus d'une… Je voulais te voir, justement.

Les mots étaient sortis tout seuls.

— C'est vrai ? fit-elle en entrant dans le bureau.

Elle était pâle, les traits tirés. Il ne l'avait encore jamais vue avec cette mine épouvantable. Était-elle souffrante ?

— Oui, c'est vrai, je venais te voir, répéta-t-il. Donc ça tombe très bien que tu sois là. Je t'en prie, assieds-toi.

Lui-même se leva par politesse.

— Comment vas-tu ?

— Bien… Ou du moins j'espère que je vais bien, ajouta Addy d'un ton un peu ironique.

L'inquiétude envahit aussitôt Garret.

— Tu as des ennuis de santé ?

Au lieu de s'asseoir, Addy se mit à marcher de long en large, les mains croisées dans le dos. Elle semblait tellement soucieuse et éreintée que Garret s'avança, prêt à la retenir si elle chancelait.

— Non, non. J'ai juste quelque chose à te dire.

Ça paraissait très grave.

L'espace d'un instant, Garret se demanda s'il avait vraiment envie d'être mis au courant.

En même temps, il ne pouvait pas prétendre qu'il n'était pas concerné par ce que vivait ou ressentait Addy… Il était tellement touché par elle !

— Je t'écoute, dit-il.

— OK…

Addy s'immobilisa et d'un geste ample, lança une petite

languette blanche, en plastique, au milieu du bureau. L'objet rebondit deux ou trois fois avant de se figer sur la table.

Garret observa, perplexe.

Un frisson d'appréhension le gagna.

Bien sûr, il savait ce que c'était.

Sauf que là, franchement, non…

Non !

Il se racla la gorge, conscient du poids qui lui écrasait soudain la poitrine.

Il évita de laisser son regard se focaliser sur le test de grossesse, fixant volontairement les balles d'exercice rangées dans un coin du bureau un peu plus loin.

Le contraste absurde entre ces deux objets le frappa.

À un autre moment de sa vie, il en aurait ri.

Là, il avait le cœur serré.

Si Addy lui apportait ce test, c'était forcément pour une seule et unique raison.

Il s'efforça de se raisonner.

Non, il devait y avoir une erreur…

Il continua à éviter de regarder la languette de plastique comme si son regard risquait d'être… abîmé ; brûlé.

Bon sang, il s'était soucié des heures de travail d'Addy, qu'il jugeait trop importantes. Il aurait mieux fait de s'inquiéter de…

— Garret, je suis désolée, murmura-t-elle alors, interrompant ses pensées. Tellement désolée.

Il essaya de respirer à fond, lentement, puis se força à dévisager la jeune femme.

Elle l'observait fixement en se mordillant la lèvre inférieure. Un bref instant, elle tendit une main vers lui puis sembla se raviser et laissa retomber son bras, l'air découragée.

Peut-être parce que lui-même restait figé, debout derrière son bureau.

Le bâtonnet du test avait atterri à l'envers.

Garret n'avait même pas encore eu le courage de le retourner.

S'il le faisait, cela signifierait que ce qu'il voulait pardessus tout éviter, fuir viendrait tout de même à sa rencontre, dans sa vie, pour le bousculer et l'obliger à envisager le réel autrement.

Il n'était pas sûr de pouvoir faire face.

Pas sûr du tout.

Des milliers de premières fois traversèrent soudain sa mémoire, chacune plus douloureuse que la précédente : le premier cri de vie poussé par sa fille Leticia, sa première dent, son premier jour à l'école…

Et son dernier souffle.

Des picotements brûlants lui lacéraient les orbites tandis qu'il s'efforçait désespérément de trouver les mots.

— Pourtant, on a utilisé…

Sa voix se brisa, et il dut se reprendre :

— Pourtant, on a utilisé des préservatifs.

— Je le sais bien.

Les yeux verts d'Addy étaient emplis de compassion quand ils croisèrent ceux de Garret.

— Alors comment c'est possible ?

Addy hocha la tête, l'air à la fois distante et résignée.

— Ce n'est jamais un moyen de contraception fiable à cent pour cent.

— Non.

— Parfois, les choses ne se passent pas comme on le voudrait.

C'était le moins qu'on puisse dire.

Garret tendit la main et, enfin, saisit la languette blanche pour la remettre à l'endroit. Il savait déjà ce qu'il découvrirait.

Un signe positif rose bonbon.

Pourquoi les publicités montraient-elles des gens fous de joie, enthousiastes, lorsqu'ils apprenaient cette nouvelle ?

Mais lui aussi avait été fou de joie et enthousiaste… Autrefois.

Avant Leticia.

Ce n'était pas le cas maintenant. Au contraire, Garret avait la sensation d'être piégé dans un monde surréaliste où rien ne se produisait comme il l'aurait souhaité.

Un monde où personne n'était heureux.

Un monde où il avait surtout à se rendre au cimetière pour déposer des fleurs sur une tombe très particulière…

Ce qu'il n'avait pas encore fait.

Il n'en avait même pas eu le courage.

Garret reporta son attention sur Addy.

— Tu es enceinte.

— Oui.

Il ne demanda pas si elle était certaine qu'il soit le père. Même si son cerveau lui hurlait de fuir, de trouver une solution de repli, un refuge, son cœur lui dictait une tout autre attitude.

Addy était venue pour…

En vérité, il ignorait pourquoi elle était là.

Il la regarda de nouveau, conscient du sang qui martelait ses tempes.

— Qu'est-ce que tu attends de moi ?

Addy lui jeta un bref regard, l'air déconcertée.

Normal… La question de Garret devait lui sembler si peu sensible, limite déconnectée de ce que la jeune femme éprouvait probablement à cet instant-là.

Elle se redressa légèrement et garda le silence quelques secondes, le regard fixé dans le vague. Nulle joie ne brillait dans ses prunelles. Elle paraissait songeuse ; inquiète.

Quand elle le dévisagea enfin, ses yeux verts étaient incisifs.

— J'attends que tu sois franc, Garret, et que tu me dises clairement ce que tu ressens à propos de cette nouvelle.

Ce qu'il ressentait ? Lui ?

Garret était certain qu'Addy ne serait pas heureuse de l'apprendre. Il ne pouvait pas le lui avouer. Ce serait trop dur.

Il choisit de reformuler et de lui répondre par une autre interrogation.

— Addy, et si, moi, je te posais la même question ? Parce que, vois-tu, j'ai bien remarqué que tu travailles de nouveau beaucoup trop.

Elle le contempla fixement, la mine stupéfaite. Puis elle hocha la tête, sourcils froncés, et une expression où se mêlaient colère et déception se refléta sur son visage.

— C'est tout ce que tu as à me dire ? Que je travaille trop ?

Garret sentit son cœur se serrer. Il aurait tant aimé réagir autrement…

C'était plus fort que lui.

— Tu es certaine d'être enceinte ? Tu ne veux pas passer un autre test pour vérifier ?

Elle haussa les épaules et ébaucha un sourire un peu ironique.

— Cinq. J'en ai déjà passé cinq. Avec le même résultat positif. Si tu veux, poursuivit Addy, je te les apporterai pour que tu puisses les voir.

Il ne répondit pas, la gorge nouée. Il avait presque honte d'avoir exprimé de tels doutes.

— Je te dis la vérité, insista-t-elle, en écho des pensées de Garret. Je ne vois pas pourquoi j'inventerais une chose pareille… Ce serait totalement insensé.

— Je n'ai jamais dit que tu l'avais inventé.

Malgré lui, Garret essayait néanmoins de se remémorer leurs étreintes. Comment avaient-ils pu commettre une telle erreur ? C'était incroyable… Eux, médecins avertis, théoriquement prudents, se retrouvaient dans une situation critique…

— Est-ce que tu soupçonnais ta grossesse le soir du gala ? demanda-t-il sans détour. Quand tu as accepté de venir chez moi après ?

Addy détourna brièvement le regard. La réponse était évidente. Oui, elle savait qu'elle était sans doute enceinte quand ils avaient fait l'amour passionnément.

— J'avais un pressentiment, répondit-elle.

— Pourquoi tu ne m'en as pas parlé ?

— Je ne voulais pas gâcher la soirée, je ne voulais pas t'effrayer…

— M'effrayer ? On n'est pas des adolescents, répliqua-t-il. On assume nos actes.

Addy le regarda droit dans les yeux, l'air choquée.

— Pourquoi ce commentaire inutile, Garret ? On s'est tous les deux comportés comme des adultes consentants, très consentants… On a choisi de faire l'amour en utilisant un simple préservatif, donc en sachant très bien qu'il y avait un risque…

— Infime. Le risque est infime. Et ça nous arrive à nous… Ça nous arrive à nous, répéta Garret, encore incrédule. Combien de chance avions-nous ? Un si faible pourcentage, et ça tombe sur…

Sur moi…

Il avait prononcé les derniers mots à mi-voix, plus pour lui-même, mais Addy l'avait entendu.

Elle se releva lentement sans le quitter des yeux.

— Je comprends et j'imagine ce que tu ressens. Tu n'avais plus envie d'être père de nouveau, et voilà que le destin se joue de toi…

Garret la regarda. En dépit de la tension qui régnait dans l'atmosphère, malgré la fatigue qu'il percevait nettement sur le visage d'Addy, il la trouva ravissante.

Bouleversante de dignité.

Elle n'attendait rien de lui, il le pressentait déjà. Elle venait juste lui annoncer la nouvelle par honnêteté et, s'il n'était pas en phase avec elle, elle ferait comme bon lui semble.

Addy était une femme indépendante.

— Oui, on peut dire ça. Le destin se joue de moi, admit-il en se levant à son tour. Addy…

Il chercha les mots justes.

— Inutile, Garret, je crois qu'on s'est tout dit, le coupa-t-elle. Je vais poursuivre mon chemin…

Elle ôta son badge de médecin et le laissa tomber sur le bureau de Garret.

Il n'eut pas le temps de réagir.

— Au revoir.

14.

Addy avait l'impression de nager en plein cauchemar…

Tout en étant portée par un sentiment de joie totalement inconnu.

Quel paradoxe… Quel contraste surréaliste.

Pourtant, c'était bel et bien ce qu'elle ressentait depuis qu'elle avait démissionné. Oui, l'hôpital se passerait d'elle… Et elle se passerait de son travail qui l'avait tant monopolisée ces derniers mois.

Depuis qu'elle se savait enceinte, seule comptait cette nouvelle vie qu'elle imaginait…

Seule avec son enfant.

Elle avait bien compris qu'elle ne pouvait pas compter sur Garret.

En vérité, malgré elle, elle s'était bien sûr attendue à sa réaction.

Comment oublier ce qu'il lui avait confié à propos de sa fille décédée ? L'angoisse, la tristesse, le chagrin qu'il avait éprouvés… Et qu'il sentait encore, c'était évident.

L'annonce de la nouvelle avait dû raviver le sentiment de perte, de deuil, de vide qui accablait Garret depuis la tragédie.

Il était normal qu'il ne puisse se réjouir de ce revirement provoqué par les hasards de la vie…

Normal, oui, mais pour Addy ça faisait mal. C'était même très douloureux.

Elle se dirigea vers la plage, marchant lentement tout en humant avec délice l'air iodé.

C'était si agréable de ne plus avoir à travailler ; si agréable d'être libre… Elle retrouverait un poste de médecin facilement, elle le savait. De l'avantage d'être très qualifiée…

De toute façon, pour l'instant, elle avait surtout besoin de réfléchir et de s'adapter à ce qui survenait. Après son divorce, cette grossesse signait totalement le début de sa nouvelle vie, avec de nombreux bouleversements.

Une page venait d'être tournée, et elle s'apprêtait à en écrire une nouvelle.

Ça, c'était très bien… Exactement ce à quoi elle aspirait depuis sa séparation d'avec Léo. Elle avait espéré recommencer sa vie, se reconstruire le plus vite possible…

Et voilà, elle y était. Son travail ? Terminé. Et elle attendait un bébé… Elle !

Addy contempla l'horizon couleur bleu marine, comme sur les dessins d'enfants.

Son cœur se serra.

Soudain, elle se sentait si seule…

Et elle s'en voulait.

Elle n'aurait jamais dû s'emporter et croire en Garret. Une fois de plus, elle s'était trompée. Elle aurait dû être vigilante…

Encore plus vigilante.

Les sourires qu'ils échangeaient, cette complicité entre eux auraient dû lui mettre la puce à l'oreille. Garret était si séduisant, si généreux… Un grand cœur !

Un cœur qui, hélas, n'avait pas la place d'aimer un enfant.

Un autre enfant…

La gorge nouée, Addy s'avança sur le sable blond. Non loin, des surfeurs fendaient les vagues de cette fin de journée de novembre. Des gerbes d'écumes captaient les derniers rayons du soleil, et l'air restait doux.

Regardant les adeptes du surf, elle songea que sa passion de ce sport l'avait peut-être menée à se montrer trop confiante envers Garret. Pourquoi s'était-elle mêlée du handicap dont il souffrait ? Quelle bonne intention l'avait donc animée ? Si elle n'avait pas ressenti de la compassion pour lui, de même que de l'admiration, jamais elle ne lui aurait parlé de manière personnelle.

Avant la préparation du gala de charité, tous deux se cantonnaient à des relations strictement professionnelles.

Avant…

Dorénavant, quoi qu'il se passe entre eux, ils seraient obligés de rester en contact. Même si elle ne travaillait plus au Grace Hospital.

Même si Garret n'y était plus non plus…

Pour l'instant.

Deux heures plus tôt, appelant le secrétariat de l'hôpital, Addy avait appris qu'il était parti à New York, et qu'on ne savait pas quand il reviendrait.

Cette nouvelle l'avait déstabilisée, puis inquiétée. Il n'avait rien dit à personne. Il n'avait donné aucune explication, prétextant simplement une urgence familiale.

Un court instant, elle avait eu envie de l'appeler, de lui envoyer un SMS…

Elle s'était ravisée.

De toute façon, elle-même avait quitté son poste du jour au lendemain. Pourquoi n'agirait-il pas de même ? D'autant qu'il n'avait pas la responsabilité de la prise en charge médicale… Son rôle demeurait avant tout administratif… C'était moins impliquant…

Pour sa part, elle avait dû en quelques heures provoquer une réunion de staff en urgence, transmettre les dossiers de ses patients à son remplaçant, boucler des rapports et des comptes rendus, saluer son équipe…

Et seulement laisser entendre qu'elle souffrait d'un burn-out, un épuisement mental engendré par son divorce et la surcharge de travail qu'elle avait assumée, volontairement, certes, mais l'impact était là : elle était épuisée et devait se reposer. Elle préférait donc quitter son poste avant de risquer la moindre erreur ou faute professionnelle. Garret Stapleton et ses homologues administrateurs seraient satisfaits de sa prudence, n'est-ce pas ? Ils l'avaient mise en garde… Et ils avaient finalement eu raison, avait argumenté Addy. Ses collègues n'avaient pas protesté.

Ils l'avaient laissée démissionner, et c'était très bien ainsi.

Une brise tiède souffla, faisant osciller les cimes des palmiers qui bordaient la plage. S'asseyant sur le sable, Addy remonta les genoux contre sa poitrine et contempla la mer. Maintenant, elle était sereine. Peut-être un peu triste, mais sereine malgré tout.

Parce qu'elle savait qu'elle était heureuse d'attendre un bébé. Cet enfant serait une bénédiction…

Même si Garret ne partageait pas son point de vue, elle se réjouissait et se promettait de savourer chaque instant de sa grossesse miraculeuse.

Oh ! oui, elle vivrait pleinement ce bonheur… Avec ou sans Garret.

Et autant que possible, elle continuerait à mettre en œuvre ce qu'elle avait conseillé à Garret au cours de ces dernières semaines… Elle irait se ressourcer, encore et toujours, sur l'eau, dans l'océan, sur sa planche de surf… En se laissant porter par le vent.

Garret se tenait devant la tombe de sa fille, incertain et plus seul que jamais.

Il avait prié.

Il avait pleuré.

Il s'était longuement recueilli.

Enfin.

Il aurait dû venir plus tôt, plus souvent…

Il avait demandé pardon à Leticia, espérant surtout se pardonner à lui-même.

Non qu'il ait occulté la mémoire de la fillette une seule fois…

Jamais.

Elle n'avait jamais quitté son cœur.

En évitant de se rendre au cimetière, il avait surtout essayé d'éviter de trop ressentir, de trop se rappeler…

De trop souffrir.

Garret inspira profondément.

Là, il pouvait très bien faire demi-tour et repartir, s'éloigner de New York pour retourner à sa vie telle qu'il la menait avant.

La vie avant la nouvelle fracassante qu'Addy lui avait annoncée.

Ou alors il pouvait changer le cours de son existence. Effectuer un virage.

Si seulement il avait pu entrevoir ce qu'il y avait après ce virage…

C'était de cette zone-là, inconnue, que jaillissait sa peur. Il en était parfaitement conscient. S'il avait été capable de prédire l'avenir, ou s'il avait eu la possibilité qu'on le lui décrive avec autant de précisions que possible, sa décision aurait été bien plus simple !

Mais la réalité était tout autre, naturellement. Il n'était pas prophète. Addy non plus.

Et si jamais la jeune femme décidait de ne pas élever un enfant toute seule ? Quelle action choisirait-elle ?

Garret sentit des crampes lui nouer l'estomac.

Non, il ne voulait pas de ça. Pas du tout.

Pourtant, et c'était le plus paradoxal, il refusait de parler clairement à Addy, peut-être pour ne pas l'influencer. En même temps, il ne voulait pas s'impliquer. Encore moins s'engager.

Absurde…

Il tenait à ce qu'Addy décide toute seule, qu'elle assume toute seule ce qu'elle désirait vivre et entreprendre… Parce qu'il n'avait pas le courage de partager quoi que ce soit avec elle. Il était devenu monocentré. Égoïste…

Il ne pensait qu'à lui en refusant de souffrir.

Il s'était détourné, lâchement, oui, lâchement, pour se réfugier dans son monde…

Sauf que l'autre monde, celui de la Floride mais aussi celui de New York, se rappelait régulièrement à lui.

Il pensait beaucoup à Addy…

Et beaucoup à Leticia.

Accablé, Garret s'agenouilla à côté de la pierre tombale

gravée, et disposa les fleurs qu'il avait apportées. Des pâquerettes. Leticia les adorait… Et lui aussi.

Du bout du doigt, il effleura le nom ciselé dans le granit.

— Pardon d'avoir été absent si longtemps, ma chérie.

Longtemps ? Oh oui, très longtemps.

Il ôta quelques brins d'herbe de la dalle, et sa gorge se serra de nouveau.

Il avait enfin éprouvé le besoin de venir ici… Parce qu'il avait eu besoin de réfléchir…

Et de se retrouver.

Il arrangea encore les fleurs.

— Je ne sais pas quoi faire…, murmura-t-il. Je ne sais même pas si je dois faire quelque chose…

Au cours des deux dernières semaines, il n'avait pas cessé de penser à Addy. À l'expression de tristesse qu'il avait perçu sur son visage quand elle avait ôté son badge de l'hôpital et l'avait lancé avec colère sur son bureau. Au début, il n'avait pas compris ce qu'elle avait l'intention de faire…

Ou plutôt, il n'avait pas voulu comprendre.

Il était trop concentré sur le symbole rose du test de grossesse ; incapable d'envisager autre chose que ce petit « plus » indiqué dans un cercle bien rond.

Puis la porte avait claqué, et il avait compris qu'elle venait de partir…

De le quitter.

De démissionner.

Vite, il avait caché le test dans un tiroir de son bureau et fait de son mieux pour ne pas y penser.

Mais il n'en avait pas été capable. Chaque fois qu'il ouvrait ce tiroir, il avait l'impression que la languette de plastique dardait sur lui un regard accusateur.

Addy lui avait fait confiance en lui parlant de sa grossesse. Lui, en revanche, n'avait pas été digne de l'honnêteté de la jeune femme…

Il n'avait pas été à la hauteur ?

Garret enfouit brièvement le visage dans le creux de ses

mains puis, lentement, il se releva et regarda au loin, au-delà de la cime roussie des hauts arbres qui bordaient le cimetière.

À cet instant, alors qu'il se trouvait à l'endroit précis où, quelques années plus tôt, sa vie avait basculé, il avait la sensation, et même la certitude, de s'être comporté de manière totalement irresponsable et impardonnable…

Il avait été un imbécile. Un parfait imbécile.

— Oh ! Letty… Si tu me voyais, tu ne serais pas fière de ton père.

Il jeta un coup d'œil à sa main paralysée. Ses doigts étaient blancs, crispés. Il éprouva soudain une franche colère envers lui-même à cause du mal qu'il s'était fait pendant toutes ses années…

Et du mal qu'il infligeait aussi à Addy.

Il contempla la pierre tombale, laissant affluer les pensées. Peu à peu, l'envie de franchir le pas s'imposait à lui malgré les obstacles et les imprévus. L'envie de quitter le chemin familier et d'emprunter un virage…

Un virage comme celui du sentier qui serpentait entre les tombes et filait vers le bois adjacent.

D'accord, c'était effrayant…

Mais plus effrayant encore était l'immobilisme dans lequel il s'était réfugié.

Mentalement, Garret s'obligea à visualiser ce mouvement vers l'inconnu. Il fallait qu'il y aille et qu'il entrevoie au moins un peu…

Une image surgit alors, claire, emplie d'émotion… Belle…

Celle d'Addy.

C'était elle qui se tenait derrière le tournant. Elle et le minuscule être humain qui vivait déjà en elle.

Mais oui…

C'était elle, et la vie avec elle — avec eux —, qui se dessinaient au-delà.

Si Garret décidait de ne pas s'y engager, il pouvait être certain d'une chose : il perdrait Addy pour toujours. Il perdrait une chance immense d'être heureux. Était-il prêt à payer ce prix-là pour se protéger de la souffrance ? Les conséquences de ce non-choix, de cet évitement, ne seraient-elles pas encore plus douloureuses ?

Il aimait Addy. Il l'aimait de tout son cœur…

Oh ! oui, il l'aimait.

D'une certaine manière, il s'en était rendu compte quand tous deux avaient collaboré à l'hôpital, et lorsqu'ils avaient fait du surf ensemble… Quel bonheur.

Mais il n'avait pas osé le lui avouer…

Tout simplement parce qu'il ne se l'était pas avoué à lui-même.

S'il ne tentait pas d'amorcer le virage, il ne saurait jamais ce qui l'attendait…

Était-il prêt ?

Oui. Maintenant, oui.

Mais d'abord il devait refermer la porte de son passé.

Un passé qu'il ne pourrait pas changer, mais à partir duquel il espérait apprendre une autre leçon de vie…

Une leçon d'amour.

— Je crois savoir ce que je dois faire, maintenant…

Garret arrangea de nouveau les pâquerettes.

— Si les choses se passent comme je le souhaite, je ne reviendrai pas de sitôt, mais je te promets de t'apporter des fleurs à chacun de tes anniversaires…

Il porta les doigts à ses lèvres, comme pour un baiser, et effleura ensuite le nom gravé dans la pierre.

— Tu seras une super grande sœur… Et tu es ma fille chérie dans mon cœur à jamais, ne l'oublie pas.

Des larmes lui piquèrent les paupières, roulèrent sur ses joues.

— Je te dis à bientôt, Letty chérie. Je t'aime.

Il esquissa quelques pas en arrière, les yeux rivés sur la tombe puis pivota sur ses talons et s'éloigna en priant.

Pourvu qu'Addy soit encore là, à l'attendre de l'autre côté du virage…

*
* *

Quelques jours plus tard, de retour à South Beach, Garret se rendit à la plage en fin de journée, à l'heure des surfeurs.

Il espérait voir Addy mais doutait que ce soit possible.

Quand il avait appelé l'hôpital, on lui avait appris qu'elle avait téléphoné pour prendre de ses nouvelles à lui pendant qu'il était à New York. Depuis, personne ne l'avait ni vue ni entendue.

Trois jours plus tôt, il lui avait laissé un message sur sa boîte vocale alors qu'il revenait de l'aéroport. Il lui avait proposé de le retrouver à la plage à 17 heures, là où ils s'étaient déjà rendus ensemble pour faire du surf.

Elle n'avait pas répondu.

Garret laissa son regard errer, captant distraitement des images qui lui rappelaient les bons moments partagés avec la jeune femme : la zone où les surfeurs se jetaient à l'eau, le *spot* qu'ils affectionnaient un peu plus loin, les dunes aux doux arrondis…

Pourvu qu'il ne soit pas trop tard.

Les rayons du soleil restaient perçants malgré l'approche du crépuscule, et Garret mit ses lunettes noires afin de continuer à observer les alentours.

Il espérait, il espérait…

En vain.

Au bout d'une bonne heure, il finit par se décourager. Cette fois encore, Addy ne viendrait pas.

Peut-être ne viendrait-elle plus.

Peut-être avait-elle déménagé…

Il lui faudrait alors admettre que c'était fini entre eux, et que dans un sens c'était bien fait pour lui.

Alors que Garret se levait, prêt à partir, une silhouette familière se dessina au loin. Un éclat rouge. Un léger balancement des hanches. Une planche de surf calée sur le côté…

Un rêve ?

La vision se rapprochait…

Et Garret sentit les battements de son cœur s'accélérer.

Addy…

Oui, c'était Addy en bikini rouge.

Elle s'avançait vers lui, droite, bronzée et musclée. Superbe. Une fois devant Garret, elle posa sa planche sur le sable, puis elle le regarda.

— Tu es sec. Tu n'y es pas encore allé ?

Aucun sourire n'éclairait son visage. Impossible de savoir ce qu'elle pensait.

— Je m'apprêtais à partir, avoua-t-il.

Elle fronça légèrement les sourcils.

— Je croyais que tu m'avais donné rendez-vous à 17 heures pour qu'on surfe ensemble ?

— C'était il y a trois jours.

— Et tu es encore ici ?

Garret ne put s'empêcher de sourire.

— J'aurais peut-être dû camper…

Il redevint sérieux :

— J'ai cru que tu ne viendrais plus.

— Quand tu m'as appelée, j'étais chez mon avocat pour finaliser les documents de mon divorce.

— Et hier ?

— J'avais rendez-vous chez le médecin. Pile à 17 heures, précisa Addy.

Garret éprouva aussitôt une bouffée d'inquiétude.

— Pourquoi ? Il y a un problème ?

— Aucun. Tout va bien. Je suis désolée de t'annoncer que je suis toujours enceinte.

Garret lui saisit le poignet, puis la main et, entrelaçant ses doigts à ceux de la jeune femme, il l'attira doucement vers lui.

— Tant mieux, Addy… Oh ! mon Dieu, oui, tant mieux. Asseyons-nous deux minutes, tu veux bien ? Il faut que je te parle… J'ai du nouveau à t'annoncer, en commençant par te dire à quel point je m'en veux… Je te demande pardon.

— Pardon ?

Une lueur de surprise traversa les yeux verts d'Addy.

— Pourquoi ?

— Parce que je n'ai pas été digne de ce que tu m'as dit l'autre jour…

Tout en parlant, et sans cesser de tenir Addy par la main,

Garret s'installa sur le sable tiède. Il avait envie d'enlacer la jeune femme, de la serrer tendrement, de l'embrasser passionnément tant il était heureux qu'elle soit là…

Tant il l'aimait.

— J'ai eu peur, franchement peur, quand tu m'as appris que tu étais enceinte, reprit-il en laissant ses yeux errer à l'horizon. Du coup, je suis parti à New York. Je suis allé me recueillir sur la tombe de Leticia.

Il jeta un coup d'œil à Addy. Elle l'écoutait, l'air grave et acquiesça en silence pour l'inviter à poursuivre.

— Je lui ai demandé pardon de ne pas avoir eu le courage de venir plus tôt et je lui ai promis de revenir plus souvent… Je lui ai aussi dit qu'elle serait en quelque sorte grande sœur, ajouta Garret.

Addy le dévisagea avec intensité, mais elle ne lui posa toujours aucune question. Elle se contenta de resserrer les doigts autour de ceux de Garret.

— C'était une manière de tourner la page, et de commencer à en écrire une nouvelle avec toi… Avec vous deux, poursuivit Garret.

Elle hocha la tête, visiblement bouleversée.

— Est-ce que ça signifie que tu veux vivre avec le bébé et moi ?

— Je veux plus que ça, Addy. Je veux qu'on bâtisse ensemble… Je veux vivre avec vous deux, oui, et m'occuper de vous deux, veiller sur vous et vous aimer…

Garret sentit l'émotion l'envahir.

— Addy, je n'aurais jamais cru que ça m'arriverait de nouveau. Je pensais que le bonheur, ce n'était plus pour moi. Je pensais que je ne serais plus jamais capable de le vivre… Surtout, je pensais qu'aucune femme ne me rendrait heureux. Mais avec toi je me sens si bien…

Il croisa le regard d'Addy qui l'écoutait avec gravité. Elle ébaucha un sourire.

— Moi aussi, je me sens bien avec toi. Comme si on s'était toujours connus. C'est merveilleux, murmura-t-elle, détournant brièvement les yeux.

Elle marqua une pause.

— Tu sais, quand j'ai découvert que j'étais enceinte, j'ai su que ça te poserait problème... Du moins, je m'en doutais.

Il lui serra les deux mains dans les siennes, puis doucement, lui effleura la joue, le cou, le ventre.

— Ce n'est plus du tout un problème, bien au contraire, mon amour..., fit-il en l'attirant contre lui. Ces derniers jours, tu m'as tellement manqué... J'ai pensé à toi chaque jour, chaque heure, chaque minute... Te perdre, vous perdre, aurait été le vrai problème... Dont je ne me serais jamais remis.

Addy se blottit contre lui et resta silencieuse un long moment.

Garret ne bougea pas, empli d'émotion. Autour, des mouettes chantaient, s'en donnant à cœur joie. Les surfeurs continuaient leurs prouesses sur les vagues...

Soudain, il éprouva une profonde sérénité.

— Je t'aime, Addy...

— Moi aussi, je t'aime, Garret. Je t'ai aimé très vite...

Elle sourit.

— Donc tu es sûr que tu veux qu'on tente le coup, toi et moi ? Enfin, le bébé, toi et moi ?

Garret la serra dans ses bras avant de la regarder dans les yeux.

— Tu as réussi à me convaincre que le surf ce serait bon pour moi et tu as eu raison. Mais ce n'était pas gagné. J'avais beaucoup d'appréhension. À côté de ce défi-là, notre future vie commune sera facile... Très facile.

Addy se mit à rire.

— Facile, je ne sais pas, mais emplie de joie et d'amour, c'est sûr... En tout cas, j'y crois et j'en ai envie !

En guise de réponse, Garret s'empara des lèvres de la jeune femme et l'embrassa avec passion.

Épilogue

Cette vie était facile… Vraiment facile.

Ils étaient si heureux ensemble !

Très heureux, vraiment.

Addy souffla la petite bougie blanche qu'elle avait placée sur le gâteau et fit un vœu… Sauf que tous ses vœux étaient déjà exaucés. Il ne lui restait plus qu'à en formuler un tout simple : que leur bébé ressemble à son adorable et si séduisant papa…

L'échographie avait révélé que ce serait un garçon. Garret avait accueilli la nouvelle avec un large sourire, regrettant seulement qu'Addy n'attende pas des jumeaux… Il était prêt à fonder une grande famille ! Pour sa part, Addy préférait avoir un enfant après l'autre. Peut-être en voudraient-ils deux… Ou trois…

Addy sourit. Garret venait de se placer derrière elle et enroulait ses bras autour de son ventre joliment arrondi. À huit mois de grossesse, elle se sentait… énorme et incroyablement maladroite, mais Garret lui donnait l'impression d'être belle même quand elle avait les pieds enflés et qu'elle devait s'éventer à cause de la chaleur humide de South Beach.

— J'ai un cadeau pour toi, dit-il.

Elle appuya la tête contre le torse de Garret, s'émerveillant que cet homme soit le sien… Qu'il soit à elle, et présent rien que pour elle.

— Tu sens bon…

Il se mit à rire.

— Rien à voir avec ce que je viens de te dire… Rien du tout !

— Je sais, mais j'exprime ce que je ressens… Et je ressens tout si fort ! Les hormones, tu crois ?

Garret lui embrassa tendrement la tempe et lui saisit la main.

— Probablement… Viens avec moi, s'il te plaît. J'ai gardé ce secret bien trop longtemps, et crois-moi, ça n'a pas été facile.

— Un secret ?

— Absolument, ma chérie.

Garret la mena dans la chambre qui serait bientôt celle de leur enfant. La veille, il y était resté un long moment pour peindre et tout préparer.

Du moins était-ce ce qu'il avait prétendu…

— Quel genre de secret ?

— Ouvre la porte et regarde.

Interloquée, Addy lui jeta un bref coup d'œil avant de tourner la poignée et pousser le battant.

Au début, elle ne vit que les meubles habituels, et les frises d'inspiration marine que Garret avait patiemment posées.

Puis, contre le mur, elle remarqua une grande planche incurvée. Une planche de surf.

Pas n'importe laquelle…

Longue, sculptée ; puissante.

Superbe.

Le souffle coupé, Addy s'avança.

Où avait-elle déjà vu cette splendeur du surf ?

Le souvenir lui revint subitement, en un flash.

Le gala de charité… La vente aux enchères…

Bouleversée, elle se tourna vers Garret.

— Je la voulais tellement… Elle a été achetée à l'hôpital… Comment tu as fait pour la retrouver ?

Il eut un sourire attendri.

— Je ne l'ai pas retrouvée, je l'ai gardée. C'est un de mes collègues qui l'a acquise spécialement pour moi ce soir-là. Je te la réservais…

Elle garda le silence, stupéfaite, émue, la main sur le surf, le regard fixé sur Garret.

— Tu avais deviné que j'en rêvais… Donc tu m'aimais déjà un peu ?

— Je t'aimais, oui. Mais je ne me l'étais pas avoué, admit Garret.

Addy sourit. Il était franc et honnête. C'était si important, pour elle… Plus que tout, elle appréciait qu'il soit ainsi, et non un flambeur ou un séducteur qui ne misait que sur les apparences.

— Merci, mon amour. Je suis très heureuse, murmura-t-elle en l'enlaçant. La plus heureuse des femmes… Et j'adorerais utiliser cette magnifique planche dès maintenant, mais j'ai bien peur que ce soit impossible ! Ou alors j'accouche en pleine mer…

— Hum… Je connais un médecin qui s'occuperait bien de toi.

— Ce n'est pas ta spécialité, répliqua-t-elle en souriant de nouveau. Cela dit, je te ferais totalement confiance…

Garret demeurait l'un des administrateurs de l'hôpital, mais il avait commencé à prendre en charge des consultations et, d'ici un an, le Grace Hospital l'emploierait comme consultant neurologue. Il travaillerait en équipe avec d'autres spécialistes de son domaine. Certes, il n'opérerait pas, mais il œuvrerait en synergie avec des collègues.

Ce projet enthousiasmait Addy. Garret, lui, se montrait optimiste mais prudent, et elle aimait cela en lui.

— Tu m'accorderais ta confiance totale ? J'en suis très honorée, ma chérie, répondit Garret.

Addy sourit de nouveau.

— Quand même, reprit-elle, je préférerais mettre notre enfant au monde dans un endroit chaud et calme, par exemple la maternité de notre hôpital…

Elle enroula les bras autour du cou de son mari et leva le visage pour un doux baiser… qui dura et s'approfondit jusqu'à ce que Garret s'écarte avec un rire ému.

— Doucement, ma chérie. Je ne veux pas être la cause d'une naissance prématurée…

— Même si, moi, je suis prête ? répliqua-t-elle en s'arquant légèrement, les mains posées dans le creux de ses reins.

Gentiment, il la fit pivoter et la massa avec délicatesse là où c'était sensible et un peu douloureux. Sa main droite lui maintint la hanche et, de son pouce, il appuya sur la zone endolorie.

— Hum… C'est bon…

— Allons-nous coucher, Addy, et tu te sentiras encore mieux.

Les mots avaient été chuchotés de cette voix de baryton qui troublait tant Addy. Pourtant, il ne l'invitait pas à faire l'amour, elle le savait. Pas maintenant. Il voulait seulement la câliner avec tendresse et amour.

— On mange un petit bout de gâteau avant ? proposa-t-elle.

Elle avait préparé une génoise fourrée à la framboise agrémentée d'une simple bougie… pour le plaisir pur de partager cette pâtisserie maison avec l'homme qu'elle aimait.

— Bien sûr ! Où avais-je la tête… Ça embaume dans la cuisine !

Après avoir jeté un dernier regard à la planche de surf , Addy glissa un bras sous celui de son mari, ferma la porte, et se dirigea vers un avenir qui promettait d'être riche en moments de surf, gourmandises et amour…

Comme dans ses rêves les plus secrets.

EMILY FORBES

Un chirurgien amoureux

Traduction française de
ALEXIS VINCENT

Blanche

HARLEQUIN

Titre original :
DR DROP-DEAD GORGEOUS

Ce roman a déjà été publié en 2010

1.

— Juliet ! Est-ce que vous m'entendez ? Juliet, restez avec nous !

Maggie se réveilla en sursaut. Elle était recroquevillée dans un fauteuil inconfortable, et il lui fallut un instant pour reconnaître la pièce blanche, le lit aux montants métalliques, le trépied à transfusion…

Une chambre d'hôpital. Elle attendait que sa sœur sorte de la salle d'opération !

Maggie s'étira tout en se demandant qui avait pu lui parler. Un homme avait parlé assez fort une seconde plus tôt et, pourtant, la pièce était vide.

Un rêve, peut-être ?

Son cœur se mit à battre la chamade. Il s'agissait plutôt d'un cauchemar, elle se le rappelait maintenant, et dans celui-ci, sa sœur faisait un arrêt cardiaque. Les médecins avaient utilisé un défibrillateur pour la ramener à la vie. C'était ce qui l'avait réveillée si brusquement, comme si le choc électrique avait traversé sa propre poitrine.

Quelque chose avait mal tourné, elle en était sûre !

Sa montre indiquait 14 h 15. Juliet aurait déjà dû être ramenée dans sa chambre. Incapable d'attendre, Maggie quitta la pièce pour se rendre dans le bureau des infirmières où quelqu'un pourrait certainement lui donner des nouvelles.

La femme en uniforme blanc qui s'y trouvait était justement celle qui avait emmené Juliet en salle d'opération.

— Carol, savez-vous si ma sœur est sortie du bloc opératoire ?

— Je n'ai encore eu aucune nouvelle, répondit Carol en levant le nez de ses dossiers. Voulez-vous que je téléphone ?

— Ce serait gentil, merci. L'opération devrait être terminée à présent.

Faisant un effort pour maîtriser son impatience, Maggie regarda Carol qui composait le numéro de la salle d'opération. Celle-ci fronça les sourcils.

— Personne ne répond. Cela arrive lorsqu'ils sont occupés. J'essayerai de nouveau dans une minute, et je vous préviendrai dès que j'aurai des nouvelles, dit-elle en raccrochant. Pourquoi n'allez-vous pas attendre dans la chambre de Juliet ?

Maggie acquiesça, et l'infirmière lui adressa un sourire réconfortant avant de retourner à son travail administratif. Mais au lieu de suivre son conseil, la jeune femme continua jusqu'au bout du couloir et prit l'ascenseur pour monter à l'étage où se trouvait les salles d'opération et les chambres de réveil.

Comme dans tous les hôpitaux, il fallait montrer patte blanche avant d'entrer dans ce secteur très protégé. Maggie dut sonner deux fois avant qu'une infirmière vienne lui ouvrir.

— Je suis la sœur de Juliet Taylor, déclara-t-elle sans la laisser parler. Pouvez-vous me dire comment s'est passée son opération ?

L'infirmière la contemplait, les yeux un peu écarquillés. Pourquoi cet air embarrassé ? se demanda Maggie avec appréhension. Était-elle simplement surprise de voir une inconnue à la porte du service, ou un problème était-il survenu ? L'infirmière continuait de la contempler sans dire un mot et Maggie reconnut son expression de désarroi. Quelque chose était arrivé en salle d'opération, son instinct ne l'avait pas trompée !

Il y eut un mouvement à l'intérieur du service et elle tendit le cou. On transférait en salle de réveil un patient allongé dans un brancard. Était-ce Juliet ?

Le brancard fut poussé dans la chambre de réveil sans que le visage de la personne lui apparaisse, et elle vit le personnel brancher différents fils aux moniteurs. Au moins, cette personne était encore vivante, songea-t-elle avec un certain soulagement.

L'infirmière sortit enfin de son mutisme.

— Attendez là une seconde…

Elle rebroussa chemin et rejoignit un homme encore vêtu de la blouse verte de salle d'opération. Elle lui parla à voix basse et lui désigna la visiteuse d'un geste. L'homme se tourna et son regard croisa celui de Maggie. Il acquiesça, donna quelques ordres, puis marcha dans sa direction.

Il avait le pas décidé et l'attitude volontaire d'un homme habitué à gérer les crises sans perdre son sang-froid. S'il y avait eu un problème avec sa sœur, il l'avait réglé, comprit-elle instinctivement. Les médecins n'avaient pas une expression aussi calme pour annoncer les mauvaises nouvelles…

Maggie se remit à respirer normalement.

— Bonjour. Vous êtes la sœur de Mme Taylor ?

— Oui, je m'appelle Maggie Petersen.

— Ben McMahon, le chirurgien de Juliet.

Il lui tendit la main, et dès l'instant où elle la toucha, Maggie se sentit envahie par une étrange vague de chaleur.

— Ma sœur va bien ?

— Oui, elle va bien, mais nous avons eu quelques complications.

— Quelle sorte de complications ?

— Trouvons un coin tranquille pour en discuter, voulez-vous ?

Maggie le suivit, de nouveau terriblement inquiète. Le chirurgien la conduisit dans un coin aménagé en salle d'attente où ils s'assirent. Il hésita alors une seconde, comme s'il cherchait ses mots pour annoncer une mauvaise nouvelle. La jeune femme ne lui en laissa pas le temps.

— Je suis infirmière, dites-moi juste ce qui s'est passé.

— Eh bien, l'opération de reconstruction s'est bien déroulée, et je suis très satisfait sur ce point. Mais alors qu'on commençait à inverser l'anesthésie, la tension de votre sœur est tombée. Vous l'avez vue en salle de réveil, vous savez donc qu'elle s'en est tirée, mais son cœur s'est arrêté et nous avons dû la réanimer.

— Elle va bien à présent ?

— Nous la gardons sous surveillance, évidemment, mais elle est hors de danger.

— Combien de temps a duré son arrêt cardiaque ?

— Environ quatre-vingt dix secondes.

Ce qui se situait dans la fourchette de moindre risque. Maggie laissa échapper un soupir de soulagement.

— D'après vous, qu'est-ce qui a provoqué cette chute de tension ? reprit-elle.

— L'anesthésiste suspecte une réaction allergique au produit anti-nausée. On a quelques cas répertoriés, et vous serez rassurée de savoir que ces patients n'ont présenté aucune séquelle.

Le Dr McMahon lui expliquait que sa sœur s'en sortirait sans problème, comprit Maggie, rassurée.

Dès le début, cette opération lui avait inspiré de nombreuses réticences, et elle ne pouvait s'empêcher de se demander ce qui risquait encore de tourner mal. Juliet n'avait nullement besoin de cette intervention, Maggie persistait à le penser, mais quand sa sœur avait pris une décision…

Il en avait été ainsi depuis leur naissance. Juliet avait toujours eu un caractère très volontaire. Quand elle avait décidé quelque chose, elle le faisait, envers et contre tous !

Cette opération en était l'exemple parfait. On lui avait diagnostiqué un cancer du sein deux ans plus tôt. Comme ses examens avaient révélé la présence d'un gène familial qui rendait probable une récidive, Juliet avait opté pour une mastectomie bilatérale, même si la tumeur ne se trouvait que dans un seul sein. Et maintenant, elle venait de franchir le premier pas d'une chirurgie réparatrice destinée à lui rendre sa poitrine.

Maggie n'en voyait pas l'intérêt et le lui avait dit. Juliet lui avait répondu qu'elle voulait retrouver ses seins et que, de toute façon, il était inutile d'en discuter puisque sa décision était déjà prise…

Quelques instants plus tôt, cette intervention avait failli lui coûter la vie. Une vie pour laquelle elle s'était battue avec l'énergie du désespoir deux ans auparavant.

Un soupir échappa à Maggie. Même cet incident ne détournerait pas sa sœur de suivre la voie qu'elle s'était tracée.

— Vous allez bien ?

Le Dr McMahon lui prit la main, ce qui la tira de ses pensées. Il la contemplait attentivement. Avait-il peur de la voir faire un malaise ? Pourtant, Maggie se sentait bien. La seule chose qui aurait pu la troubler était le médecin lui-même. Il était franchement superbe ! Ses magnifiques yeux bleus l'hypnotisaient et elle se secoua pour émerger de son état second.

Quand elle hocha la tête en guise de réponse, il lui adressa un petit sourire.

— Allez, venez avec moi. Je vais vous emmener au chevet de votre sœur pour que vous vous rendiez compte par vous-même de son état. Mais vous devez me faire confiance.

Pour une raison qu'elle aurait été bien incapable d'expliquer, Maggie lui faisait effectivement confiance. Ils ne se connaissaient pas, mais lorsqu'il lui affirmait que tout se passerait bien, elle le croyait.

Tout en le suivant, elle remarqua alors sa haute taille, et sa large carrure athlétique. Les blouses d'hôpital ne flattaient guère la silhouette, et pourtant, il semblait tout à fait à son avantage ainsi vêtu. Certaines personnes avaient du chic même avec un sac sur le dos, et il faisait partie de ces rares élus, songea Maggie.

En arrivant au chevet de sa sœur, elle oublia le trop séduisant chirurgien et consulta les moniteurs qui indiquaient sa tension, son rythme cardiaque et son taux de saturation en oxygène. Tout semblait normal. Il ne lui restait plus rien à faire, sinon attendre. Attendre et réfléchir.

Réfléchir aux deux années qui venaient de s'écouler. À tout ce que Juliet avait traversé. Mais aussi au Dr McMahon qui avait quitté la salle de réveil après avoir une dernière fois inspecté l'état de sa patiente. Maggie était contente qu'il soit là. Sa présence la rassurait.

Les jours suivants furent épuisants. Maggie habitait la maison de sa sœur pour s'occuper de ses neveux, et ceux-ci, d'habitude si bien élevés, étaient agités et irritables. Mais leur mère leur manquait, et Maggie le comprenait. Incapable de dormir normalement une nuit entière, elle-même aussi se sentait à bout de nerfs, stressée et fatiguée.

Pourtant, Juliet récupérait tout à fait normalement, comme l'avait prédit le Dr McMahon. Au bout de quelques jours, il lui promit donc de la laisser partir le lendemain. Dans sa hâte à retrouver son foyer, Juliet demanda à sa sœur de passer la chercher le plus tôt possible. Elle avait recouvré son énergie habituelle et trépignait d'impatience dans sa chambre d'hôpital, sans rien faire d'autre qu'attendre que le temps passe.

Ce matin-là, Maggie prépara ses neveux pour l'école et les y accompagna, puis retourna à la maison prendre une douche rapide avant d'aller à l'hôpital, simplement vêtue d'un jean et d'un haut de jogging, les cheveux noués en queue-de-cheval et sans aucun maquillage.

Juliet doit avoir une meilleure mine que moi, songea-t-elle en voyant son reflet dans la porte vitrée de l'hôpital.

Effectivement, Juliet, qui avait passé son temps allongée à regarder la télévision et à dormir, avait un visage reposé. Maggie se pencha sur le lit pour l'embrasser.

— Salut… Comment te sens-tu ce matin ?

— J'ai encore un peu mal, mais sinon, je me sens étonnamment bien.

— Tu es prête à rentrer à la maison ?

— Oui, il faut juste que j'attende le chirurgien pour qu'il signe ma décharge.

Le Dr McMahon allait venir ? Le cœur de Maggie fit un petit bond dans sa poitrine. Elle ne l'avait pas revu lors de ses visites à sa sœur, et en avait été assez déçue.

— T'a-t-il expliqué ce qui t'était arrivé pendant l'opération ? reprit-elle.

— D'après lui, j'ai fait une réaction au médicament contre les nausées, mais apparemment, tout est rentré dans l'ordre.

— Te souviens-tu de quelque chose ? As-tu eu peur ?

— Pas du tout, répliqua Juliet. En fait, ça a été une expérience très étrange. Cela ressemblait tout à fait à ce qu'on entend décrire d'habitude : la lumière, l'impression de flotter dans l'espace, le sentiment de sécurité, tout ça... Il y avait Steven, ajouta-t-elle après une petite pause.

— Steven ? Le mien ?

Juliet acquiesça. Maggie ne remettait pas sa parole en doute. Pendant sa carrière d'infirmière de bloc opératoire, elle avait entendu assez de récits de ce genre pour leur accorder foi.

— Tu l'as vu ?

— Non, je ne pouvais rien voir du tout. La lumière était très belle mais éblouissante. Je pouvais baisser les yeux et voir la salle d'opération et moi, allongée au milieu des médecins, mais je n'ai pas vu Steven, je l'ai juste entendu.

— Et qu'a-t-il dit ?

— Il m'a dit que mon heure n'était pas venue et que mes enfants avaient encore besoin de moi. Ça te paraît fou, non ?

— Pas vraiment, répondit Maggie. J'ai plusieurs fois entendu des patients raconter des histoires tout à fait semblables à celle-là. T'a-t-il dit quelque chose à mon sujet ?

Maggie avait posé la question avant même de réfléchir. Attendait-elle un message de son défunt mari ? Elle aurait tout donné pour avoir juste une fois la possibilité de le toucher, de le serrer dans ses bras et de l'entendre murmurer son nom. Mais il avait disparu dix ans auparavant et elle avait fait son deuil. Même si personne ne l'avait remplacé dans sa vie, son absence ne formait plus un gouffre sans fond dans son existence. Elle s'était habituée.

Alors pourquoi cette question ? Sans doute la curiosité... Juliet secoua la tête.

— Non. Je suis désolée, Mag.

La jeune femme haussa les épaules. Cela n'avait plus

d'importance. Qu'espérait-elle ? Peut-être quelque chose comme « Sois heureuse. Tu me manques. Je t'aime… » ?

D'ailleurs, l'aimait-elle toujours ? Oui, sans doute. Mais elle n'était plus amoureuse de lui. On ne pouvait pas rester amoureuse de quelqu'un qui était mort depuis dix ans.

Qu'il n'y ait pas de message n'avait pas d'importance, en fait. Cela n'aurait pas changé le fait qu'elle était veuve et que sa vie continuait sans Steven.

Elle prit la fiche accrochée au pied du lit et en feuilleta les pages. Les moniteurs affirmaient que Juliet allait bien, et les relevés le confirmaient.

— Bonjour, mesdames.

La belle voix grave de Ben McMahon lui fit relever les yeux de la liasse de papiers et elle remit la fiche à sa place d'une main tremblante. Le chirurgien se pencha sur Juliet sans lui accorder la moindre attention. « Quelle idiote tu fais ! Il est très attirant, mais il est là pour faire son travail de médecin, pas pour flirter ! »

— Comment allez-vous ce matin, Juliet ? s'enquit-il.

— En pleine forme et prête à rentrer chez moi. Ben, voici ma sœur Maggie.

— Oui, nous nous sommes déjà rencontrés.

Il lui adressa un vague signe de tête avant de reporter son attention sur sa patiente.

— Comment va votre poitrine ? reprit-il.

— J'ai un peu mal, mais moins qu'hier. Je suis plutôt en forme.

Maggie profita de ce qu'il auscultait Juliet pour l'observer discrètement. Ses cheveux d'un noir de jais entremêlés de quelques fils d'argent, coupés court, encadraient son beau visage aux traits réguliers. Il sourit à une remarque de Juliet, et de petites rides apparurent aux coins de ses yeux. Il devait avoir autour de quarante ans, décida-t-elle. Et il était vraiment magnifique !

D'un autre côté, cela n'avait rien d'étonnant puisqu'il était chirurgien esthétique. Il avait peut-être subi lui-même quelques opérations pour obtenir ce visage aux traits parfaits.

Il terminait d'examiner les cicatrices de Juliet et se trouvait de profil, ce qui lui permit d'admirer son nez. Un nez parfait, droit et fin…

Ben McMahon se tourna soudain dans sa direction.

— Quelque chose ne va pas ?

Avait-il remarqué qu'elle le dévisageait ? Incapable de détourner le regard, Maggie fut prise de court.

— Votre nez…

Il se le frotta du revers de la main.

— Ça va mieux comme ça ? demanda-t-il.

— Non, ce n'est pas ça… Je me demandais juste si vous l'aviez fait refaire ou non.

— Mag ! s'exclama Juliet. On ne pose pas ce genre de question !

— Pourquoi pas ? Si je ne peux pas poser une question de chirurgie esthétique à un chirurgien esthétique, qui pourrais-je interroger ? Tu sais que j'ai toujours détesté mon nez, aussi, si j'en vois un beau et que je découvre qu'il est le résultat d'une intervention chirurgicale, cela peut m'aider à décider de faire refaire le mien.

— Merci, répondit le chirurgien, amusé. Je prends ça comme un compliment ! Mais mon nez est cent pour cent naturel, je vous le promets.

En voyant son sourire radieux, Maggie oublia aussitôt le sujet de leur conversation. S'il était beau avant, il était tout simplement magnifique quand il souriait ! Ses dents d'un blanc éclatant étaient parfaites. Avec son visage de demi-dieu grec, il aurait pu poser pour un magazine de mode. Cependant, ses yeux pétillaient d'une intelligence et d'un humour qu'on ne voyait pas souvent chez les mannequins à la beauté stéréotypée. Jusque-là, Maggie pensait qu'il incarnait parfaitement le fils de bonne famille bien élevé. Son sourire malicieux montrait que sous cette façade policée se cachait un homme avec une véritable personnalité.

Ce qui lui donnait envie de le connaître davantage.

— Que reprochez-vous à votre nez ? s'enquit-il.

— Je n'aime pas cette petite bosse, là, expliqua-t-elle en la touchant du bout de l'index.

— C'est un détail qu'il serait difficile de corriger. Pour ma part, je trouve que cela vous donne du caractère.

Reprenant son air sérieux, il se retourna vers Juliet et continua son examen. Maggie resta debout, assaillie par d'étranges sensations. Cet homme la perturbait d'une manière vraiment surprenante ! Sa bouche était sèche, ses mains tremblaient légèrement et son cœur battait à tout rompre.

C'était ridicule !

— Alors je peux rentrer ce matin comme prévu ? Maggie est infirmière, je serai entre de bonnes mains.

Entendre son nom la ramena sur terre et elle se rendit compte que la conversation qui venait de se dérouler lui avait totalement échappé. Il était temps de faire un effort de concentration !

Sa résolution fut mise à rude épreuve lorsque Ben McMahon se tourna dans sa direction.

— C'est vrai, vous me l'avez dit l'autre jour. Dans quel service travaillez-vous ?

— En salle d'opération.

— Savez-vous vous occuper de patients conscients ?

— Sans problème, dit-elle.

— Dans ce cas, je vous libère ce matin, reprit Ben en se retournant vers Juliet. Vous prendrez rendez-vous pour votre visite de contrôle avant de quitter l'hôpital, d'accord ? Et au moindre souci, vous me téléphonez. Je vous rappelle que vous ne devez rien porter de lourd, ni accomplir de tâches ménagères physiques, comme porter des sacs de supermarché ou étendre du linge mouillé.

Juliet hocha la tête et le chirurgien sortit de la chambre après avoir pris congé.

— Je t'avais dit qu'il était sublime, n'est-ce pas ? déclara Juliet.

Maggie ne s'en souvenait pas, mais elle ne put qu'acquiescer. On ne croisait pas tous les jours un homme aussi attirant que Ben McMahon !

— Quel dommage qu'il soit mon médecin, reprit-elle.

— Juliet ! Tu ne veux pas dire que tu…

— Que je *quoi* ? demanda sa sœur en riant. Que je ne sauterais pas dans son lit s'il m'y invitait ? Et comment ! Je suis divorcée, pas morte ! Attends un peu que j'aie mes nouveaux seins, et tu verras que je n'ai pas dit mon dernier mot. Je ne suis peut-être plus un perdreau de l'année, mais je ne suis pas encore centenaire !

Maggie éclata de rire. Juliet venait de formuler exactement ce qu'elle éprouvait !

Ben McMahon était vraiment un homme très séduisant, et son charme ne la laissait pas insensible. Malheureusement, à la différence de sa sœur, elle savait qu'il était illusoire d'imaginer quoi que ce soit entre eux.

Que ferait un homme beau, séduisant, drôle et intelligent comme lui avec une veuve de quarante-deux ans qui avait une bosse sur le nez ?

2.

Cette journée se déroula comme un film en accéléré. Juliet avait beau prétendre se sentir en pleine forme, Maggie savait bien que sa sœur était loin d'avoir recouvré toutes ses forces. Son ex-mari, un officier de marine, était sur son bâtiment dans le Pacifique, et Juliet aurait été incapable de s'occuper seule de ses deux enfants. Voilà pourquoi Maggie avait fait le voyage de Sydney à Melbourne.

Après l'école, son neveu et sa nièce avaient de nombreuses activités extrascolaires qui lui imposèrent une véritable course contre la montre. Ses propres enfants étaient grands désormais, et elle avait oublié à quel point il était épuisant de s'occuper d'un garçon de six ans et d'une fillette de onze. Aussi, lorsqu'ils furent couchés ce soir-là, Maggie n'avait plus qu'une seule envie : poser les pieds sur la table basse du salon et boire un apéritif avec sa sœur.

Les deux sœurs ouvrirent donc une bonne bouteille de vin et trinquèrent ensemble.

— Au début de ma nouvelle vie…, déclara Juliet en levant son verre. Et au début de la tienne également.

— Que veux-tu dire ?

— J'ai découvert qu'il n'y avait rien de tel que de se retrouver face à sa propre mort pour faire le point sur son existence, expliqua Juliet. Il reste tant de choses que j'ai envie d'accomplir avant de disparaître ! Aussi ai-je décidé de tourner la page de ces deux dernières années et de consacrer toute mon énergie à bâtir mon avenir. Cette décision m'a aussi fait penser au tien, ajouta-t-elle après avoir avalé une gorgée de vin. Que comptes-tu faire maintenant que tes enfants sont grands ?

— Je ne suis pas sûre d'avoir d'idée précise, avoua Maggie.

— C'est exactement où je voulais en venir : tu devrais faire des projets. Il est temps que tu reprennes les rênes de ton existence. À mon avis, on devrait tous faire un plan sur cinq ou dix ans.

— Quel plan ?

— Nous allons le faire ce soir, tu vas voir. Tu devrais commencer par dresser une liste des centaines de choses que tu as toujours voulu faire sans jamais trouver le temps nécessaire pour y réfléchir. C'est le moment idéal pour t'y mettre.

— J'ai pensé reprendre des cours, peut-être de dessin ou de langue, déclara Maggie. Quoi ? ajouta-t-elle comme Juliet levait les yeux au ciel.

— Je parlais de projets à long terme, pas d'un passe-temps pour les prochains mois ! Tu as quarante-deux ans et tu peux espérer vivre encore quarante ans : tu ne vas pas passer tout ce temps seule, n'est-ce pas ?

Juliet allait vraiment mieux, songea Maggie. Elle avait retrouvé son habitude de vouloir tout régenter !

— Nous sommes presque dans la même situation, lui fit-elle remarquer. Veuve joyeuse, gaie divorcée, même combat !

— Tu crois que je n'y ai pas songé ? répliqua Juliet en riant. Quitter Sam a été la décision la plus difficile de ma vie, mais je n'ai pas pour autant renoncé à retrouver l'amour. Ça me ferait vraiment mal au cœur de te voir passer le reste de ta vie toute seule…

— Pourquoi pas ? Nous pourrions habiter ensemble quand tes enfants auront quitté la maison, dit Maggie, amusée. Deux sœurs célibataires partageant leurs vieux jours en paix.

— Ne compte pas sur moi car je n'ai pas l'intention de rester célibataire ! Il est encore trop tôt pour que je refasse ma vie, mais toi, en revanche, tu devrais sortir et rencontrer quelqu'un.

— Cela m'est déjà arrivé, protesta Maggie.

— Vraiment ? À quand remonte ton dernier dîner en amoureux ?

— À deux semaines, juste avant que je quitte Melbourne.

Juliet la contempla d'un air soupçonneux.

— Et combien d'hommes t'ont invitée à dîner en tête à tête depuis dix ans ?

Maggie resta silencieuse. Trois… Chaque fois, le second dîner avait été suffisant pour comprendre qu'il n'y avait aucune alchimie, aucune attirance particulière, ni même la possibilité d'avoir une conversation intelligente qui aurait pu au moins lui apporter une satisfaction intellectuelle.

— Je vois…, déclara Juliet. Et quand as-tu fait l'amour la dernière fois ?

— Je ne m'en souviens pas, répondit Maggie en se sentant rougir comme une collégienne.

Sa sœur leva les yeux au ciel en faisant un grand geste qui faillit renverser son verre sur le canapé.

— Voilà exactement ce que je voulais te démontrer ! Tu devrais t'en rappeler : cela devrait être récent et t'avoir laissé un souvenir formidable ! Il faut vraiment que tu sortes davantage.

— Tu crois que c'est facile ? rétorqua Maggie. Quand mes enfants étaient plus petits, je n'avais pas vraiment le temps pour ça. Maintenant, quand je fais la connaissance de couples, les femmes craignent toutes que je leur vole leur mari. Quant aux rares hommes célibataires que je rencontre, ce sont des divorcés bourrés de problèmes ou des cavaleurs totalement immatures. Au bout du compte, je préfère rester chez moi !

— Tu n'as rencontré personne à ton travail ?

— Je ne veux pas de ce genre de relation avec mes collègues, c'est trop risqué. Je n'ai rien contre l'idée de sortir avec quelqu'un, mais c'est tellement compliqué que je préfère encore prendre des cours de dessin.

— Encore ton dessin ! marmonna Juliet. Remarque, tu peux aussi rencontrer un homme intéressant dans un cours…

Et tu n'es pas obligée de sortir avec un homme pendant des mois si tu as juste envie d'un peu de sport !

— Non, ce n'est pas ce que je recherche. Tu me connais assez pour savoir qu'il me faut le grand jeu ou rien du tout ! Ce dont j'ai envie, c'est qu'un homme me fasse la cour, qu'il me séduise, que j'éprouve une véritable connivence à la fois physique et cérébrale. Sinon, ça ne m'intéresse pas.

C'était exactement pour cette raison qu'elle était toujours seule et qu'elle ne dépassait jamais le second rendez-vous. Elle attendait toujours de rencontrer l'homme idéal, celui qui lui ferait perdre la tête, exactement comme l'avait fait Steven vingt ans plus tôt.

Avait-elle raison de mettre la barre aussi haut ? Ne risquait-elle pas de passer les quarante prochaines années toute seule, comme le craignait Juliet ?

— Je te comprends, Mag. Mais ce n'est pas en restant prostrée dans ton coin que tu vas rencontrer ce prince charmant. Tu n'as donc pas envie de t'amuser un peu ?

— Je suis heureuse comme je suis, répondit Maggie, un peu sur la défensive.

Était-ce vrai ? Que voulait dire être heureuse ? Ses enfants l'avaient rendue heureuse… la plupart du temps. Mais ils étaient grands maintenant et ils quitteraient bientôt le foyer familial. Son travail aussi l'avait emplie de satisfaction, mais pouvait-on qualifier cela de bonheur ? Et cela lui suffisait-il ?

— Tu ne crois pas que tu pourrais être *plus* heureuse ? insista Juliet.

Maggie haussa les épaules sans trop savoir quoi répondre. D'ailleurs, cette conversation ne lui plaisait guère. Pourtant sa sœur n'en avait pas terminé.

— J'ai une proposition à te faire. Je sais que tu es venue à Melbourne pour m'aider, mais tu n'es pas obligée de rester enfermée ici vingt-quatre heures par jour. Si je te présente quelques célibataires intéressants, accepterais-tu de sortir dîner avec eux ?

— Qui sont ces célibataires auxquels tu penses ? demanda Maggie avec méfiance.

— J'en connais plusieurs et tu n'auras qu'à choisir. D'ailleurs, je ne suis pas sans arrière-pensée : si tu rencontres l'homme de tes rêves et que tu viens t'installer ici, je t'aurai près de moi toute l'année !

— J'aurais dû m'en douter. Tes intentions ne sont jamais désintéressées !

— Décris-moi l'homme idéal et je verrai ce que je peux faire, poursuivit Juliet sans se démonter.

Après tout, qu'avait-elle à perdre ? se dit Maggie, amusée. Quoi qu'il arrive, se prêter au petit jeu de sa sœur aurait au moins le mérite de détourner son attention. Elle avait compris depuis bien longtemps que lui laisser croire qu'elle avait remporté une petite victoire était le meilleur moyen d'avoir la paix.

Alors, à quoi ressemblait l'homme idéal ?

Grand et musclé, mais sans excès, il avait un côté protecteur. C'était quelqu'un sur qui l'on pouvait compter. Plutôt un brun. Oui, très brun, avec des yeux bleus. L'image de Ben McMahon apparut à son esprit. Grand, beau, et de toute évidence intelligent… Et avec en prime de l'humour et du charme. En effet, il était l'homme parfait !

— Alors, c'est qui ? reprit Juliet. Tu dois penser à quelqu'un, tu es en train de rêvasser…

— Je ne sais pas s'il est l'homme idéal… En réalité, il me paraît trop bien pour être réel.

— Ça commence plutôt bien. De qui s'agit-il ?

— Ben McMahon.

— Bonne pioche…, commenta Juliet en souriant. Séduisant en diable, sexy et célibataire.

— Célibataire ? répéta Maggie, surprise. Je me doutais bien qu'il y aurait quelque chose qui n'irait pas. Allez, dis-moi tout.

— Comment ça ?

— Il est gay, c'est ça ?

Sa remarque fit rire sa sœur.

— Pas que je sache. En réalité, à en croire la rumeur,

c'est même tout l'inverse. Mais pourquoi ne t'en assures-tu pas toi-même ?

— Et comment ?

— Propose-lui de sortir avec toi !

— Une minute, Juliet. Je croyais que c'était toi qui devais tout organiser !

— Il n'était pas sur ma liste, mais je suis sûre qu'on peut trouver une solution. Pourquoi n'essaies-tu pas de flirter avec lui lors de mon prochain rendez-vous ? Nous verrons bien si tu l'intéresses.

La simple idée de flirter avec Ben la remplissait de confusion. Pourrait-elle agir ainsi sans se couvrir de ridicule ?

— Tu es sûre qu'il n'est pas marié ? insista-t-elle. Ce serait vraiment trop humiliant de le draguer pour m'apercevoir ensuite qu'il vit avec une autre femme !

— Crois-moi, il est célibataire et hétéro, répéta Juliet. On le voit souvent dans les pages mondaines des magazines, toujours accompagné d'une femme différente. Et je ne crois pas que ce soit juste pour la façade. C'est vraiment un homme à femmes. Comme les journalistes l'appellent souvent « le célibataire de l'année », j'en déduis donc qu'il n'est pas marié.

— Pourquoi les magazines publient-ils sa photo ?

— Son père est propriétaire d'une maison d'édition et sa mère dirige la fondation McMahon. Tu as sans doute entendu parler d'eux, même à Sydney, non ?

— Il est un de ces McMahon ?

Juliet acquiesça et Maggie sentit ses maigres espoirs s'envoler. Comment pourrait-elle flirter avec Ben après avoir appris cela ? Les femmes devaient se jeter à son cou à la moindre opportunité, et pour rien au monde elle ne voulait qu'il la classe dans la catégorie des aventurières !

— Dans ce cas, je ne suis pas sûre…, reprit-elle. Nous ne sommes pas du tout du même milieu.

— Ne sois pas ridicule et arrête de réfléchir et de tout analyser. Tu es une femme très bien, ne te sous-estime donc pas. De toute façon, je te demande juste de flirter avec lui, pas de lui demander de t'épouser !

Maggie acquiesça pour avoir la paix, mais ses doutes ne disparurent pas pour autant. Il y avait une différence entre apprécier un bel homme lorsqu'on en croisait un, et essayer d'attirer son attention. Elle ne voulait pas particulièrement passer le reste de ses jours toute seule, et aurait volontiers refait sa vie avec un homme qui puisse la rendre heureuse, mais elle doutait fort que Ben McMahon détienne la clé de son bonheur.

« Qu'en sais-tu ? lui demanda son bon sens. Après tout, tu n'as rien à perdre, alors pourquoi hésiter ? Et c'est le meilleur moyen pour calmer ta sœur qui, sinon, va vouloir te présenter tous les célibataires de Melbourne ! »

Ce dernier argument acheva de la convaincre.

Le lendemain matin, Maggie examina un moment son *vanity case* avant d'opter pour un maquillage léger. Son but avoué était juste de montrer à sa sœur qu'elle faisait un effort, afin d'avoir la paix, mais elle avait très envie aussi de savoir si elle pouvait toujours attirer l'attention d'un homme aussi séduisant que Ben McMahon. Son ego avait bien besoin d'un petit encouragement de temps en temps !

Après avoir longuement hésité, elle mit ses jolis sous-vêtements de soie, achetés sur un coup de tête l'année précédente. Puis arriva le moment de choisir sa tenue. Une robe lui parut trop élégante pour un simple rendez-vous chez un médecin. Un jean ? Trop décontracté… En revanche, sa jupe droite de coton bleu marine était assez jolie.

Elle enfila ensuite un T-shirt blanc qui apportait une petite touche estivale et mettait sa poitrine en valeur. Contrairement à la plupart des femmes de son âge, Maggie se trouvait trop maigre. Si ses amies lui enviaient sa silhouette, elle, de son côté, aurait bien aimé avoir leurs poitrines généreuses !

Un dernier coup d'œil dans le miroir la rassura. La jeune femme qui lui souriait était prête à sortir.

*
* *

— Que penses-tu de ça ?

Maggie se pencha vers le magazine que sa sœur lui tendait, ouvert sur une photo de Pamela Anderson. Elle savait que Juliet avait raflé les gènes les plus excentriques de la famille, mais il y avait tout de même des limites à tout !

— Tu n'es pas sérieuse ! Je croyais que tu voulais retrouver la silhouette que tu avais avant ton opération ?

— Oui, tu as raison, il ne faut pas exagérer. Je vais plutôt choisir les seins de Kate Winslet.

— Hum…

— Quoi ?

— Je n'avais pas compris que quand tu disais « avant » ton opération, tu voulais dire à l'âge de vingt ans !

— Tu penses que ces seins sont trop bien pour moi ?

— Pas du tout, juste qu'ils ne ressemblent pas à ceux d'une femme qui a eu deux enfants et qui va vers ses quarante ans.

Juliet examina la photo d'un air perplexe.

— Pourtant, elle a eu deux enfants, elle aussi… Tu crois que c'est juste l'angle de la prise de vue, ou son soutien-gorge ?

— Ou peut-être le travail d'un bon chirurgien…

— Alors où est le problème ? Je veux des seins comme ceux-là, surtout s'ils ont l'air naturel alors qu'ils ne le sont pas ! Quel intérêt de se faire opérer si c'est pour se retrouver avec une poitrine en gant de toilette ?

Maggie jeta un œil discret à sa propre poitrine, bien trop plate à son goût. Mais elle ne comptait pas en changer ; cependant le raisonnement de sa sœur n'était pas idiot.

— Effectivement, puisque tu vas te faire opérer, autant choisir les seins que tu veux.

Ben McMahon ouvrit à ce moment-là la porte de son bureau et Maggie sentit son cœur s'affoler. Il portait une chemise blanche au col ouvert. Elle avala péniblement sa salive.

— Bonjour ! dit-il. Entrez donc, Juliet. Vous semblez de bonne humeur ce matin.

— Oui, je montrais justement à ma sœur les seins que je désire. Vous vous souvenez de Maggie, n'est-ce pas ?

— Bien sûr ! Comment allez-vous ? Vous jouez le rôle de conseillère ?

Il la regarda droit dans les yeux et son sourire ravageur la fit fondre intérieurement.

Je n'y arriverai jamais ! songea-t-elle en sentant ses genoux se liquéfier.

— Il faut bien que quelqu'un empêche Juliet de se retrouver avec la poitrine de Pamela Anderson, répliqua-t-elle.

— Ah ? C'était une option ?

— Oui, mais j'ai mis mon veto.

En riant, Ben les fit entrer dans son bureau où il les pria de s'installer dans les deux confortables fauteuils qui faisaient face à sa table de travail. Juliet posa son magazine devant lui.

— J'aimerais ressembler à Kate Winslet, c'est possible ?

Ben prit le magazine et observa la photo.

— Kate Winslet… Qu'en pensez-vous, Maggie ?

— Cela me paraît plus raisonnable que Pamela.

— Cela aurait pourtant été amusant d'avoir ses seins, protesta Juliet.

— Je suis sûr que vous ne trouveriez pas ça amusant très longtemps, répondit Ben plus sérieusement. Une poitrine trop grosse finirait par vous donner mal au dos.

— Oh, Mag, tu es une grande sœur tellement raisonnable ! s'exclama Juliet.

— Sois gentille avec moi, ou je demande au Dr McMahon de te faire la version gant de toilette de Kate Winslet…

Ben éclata de rire, et Maggie se sentit rougir de plaisir. Il la trouvait drôle ? Depuis qu'il les avait fait entrer, elle se sentait pourtant empruntée, telle une adolescente lors de son premier rendez-vous amoureux…

— Je vous rassure, je ne fais pas de gants de toilette, et je ne vous donnerai pas non plus la poitrine de Pamela Anderson. Aucune de ces deux versions ne serait bonne pour ma réputation !

Son commentaire la surprit. Ainsi, tous les hommes ne craquaient pas sur une poitrine monumentale ? Elle l'aurait pourtant imaginé préférant le genre pin-up californienne, blonde aux yeux bleus, avec des dents d'un blanc éclatant et des seins comme des obus…

« En quoi son type de femme te concerne-t-il ? De toute façon, je doute qu'il aime les femmes grandes et maigres avec une bosse sur le nez ! Cette histoire de flirt est en train de te tourner la tête… »

Heureusement, Ben discutait avec Juliet, ce qui lui laissa le temps de recouvrer son calme.

— Je pense qu'un bonnet C vous irait parfaitement, déclara-t-il. À condition bien sûr que l'extenseur de tissu de peau puisse être assez gonflé pendant les prochaines semaines pour me permettre de poser un tel implant. Avez-vous ressenti des douleurs, ou avez-vous observé des rougeurs durant ces derniers jours ?

— Non, tout me paraît normal.

— Très bien. Si vous êtes prête, je vais vous examiner. Passez derrière le paravent pour enlever votre chemisier, et allongez-vous sur la table d'examen.

Juliet s'éclipsa derrière l'écran pendant que Ben se lavait les mains et enfilait une paire de gants en latex. Puis il disparut à son tour derrière le paravent, mais sa voix lui parvint.

— En effet, tout semble parfaitement normal, déclara-t-il. Je vais injecter environ quatre-vingt-dix millilitres de solution saline dans l'extenseur pour le gonfler. Rappelez-vous que le processus durera de six à huit semaines avant que je puisse remplacer l'extenseur par des implants. Cela dépendra de la facilité avec laquelle votre peau va s'étirer.

Maggie profita de ce qu'il auscultait sa sœur pour examiner son cabinet. Il y avait plusieurs belles photos d'Afrique dans la salle d'attente, et également dans son bureau. La jeune femme les observa dans l'espoir de découvrir quelque chose sur sa vie, mais les photos ne lui apprirent rien, sinon qu'il semblait s'intéresser à l'Afrique.

— Je vais commencer par le côté gauche, reprit le chirurgien. Cela ne vous fera pas mal ; il n'y a aucune terminaison nerveuse et vous ne devez rien sentir. La solution saline va directement dans l'extenseur par la valve. Cela vous démangera peut-être un peu, mais rien de plus…

Maggie observa la bibliothèque qui couvrait un des murs. Il y avait de nombreux livres et quelques statues africaines, mais aucune photo personnelle. Aucune photo d'une ex-épouse ou d'une fiancée… Juliet avait donc raison ? Ben était vraiment célibataire ?

— Voilà, j'ai presque terminé, poursuivit-il. Ça va peut-être être un peu inconfortable durant les prochaines vingt-quatre heures, le temps que les muscles s'étendent. Vous pouvez prendre un analgésique léger en cas de besoin.

Maggie l'entendit retirer ses gants de latex puis il ressortit de derrière le paravent.

— Comptez-vous rester pour aider votre sœur ? lui demanda-t-il. Je préférerais qu'elle ne conduise pas, qu'elle ne lève pas les bras et qu'elle ne porte rien de lourd pendant une journée, juste pour lui éviter d'avoir mal.

— Ne vous inquiétez pas, je resterai aussi longtemps qu'il le faudra.

— Parfait, répondit-il alors que Juliet les rejoignait. Je vous revois toutes les deux vendredi prochain.

Ben leur ouvrit la porte et les salua, les laissant aller seules à la réception pour confirmer le rendez-vous avec sa secrétaire.

— Tu as vu, Mag, ce n'était pas si difficile, n'est-ce pas ? murmura Juliet. On dirait qu'il tient à te revoir en tout cas. Il a bien dit qu'il nous attendait toutes les deux la prochaine fois !

— Je suis sûre qu'il se montrait juste poli.

— On verra…

À en croire son sourire en coin, Juliet aurait volontiers développé son opinion sur la situation. Heureusement, elle ne tenait apparemment pas à la partager avec les patients qui attendaient dans la salle d'attente, et Maggie en fut soulagée.

Qu'il l'inclût dans le prochain rendez-vous de Juliet ne signifiait pas pour autant qu'il tenait particulièrement à la revoir…

Malgré tout, Maggie ne cessa de penser à ces derniers mots pendant tout le reste de la journée, et il lui fut difficile de contenir son excitation à la perspective de le revoir prochainement.

3.

Il y avait beaucoup de monde à Hawthorn, ce samedi matin, et Maggie était un peu énervée en tournant sur Glenferrie Oval à la recherche d'une place de parking. C'était la première séance d'entraînement de foot de son neveu Edward et elle avait proposé de l'accompagner, car Juliet ressentait toujours une gêne à bouger les bras après son rendez-vous de la veille avec le chirurgien.

Il y avait des dizaines de gamins de six ans qui couraient dans tous les sens sur le terrain de sport, et des ballons volaient dans les airs dans toutes les directions.

— Tu ne peux pas t'arrêter, tante Maggie ? demanda Edward qui trépignait d'impatience. Mes copains sont déjà en train de s'échauffer.

— Quels copains ?

— Jake et Rory.

Il désigna un groupe d'enfants qui portaient tous la tenue marron et jaune de l'équipe locale de football. Maggie fut incapable de localiser ceux qu'il lui montrait, mais Juliet lui avait parlé d'une de ses amies, Anna, qui avait un fils prénommé Jake. Il s'agissait sans doute du copain d'Eddy.

Le terrain était entouré d'une barrière et les enfants ne semblaient courir aucun risque.

— D'accord, dit-elle. J'irai dans la tribune quand j'aurai garé la voiture, et tu m'y retrouveras après l'entraînement.

Elle avait à peine fini de parler qu'Edward sortit du véhicule tel un boulet de canon.

Un moment plus tard, une fois garée, elle s'installa à

la première rangée de gradins pour profiter du beau soleil d'automne.

— Bonjour, Maggie.

La voix familière fit bondir son cœur dans sa poitrine.

— Ben ! Que faites-vous ici ?

— Je suis venu conduire mon neveu. Et vous ?

— Moi aussi. Le fils de Juliet.

— Allez-vous rester tout le temps de l'entraînement ? Je peux vous apporter un café si vous voulez ; j'allais justement en chercher un pour moi.

Il comptait lui tenir compagnie pendant la séance d'entraînement ? Rien n'aurait pu lui faire plus plaisir !

— Avec plaisir, répondit-elle.

— Capuccino ? Au lait ? Noir ?

— Pensez-vous qu'ils auraient du chocolat ?

— Je vais voir ce que je peux faire…

Avant de s'éloigner, il lui adressa un sourire irrésistible qui la fit frissonner. Cet homme était beau à damner une sainte, et rien n'aurait pu lui faire soupçonner le matin même qu'elle allait assister à l'entraînement d'Eddy en compagnie du séduisant chirurgien de sa sœur ! Les manigances de cette dernière lui revinrent à l'esprit. Pouvait-on qualifier une rencontre sur un terrain de football de rendez-vous galant ? Sans doute pas, mais pourquoi ne pas profiter de cette coïncidence pour flirter un peu avec cet homme dont la simple vue lui donnait des bouffées de chaleur ?

— Un chocolat chaud pour ma gente dame !

Oui, de vraies bouffées de chaleur, songea-t-elle lorsqu'il lui adressa un autre de ses sourires ravageurs.

— Mmm ! Merci.

— Et comme je n'ai rien avalé ce matin, je nous ai aussi pris des muffins aux airelles, ajouta-t-il.

— Vous, vous savez parler aux femmes !

Ben éclata de rire tout en lui tendant sa tasse. Leurs doigts s'effleurèrent et elle faillit laisser échapper le gobelet. D'une main tremblante, elle ôta le couvercle en plastique et huma le délicieux breuvage en essayant de cacher son trouble.

Ben, lui, semblait parfaitement à l'aise, et il attaquait déjà son gâteau.

— Lequel est votre neveu ? s'enquit-il.

Maggie plissa les yeux en scrutant le terrain de jeu. La journée avait commencé dans la grisaille et elle avait laissé ses lunettes de soleil dans sa voiture, oubliant que le temps pouvait changer très vite à Melbourne.

— Le soleil vous gêne ? demanda Ben. Voulez-vous que nous allions à l'ombre ?

— Non, j'aime beaucoup le soleil, mais pour être tout à fait honnête, je trouve les matinées trop fraîches à Melbourne. J'ai besoin de plus de chaleur pour me réveiller tout à fait.

— Vous n'êtes pas d'ici ?

— Non, je vis à Sydney. Je suis venue aider ma sœur pendant son opération.

— Et où avez-vous grandi ?

— À Sydney. Juliet s'est installée ici avec son ex-mari, qui travaille dans la marine, et elle y est restée après son divorce. C'était plus facile pour leurs enfants.

— Combien de temps pensez-vous rester ?

Décidément, il avait beaucoup de questions à son sujet et sa curiosité ne pouvait la flatter davantage.

— J'ai pris un congé illimité et je ne repartirai que lorsque Juliet aura complètement récupéré. Cela dépend donc un peu de vous.

— Dans ce cas, je crois que je ne vais pas me presser… Pour vous laisser le temps d'apprécier notre hospitalité, ajouta-t-il avec un sourire plus brillant que le soleil au-dessus de leurs têtes.

Maggie n'en croyait pas ses oreilles. Était-il en train de lui faire la cour ? Se pouvait-il que son commentaire à la fin du dernier rendez-vous à son cabinet n'ait pas été une simple formule de politesse ? Il reprit la parole sans lui laisser le temps de déterminer si elle était vraiment folle ou si cet Apollon la draguait vraiment.

— À ce sujet, comment va votre sœur ?

— Elle a de légères douleurs aujourd'hui, comme si elle avait trop forcé à la gym. Je suppose qu'il s'agit de courbatures.

— Elle n'a aucun autre effet secondaire ?

— Non, pas vraiment. Je craignais qu'elle soit fatiguée après son opération et son arrêt cardiaque, mais elle semble avoir encore plus d'énergie que d'habitude. Elle veut absolument profiter de chaque instant. C'était déjà son état d'esprit lorsqu'elle a terminé sa chimiothérapie, après la mastectomie, et c'est encore plus flagrant maintenant. Elle serait venue avec moi ce matin s'il ne lui avait pas fallu accompagner sa fille à sa leçon de danse.

Comme Ben ouvrait la bouche pour parler, elle l'interrompit d'un geste, devinant ce qu'il allait dire.

— Ne vous inquiétez pas, elles n'ont pas pris la voiture. L'école est à cinq minutes à pied de la maison.

— Bien. Juliet ne vous a pas paru choquée par l'incident en salle d'opération ?

— Non, elle a pris ça de manière très calme, compte tenu des circonstances.

— Quelles circonstances ? reprit-il, intrigué.

— Elle a entendu la voix de mon mari.

Son mari ? Ben baissa aussitôt les yeux vers les mains de Maggie et il remarqua enfin son alliance, qu'elle portait au même doigt qu'une jolie bague ancienne. Comment avait-il pu être assez bête pour ne pas la voir plus tôt ? Il eut besoin d'un instant pour reprendre contenance.

— Votre mari ? Et comment aurait-elle pu l'entendre ?

— Il est mort il y a dix ans, répliqua Maggie.

Ainsi elle était veuve ? Peut-être remariée ? Les questions se bousculaient dans son esprit. Autant il n'avait rien contre une liaison avec une jolie célibataire, autant il considérait les femmes mariées comme un domaine interdit. Mais depuis quand voyait-il Maggie comme une possible conquête ?

Il connaissait la réponse à cette dernière question. Depuis la veille, quand il avait passé un long moment à rêvasser à son propos au lieu d'écrire le compte rendu d'opération de sa sœur.

À sa décharge, le chirurgien esthétique qu'il était devait reconnaître qu'elle était une femme remarquable. Il avait l'habitude de remarquer la structure d'un visage, et le sien était parfait : ovale, avec un maxillaire bien dessiné et des pommettes hautes. Ce nez qui la complexait était en réalité très beau, légèrement busqué sans doute, mais parfaitement en harmonie avec ses autres traits. Sa bouche, plus grande que ne le voulait la mode, et ses immenses yeux bleus frangés de longs cils achevaient de lui donner une physionomie tout à fait personnelle et intéressante.

C'était un beau visage, plein de caractère et d'originalité, bien éloigné de ceux des mannequins qu'il avait toujours trouvés insipides. Un vrai visage de femme et non de poupée. Il n'avait pas menti en disant qu'il ne voulait rien y retoucher.

Mais, surtout, il était sensible à son charme. Elle dégageait une séduction indicible, une féminité et une classe qu'il avait rarement rencontrées. Il l'imaginait en salle d'opération, avec un masque chirurgical ne laissant voir que ses magnifiques yeux, infiniment séductrice… Comment ses collègues parvenaient-ils à se concentrer sur leur travail en sa présence ?

Cette question le ramena à leur conversation, et il se rappela soudain l'opération de Juliet.

— Votre mari s'appelait-il Steven ?

— Oui, répondit-elle, étonnée. Comment le savez-vous ?

— Lorsque nous avons ranimé votre sœur, je lui ai demandé si elle m'entendait, et elle m'a appelé Steven. Je pensais qu'elle s'adressait à moi…

— Non, elle pensait parler à mon mari.

— Vous êtes infirmière dans un bloc opératoire, n'est-ce pas ? Croyez-vous qu'il y ait une part de vérité dans ces récits de « mort momentanée » ?

— J'ai entendu trop d'histoires à ce sujet pour en douter.

— Vraiment ? Vous avez connu des patients qui ont vécu ce genre d'expérience ?

— Oui, trois ou quatre. Et ils disent tous la même chose. La lumière, l'impression de sérénité, les voix des défunts qu'ils ont aimés…

— Qu'en pensez-vous ?

— Je me suis souvent interrogée à ce sujet, répondit-elle en haussant les épaules. Les neurologues parlent d'une réaction chimique, de décharges synaptiques qui précèdent la mort finale. Pourtant, à ma connaissance, les gens qui ont vécu cela n'entendent parler que des morts, pas des vivants. Comment savoir la vérité ? Juliet a peut-être confondu la voix de Steven avec celle d'un membre de votre équipe, ou de vous-même. Vous souvenez-vous de ce que vous lui avez dit ?

— Pas précisément, répondit-il, perplexe. En réalité, c'était un peu la panique en salle d'opération. Je suppose que je lui ai dit de s'accrocher et de rester avec nous… C'est la première fois que j'ai un patient qui fait un arrêt cardiaque en pleine intervention, et je vous assure que je n'en menais pas large ! Je tenais avant tout à la ranimer.

— Je vous suis très reconnaissante d'y être parvenu. Je n'aurais pas supporté de la perdre. Quant à ces expériences de mort momentanée, j'aime à croire qu'elles sont réelles.

— Pensez-vous que ceux que nous avons aimés nous attendent pour nous guider vers le paradis ?

Elle secoua la tête et ses cheveux sombres brillèrent au soleil. Son regard glissa pensivement sur les enfants qui s'entraînaient sur le terrain de sport.

— Je ne sais pas si le paradis existe, reprit-elle, mais je crois qu'une autre vie nous attend après celle-ci, sans doute très différente de ce que nous pouvons imaginer. J'ai besoin de croire qu'il y a quelque chose, même si ce n'est qu'un endroit où les âmes peuvent se retrouver. Évidemment, ce n'est qu'une croyance sans fondement, et même l'expérience de ma sœur ne la confirme en rien.

— C'est pourtant une idée agréable de penser que nous retrouverons dans l'au-delà ceux qui ont compté dans notre vie…

— Oui, c'est vrai.

Leurs regards se croisèrent et ils restèrent silencieux.

Comme ses yeux étaient bleus ! songea-t-il. Son visage expressif frémissait de vie et d'intelligence. Aucun artiste n'aurait pu fixer le charme et la séduction qui en émanaient, impalpables comme un rayonnement invisible et pourtant bien réel.

— Merci de m'avoir écoutée.

Sa voix le tira de sa rêverie et il ressentit une brusque bouffée de désir quand elle posa une main sur son bras.

Maggie était vraiment une femme incroyablement attirante. Il en connaissait certes un certain nombre qui étaient physiquement plus parfaites, mais aucune ne possédait cette lumière intérieure qui exerçait sur lui la même attraction que la flamme d'une torche sur un papillon de nuit.

Il devait y avoir une raison scientifique à un tel phénomène, se dit-il, tout comme les témoignages de mort momentanée pouvaient s'expliquer par de simples décharges neuronales. Il s'agissait sans doute de phéromones, d'ions, de molécules quelconques qui agissaient sur son système nerveux.

Et, pour la première fois, il était le témoin direct de ce phénomène.

— Oncle Ben !

La voix le ramena brutalement sur terre. Son neveu se tenait devant eux et brandissait un brassard jaune. L'entraînement était terminé.

— Rory ! Tu as bien joué ?

— Rory est votre neveu ? demanda Maggie. Pourquoi ne m'en avez-vous rien dit ? Il est le meilleur copain de mon neveu Edward…

— Je l'ignorais… Ma sœur, Gabby, m'a adressé Juliet, mais je ne savais pas que leurs enfants étaient amis. C'est peut-être par l'école qu'elles se sont rencontrées ?

Il hésita une seconde. Cette information lui donnait-elle le droit de franchir un pas supplémentaire ? Après tout, pourquoi pas ?

— Nous allons boire un milk-shake, voulez-vous vous joindre à nous ? ajouta-t-il.

— Ça aurait été avec plaisir, mais j'ai promis à Juliet de passer la chercher après la leçon de danse de Kate. Nous devons partir…

— Alors peut-être la semaine prochaine ?

— Accompagnerez-vous Rory au foot ?

— Sûrement. Ma sœur et son mari voyagent beaucoup pour leur travail et j'aime bien m'occuper de lui quand je le peux. On s'entend très bien tous les deux.

— Alors à samedi prochain.

Il fut touché par son sourire. Se pouvait-il que le revoir la semaine suivante lui fasse vraiment plaisir ? Il se surprit à sourire à son tour, tel un adolescent, alors qu'elle s'éloignait dans la foule, mince et gracieuse dans son vieux jean qui moulait ses jambes interminables.

Cette femme l'intriguait, et cela faisait bien longtemps que cela ne lui était pas arrivé.

Tout en préparant le déjeuner, Maggie écoutait Edward raconter sa matinée d'entraînement à Juliet. Il ne mentionna pas Ben, mais pourquoi l'aurait-il fait ? Son seul intérêt était le football.

— Était-ce aussi amusant que le dit mon fils ? lui demanda sa sœur en la rejoignant dans la cuisine. Cela ne t'a pas paru trop long ?

— Pas du tout. En fait, le temps a passé très vite.

— Vraiment ? Qu'as-tu donc fait pendant ces deux heures ?

— J'ai discuté avec Ben McMahon.

Juliet laissa échapper une exclamation étranglée.

— Comment ? Il était là et tu ne m'as rien dit ? De quoi avez-vous parlé ?

De mon défunt mari, songea Maggie. Juliet aurait fait une attaque si elle lui avait dit que la mort et l'au-delà avaient été leur principal sujet de conversation ! Et elle aurait eu du mal à comprendre que Maggie s'était sentie très à l'aise pour en discuter avec Ben, et que cela ne lui avait pas du tout semblé macabre de lui parler de Steven ou de la vie après la mort. Ces thèmes étaient certainement tabous dans l'art de flirter…

— De tout et de rien… Ben m'a dit que les parents de Rory étaient en voyage. À cause de leur travail, je crois…

— Ah oui, ils dirigent une galerie très intéressante spécialisée dans l'art indigène. Ils voyagent effectivement beaucoup. Tu devrais demander à Ben de te la faire visiter…

— Je suis sûre qu'il a mieux à faire.

— Comment peux-tu le savoir si tu ne lui poses pas la question ?

Maggie haussa les épaules et changea de sujet de conversation sans mentionner leur rendez-vous du samedi suivant. C'était son secret, et elle savait que le partager, même avec sa propre sœur, le rendrait moins précieux.

La semaine suivante s'écoula sans anicroche. Maggie, dont les enfants étaient grands et indépendants, avait oublié le travail que nécessitait une maisonnée comme celle de sa sœur. Entre ménage, lessives, repassage, courses, cuisine et les innombrables tours en voiture pour accompagner les uns et les autres à leurs différentes activités quotidiennes, les journées passèrent à toute vitesse.

Son emploi du temps bien rempli lui laissa quand même le loisir de penser à Ben. L'attirance que cet homme lui inspirait l'effrayait quelque peu. Comment un quasi-inconnu pouvait-il lui faire une telle impression ?

— Vous m'avez manqué hier, au rendez-vous de Juliet…

Maggie, qui venait d'envoyer Edward rejoindre son équipe de football, se tenait dans les gradins, et la voix de Ben lui coupa la respiration une fraction de seconde.

Il ne s'était pas rasé ce matin, et l'ombre sur sa mâchoire carrée accentuait encore son charme viril. Il était à tomber à la renverse !

Armé d'un sourire assez torride pour faire fondre le pôle Nord, il lui tendit une tasse.

— Un chocolat chaud pour vous…, ajouta-t-il.

— Merci. Je n'ai pas pu l'accompagner hier car je devais la remplacer au conseil de classe de ma nièce.

— Oui, elle me l'a expliqué, répondit Ben en s'asseyant près d'elle. Elle m'a aussi dit que l'entraînement de samedi dernier vous avait tellement plu que vous vouliez assister à celui d'aujourd'hui.

Ainsi, il avait demandé de ses nouvelles ? Pourquoi Juliet n'en avait-elle rien dit ? Maggie n'en était pas moins délicieusement excitée, et sentit le rouge lui monter aux joues. Pour éviter de croiser le regard de Ben et ne pas lui laisser voir son embarras, elle détourna la tête et fit semblant de s'intéresser au jeu qui se déroulait sur le terrain.

— Que vous a-t-elle dit d'autre ? reprit-elle.

— Que vous n'aviez pas besoin de vous dépêcher après la séance d'aujourd'hui, ce qui veut dire que vous et Edward pourrez vous joindre à nous pour boire un milk-shake. Vous voyez, je n'ai pas oublié !

— Moi non plus, répondit-elle, ravie.

— Votre sœur est-elle là ce matin ?

— Non, elle trouvait qu'il faisait trop froid et a préféré rester à la maison.

Maggie se demanda soudain si Juliet n'avait pas utilisé le temps comme prétexte pour la laisser seule en compagnie de Ben. La connaissant, cela ne l'aurait pas étonnée du tout !

Mais avoir Ben pour elle toute seule lui faisait infiniment plaisir, et elle se promit de parler de choses plus gaies que la semaine précédente. Cette fois, pas question de discuter de mari défunt ou de macabres histoires d'hôpitaux !

Elle allait lui demander comment s'était déroulée sa semaine lorsque son téléphone portable sonna. Elle s'excusa avant de répondre.

Ben profita de l'interruption pour l'observer. Il n'avait pas été surpris d'apprendre que Maggie avait apprécié leur rencontre du samedi précédent. Sans fausse modestie, il se savait de bonne compagnie. En revanche, il avait été étonné du plaisir que cette information lui avait procuré. Et encore plus de la hâte avec laquelle il avait attendu la séance d'entraînement de Rory !

— Tout va bien ? s'enquit-il lorsqu'elle raccrocha.

— Oui, c'était ma fille, Sophie.

— Votre fille ? Qui s'en occupe pendant votre absence ?

Sa question la fit rire.

— Mes enfants se débrouillent très bien sans moi, répliqua-t-elle.

— Vous en avez plusieurs ? Et ils sont seuls ?

Sa confusion semblait beaucoup l'amuser.

— Sophie a vingt et un ans, et James dix-neuf.

— Ah… Ce sont les enfants de votre nouveau mari ?

— De mon nouveau mari ?

Comme elle le contemplait sans comprendre, il ajouta :

— Oui. Comme vous portez une alliance, j'en déduis que vous êtes remariée.

— Non, pas du tout.

Elle détourna les yeux et tripota son alliance d'un air absent. Ben aurait voulu en savoir plus, mais son attitude l'intimidait et il préféra l'interroger sur ses enfants. D'après son expérience, les mères adoraient parler de leurs enfants…

— Que font-ils ? Ils travaillent, ils sont étudiants ?

— James est en première année d'école vétérinaire et Sophie… Oh, non !

Ben suivit son regard et vit le groupe d'Edward qui s'entraînait juste devant eux. Ce dernier venait de se jeter à terre pour rattraper le ballon. Mais il avait plu la nuit précédente et le terrain était mouillé. Le garçon ne put arrêter sa glissade et Ben le vit foncer tête la première vers la barrière qui bordait le terrain. Puis, comme dans un film au ralenti, son crâne se cogna sur le montant métallique, et son cuir chevelu se fendit. Le sang se mit aussitôt à couler abondamment de la plaie.

Alors que Maggie restait pétrifiée, Ben dévala les marches des gradins, sauta la barrière d'un bond et s'agenouilla près du petit garçon. Celui-ci s'était assis dans l'herbe et il contemplait ébahi le sang qui maculait ses mains.

Ben lui écarta les cheveux pour examiner les dégâts. Il avait une méchante plaie de plusieurs centimètres qui lui barrait le front. Sortant un mouchoir propre de sa poche, Ben l'appliqua sur la blessure, puis tourna la tête pour chercher de l'aide.

Maggie se tenait derrière lui, toujours en état de choc.

— Maggie ? Maggie ! répéta-t-il plus fort comme elle restait silencieuse. Trouvez-moi la trousse de premiers secours.

Mais la jeune femme le regardait toujours d'un air totalement absent. Plusieurs autres parents les avaient rejoints, et l'un d'eux répondit à sa demande.

— Je vais la chercher aux vestiaires, déclara-t-il avant de partir en courant.

Ben reporta son attention sur Edward. Il s'occuperait de Maggie plus tard.

— Eddy, regarde-moi.

Le garçon leva les yeux vers lui, et Ben les lui examina pour s'assurer que les pupilles avaient la même taille.

— Sais-tu où tu es ?

— À l'entraînement de foot, pourquoi ?

— J'ai la trousse de premiers secours ! Laissez-moi passer…

Quelqu'un traversa la horde d'enfants qui s'agglutinaient autour d'eux, complètement fascinés par ce spectacle.

— C'est moins grave qu'il y paraît, déclara Ben. Donnez-moi la trousse, je suis médecin. Pouvez-vous aussi me trouver une couverture ?

— Oui, docteur, j'y vais…

L'entraîneur, rassuré de savoir Edward entre de bonnes mains, ordonna à ses élèves de retourner à leur entraînement.

— Est-il accompagné d'un de ses parents ? demanda-t-il.

— Voici sa tante, dit Ben en désignant Maggie du menton. Pouvez-vous lui demander de m'aider ? Elle est infirmière…

L'entraîneur, qui ne parut pas trouver étrange que Ben ne s'adresse pas directement à elle, la secoua par le bras.

— Madame ? Vous êtes la tante d'Eddy ?

Le geste la tira de sa léthargie et elle parut découvrir cet homme qui l'interrogeait.

— Oui, c'est mon neveu.

— Le médecin a besoin de vous. Vous êtes infirmière ?

L'entraîneur semblait dubitatif. Il avait noté son état et il se demandait sûrement comment elle pourrait aider qui que ce soit. Paraissant se ressaisir brusquement, Maggie s'agenouilla près de Ben.

— Ça va ? murmura-t-il.

— Oui, dit-elle en fouillant la trousse de premiers secours. Elle sortit un paquet de compresses stériles, une bouteille de désinfectant et les lui tendit d'une main tremblante. Ben nettoya la plaie sans cesser de se demander ce qui avait pu lui arriver. L'accident était trop mineur pour la perturber à ce point. Heureusement, elle paraissait avoir repris le dessus et suivait ses instructions au fur et à mesure qu'il les donnait.

Quelqu'un lui tendit une couverture dont elle recouvrit son neveu. Rory, qui ne les avait pas quittés, contemplait la scène avec inquiétude. Une énorme bosse déformait maintenant le front de son ami, et l'enflure rendait la plaie encore plus impressionnante.

— Il va bien ? demanda-t-il.

— Oui, il a juste besoin de quelques points de suture, répondit Ben.

— Voulez-vous que j'appelle une ambulance ? demanda l'entraîneur.

— Non, je vais les poser moi-même. Je suis chirurgien et je connais sa mère. Maggie, Juliet ne verra aucun inconvénient à ce que je m'occupe de lui, n'est-ce pas ?

— Non, aucun.

— Alors commençons par poser un pansement sur ce bobo, et, ensuite, nous irons à mon cabinet. Pouvez-vous m'ouvrir un Stéri-Strip, s'il vous plaît ?

Maggie ouvrit une pochette de bande adhésive stérile et la lui passa. Ben l'appliqua sur la plaie de l'enfant pour en rapprocher les bords, avant de la recouvrir d'une compresse. Pendant qu'il la maintenait en place, la jeune femme posa un bandage autour de la tête de son neveu pour tenir l'ensemble.

Ils travaillèrent en parfaite harmonie. Maggie suivait ses instructions sans jamais le gêner, et Edward fut prêt à être transporté en un temps record. Elle rangea alors rapidement le matériel inutilisé dans la trousse de secours, puis enveloppa les déchets dans un gant stérile qu'elle tendit à l'entraîneur.

Ses gestes semblaient automatiques, comme si elle n'avait même pas besoin de réfléchir pour savoir quoi faire, et Ben apprécia d'avoir une aide aussi efficace.

En se relevant, elle remarqua Rory, toujours près d'eux.

— Et votre neveu ? s'enquit-elle.

— Il va devoir venir avec nous, répondit Ben.

— Je peux le ramener chez moi avec mon fils si ça vous arrange, intervint une femme dans l'assistance. Vous pourrez passer le chercher plus tard, j'habite à deux rues de chez Juliet.

Ils reconnurent Anna, la maman de Jake.

— Ce serait très gentil à vous, répondit Ben. Qu'en dis-tu, Rory ? Je viendrai te chercher après avoir raccompagné Eddy chez sa mère.

Rory accepta sans se faire prier et Ben remercia de nouveau Anna pour son aide. Puis il souleva Edward dans ses bras et ils prirent la direction du parking. Maggie en profita pour sortir son téléphone portable et appeler sa sœur en espérant avoir suffisamment recouvré son calme pour ne pas l'affoler.

Elle avait conscience d'avoir complètement cédé à la panique un moment plus tôt. Grâce au ciel, Ben avait pu prendre la situation en main ! Sans lui, elle n'aurait rien pu faire. Elle avait de nombreuses années d'expérience professionnelle, mais son esprit s'était refermé comme une boîte. Une infirmière avait beau devoir affronter les situations d'urgence, Maggie savait qu'elle n'avait jamais été très douée pour cela, surtout si l'urgence comportait une blessure à la tête sur un membre de sa propre famille.

Après tout, elle était infirmière dans un bloc opératoire, dans un service spécialisé en chirurgie orthopédique, et la médecine urgentiste n'était pas du tout son domaine. La présence de Ben avait été une bénédiction et elle avait une vraie dette envers lui désormais.

Une fois au cabinet, Edward se montra d'un calme impressionnant, en grande partie grâce à l'attitude apaisante de Ben. Il resta impassible pendant que ce dernier lui recousait le front avant de refermer la plaie à l'adhésif afin de minimiser la cicatrice. Edward ne broncha même pas lorsqu'il injecta l'anesthésiant.

Pour détourner son attention, Ben ne cessa pas de lui faire la conversation et de lui poser des questions sur l'entraînement et l'école. Maggie fut soulagée de constater que les réponses de son neveu étaient cohérentes et précises. Eddy se rappelait également avoir rattrapé le ballon juste avant l'accident. Il avait certes mal à la tête, mais ses propos restaient parfaitement clairs. Tout indiquait que l'incident avait été bénin.

Juliet les attendait devant la maison lorsqu'ils rentrèrent. Elle se précipita pour embrasser son fils sur la banquette arrière, et Ben l'arrêta en la voyant prête à le porter dans ses bras pour le sortir de l'auto.

— Une minute ! C'est moi qui vais le prendre. Il est trop lourd pour que vous le souleviez.

Il souleva le petit garçon aussi facilement qu'une plume. Maggie les escorta jusqu'à la chambre d'Edward, pendant que Ben racontait l'accident à Juliet et les soins qu'il avait prodigués à son fils.

— Je lui ai fait une petite anesthésie locale et il va sans doute avoir envie de dormir. Laissez-le faire une petite sieste et réveillez-le dans une heure pour vérifier son état. Il n'a pas perdu conscience et est resté lucide, aussi je pense qu'il n'a rien du tout, sinon une grosse bosse et une bonne aventure à raconter à ses copains.

— Merci mille fois ! s'exclama Juliet. Quelle chance que vous ayez été là ! Maggie, tu peux offrir quelque chose à boire ou à manger à Ben pendant que je couche mon fils ?

— Merci, mais je dois aller chercher Rory chez Anna, dit ce dernier.

Bien que déçue par son refus, Maggie le raccompagna jusqu'à sa voiture.

— J'ignore ce que j'aurais fait sans vous, déclara-t-elle. J'ai complètement perdu pied lors de l'accident… Vous avez été parfait, et je ne sais pas comment vous remercier.

— Vous pouvez accepter de dîner avec moi…

— De dîner ? Pourquoi ?

— Parce qu'il faut bien se nourrir et que ce serait une manière agréable de terminer la journée, répliqua-t-il en souriant. Si vous pensez que votre sœur peut se débrouiller sans aide, alors je crois que vous avez bien mérité de sortir ce soir.

— Ce soir ?

— Oui, ce soir. Cela vous pose un problème ?

Ben la contemplait d'un air interrogateur et Maggie fut submergée par la panique. Elle ne se sentait pas prête ! Il lui fallait un minimum de temps pour se préparer psychologiquement à un dîner en tête à tête avec l'homme le plus sexy de toute l'Australie !

— Eh bien… oui, cela me pose un problème, Ben. Ce serait avec plaisir un autre jour, mais ce soir, je préfère rester à la maison avec ma sœur et Eddy.

— Je comprends très bien. Nous trouverons un autre soir.

Sans insister davantage, il la salua puis remonta en voiture. Il avait renoncé bien facilement, songea Maggie qui regrettait déjà. Par pure délicatesse, ou parce qu'il avait une demi-douzaine de compagnes en réserve pour partager son dîner ?

Si l'invitation de Ben était sérieuse, il la renouvellerait plus tard, lui fit observer son bon sens.

Et dans le cas contraire… Eh bien, cela n'aurait alors aucune importance.

Ben ne pouvait contenir sa curiosité. Il avait vu à deux reprises Maggie dans une situation de stress intense. La première fois avait été à la sortie du bloc opératoire à l'hôpital, et la seconde ce matin même. La première crise avait été bien plus sérieuse que la seconde et, pourtant, Maggie y avait fait face avec un calme remarquable. Alors que ce matin…

Pour une infirmière habituée à affronter ce genre de situations très tendues, sa réaction devant une petite blessure sans réelle gravité était incompréhensible. Pourquoi avait-elle ainsi perdu pied ? Qu'est-ce qui avait bien pu la plonger dans cet état de stupeur ?

Ben avait assez d'expérience pour comprendre qu'il avait été témoin d'une réaction post-traumatique. Il brûlait de savoir quel événement du passé de Maggie avait pu la marquer au point de la faire réagir ainsi.

Ce dîner aurait pu être une excellente occasion de l'apprendre. Mais, de toute évidence, il allait devoir s'armer de patience !

4.

— Maman ! J'ai mal à la tête…

La voix d'Edward tira Maggie du sommeil. Il faisait encore nuit dehors. Elle avait tenu à veiller son neveu et, enroulée dans un plaid, elle avait fini par s'endormir dans le fauteuil rapporté du salon. Aussitôt en alerte, elle se redressa et se pencha sur l'enfant.

— C'est moi, tante Maggie, dit-elle en lui prenant la main. Que se passe-t-il ?

— Je n'arrive pas à bouger la tête.

Elle alluma aussitôt la lampe de chevet. Eddy avait une mine terrible, avec ses yeux cernés de noir et son énorme pansement sur le front, teinté de Bétadine. Maggie fit le tour du lit et constata qu'il la suivait du regard sans tourner la tête.

— Cela te fait mal de bouger le cou ?

— Non. Il est bloqué et j'ai mal à la tête.

Pouvait-il s'être fracturé ou déplacé une vertèbre lors de son accident ? Maggie fronça les sourcils.

— Montre-moi si tu peux tourner doucement la tête vers la fenêtre, Eddy.

Il se tourna effectivement vers la fenêtre, mais c'est le tronc tout entier depuis la taille qu'il fit pivoter. Il bougeait comme quelqu'un souffrant d'un torticolis, et Maggie se demanda s'il n'avait pas tout simplement dormi dans une mauvaise position car son torse semblait avoir gardé toute sa mobilité ; peut-être souffrait-il de simples spasmes musculaires, ou d'une inflammation des muscles du cou ?

Juliet entra alors dans la chambre, l'air encore endormie.

— Que se passe-t-il ?

— Eddy a le cou raide, et je vérifiais son état. Tu peux aller me chercher une lampe torche, Juliet ? Et toi, Eddy, ouvre et ferme les doigts, s'il te plaît…

Elle constata avec soulagement qu'il gardait toute sa mobilité dans les mains.

— Montre-moi où ta tête te fait mal.

— Ici, dit-il en désignant sa bosse. Là où je me suis cogné.

À cet instant, Juliet revint avec la lampe torche et la lui tendit.

— Tu vois normalement ? reprit Maggie.

— Oui…

— Je vais vérifier tes yeux. Ferme-les tous les deux. Je vais ensuite t'ouvrir les paupières et te diriger la lumière dans les yeux pour voir comment ils réagissent, d'accord ?

Eddy acquiesça et fit ce qu'elle lui demandait. La jeune femme fut soulagée de constater que ses pupilles se contractaient normalement. Sans écarter une blessure au cou, cela indiquait qu'il ne souffrait vraisemblablement pas d'un traumatisme cérébral.

— Tout me semble normal, c'est peut-être juste une douleur musculaire. J'hésite à lui palper le cou car j'ai peur de lui faire mal. Peut-être faudrait-il appeler Ben pour lui demander ce qu'il en pense ?

Juliet, qui cachait son inquiétude pour ne pas affoler son fils, acquiesça vigoureusement. Maggie la laissa avec Eddy pour aller téléphoner dans l'entrée.

— Ben McMahon…

Il avait répondu à la troisième sonnerie et sa voix semblait endormie. Maggie se rendit compte que l'inquiétude lui avait fait oublier l'heure et qu'il devait dormir…

— Ben, pardon de vous réveiller, c'est Maggie. Je suis inquiète pour Edward.

— Que se passe-t-il ?

Sa voix soudain plus alerte montrait qu'il était attentif.

— Il ne peut plus bouger le cou. Je pense que c'est peut-être musculaire, mais je préférerais le faire examiner, par sécurité. Pouvez-vous me dire où je peux l'emmener ?

— Quels sont ses autres symptômes ?

— Il a mal à la tête, à l'endroit du choc. Ses pupilles réagissent normalement à la lumière et il peut bouger normalement les mains, sans perte de sensibilité dans les doigts. Il peut faire pivoter le tronc, mais pas son cou.

— Ne vous inquiétez pas, il est rare d'avoir une fracture vertébrale après un choc sur le front, répondit-il. Pouvez-vous l'emmener à la clinique du sport Hawthorn ? C'est l'endroit le plus proche pour lui faire une radio. Vous pouvez l'accompagner vous-même ; faites juste attention de lui soutenir la tête. Je vous retrouve là-bas.

Elle raccrocha, soulagée qu'un médecin comme Ben ait pris la situation en main.

— Ben nous retrouve à la clinique Hawthorn, annonça-t-elle à Juliet en rentrant dans la chambre d'Edward. Tu sais où c'est ?

Juliet acquiesça. Par chance, Kate avait passé la soirée chez une de ses amies, et elle y était restée dormir. C'était un souci de moins, songea Maggie.

En dix minutes, elles s'étaient habillées toutes les deux, et après avoir calé le cou d'Eddy avec une serviette-éponge roulée en guise de minerve, elles le déposèrent sur la banquette arrière de la voiture. Maggie s'installa près de lui pendant que Juliet prenait le volant.

Ben avait prévenu de leur arrivée, et le radiologue les attendait avec un fauteuil roulant pour l'enfant. Il le conduisit directement en salle de radiologie, accompagné de sa mère, laissant Maggie faire les cent pas dans la salle d'attente.

Ben arriva quelques minutes plus tard, vêtu d'un jean, d'un T-shirt noir et d'un blouson de cuir. Qui pouvait être aussi sexy un dimanche à une heure aussi matinale ? se demanda Maggie. Il avait beau sortir de son lit et ne pas avoir eu le temps de se coiffer, il rayonnait de sensualité et de sex-appeal au lieu d'être bouffi et fripé comme tout un chacun.

Maggie se demanda s'il avait partagé son lit avec une autre

femme, et la pointe de jalousie qui la traversa lui fit prudemment repousser cette pensée inopportune. D'ailleurs, quelle importance ? Dès l'instant où leurs regards se rencontrèrent, elle oublia tout le reste. Peu importait avec qui il avait passé la nuit. Il était là, maintenant, avec elle.

— Des nouvelles ? demanda-t-il en la rejoignant.

— Aucune, ils viennent juste de partir en radiologie.

— Je suis sûr qu'il va bien. Il ne présentait aucun symptôme hier.

— Je sais, mais je me sentirai plus tranquille après le résultat des radios. Vous devez me prendre pour une hystérique. D'abord, ma crise de panique hier lors de l'accident, et maintenant, mon angoisse pour une simple raideur du cou…

— Ne vous souciez pas de ça. Après les problèmes de santé de votre sœur, je comprends que vous soyez anxieuse.

— C'est plus compliqué que ça, Ben.

— Vous voulez m'en parler ?

— Oui, si cela vous intéresse de le savoir…

— Bien sûr ! Attendez une seconde.

Ben la quitta pour retourner au bureau de la réception où il discuta un court instant avec la secrétaire puis la rejoignit.

— J'ai donné mon numéro de portable et on m'appellera dès qu'il y aura du nouveau, annonça-t-il. Venez, sortons marcher un peu. Prendre l'air vous fera du bien.

Maggie lui fut reconnaissante de se montrer aussi prévenant. Sans compter qu'il y avait quelques personnes dans la salle d'attente, et qu'elle préférait discuter avec lui sans témoin. Ils sortirent donc de la clinique et se mirent à marcher dans le petit parc qui l'entourait.

— Je ne suis pas si nerveuse d'habitude, commença-t-elle. Vous savez comme moi que notre expérience médicale nous apprend à blinder notre sensibilité. Sauf lorsque quelque chose nous touche personnellement… Steven était policier. Je pensais rarement aux dangers de son métier. Il faut dire que, la plupart du temps, c'est un travail de routine assez ennuyeux. De temps en temps, il se passe quelque chose qui sort de l'ordinaire, quelque chose qui leur fait courir des risques. Mais Steven avait toujours réussi à passer à travers les ennuis sans la moindre égratignure, et au fond, je n'imaginais pas qu'il puisse lui arriver quoi que ce soit…

Le soleil n'était pas encore levé, mais c'était déjà le petit matin, et une brume froide flottait sur les arbres et les buissons, pendant que l'herbe étincelait de rosée. La jeune femme frissonna et serra le col de sa veste autour de son cou.

— Un été, tout a changé, poursuivit-elle. C'étaient les grandes vacances et une vague de chaleur s'était abattue sur Sydney. Les gens étaient irritables, les actes de violence augmentaient… Un jour, une bagarre a éclaté sur la plage entre deux groupes, et on a appelé la police pour ramener l'ordre. La plage faisait partie du territoire couvert par Steven. La situation s'est aggravée très vite. Il y avait des hommes avec des couteaux ; d'autres se sont mis à utiliser comme arme tout ce qui leur tombait sous la main : des planches de bois ou des morceaux de piquets arrachés aux constructions de la plage, des barres de métal, des bouteilles, des chaises… Steven se trouvait en plein au milieu de la bagarre, avec ses collègues. À un moment, il est tombé. Ensuite, il n'a pas pu se rappeler s'il avait été frappé ou si on l'avait poussé, et évidemment personne n'avait rien vu. Tout ce qu'on savait, c'est qu'il avait une grosse bosse à l'arrière de la tête. On l'a transporté à l'hôpital, puis on l'a laissé rentrer chez nous. Cette nuit-là, il a commencé à se plaindre de migraine. Il a pris de l'aspirine et il est retourné se coucher, mais son mal de crâne a empiré. Il m'a réveillée de nouveau un peu plus tard en me disant qu'il n'avait jamais autant souffert de sa vie.

Maggie frissonna et Ben lui passa un bras autour des épaules. Voulait-il la réconforter, ou bien la réchauffer ? En tout cas, ce geste lui fit du bien et l'aida à apaiser les souvenirs pénibles qu'elle évoquait.

— Quand je lui ai examiné les yeux, j'ai vu qu'il avait une pupille très dilatée et fixe, reprit-elle. Je l'ai immédiatement emmené aux urgences, où les médecins lui ont aussitôt fait passer un scanner. Il avait un caillot sanguin dans le cerveau. À cause de l'heure, il n'y avait pas de neurochirurgien dans le service. On l'a aussitôt rappelé, mais le temps qu'il arrive, le caillot sanguin s'était délogé. Steven est mort.

Ben l'attira contre lui pour la serrer dans ses bras. Cette étreinte chaleureuse lui donna une impression de profonde sécurité et elle serait volontiers restée des heures ainsi si elle n'avait dû finir son histoire… Elle s'arracha à l'abri de ses bras et continua son récit.

— Depuis ce jour, je suis incapable de rester calme quand je vois quelqu'un se blesser la tête. En dépit de tous mes efforts, la panique prend toujours le dessus. Voilà pourquoi j'ai perdu tous mes moyens hier. J'ai immédiatement imaginé le pire des scénarios.

— Dans ce cas, pourquoi ne pas avoir insisté pour qu'on lui fasse passer un scanner ? Cela vous aurait rassurée ?

Une mèche de cheveux lui barrait le front et Ben la lui ramena derrière l'oreille du bout des doigts, avant de lui caresser doucement la joue. Maggie sentit son cœur s'emballer. À cause de leur sujet de conversation, qui la stressait toujours beaucoup, ou de ce bref contact qui lui avait mis les nerfs à fleur de peau ? Ben était si proche, si imposant !

Elle détourna la tête pour ne pas se laisser submerger par l'émotion.

— Je sais que mon angoisse est irrationnelle, et j'essaie de me contrôler, reprit-elle. Un coup sur la tête ne provoque pas toujours une hémorragie cérébrale ; au contraire, c'est très rare. De plus, vous aviez examiné ses pupilles ; il n'avait aucune perte de mémoire, aucun problème moteur, et un simple comprimé de paracétamol a dissipé son mal à la tête. Ça ne m'a pas empêchée de passer la nuit à son chevet. Quand il m'a dit qu'il ne pouvait plus bouger le cou, mon anxiété est repartie de plus belle.

— Vous avez eu parfaitement raison de vous inquiéter, et j'en aurais fait autant si j'avais vécu une expérience aussi terrible que la vôtre.

La sonnerie d'un téléphone mobile les interrompit, et Ben fouilla dans sa poche pour le chercher.

— Oui… ? Merci, nous arrivons, dit-il en raccrochant.

— Tout va bien ?

— Oui, il va bien. Le médecin vient juste de finir son examen.

Ils reprirent aussitôt à grands pas le chemin de la clinique.

— Avez-vous d'autres phobies dont vous souhaiteriez me parler ? reprit-il. Avez-vous peur des araignées ou des souris ? Du vide ? Des avions ?

— Je ne suis pas une chiffe molle ! protesta-t-elle en lui donnant une bourrade dans les côtes.

C'est en riant qu'ils entrèrent dans la clinique. Juliet et Edward étaient déjà redescendus dans la salle d'attente. Le petit garçon avait une minerve autour du cou et, en le voyant, Maggie sentit aussitôt son inquiétude renaître. Ben n'avait-il pas dit qu'il allait bien ? Pourquoi cette minerve, alors ?

Comme s'il devinait ses pensées, Ben lui passa un bras autour des épaules.

— Regardez son grand sourire, lui murmura-t-il à l'oreille. Vous voyez bien qu'il n'est pas malade…

Effectivement, son neveu semblait ravi et il n'avait pas du tout la tête d'un enfant souffrant d'un grave traumatisme crânien. Juliet tourna la tête dans leur direction et remarqua immédiatement le bras de Ben qui l'enlaçait. Son petit sourire presque imperceptible ramena Maggie à la réalité, et elle s'écarta légèrement de lui.

— Alors, que montrent les radios ? s'enquit-elle en les rejoignant.

— Rien du tout, répondit sa sœur. Le radiologue affirme que c'est une simple douleur musculaire. Il n'y a aucune fracture, aucun signe de problème osseux, ni le moindre symptôme d'hémorragie. Le médecin orthopédiste est venu l'examiner lui aussi, et il affirme que c'est probablement le résultat du traumatisme d'hier. Il lui a donné un relaxant musculaire et il lui demande de porter cette minerve afin de soulager les muscles et de faire disparaître la douleur plus rapidement.

Tout en parlant, Juliet passait une main dans les cheveux de son fils dans un geste plein d'amour maternel.

Maggie laissa échapper un soupir de soulagement.

— On le laisse rentrer à la maison ? demanda-t-elle. Les médecins ne veulent pas le garder en observation ?

— Non, il rentre avec nous, répondit Juliet. Il n'ira pas à l'école pendant deux ou trois jours et il doit voir un kinésithérapeute demain, mais tout devrait rentrer dans l'ordre très vite.

— Est-ce que j'aurai un œil au beurre noir quand je retournerai à l'école ? demanda Edward.

Sa mère leva les yeux au ciel.

— Ces gamins ! Si tu voulais une preuve qu'il va bien, Maggie, la voilà ! Ne t'inquiète pas, mon chéri. Je suis sûre qu'il te restera des marques à montrer à tes copains, et je te prendrai en photo par sécurité, d'accord ?

Ben et Maggie se mirent à rire en voyant la mine réjouie d'Eddy, qui était visiblement très fier de pouvoir exhiber des preuves aussi impressionnantes de son accident.

— Je crois en effet que tout danger est écarté, déclara Ben.

— Merci à vous d'être venu, reprit Juliet. Je vous en suis profondément reconnaissante. Et merci d'être resté jusqu'à maintenant.

— Je me suis dit que Maggie avait besoin de compagnie... Je vous téléphone plus tard pour m'assurer que tous vos patients vont bien, reprit-il en se tournant vers celle-ci. N'hésitez pas à m'appeler si vous avez le moindre sujet d'inquiétude, et peu importe l'heure.

Il lui pressa l'épaule, puis adressa un signe d'adieu à Juliet et Edward.

— Maintenant, rentrez chez vous et reposez-vous ! ajouta-t-il. C'est le médecin qui vous l'ordonne !

Puis il se détourna pour s'éloigner vers la sortie. Maggie s'attendait à être bombardée de questions avant même qu'il ait disparu, mais Juliet attendit qu'elles soient dans la voiture avec Eddy pour attaquer son interrogatoire. Voulait-elle s'assurer que sa victime ne pourrait pas lui échapper avant d'en avoir terminé ? Maggie se rappela avoir utilisé la même tactique avec ses enfants lorsqu'ils étaient adolescents. En voiture, elle ne pouvait pas les regarder dans les yeux, et ils se sentaient plus détendus. Et, évidemment, ils ne pouvaient pas s'en aller !

— Alors, qu'avez-vous fait tous les deux en nous attendant ? demanda Juliet.

— Nous sommes allés marcher dans le jardin de la clinique.

— Et… ?

— Et quoi ?

— Et qu'avez-vous fait ?

— Rien. Nous avons marché et discuté.

— De quoi ?

Comme Maggie pinçait les lèvres sans quitter la route des yeux, Juliet se mit à rire tout bas.

— Tu sais que j'arriverai à tout te faire raconter, alors autant me le dire tout de suite.

— Nous avons parlé de Steven, répondit Maggie en soupirant.

— Comment ? Tu lui as parlé de ton mari ?

Maggie savait pourquoi cela l'étonnait. Jamais elle ne parlait de son défunt mari aux gens qui ne l'avaient pas connu. C'était son histoire, et personne ne pouvait comprendre. Pourtant, sans trop savoir pourquoi, elle sentait qu'il était important de la partager avec Ben. Au moins dans les grandes lignes. Car elle ne lui avait pas dit tous les détails…

— En fait, c'est toi qui lui as parlé de Steven la première, ajouta-t-elle.

— Moi ? s'exclama Juliet. Quand ça ?

— En salle d'opération. Tu as appelé Steven lorsqu'ils te ranimaient. Ben pensait que tu lui parlais jusqu'à ce que je lui explique de qui il s'agissait.

— Que sait-il exactement ?

— Presque tout, répondit Maggie. Je sais que tu me désapprouves, mais tu ne m'as pas vue perdre contenance lorsque Eddy a eu son accident. Je tenais à ce que Ben sache pourquoi.

Pour une fois, Juliet en resta sans voix quelques secondes avant de reprendre la parole.

— Eh bien ! Il doit vraiment compter pour toi, si tu lui as parlé de Steven.

— Je l'aime bien, répondit Maggie en haussant les épaules.

— C'est assez évident ! Et qu'est-ce qui te plaît chez lui ?

— Il a un physique plutôt agréable, pour commencer, dit Maggie en souriant. Mais surtout, je me sens bien avec lui. Quand il me regarde, je n'ai pas l'impression d'être une grande bringue de quarante-deux ans avec des seins trop petits et une bosse sur le nez. Je me sens belle et désirable. Et il est un compagnon attentif. Il sait écouter, il me comprend. À ses yeux, je ne suis ni la veuve de Steven ni la mère de mes enfants, je suis juste Maggie. À la fois une interlocutrice, une amie, et une femme. C'est très troublant. Et j'aime ça.

Ce qui expliquait sans doute pourquoi elle accepta sans se faire prier lorsqu'il rappela plus tard dans la journée pour l'inviter à dîner. Edward se portait comme un charme, et ses angoisses oubliées, Maggie trouva très excitante la perspective de passer la soirée avec Ben !

5.

Le restaurant « Chez Bella » était chaleureux et intime. Ben en était apparemment un habitué car, à leur arrivée, Marco et sa femme, Isabella, les propriétaires de l'établissement, l'accueillirent en l'embrassant sur les deux joues comme ils l'auraient fait avec leur fils. Ils se montrèrent polis et prévenants avec Maggie, et celle-ci se demanda s'ils la comparaient avec les précédentes invitées de Ben. Quel classement lui donnaient-ils par rapport aux autres ?

La salle était presque pleine. Marco les conduisit à une petite table pour deux un peu en retrait. Ben l'aida galamment à s'asseoir avant de s'installer à son tour, ce qui permit à Maggie de l'admirer discrètement. Il était tout simplement magnifique, avec son jean et cette chemise gris pâle qui accentuait le bleu de ses yeux !

De son côté, elle portait un simple pull en cachemire rose, une couleur qui lui allait assez bien. Au milieu de cette clientèle élégante, sa tenue lui parut cependant bien ordinaire, et elle se mit à tripoter nerveusement son col ras du cou.

— Avez-vous trop chaud ? s'enquit-il.

— Non ; je regrette simplement de ne pas porter quelque chose de plus chic, en noir de préférence.

Ben éclata de rire.

— Les gens de Melbourne s'habillent tous en noir ! C'est très agréable de voir quelqu'un porter une autre couleur. D'autant que ce rose vous sied à merveille.

Sa tenue n'eut soudain plus aucune importance : Ben la trouvait bien ! Elle sourit.

— Merci, murmura-t-elle. Savez-vous donc toujours ce qu'il faut dire en toutes circonstances ?

— J'aime à le croire. Après des années d'entraînement, je pense être assez au point, répondit-il en lui adressant un clin d'œil.

Il ne mentait sûrement pas, songea-t-elle. On ne naissait pas dans la famille McMahon sans bénéficier d'une éducation parfaite et d'un grand usage du monde.

— En dehors de ce talent, que vous ont apporté ces années d'entraînement ?

— Plein de choses. Que voulez-vous donc savoir à mon sujet ?

Par où commencer ? Maggie resta songeuse.

— Je vais aller chercher quelque chose à boire au bar, cela vous laissera le temps de réfléchir, reprit Ben avec un sourire en coin. Un pinot gris vous tenterait-il ?

— Ce serait parfait, merci.

Alors qu'il se levait, Maggie se rendit compte qu'elle souhaitait *tout* savoir sur lui. Quel âge avait-il ? Combien de frères et sœurs avait-il ? Pourquoi était-il devenu médecin ? Avait-il été marié ? Pourquoi n'avait-il pas d'enfants ? Quels étaient ses films et ses livres préférés ?

Après ces quelques secondes de vide, sa tête bourdonnait maintenant de questions. Mais lesquelles était-il convenable de poser lors d'un premier dîner en tête à tête ?

— Pourquoi avez-vous décidé de vous spécialiser en chirurgie esthétique ? demanda-t-elle lorsqu'il revint à leur table.

— En réalité, ma spécialité s'appelle la chirurgie réparatrice. N'avez-vous pas fait de recherche à mon propos sur internet ?

— Non, je n'y ai même pas pensé, répondit-elle, amusée. Etes-vous quelqu'un de si important pour qu'on trouve des informations vous concernant sur internet ?

— Apparemment…

— Mes enfants feront une recherche pour moi. De mon

côté, je préfère de beaucoup une conversation en face-à-face. Vous allez sans doute me trouver très vieux jeu…

— Disons traditionnelle. C'est une rareté, de nos jours !

Le sourire de Ben la rassura : pour lui, traditionnelle ne signifiait pas ennuyeuse et dépassée.

— Laissez-moi commander notre dîner, et ensuite, vous pourrez m'interroger sur tout ce que vous voudrez, reprit-il. Avez-vous une préférence pour les plats ou êtes-vous prête à me faire confiance ?

— Je m'en remets entièrement à vous. Pour le repas, ajouta-t-elle avec un petit sourire.

Était-elle en train de flirter avec lui ? se demanda-t-elle, surprise. Apparemment, oui ! Et Ben lui répondit par un sourire si sexy qu'un frisson la parcourut.

— Marco ? appela-t-il. Nous allons prendre les raviolis aux champignons pour commencer, avec des *gnocchis al ragù*, et ensuite des *scalopine* de veau et des *linguine marinara*.

— Ce n'est pas trop ? demanda Maggie lorsque Marco se fut éloigné.

— Isabella est la meilleure cuisinière que je connaisse, et nous allons nous régaler, croyez-moi. Vous avez précisé que vous vous en remettiez entièrement à moi pour le repas. Cela signifie-t-il que vous vous méfiez de moi pour le reste ?

— Vous me rendez nerveuse, admit-elle.

La réaction étonnée de Ben indiqua qu'il ne s'attendait pas à une réponse aussi franche.

— Vraiment ?

— En réalité, je ne sais pas pourquoi vous m'avez invitée à dîner, reprit-elle après avoir bu une gorgée de vin.

— Et vous souhaitez savoir pourquoi j'ai envie de passer la soirée avec vous ?

— Quelque chose comme ça…

Il resta pensif, ce qui ne fit que la rendre encore plus nerveuse. Qu'allait-il répondre ?

— Pour dire la vérité, Maggie, vous m'intriguez, dit-il enfin. Vous ne dites jamais ce que je m'attends à vous entendre dire. Vous êtes différente des autres femmes. Je vous trouve très intéressante.

— Moi ?

— Tout à fait. Vous ne pouvez pas savoir combien c'est agréable de rencontrer quelqu'un qui n'a pas peur d'avoir une vraie conversation. En fait, je fréquente un tout petit milieu, dont je connais les membres depuis toujours. Les femmes ne parlent que de vêtements, du dernier restaurant à la mode, du meilleur salon de coiffure…

— Vous exagérez ! Je suis sûre que vous connaissez des femmes intelligentes et cultivées !

— Bien sûr. Mais toutes sont mariées et aucune ne dîne en tête à tête avec moi !

— Ainsi, je ne suis pas la seule à avoir une confiance limitée dans vos arrière-pensées ? demanda-t-elle en riant.

Riant lui aussi, Ben leva une main en signe de protestation.

— Je vous promets que jamais je ne tente ma chance auprès d'une femme mariée. Pas délibérément, en tout cas.

Marco les interrompit en leur servant les entrées. Ils se partagèrent les raviolis et les gnocchis, et Maggie s'accorda un instant pour savourer ces plats délicieux avant de lui poser sa question suivante. En gardant le nez dans son assiette pour éviter de le regarder dans les yeux !

— Avez-vous déjà été marié ?

— Non, je suis un vieux célibataire endurci. Je ne souhaite pas avoir d'enfants, de toute façon, alors à quoi bon me marier ?

— Vous ne voulez pas d'enfants ? répéta-t-elle en relevant la tête.

— Non. Mon travail me demande trop de temps et d'énergie.

Maggie leva un sourcil interrogateur pour l'inviter à développer.

— Croyez-moi, je sais le temps et les efforts nécessaires pour s'occuper correctement d'une famille, reprit-il. J'ai pu le vérifier avec Rory, et je ne pense pas pouvoir assumer correctement mes devoirs de père tout en menant ma carrière. Les journées sont trop courtes. Je voyage beaucoup et j'ai vu trop de situations horribles, d'enfants souffrant de maladies atroces, de blessures de guerre, de famine… Non, élever des enfants ne me tente pas du tout.

Maggie se rappela soudain les images d'Afrique.

— Ces photos, à votre cabinet… C'est vous qui les avez prises ?

— Oui. J'ai travaillé l'an dernier dans un hôpital en Ouganda. Une expérience passionnante, difficile parfois, mais incroyablement gratifiante.

— Combien de temps y êtes-vous resté ?

— Deux mois. J'y retourne dans quelques semaines, dès que j'aurai rassemblé un peu plus d'argent.

— Vous payez pour aller travailler là-bas ?

— Pas exactement, mais je ne tire aucun bénéfice de ce travail. Au contraire, je dois apporter du matériel médical sur place, des médicaments, et de quoi payer des infirmières. La plupart de mes interventions en Ouganda ne présentent pas de caractère vital, j'essaie juste d'améliorer la qualité de vie de personnes qui ont des malformations de naissance ou des séquelles à la suite d'accident. Aucun de mes patients n'a les moyens de payer ces opérations, aussi je dois m'occuper de trouver les fonds nécessaires. Pour être franc, la fondation créée par ma famille contribue en grande partie à financer mon hobby.

— Cela me semble être bien davantage qu'un hobby, fit-elle observer.

— Vous avez raison. En fait, c'était le rêve de ma vie, et le réaliser l'an dernier a couronné des années d'efforts.

— Le rêve de votre vie ? Pourquoi ? Qu'est-ce qui vous pousse à aller travailler en Afrique ?

— Eh bien, ma sœur et moi avons été élevés par des parents qui pensaient qu'avoir de l'argent ne fait pas de vous quelqu'un de meilleur que les autres. Ce qui fait la différence, c'est la manière dont vous utilisez cet argent. Et en Afrique, un seul individu peut faire beaucoup. Je serais incapable de vous dire ce que j'éprouve en aidant ces gens. La plupart n'ont rien à eux, et être capable de leur offrir une vie plus agréable est un privilège incroyable. L'Afrique est un monde fantastique. Y êtes-vous déjà allée ?

— Non, jamais. En fait, je ne suis jamais sortie d'Australie. J'ai eu mes enfants très tôt, et ensuite, une fois veuve, partir en vacances à l'étranger ne faisait plus franchement partie de mes projets.

— Et maintenant, n'auriez-vous pas envie de voyager ?

Maggie avait l'impression qu'il essayait de changer de sujet de conversation, et elle se plia à son désir, même si elle voulait en apprendre davantage sur lui et ses rêves.

— J'ai toujours eu envie d'aller à Paris, dit-elle.

— Qu'est-ce qui vous en empêche ?

— Maintenant, vous parlez vraiment comme un homme qui n'a ni femme ni enfants ! répliqua-t-elle en riant. Ce n'est pas si facile de filer en douce : il y a toujours quelqu'un qui a besoin de moi.

— Filer en douce ? Est-ce ainsi que vous voyez les choses ?

— Oui, dit-elle en soupirant. En tout cas, partir à Paris ne fait pas encore partie de mes priorités.

— Il est peut-être temps de vous consacrer davantage à votre propre existence…

— C'est ce que je fais en dînant avec vous, répondit-elle en souriant.

— Dans ce cas, je vais tout faire pour que cela en vaille la peine…

En disant ces mots, Ben la contempla avec une telle intensité que Maggie fut à deux doigts de lui prendre la main. Un flot incandescent se mit à couler dans ses veines, et elle reconnut à sa grande surprise un désir physique qu'elle n'avait pas éprouvé depuis une éternité.

— Ça en vaut déjà la peine, murmura-t-elle.

L'audace de sa remarque l'étonna, mais elle se sentait si bien en compagnie de Ben ! La conversation coulait naturellement, et elle avait l'impression qu'ils étaient seuls dans ce restaurant, immergés dans leur monde ouaté. Et plus la soirée avançait, plus le charme de Ben la captivait.

Elle avait accepté son invitation parce qu'elle le trouvait

charmant, intelligent et séduisant. Alors qu'ils terminaient leur plat de résistance, elle avait ajouté généreux, attentionné et fascinant à la liste de ses qualités.

Pourtant, il devait bien avoir des défauts ! Il ne souhaitait pas d'engagement à long terme, c'était évident, mais même son refus d'avoir des enfants ne pouvait être retenu contre lui. Ses raisons étaient solides et estimables. Même si Maggie ne pouvait pas imaginer ne pas avoir les siens, elle comprenait parfaitement pourquoi il ne partageait pas son point de vue.

Finalement, ils se retrouvèrent les derniers clients de l'établissement. Leur soirée touchait à son terme, songea-t-elle tristement.

— Marco et Isabella ont sans doute envie que nous partions, déclara-t-elle.

Ben fit le tour de la salle des yeux et sa surprise montra qu'il n'avait même pas remarqué que tout le monde était déjà parti. Avait-il été à ce point captivé par sa compagnie ? se demanda-t-elle avec incrédulité.

— Ils me considèrent presque comme un membre de la famille, aussi nous ferions sans doute mieux d'y aller avant qu'ils me demandent de faire la vaisselle !

Ben avait aussi les pieds sur terre, décida Maggie en ajoutant ce détail à la liste de ses qualités. Il se leva et alla régler la note, puis revint l'aider à se lever de table. Marco et Isabelle les embrassèrent, et elle fut touchée par ce geste d'affection qui les englobait tous les deux.

Quand ils sortirent du restaurant, Maggie avait l'impression de flotter sur un nuage et elle ne résista pas lorsque Ben lui prit la main. Cela lui semblait la chose la plus naturelle du monde.

Il n'était pas très tard et il y avait encore beaucoup de passants dans la rue. Les terrasses des cafés étaient pleines, et des auvents chauffés par des radiateurs à gaz assuraient aux clients attablés un confort douillet.

Ils marchaient depuis dix minutes lorsqu'une sourde explosion retentit. Maggie sursauta, assaillie par des images violentes qu'elle aurait préféré oublier. Il y eut une seconde explosion, et une odeur de poudre flotta dans l'air. Un coup de revolver ?

— Qu'est-ce que c'était ? s'écria-t-elle en se serrant contre Ben.

— Rien du tout, répondit-il calmement. Sans doute des pétards.

Elle fit un effort pour maîtriser son malaise et ils reprirent leur marche.

Arrivés au coin du pâté de maisons, ils se trouvèrent brusquement face à une foule de jeunes hommes qui marchaient dans le sens opposé. Quand les inconnus les entourèrent et les séparèrent l'un de l'autre, Maggie sentit son cœur s'affoler. Cette foule vociférante empestait la bière et le tabac…

Serrant son sac à main contre sa poitrine, elle chercha Ben désespérément. Mais il y avait de plus en plus de monde, au point que les gens marchaient sur la chaussée, à présent, obligeant les voitures à s'arrêter. Il y avait des cris hostiles, des insultes, et l'air paraissait brutalement chargé d'agressivité.

Maggie tenta de lutter contre ce flot humain, mais il lui fut impossible de s'extraire de cette masse compacte et toujours mouvante. Le mouvement lui faisait rebrousser chemin dans la direction du restaurant de Marco et Isabella. Incapable d'échapper à cette marée, elle tenta d'appeler Ben, mais sa voix resta bloquée dans sa gorge nouée par l'angoisse.

Elle se mit à trembler, à suffoquer. Ce n'était plus de la peur, c'était de la terreur.

Mais où était Ben ? Comment pouvait-on perdre de vue un homme aussi grand et large d'épaules ?

Deux hommes se disputaient à quelques mètres d'elle. Les cris et les injures fusaient, et quand l'un d'eux repoussa brutalement le second, Maggie sentit son angoisse redoubler. Elle ne voulait pas être là, seule face à cette violence aveugle !

L'autre homme riposta et tous les deux s'immobilisèrent, lui barrant la route. La foule continuait à la pousser dans leur direction lorsque le premier lança un coup de poing à son adversaire. Malgré ses efforts pour résister au mouvement de foule, la jeune femme se retrouva presque entre eux.

Soudain, une main la saisit par le bras. Recouvrant sa voix, elle se mit à hurler en se débattant.

— Maggie ! C'est moi, Ben !

Sa terreur s'évanouit instantanément. Plus rien ne pouvait lui arriver ! Il l'avait retrouvée…

Il la prit dans ses bras comme si elle ne pesait pas plus lourd qu'une petite fille, et traversa la foule qui s'ouvrait désormais devant eux à l'instar de la mer Rouge devant Moïse.

Lorsqu'ils atteignirent une porte cochère, il la remit sur ses pieds. Elle avait les genoux qui tremblaient tant qu'il ne put la lâcher complètement.

— Tout va bien, vous ne risquez plus rien. Nous sommes retournés chez Bella.

La jeune femme reconnut alors le restaurant où ils venaient de dîner. Ben en poussa la porte puis la fit entrer à l'intérieur. Marco sortit de la cuisine en les entendant, et il se précipita pour lui donner une chaise.

— Que se passe-t-il ? s'enquit-il.

— Nous nous sommes retrouvés pris au milieu d'un attroupement de supporters de football, expliqua Ben. Malheureusement, ils ne soutiennent pas tous la même équipe, et l'atmosphère est très tendue.

Marco se pencha pour regarder dehors, et après avoir fermé la porte à clé, il fit descendre la grille de fer.

— Vous allez attendre ici que ces voyous partent, déclara-t-il. Isabella et moi sommes en train de nettoyer la cuisine…

— Voulez-vous de l'aide ? proposa Maggie.

Ben vit que Marco remarquait enfin sa pâleur et son expression hagarde.

— Non, installez-vous à cette table, répondit-il. Je vais vous apporter un café. Et un petit verre de *grappa*.

Il disparut dans la cuisine. Maggie semblait toujours très ébranlée, et elle s'éloigna de la grande vitre de façade pour aller s'asseoir au fond de la salle, à la table que Marco lui avait indiquée. Lorsque celui-ci revint avec le café, Ben lui prit la tasse et alla la rejoindre.

Même s'ils ne couraient plus aucun danger, elle était

nerveuse. Un cri étranglé lui échappa même lorsqu'un passant donna un coup de poing dans la vitrine à travers la grille. Ben lui posa une main sur le bras et fut surpris de constater qu'elle tremblait comme une feuille morte.

— Tenez, buvez ça. Vous ne craignez rien ici.

— Je déteste ces foules, murmura-t-elle d'une voix tendue. Je ne sais jamais ce qui va arriver et je m'attends toujours au pire.

Ben lui passa le bras autour des épaules pour la serrer contre lui.

— Nous sommes hors de danger. Nous allons attendre tranquillement que le calme revienne.

Elle acquiesça et essaya de prendre sa tasse, mais sa main tremblait tant que le café se renversa dans la soucoupe.

— Je suis désolée…

Ben saisit la serviette qu'elle venait d'attraper et essuya le café, alors que Marco les rejoignait avec une bouteille et deux verres.

— Buvez donc ça en attendant que votre café refroidisse, dit-il en lui remplissant un verre de *grappa*.

Ben lui tint la main pour qu'elle puisse lever le verre jusqu'à ses lèvres. Après avoir avalé l'alcool d'un trait, Maggie respira un grand coup et parut enfin se détendre un peu.

— Ça va mieux ?

— Un peu, merci.

Elle leva le visage vers lui. Ils étaient l'un contre l'autre dans la pénombre du restaurant aux lumières éteintes, et leurs regards se trouvèrent, incapables de se détacher. Ses yeux bleus semblaient immenses dans son visage pâle. Ben pouvait voir sa poitrine se soulever sous son pull au rythme de sa respiration, et elle lui fit penser à un oiseau affolé tout juste échappé de la tempête.

Ils restèrent silencieux. Le monde extérieur se dissipa comme une brume lointaine. Ils étaient seuls, dans une bulle fragile juste assez grande pour eux deux.

La jeune femme passa la langue sur ses lèvres, et dans la semi-obscurité, sa bouche lui évoqua un fruit mûr. Il fut incapable d'y résister. Fermant les yeux, il se pencha lentement et l'embrassa.

Maggie s'abandonna contre lui. Sa main quitta ses genoux pour s'appuyer sur son torse, puis remonta lentement le long de son cou pour se glisser dans ses cheveux alors qu'il l'embrassait de plus en plus passionnément. Ben sentit qu'il perdait la tête, consumé par un désir irrépressible. « Tu dois te reprendre ! », lui ordonna sa conscience.

Se redressant, il la contempla d'un air coupable. Comment pouvait-il abuser ainsi de sa faiblesse passagère ?

— Maggie…

Elle posa un doigt sur sa bouche pour le faire taire.

— Non, chuchota-t-elle. Ne dis rien. J'en avais besoin.

Elle souriait à présent, détendue. Elle avait recouvré son calme et semblait même heureuse. La culpabilité de Ben s'évanouit. Elle avait répondu à son baiser, et il savait désormais qu'il l'embrasserait de nouveau s'il en avait l'opportunité.

— Tu es sûre que ça va ? murmura-t-il.

— Oui. Je suis heureuse que tu m'aies retrouvée. Je ne suis pas certaine que j'aurais pu supporter longtemps d'être au milieu de ces gens.

— Excuse-moi d'avoir été si long. Je te voyais, mais je n'arrivais pas à traverser cette foule.

— Ce n'est pas ta faute… En fait, je ne t'ai pas tout raconté ce matin. J'étais là le jour où Steven a été blessé. Il n'était pas de service et nous étions allés à la plage ensemble avec les enfants. Lorsque la bagarre a éclaté, il nous a tous mis à l'abri avant de rejoindre ses collègues. Mais j'ai quand même eu le temps de voir des choses que j'aurais préféré ne pas voir. C'est le jour où ma vie a basculé, et depuis, je suis prise d'une angoisse insurmontable lorsque je me retrouve au milieu d'un groupe agressif prêt à en découvre à la première occasion, comme ce soir.

Cela expliquait tout, songea Ben.

— Je suis désolé de t'avoir mise dans cette situation…

— Tu n'y es pour rien.

— Non, mais cet incident a sérieusement gâché notre soirée.

— Tout ça n'était pas si terrible, répliqua-t-elle avec un sourire.

Sa capacité de réaction l'étonna une fois encore. Elle était vraiment une femme hors du commun. D'habitude, il était toujours surpris par la résignation des gens, mais Maggie avait eu la force de caractère suffisante pour affronter cette scène psychologiquement pénible sans craquer, et pour retrouver le sourire.

Il eut très envie de l'embrasser de nouveau et dut se retenir pour ne pas céder à la tentation.

La rue était silencieuse, désormais ; il était temps de quitter le sanctuaire du restaurant.

— Je vais aller chercher ma voiture, reprit-il. Attends-moi ici.

Elle le remercia d'un nouveau sourire.

— Merci.

— Je vais prévenir Marco. Ne bouge pas.

Il se leva et, avant de la quitter, il se pencha pour déposer un petit baiser tendre et réconfortant sur ses lèvres.

Maggie le regarda s'éloigner, consciente qu'un frisson de désir la parcourait de la tête aux pieds. Elle savait que ses jambes ne pourraient jamais la porter jusqu'à la voiture, et cela n'avait rien à voir avec la meute de sauvages qu'ils venaient de croiser !

Se calant contre le dossier de moleskine, elle remercia le ciel de lui octroyer un moment de répit pour se remettre de ses émotions. Maintenant, elle savait ce que signifiait le coup de foudre !

Tout avait été très différent avec Steven. Ils avaient pratiquement grandi ensemble et elle avait toujours eu la certitude qu'ils étaient faits l'un pour l'autre. Et jamais il ne lui avait inspiré une telle flambée de désir ! Si Ben n'avait pas arrêté de l'embrasser, elle aurait sans doute été capable de faire l'amour avec lui, là, sur la banquette de ce restaurant !

Mais pourquoi le comparer à Steven ? Machinalement, elle fit tourner son alliance autour de son annulaire. Elle ne l'avait jamais ôtée. Non pas parce qu'elle se sentait toujours mariée, plutôt parce que cela ne lui était jamais venu à l'esprit. Le jour où elle voudrait la ranger arriverait-il bientôt ?

Une ombre passa devant la table. C'était Marco.

— Cela vous ennuie si je me joins à vous ? demanda-t-il.

— Bien sûr que non !

— Ben est un homme bien, n'est-ce pas ? dit-il en s'asseyant.

— Oui, très bien. Comment l'avez-vous connu ?

— C'est lui qui a opéré notre petit-fils, qui est né avec un bec-de-lièvre. Ma pauvre fille était folle d'inquiétude, mais il a tout arrangé. À la perfection ! C'est un homme adorable et nous le considérons comme un membre de notre famille. Il vient souvent dîner chez nous et nous sommes toujours très heureux de l'accueillir. Nous avons une grande dette à son égard.

La voiture de Ben se gara alors devant la porte et Marco se redressa.

— Le voilà. J'ai été très heureux de rencontrer une dame aussi belle que vous. Nous espérons vous revoir souvent.

Lui prenant la main, il l'embrassa sur les deux joues avant de l'accompagner jusqu'à la porte où Ben l'attendait.

Le voyage de retour se déroula sans encombre. Plongée dans ses pensées, Maggie resta silencieuse, revivant en pensée les événements de la soirée, et surprise d'être si calme. L'intensité de ses sentiments l'étonnait elle-même, tout comme la réaction physique que Ben lui inspirait. Le baiser qu'ils avaient échangé dans le restaurant l'avait littéralement transportée !

Une fois chez Juliet, Ben l'accompagna jusqu'à la porte, et il l'embrassa une nouvelle fois avant de la quitter. À moins que ce ne soit elle qui prit l'initiative ?

Plus tard, une fois couchée, elle tenta de mettre un peu d'ordre dans ses pensées. Comment pouvait-on passer d'un sentiment de panique totale à une béatitude parfaite en l'espace de quelques minutes ? Non content de la sauver de ces supporters excités, Ben avait aussi réussi à chasser jusqu'à leur souvenir par un seul baiser. Elle se rappelait vaguement qu'il l'avait portée dans ses bras jusqu'au restaurant, tel un chevalier servant sauvant sa dame des méchants, et l'image la fit sourire.

En revanche, elle se souvenait très bien de leurs baisers. Si quelqu'un regardait encore par sa fenêtre à une heure aussi tardive, les rumeurs iraient bon train dans le voisinage ! Ils s'étaient embrassés comme deux adolescents surexcités, songea-t-elle en riant toute seule dans son lit. La bouche de Ben était comme une drogue, et maintenant qu'elle y avait goûté, elle sentait qu'il lui serait facile de tomber sous sa dépendance !

Reprenant son sérieux, elle essaya de se rappeler comment s'était passée sa première sortie en amoureux avec Steven, et se mit à sourire. Ils étaient si jeunes et si inexpérimentés ! *Mais tu es toujours inexpérimentée !* songea-t-elle. Depuis son veuvage, on ne pouvait certainement pas l'accuser d'avoir été une dévoreuse d'hommes !

Elle se remit à jouer avec son alliance. Qu'aurait pensé Steven de Ben ?

Pour la première fois, Maggie songea que ce que Steven aurait pensé n'avait plus aucune importance. Il n'était plus là. Ses enfants étaient grands et indépendants. Elle était seule.

Et comme le lui répétait souvent Juliet, elle devait profiter du reste de sa vie.

D'ailleurs, c'était exactement ce qu'elle avait l'intention de faire !

Les cinq jours suivants passèrent à toute vitesse. Tout ce que Maggie s'en rappelait, c'était le soir où Ben était passé à l'improviste en sortant de son travail. Officiellement, pour vérifier l'état de son jeune patient. En réalité, il en avait profité pour l'inviter au cinéma et la soirée avait été merveilleuse.

Elle trépignait d'impatience en attendant le vendredi, jour du rendez-vous de Juliet, et commença à compter les heures dès le matin. C'était pathétique de se comporter comme une adolescente à son âge, sans doute… Pourtant, elle n'avait jamais été aussi heureuse !

Lorsque le moment arriva, elle conduisit donc sa sœur jusqu'au cabinet médical de Ben. Le parking était plein, aussi la déposa-t-elle devant la porte puis se mit à chercher une place libre. Quand elle arriva dans la salle d'attente, Juliet était déjà avec Ben, et elle fut submergée par un profond sentiment de découragement en comprenant qu'ils ne se verraient pas. N'ayant aucune raison d'assister à la consultation de Juliet, elle prit donc place parmi les autres patients.

— Madame Petersen ? demanda la réceptionniste. Le Dr McMahon a demandé que vous le rejoigniez à votre arrivée.

Maggie se releva, soudain ragaillardie. Si, ils allaient se voir finalement ! Elle se retint de courir dans le couloir et se rappela à temps de frapper à la porte avant d'entrer dans son bureau.

— Ah, te voilà ! déclara Ben.

Il se lavait les mains, et son calme contrastait avec l'excitation de Maggie, qui fit un effort pour se comporter en femme civilisée et ne pas lui sauter au cou.

— Tout va bien ?

— Très bien, répondit-il. La peau de Juliet se détend comme je le souhaitais et tout progresse au mieux. Je voulais savoir si tu avais décidé de m'accompagner à cette exposition demain soir.

— Quelle exposition ? demanda Juliet de derrière le paravent.

— Gabby et Finn vont exposer mes photographies dans leur galerie, expliqua-t-il. Le vernissage a lieu demain et j'ai invité Maggie à y assister avec moi. Elle ne m'a pas encore donné sa réponse.

Juliet réapparut en terminant de boutonner son chemisier.

— *Vos* photographies ?

— Oui, c'est Ben qui les a prises, déclara Maggie en désignant les clichés accrochés aux murs.

— Je l'ignorais. Vous avez beaucoup de talent !

— Oh, c'est juste un passe-temps, protesta Ben, mais

Gabby a eu la gentillesse d'en proposer dans sa galerie afin de financer mon travail en Afrique.

— Et vous en vendez beaucoup ? s'enquit Juliet.

— À ma grande surprise, oui, pas mal. Pourquoi ne venez-vous pas vous aussi ? ajouta-t-il. Peut-être qu'alors Maggie accepterait mon invitation…

— Vous êtes très aimable, mais je ne trouverai pas de baby-sitter dans un délai aussi court. Vas-y, Mag. As-tu quelque chose de prévu demain soir ?

Maggie fronça les sourcils. Sa sœur savait bien que son carnet mondain était totalement vide !

Sans attendre sa réponse, Ben lui adressa un sourire désarmant.

— Je passe te chercher à 19 heures. Ne t'habille pas en noir ! ajouta-t-il.

Maggie ne put que répondre à son sourire. En quelques mots, il venait de créer entre eux une intimité presque troublante, comme si elle était la seule femme au monde, au beau milieu d'une consultation et en présence de Juliet ! Il avait vraiment un charme irrésistible, songea-t-elle en acquiesçant.

— Pourquoi n'as-tu pas accepté directement quand il t'a invitée ? lui demanda Juliet alors qu'elles marchaient vers la voiture.

— Nous sommes allés dîner ensemble, puis au cinéma. C'est notre troisième rendez-vous.

— Et alors ?

— C'est toujours au troisième rendez-vous que les choses se compliquent. Est-ce que notre relation va devenir plus sérieuse ? Allons-nous passer à l'étape suivante ? Si nous franchissons le pas, que se passera-t-il après ?

— Tu réfléchis trop, répliqua Juliet. Ne t'inquiète donc pas et amuse-toi !

Mais Maggie ne pouvait pas juste s'amuser. À ses yeux, le troisième rendez-vous représentait toujours un moment crucial, le moment où elle faisait une pause pour réfléchir à ce qu'elle désirait vraiment. Et, dans le cas présent, elle le savait exactement ! Mais elle savait aussi que si elle sautait le pas avec Ben, il lui serait ensuite très difficile de faire marche arrière.

— Tu vas simplement à un vernissage dans une galerie d'art, reprit Juliet, ce n'est pas comme si tu t'enfuyais avec lui. Tout ce qu'il te faut, c'est une robe qui t'aille à la perfection et des talons hauts. Je crois que nous devons aller faire les magasins.

— Tu ne préfères pas rentrer à la maison te reposer ? demanda Maggie.

— Pas du tout, d'ailleurs je me sens en pleine forme. Allons faire du shopping !

Juliet avait sa mine des grands jours et Maggie comprit qu'il ne servirait à rien de résister. Aussi se retrouvèrent-elles un moment plus tard dans un dépôt de vêtements de marques dégriffés qui se trouvait entre le domicile de Juliet et le cabinet médical de Ben.

Après avoir essayé un nombre incalculable de tenues, Maggie finit par trouver une magnifique robe de cocktail signée par un grand couturier, pour un prix dix fois inférieur à celui que les boutiques demandaient habituellement. Juliet insista encore pour lui faire acheter une paire de chaussures. Celles-ci n'étaient pas soldées et leur prix faillit lui faire avoir une syncope, mais Maggie dut admettre qu'elles étaient tout simplement parfaites…

Une fois rentrée chez sa sœur, la jeune femme suspendit sa robe à la poignée de sa penderie, et pendant les vingt-quatre heures suivantes, chaque fois que ses yeux tombaient dessus, son cœur affrontait une attaque de panique à la perspective de rencontrer la famille de Ben.

Lorsque arriva enfin le moment de se préparer, Juliet et Kate l'aidèrent à s'habiller et à se pomponner. Pour une fois, Maggie fut contente de ne pas avoir de formes trop voluptueuses, car le tissu qui la moulait les aurait accentuées de manière désastreuse. Le grains-de-poudre vert mousse avait un tombé splendide, montrant ainsi la qualité de la coupe, et les revers de satin de même couleur avaient un chic fou.

De plus, la couleur mettait en valeur la teinte de ses

cheveux et de ses yeux, décida-t-elle en s'examinant dans le miroir de son armoire. Après avoir soigneusement brossé ses boucles brunes, Kate lui vernit les ongles. Y compris ceux des orteils.

— Que veux-tu comme maquillage ? demanda Juliet. Dois-je accentuer ta bouche ou tes yeux ?

— Eh bien… les yeux, je suppose ? répondit Maggie.

— D'accord.

Juliet se mit aussitôt à l'ouvrage, le nez légèrement froncé, un signe de concentration.

— Voilà, je crois que j'ai fini, annonça-t-elle un moment plus tard. Tiens, tu peux mettre ce rouge à lèvres maintenant. J'ai promis aux enfants de faire une tarte, et il faut que je descende dans la cuisine.

Maggie appliqua le rouge devant le miroir, puis se recula pour juger de l'effet général. Kate, qui l'admirait depuis un instant en silence, laissa échapper une exclamation. Maggie dut admettre que sa sœur avait fait du bon travail. L'étrangère qui la contemplait de l'autre côté du miroir ressemblait à une sœur de dix ans plus jeune, d'une élégance discrète et sans affectation, avec des yeux immenses bordés de cils interminables…

Et qui portait une alliance à la main gauche.

De nouveau, elle se mit à jouer machinalement avec l'anneau. Fallait-il l'enlever ? Le garder ?

S'asseyant au bord du lit, elle ôta sa bague puis examina sa main. Avec ses ongles vernis, celle-ci lui paraissait appartenir à une autre femme. Elle avait l'étrange impression d'être nue.

Indécise, elle examina l'anneau d'or dans sa paume. Alors, avec ou sans ?

C'est alors que la sonnette de la porte d'entrée résonna.

— Bonjour Ben ! s'écria Rory.

Il était temps de prendre une décision. Le cœur battant plus vite à l'idée de la soirée qui l'attendait, Maggie prit son sac à main et glissa son alliance dans une petite poche, puis la referma soigneusement.

Ce soir, pour la première fois depuis vingt-deux ans, elle voulait avoir l'impression d'être célibataire.

D'être une femme libre !

6.

L'exposition était magnifique. La galerie était pleine d'invités qui admiraient les photos tout en buvant du champagne et grignotant les canapés que proposaient les serveurs.

La galerie se trouvait dans la zone résidentielle de St Kilda. Les deux premières salles, vastes et lumineuses, donnaient sur la rue. Gabby et son mari, Finn, consacraient la moitié de leur activité à l'art aborigène exposé dans la première pièce, tandis qu'ils utilisaient la seconde pour des expositions différentes. En l'occurrence, cette fois, ils exposaient des œuvres d'art africain en même temps que les photos de Ben. Les invités pouvaient donc admirer de très belles sculptures sur bois ainsi que des céramiques splendides.

Bien qu'il l'ait présentée à nombre de gens, Ben devait bien sûr s'occuper de ceux qui étaient susceptibles d'acheter une œuvre, et Maggie fut heureuse de pouvoir s'éloigner pour admirer les œuvres toute seule. Avec la foule nombreuse qui se pressait au vernissage, il n'était pas difficile de se perdre dans la masse…

La qualité des photographies de Ben ne cessait de la surprendre. Alors que dans son cabinet se trouvaient uniquement des paysages et des animaux, de nombreux portraits étaient exposés dans la galerie. Certains semblaient presque dotés de la parole tant leurs visages et leurs yeux étaient expressifs, et Maggie regretta de ne pouvoir entendre toutes les histoires fascinantes qu'ils auraient pu lui raconter.

De nouveaux invités continuant d'arriver, grossissant la foule, la jeune femme se réfugia dans une des plus petites salles situées à l'arrière de la galerie, et c'est là que Ben la rejoignit.

Elle ne le vit pas arriver derrière elle, mais devina immédiatement sa présence en sentant son cœur se mettre à battre plus fort.

Il passa un bras autour de sa taille et se pencha à son oreille.

— T'ai-je déjà dit combien je te trouve belle dans cette robe ? lui murmura-t-il.

— Oui, mais ça ne me dérange pas de l'entendre de nouveau.

— Tu es magnifique, reprit-il, sa bouche toute proche de la sienne. Ce vert te va à ravir. Et c'est beaucoup plus facile de te retrouver dans une foule que si tu portais du noir ! Tu as faim ? Je t'ai apporté une assiette.

Il tenait dans sa main libre une assiette remplie de petits-fours salés. La jeune femme prit une crevette rose sur un canapé recouvert de cresson.

— Tu as réuni beaucoup de monde, dit-elle.

— Je ne suis pas sûr que ce soit uniquement grâce à moi. Gabby et Finn ont un réseau important de relations et de clients. Sans compter que l'implication de la fondation McMahon a également un grand retentissement publicitaire, dit-il avant d'avaler un petit canapé de caviar. Je ferais mieux de retourner à côté, car les gens vont se demander où je suis passé. Tu viens avec moi ?

— Non, merci, je suis bien ici. Je vais encore regarder les œuvres exposées dans ces petites salles avant de te rejoindre.

— Ne tarde pas trop, dit-il en déposant un baiser sur sa bouche.

Maggie dut se faire violence pour ne pas le suivre immédiatement. Elle s'y résolut après s'être forcée à déambuler un peu dans les autres salles.

Finn apparut aussitôt à son côté, une bouteille de champagne à la main.

— Merci, dit-elle lorsqu'il lui eut rempli son verre. Mais ne vous sentez surtout pas obligé de vous occuper de moi.

— Ce n'est pas du tout une obligation, répondit ce dernier avec un sourire. Je suis content de discuter avec vous.

— Vraiment ? Ce n'est pas Ben qui vous a chargé de veiller sur moi ?

— Il n'en a pas eu besoin, répliqua Finn, amusé. Gabby avait pris les devants. Elle a préféré rester en retrait et m'a demandé de prendre soin de vous. Un beau-frère, c'est moins intimidant qu'une grande sœur !

— C'est une attention très délicate que j'apprécie beaucoup, merci.

— Vous passez un bon moment ?

— Excellent !

— Et vous aimez notre exposition ?

— Je l'adore. Quoique, pour être honnête, je trouve plus amusant de regarder les gens que les œuvres d'art !

Finn eut un petit rire.

— Je pourrais vous en raconter de belles sur le compte de certains de nos invités, chuchota-t-il. Nous avons plusieurs anciennes conquêtes de Ben, par exemple. Ne le prenez pas mal, surtout. Les aventures de mon beau-frère ne sont jamais allées bien loin. Je suppose que tout cela changera lorsqu'il rencontrera la femme de sa vie.

— Il n'a donc jamais été passionnément amoureux ?

Finn secoua la tête, un peu embarrassé.

— Ce n'est pas à moi de vous répondre, je le crains. Mais si vous voulez mon avis, il cherche toujours le grand amour. Il n'en a simplement pas conscience…

Maggie observa Ben, qui discutait à l'autre bout de la salle. Finn suivit son regard.

— Soyez patiente avec lui, ajouta-t-il à voix basse.

Ben cherchait-il vraiment le grand amour ? C'était sans doute le cas de la plupart des célibataires, mais pourquoi ne l'avait-il pas encore rencontré ?

Finn pouvait sans doute lui donner beaucoup de réponses. Elle se tourna pour lui parler mais, constatant qu'il s'était éclipsé pour aller bavarder avec un autre invité, elle se concentra de nouveau sur Ben.

Il était si sexy, si viril alors qu'il passait de groupe en groupe pour faire la conversation avec chacun, séduisant hommes et femmes sur son passage ! Lorsqu'il arrivait, les visages se mettaient à sourire, les femmes le couvaient de regards adorateurs, et leurs yeux s'illuminaient quand il leur parlait !

Comment leur en vouloir ? C'est exactement l'effet qu'il avait sur elle dès qu'il l'approchait…

Ses pieds commençaient à trouver le temps long dans les escarpins neufs, aussi s'installa-t-elle sur une banquette le long d'un mur. Ben, qui l'avait suivie du regard, traversa la foule pour la rejoindre.

— Tu t'ennuies ?

— Pas du tout. J'ai juste mal aux pieds…

— Pas étonnant avec ces talons ! Je serais ravi de te masser les pieds plus tard, ajouta-t-il à voix basse.

— Je t'accorderais très volontiers ce plaisir, répondit-elle en souriant.

Elle examina ses belles mains, à la fois fortes et fines. L'idée de leur confier ses pieds fit naître en elle un frisson de plaisir. Elle se rappela aussitôt à l'ordre. Ce n'était ni l'endroit ni le moment de se laisser aller à des visions érotiques !

— Je peux te poser une question, Ben ?

— Bien sûr, mais je tiens à préciser que personne ne s'est jamais plaint de mes massages.

— Ce n'est pas à ce sujet que je voulais t'interroger, dit-elle en riant, mais à propos de ces photos. Tu as des portraits magnifiques exposés ici ; pourquoi n'y en a-t-il pas dans ton cabinet ?

— Je ne peux pas avoir de portraits dans la salle d'attente, c'est trop perturbant.

— Pourquoi ? Penses-tu donc que le monde devrait être rempli de gens parfaits ?

— De gens à l'apparence parfaite, tu veux dire ?

Elle acquiesça.

— Non, c'est justement ce que je ne veux pas. Dis-moi, quelle est la photo que tu préfères dans l'exposition ?

Maggie lui désigna le portrait de trois quarts, en noir et blanc, d'une femme âgée. Un sourire indéfinissable flottait sur ses lèvres alors qu'elle observait des enfants qui jouaient au loin.

— Celle-ci.

— Pourquoi ?

— Cette femme a l'air de contempler son passé, son enfance depuis longtemps enfuie. Son sourire est vaguement mélancolique sans être triste. Elle est âgée et, pourtant, elle semble heureuse et sereine. On voudrait connaître son histoire, et en même temps, on a le sentiment qu'on la connaît déjà.

— Exactement. Parce que cette histoire est inscrite sur son visage. Les gens qui ont appris à vivre en paix avec leur passé ont un visage comme celui-là. Ils sont à l'aise dans leur corps et cela se voit quand on les photographie. Notre caractère s'imprime sur notre visage, et c'est ce que je veux préserver chez mes patients. Je veux qu'ils gardent leur personnalité. Je ne veux surtout pas les transformer en quelqu'un d'autre. Voilà pourquoi je n'ai pas de portraits affichés dans mon cabinet, parce que je ne veux pas que mes patients me disent « Transformez-moi en cette personne ».

— Alors pas de Pamela Anderson ou de Kate Winslet ?

— Surtout pas ! Je veux que mes patients soient heureux avec leur image lorsque j'ai fini mon travail, pas qu'ils se comparent à quelqu'un d'autre. Tout le monde ne peut pas ressembler à Angelina Jolie, et les gens ne devraient même pas le souhaiter. Si j'accrochais des portraits dans ma salle d'attente, mes patients se compareraient à eux, même inconsciemment, car c'est dans la nature humaine. S'ils ont besoin de faire corriger quelque chose, je suis content qu'ils m'apportent une photo pour me montrer à quoi ils pensent ; cela me donne une idée du résultat final qu'ils attendent. Mais je veux aussi qu'ils comprennent lorsqu'ils ont des idées irréalisables ou totalement ridicules.

— Comme les seins de Pamela avec Juliet ?

— Oui, par exemple. En général, je réussis toujours à leur faire entendre raison. À mon avis, le visage est la fenêtre de l'âme et doit refléter la vie qu'ils ont menée. Je ne veux pas en faire une toile blanche ou un masque sans caractère. Je veux que les gens se sentent à l'aise avec leur apparence, et mon but est que mes patients vivent, aiment et s'expriment sans craindre le ridicule ou l'embarras. D'ailleurs, la plupart de mes interventions sont de la chirurgie réparatrice. Je fais assez peu de chirurgie esthétique. Mon travail est de réparer les difformités, pour des raisons esthétiques ou médicales, ou pour améliorer la qualité de vie. Je ne veux surtout pas que les gens croient devoir changer tout ce qui ne leur semble pas parfait chez eux. Ce qui me plaît dans un visage, c'est l'histoire qu'il raconte, la personnalité qu'il révèle.

Maggie resta songeuse. Qu'exprimerait celui de Ben d'ici trente ans ? Celui-ci dut prendre son silence pour une manifestation d'ennui car il baissa la tête d'un air embarrassé.

— Pardonne-moi, ma réponse était un peu longue. Es-tu prête à partir ? Je pense que nous pouvons filer maintenant. Qu'as-tu envie de faire ?

— Tu veux dire avant le massage des pieds ?

— Oui, avant ça, répondit-il en riant.

— Pourrions-nous aller quelque part pour dîner ? Toi et Finn m'avez ravitaillée en champagne et en petits-fours toute la soirée, mais j'aimerais bien une nourriture plus substantielle.

— J'ai de quoi préparer un en-cas chez moi. Serais-tu partante pour un pique-nique dans mon salon ?

Il assortit son invitation d'un clin d'œil plein de sous-entendus qui accélérèrent les battements de son cœur. Elle acquiesça, sachant très bien qu'il s'agissait de bien plus qu'un simple pique-nique. Ils se levèrent et restèrent un instant l'un contre l'autre, devant la banquette.

— Tu es sûre de vouloir venir chez moi ? murmura-t-il à son oreille.

S'il ne l'avait pas tenue par la taille, Maggie n'aurait sans doute pas pu tenir debout, tant elle se sentait fébrile. Elle réussit à lui adresser un sourire.

— Tout à fait sûre…

Il ne lui lâcha pas la taille alors qu'ils prenaient congé de Gabby et de Finn, et elle eut à peine conscience de les saluer. La seule chose qui occupait son esprit était Ben, si proche, si tentant, si incroyablement sexy, à son côté !

Après avoir quitté la galerie, ils montèrent dans la voiture de Ben, et celui-ci s'arrêta au bout d'une demi-heure devant une maison ancienne de deux étages, aménagée en appartements. Le sien occupait entièrement le dernier niveau et offrait un panorama imprenable sur la rivière Yarra et la ville.

Mais Maggie ne s'intéressait pas du tout à la vue extérieure.

En entrant, Ben abandonna sa veste et dénoua sa cravate avant de détacher les deux premiers boutons de sa chemise. Elle résista à grand-peine à l'envie de lui caresser les épaules et de glisser la main dans l'échancrure du col.

— Que puis-je te servir ? demanda-t-il. J'ai des fruits, du fromage, du saumon fumé, du champagne…

S'arrachant avec effort à la contemplation du petit triangle de peau dénudé, elle le regarda dans les yeux. Avait-il fait des courses dans l'espoir d'une collation galante et tardive, ou était-il toujours prêt à faire face à sa bonne fortune ?

— J'aimerais beaucoup une tranche de pain grillée et beurrée, déclara-t-elle.

— Je ne suis pas sûr que cela aille très bien avec le champagne. Si tu passes la nuit ici, je te promets que je t'en préparerai demain matin pour le petit déjeuner.

Il avait prononcé ces mots avec tant de naturel qu'elle se sentit faiblir encore davantage. Nul doute qu'il avait une grande expérience dans l'art de la séduction ! Pourtant, le savoir ne l'aidait pas à lui résister. Mais, en vérité, elle n'avait aucune envie de lui résister ! Elle se trouvait exactement là où elle voulait être, et rien ne pouvait lui plaire davantage que se laisser séduire par cet homme…

Il lui tendit une flûte de champagne et leva un sourcil quand elle la saisit.

— Où est ton alliance ?

— Je l'ai enlevée.

— Pourquoi ? reprit-il en lui prenant la main.

— Je n'avais pas envie de ressembler à une femme mariée, ce soir.

Portant sa main à ses lèvres, il déposa un baiser à l'intérieur de son poignet, et Maggie eut l'impression d'être traversée par une décharge électrique. Il baissa la tête comme s'il allait l'embrasser.

— Et pour quelle raison ? lui murmura-t-il à l'oreille.

Elle fut incapable de répondre. Que lui dire, d'ailleurs ? Que plus le temps passait, plus son imagination travaillait à lui faire visualiser leurs deux corps nus dans un lit ? Cette simple idée suffisait à faire grimper sa température de plusieurs degrés ! Ne pouvant articuler un seul mot, elle se contenta d'avaler une gorgée de champagne.

Le liquide frais et pétillant l'aida à reprendre un peu le contrôle de ses émotions. S'écartant de Ben sans pour autant le quitter des yeux, elle alla s'asseoir sur le canapé. Elle voulait profiter de ce moment où tout était possible, où rien n'était encore décidé. Elle voulait qu'il continue de lui faire la cour, qu'il continue de la séduire, de la charmer, de lui laisser croire qu'elle était la femme la plus belle et la plus attirante du monde !

Il vint prendre place à côté d'elle sur le sofa, et il se pencha pour l'embrasser doucement. Puis ses baisers se firent plus passionnés tandis que la main qu'il avait posée sur son genou remontait le long de sa cuisse. Maggie se laissa aller contre lui et s'entendit gémir de plaisir, pendant qu'elle enfonçait les doigts dans ses cheveux épais.

Ils basculèrent sur le canapé. Maggie avait définitivement renoncé à reprendre le contrôle de ses émotions. D'ailleurs, elle n'y pensait même plus. Sa raison paraissait avoir calé tel un moteur en panne, et ses seuls sens la guidaient désormais.

En fait, elle se sentait plus vivante que jamais. Alors que Ben la couvrait de baisers et de caresses, alors qu'elle y répondait sans la moindre gêne, quelque chose s'était réveillé en elle, un instinct qui dormait depuis si longtemps qu'elle en avait oublié même le souvenir.

La suite se déroula comme un merveilleux rêve érotique.

Sa robe tomba bientôt sur l'épais tapis à côté du costume en alpaga de Ben. Face à la fenêtre éclairée par les lumières de la ville, sur le mur du salon, leurs deux silhouettes intimement enlacées se livrèrent en ombres chinoises à une voluptueuse danse d'amour, avant de retomber longtemps plus tard l'une contre l'autre, épuisées et rassasiées de plaisir.

Douce et chaude, Maggie reposait dans ses bras comme si cela avait toujours été sa place. Ben la sentait respirer doucement, détendue et sensuelle, et son parfum subtil lui caressait les narines, un vert parfum d'agrumes vaguement épicé qui resterait pour toujours associé dans sa mémoire à ces moments incroyables qu'ils venaient de partager.

Attendri, il se pencha pour l'embrasser sur les paupières, et fut surpris de les trouver humides.

— Mon Dieu, Maggie, que se passe-t-il ? Tu pleures ? Ça va ?

La jeune femme secoua la tête et lui adressa un sourire dans la pénombre de la pièce.

— Oui, tout va bien. En fait, je ne me suis pas sentie aussi bien depuis des années.

— Pourquoi pleurer alors ? murmura-t-il en lui caressant les cheveux.

— Ce sont des larmes de bonheur, de soulagement. Je crois que j'avais oublié combien c'était bon de faire l'amour !

Ce compliment le remplit de fierté. Il avait toujours été très attentif aux besoins de ses maîtresses, mais n'avait jamais fait pleurer de bonheur aucune d'entre elles !

— Dans ce cas, pourquoi ne pas aller dans ma chambre et recommencer ? dit-il. Assurons-nous que ce sera assez marquant pour que tu t'en souviennes à l'avenir !

Maggie le suivit jusqu'à son lit, où ils firent de nouveau l'amour en prenant leur temps, en s'accordant le loisir de découvrir le corps de l'autre et de trouver leur rythme.

Épuisés et rassasiés de plaisirs, ils finirent par s'endormir alors que l'aube commençait à se lever.

Ben se réveilla le premier et resta immobile, attendant la vague de panique qu'il expérimentait toujours la première fois qu'il se retrouvait au petit matin avec une nouvelle femme dans son lit. Il traversait d'habitude un pénible moment de doute pendant lequel il se demandait s'il n'avait pas commis une terrible erreur et ce qu'il allait bien pouvoir raconter à sa dernière conquête.

Parfois, celle-ci parlait suffisamment pour deux, ce qui le dispensait de dire quelque chose. Parfois, ils reprenaient sans un mot les activités que le sommeil avait interrompues. D'autres fois, ni l'un ni l'autre ne savait quoi dire, ce qui rendait la situation d'autant plus embarrassante…

Indécis, il examina Maggie qui dormait toujours contre lui, et il comprit que ce matin, tout se passerait bien. Il avait envie de la sentir entre ses bras, dans son lit. C'était là sa vraie place. Son visage paisible et détendu avait une beauté calme qui le rasséréna tout à fait. Non, avec elle, il n'aurait aucun problème d'adaptation !

Il se rappela alors leur folle nuit et s'étonna de l'aveu qu'elle lui avait fait. Comment une femme aussi sensuelle, aussi libre avec son corps et dénuée de tout complexe pouvait-elle avoir oublié combien faire l'amour était agréable ? Il avait du mal à croire à une telle abstinence après une nuit aussi torride !

Un sourire étira ses lèvres. Maggie avait le pouvoir de réveiller quelque chose de sauvage en lui. Ensemble, ils perdaient leurs inhibitions et se livraient totalement l'un à l'autre. Ludiques, ils exploraient leur sensualité avec curiosité. Puis ils se laissaient aller à la passion qui les brûlait. Toujours en symbiose, comme si leurs deux corps se reconnaissaient et communiquaient ensemble par un langage inconnu et sans mot, un langage qu'ils n'avaient jamais appris, mais qu'ils connaissaient d'instinct, depuis toujours.

Cette alchimie qui les dépassait avait quelque chose d'un peu effrayant, songea-t-il. Et d'infiniment grisant !

Le plus merveilleux, c'était que cette complicité physique se doublait d'une entente intellectuelle qu'il n'avait jamais connue avec aucune de ses maîtresses. Comment Maggie réussissait-elle à être à la fois une amie et une amante hors pair ?

Ben se glissa doucement hors du lit et recouvrit la jeune femme de la couette. Il avait une faim de loup !

Il revint de la cuisine un moment plus tard avec le plateau du petit déjeuner et réveilla Maggie en s'asseyant au bord du lit. Elle ouvrit les paupières et s'étira avec la grâce d'une chatte.

— Bonjour, ma chérie, murmura-t-il en l'embrassant. Tu as bien dormi ?

— Comme un bébé ! répondit-elle avec un sourire langoureux.

— Je t'ai préparé des toasts beurrés comme je te l'avais promis hier soir.

Maggie se redressa aussitôt et en prit un d'un air gourmand.

— Tu es un homme merveilleux ! s'exclama-t-elle en mordant à pleines dents dans la tartine.

— Oh, je me contente de tenir mes promesses… Thé ou café ?

— Thé, merci…

Il lui servit une tasse du chaud liquide ambré, et fut impressionné par le naturel avec lequel elle s'assit dans le lit sans faire le moindre effort pour cacher sa nudité. Quand elle tapota le matelas pour lui faire signe de la rejoindre, il ne se fit pas prier et se glissa sous la couette. C'est ainsi qu'ils prirent leur premier petit déjeuner ensemble, en discutant comme deux vieux amis…

Les deux semaines suivantes furent parmi les plus heureuses qu'avait vécues Maggie.

Juliet et elle se partageaient les tâches ménagères, devenues à présent une routine sans histoire. Sa blessure étant complètement guérie, Edward retourna à l'entraînement de football auréolé d'une réputation héroïque qui dura bien plus longtemps que son œil au beurre noir. Maggie et Ben assistaient aux entraînements en bavardant, car c'était les seuls moments qu'ils pouvaient passer ensemble, hormis les quelques nuits où Maggie pouvait le rejoindre.

À la fin de ces deux premières semaines, Sophie arriva à Melbourne pour assister au spectacle de danse de sa cousine Kate. Maggie fit comprendre à Ben qu'il n'était pas obligé de rencontrer sa fille, même si elle redoutait qu'il ne lui manque terriblement. Il insista cependant pour assister lui aussi au spectacle de danse, et il charma Sophie aussi facilement qu'il avait séduit sa mère.

Curieusement, Maggie avait l'impression de s'être dédoublée depuis leur rencontre. D'un côté, il y avait la mère, la sœur et la tante responsable et pragmatique, la Maggie sur laquelle on pouvait toujours compter. Et d'un autre côté, il y avait celle qui émergeait de sa coquille en présence de Ben, la jeune fille drôle et rieuse qu'elle avait été autrefois et qui renaissait de ses cendres tel un phœnix dès qu'il l'approchait.

Elle avait l'impression de s'être retrouvée. Ben l'avait réveillée d'un sommeil de vingt ans. Elle était sa belle au bois dormant…

Cet état euphorique ne lui faisait pourtant pas oublier la réalité. Leur relation s'achèverait dès qu'il partirait en Afrique. Le charme serait rompu quand il prendrait son avion pour l'Ouganda. Une absence aussi longue ne pouvait que signifier la mort d'une si courte aventure. Maggie ne se faisait aucune illusion. Elle vivait un rêve, mais le monde réel allait vite reprendre ses droits.

Aussi, en attendant, entendait-elle profiter jusqu'au bout de ce rêve merveilleux qu'ils faisaient ensemble !

7.

Plus que quatre jours… L'échéance était trop proche pour que Maggie puisse prétendre ne pas y penser.

Juliet était de nouveau à l'hôpital. Ben avait fini la chirurgie reconstructive, et la pose des implants mammaires s'était parfaitement bien déroulée. Quelques changements étaient survenus, cependant, et Maggie n'était plus aussi libre maintenant qu'elle devait s'occuper de son neveu et de sa nièce à temps plein.

Son temps se partageait entre l'hôpital, l'école, les activités extrascolaires des enfants, les courses et les tâches ménagères. Elle espérait cependant réussir à se tenir à son emploi du temps et à passer quelques heures avec Ben pendant le week-end, qui commençait deux jours plus tard.

Elle sortait de la chambre de sa sœur après sa visite du matin lorsque Ben passa dans le couloir. Cette rencontre imprévue la fit frissonner de plaisir.

— Salut ! murmura-t-il avec un sourire sexy. J'espérais bien te rencontrer. Tu as une seconde ? J'ai quelque chose à te demander.

Sans lui laisser le temps de répondre, il ouvrit la porte qui faisait face à celle de Juliet. Maggie entra dans la pièce et fronça les sourcils alors qu'il refermait derrière eux.

— Comment savais-tu que cette chambre était vide ? s'enquit-elle.

— J'ai fait mon enquête ! répondit-il en la prenant dans ses bras.

Il l'embrassa sans attendre et elle fut incapable de lui

résister. L'expérience des deux précédentes semaines lui avait fait comprendre que lorsqu'il s'agissait de Ben, toute tentative de résistance était illusoire…

— On pourra se voir ce week-end ? reprit-il. Je pars dans quatre jours…

Maggie ne put résister au plaisir de le taquiner.

— Juliet m'a dit que tu la laissais sortir demain…

— Zut, je n'y avais pas pensé ! Tu vas devoir t'occuper d'elle. Je n'ai pas très bien programmé ce coup-là !

Il avait l'air si désappointé que la jeune femme le prit en pitié.

— En fait, mon ex-beau-frère arrive demain et il va l'aider avec les enfants. Il a un congé de quelques jours…

— Tu veux dire que tu pourras passer le week-end entier avec moi ?

— Dès que Sam et moi aurons installé Juliet à la maison, je serai toute à toi.

— C'est fantastique !

Ben la serra dans ses bras et l'entraîna dans quelques pas de danse à travers la chambre. Tout aussi impulsivement, il s'arrêta soudain et la poussa vers le lit avec une lueur lascive au fond des yeux. Maggie se sentit fondre alors qu'il l'enlaçait et la plaquait contre lui.

— Quel dommage que ces portes n'aient pas de verrou, murmura-t-il.

— Assure-toi d'avoir bouclé tes bagages ce soir, répondit-elle d'une voix haletante. Je ne suis pas sûre de t'en laisser le temps ce week-end !

Puis elle l'embrassa avec fougue. Ben avait le don de lui faire oublier toutes ses inhibitions ! Elle avait du mal à se reconnaître lorsqu'ils étaient ensemble. Et cela ne lui déplaisait pas du tout, bien au contraire !

Se rappelant où ils étaient, elle fit un effort surhumain pour reprendre le contrôle de la situation.

— Tu ferais mieux de retourner travailler avant qu'on ne vienne te chercher, reprit-elle. Je viens chez toi demain dès que je le pourrai.

Elle l'embrassa de nouveau rapidement sur la bouche avant de le pousser hors de la chambre. Cela valait mieux : quelques minutes de plus en sa compagnie lui auraient fait oublier toute prudence !

Ben ne cessait d'aller et venir entre sa cuisine et le salon. Maggie l'avait appelé dans la matinée pour lui dire qu'elle viendrait vers l'heure du déjeuner, et la pendule venait de sonner 14 heures… Et il n'arrivait plus à maîtriser son impatience !

Ce retard ne lui ressemblait pas du tout. D'ailleurs, prévoir de passer un week-end entier avec une femme ne lui ressemblait pas non plus. C'était déjà arrivé, bien sûr, mais jamais de manière organisée. Il ne voulait pas prendre l'habitude de passer un aussi long moment avec quelqu'un…

Et voilà qu'il se retrouvait à surveiller l'heure en faisant les cent pas devant la porte, en attendant que la sonnette de l'Interphone retentisse !

Ce qui arriva enfin. Son cœur bondit dans sa poitrine et il prit une profonde inspiration en s'accordant quelques secondes avant de répondre.

Maggie fut chez lui une minute plus tard, un petit sac de voyage à la main.

La voir entrer chez lui aurait dû réveiller son appréhension, pourtant, il ne ressentit qu'un immense bonheur. Il prit à peine le temps de refermer la porte avant de l'enlacer…

… et de l'entraîner vers sa chambre à coucher !

À 18 heures, Maggie lui avoua qu'elle commençait à avoir faim. Ils venaient de passer tout l'après-midi au lit et se nourrir avait été le dernier de leurs soucis !

— Mon réfrigérateur est presque vide, avoua-t-il. Comme je pars lundi, je n'ai pas fait de courses. Nous allons devoir dîner dehors, ou alors commander un repas à livrer. De quoi as-tu envie ? Cuisine italienne, asiatique, grecque ? Des fruits de mer ?

— Pouvons-nous retourner chez Bella ? s'enquit-elle.

Il hésita. Elle était la seconde femme qu'il avait invitée chez Bella : normalement, il n'y allait qu'avec Gabby, Finn et Rory. Il connaissait Marco et Isabella depuis longtemps et les considérait comme des membres de sa famille, aussi n'avait-il jamais osé leur présenter ses conquêtes féminines. Sa vie était cloisonnée de cette manière : d'un côté la famille, de l'autre sa vie privée. Et il n'aimait pas du tout que les deux se mélangent.

Jusqu'à ce qu'il connaisse Maggie.

Lorsqu'ils entrèrent dans le restaurant une heure plus tard, il ressentit un choc en découvrant le regard de Marco. Quant à Isabella, elle ressemblait à un chat qui vient de découvrir un pot de crème ! Ils firent mine de se comporter comme d'habitude, mais Ben ne fut pas dupe des sourires entendus qu'ils parvenaient difficilement à cacher ! Ils lui jetèrent quelques regards interrogateurs qu'il ignora. Il n'avait pas le courage de mettre une étiquette sur les sentiments qu'il éprouvait pour Maggie, et à plus forte raison d'en parler avec qui que ce soit.

D'ailleurs, tout cela n'avait pas d'importance. Dans moins de deux jours, il serait à l'autre bout du monde…

La perspective de sa mission en Ouganda ne lui apportait pourtant aucun soulagement. D'habitude, il se sentait toujours prêt à une nouvelle aventure, à une nouvelle conquête féminine. Cette fois, il regrettait presque de devoir partir en Afrique. Il avait presque envie de retarder ce départ.

Presque.

— Plus que trente-six heures, dit-il en terminant sa dernière bouchée de lasagne.

— Trente-cinq, le corrigea Maggie d'un ton uni.

Il s'efforça de répondre à son sourire, mais n'y parvint pas.

— Oui, tu as raison.

— Comment veux-tu employer nos dernières heures ?

À la voir évoquer si calmement leur séparation, il comprit qu'il n'était pas encore prêt à la fin de leur liaison.

— Nos *dernières* heures ? répéta-t-il.

— Nous venons de deux milieux différents, nous habitons deux villes très éloignées : tout nous sépare…

— Beaucoup de gens ont une relation à distance, protesta-t-il. Cela n'a rien d'impossible.

— Non, mais c'est difficile. Cela arrive lorsqu'un membre du couple doit partir pour son travail, et c'est toujours une épreuve. Seuls les couples solides peuvent la supporter sans se briser.

Elle lui prit la main et il eut l'impression qu'elle tentait d'atténuer la dureté de ses paroles. Pourtant, il avait le sentiment d'être frappé à coups de poignard dans le cœur.

— Tu as ta vie, j'ai la mienne, poursuivit-elle. Nous venons de nous rencontrer, nous ne nous sommes jamais fait aucune promesse. Je ne nie pas qu'il sera difficile de se dire au revoir, mais nous savions depuis le début que cela devait arriver.

— Pas nécessairement !

Elle ne répondit pas tout de suite et il sentit sa colère se réveiller. Il avait cru qu'elle tenterait de le retenir, alors qu'en réalité, elle cherchait un moyen de lui signifier en douceur la fin de leur liaison ! Sa frustration lui fit monter un goût de bile dans la bouche. C'était la première fois qu'il se trouvait dans ce rôle !

— Ne te crois aucune obligation à mon égard, reprit-elle. Je suis une grande fille et j'ai vécu seule bien longtemps, je sais me débrouiller.

— Bien sûr, mais j'aimerais te revoir quand je rentrerai en Australie.

Il avait du mal à en croire ses propres oreilles. Jamais il n'avait rien demandé à une femme, et pourtant, il était là, la suppliant presque de l'attendre, de le revoir…

Il reposa brusquement son verre de vin. Peut-être valait-il mieux se contenter de boire de l'eau désormais.

Maggie secoua la tête, et il éprouva une douleur encore plus forte au creux de l'estomac.

— Je ne suis pas celle qu'il te faut. J'ai été mariée, j'ai deux enfants… Tu n'as rien vécu de tout ça encore.

— Mais je ne veux rien de tout ça ! s'exclama-t-il.

— Un jour, tu changeras d'avis. Tu as presque quarante ans. Bientôt, tu te demanderas pourquoi tu as travaillé si dur, et à quoi sert ta vie. Tu tomberas amoureux d'une jeune femme. Elle sera sans doute très différentes de tes maîtresses habituelles, et aura sûrement dix ans de moins que toi. Et tu voudras l'épouser, tu voudras qu'elle soit la mère de tes enfants, et tu auras raison. Tu seras un père formidable, Ben. Tu seras étonné de le découvrir, et d'en éprouver autant de bonheur.

« Mais je suis heureux maintenant ! », voulut-il dire. Mais les mots restèrent coincés dans sa gorge.

— Je t'en prie, ne nous faisons aucune promesse ce soir, reprit-elle. J'aimerais te revoir, mais il n'y a rien de pire que des serments qu'on ne peut pas tenir. Et ainsi, nous n'espérerons rien.

Elle lui ménageait une porte de sortie plus facile, mais Ben n'en voulait pas. Il ne voulait pas l'écouter ! Puis elle lui adressa un nouveau sourire, cette fois plus sensuel, et il devina aussitôt la direction que prenaient ses pensées.

— Et si nous nous passions de dessert pour profiter pleinement du temps qui nous reste ? suggéra-t-elle.

Savoir qu'elle n'était pas totalement indifférente à son charme apaisa son ego plutôt maltraité. Elle n'eut pas besoin de le lui demander deux fois : il paya Marco, puis ils quittèrent le restaurant.

Ben tenta de reprendre leur conversation lorsqu'ils furent chez lui, mais elle le fit taire d'un regard.

— Nous avons déjà assez parlé, déclara-t-elle avec un sourire ensorceleur. Il ne nous reste que trente-trois heures…

Elle commença à lui déboutonner sa chemise.

— … et j'ai des projets pour toi. J'espère que tu as suivi mon conseil et que tes bagages sont déjà prêts. Te regarder les faire n'entre pas dans mes plans et je te préviens tout de suite que tu n'auras peut-être pas le temps de dormir non plus !

Il ferma les paupières alors qu'elle lui caressait le torse.

— Tu pourras toujours te reposer dans l'avion, conclut-elle d'une voix rauque et sensuelle.

Puis elle l'embrassa pendant qu'il l'enlaçait amoureusement.

Cette femme était dangereuse. Il ne pouvait se permettre de perdre le contrôle, il le savait. Mais comment résister ? Comment lutter contre tant de volupté ? Il n'était qu'un homme, sans défense, prisonnier d'une enchanteresse qui l'avait ensorcelé.

Le monde extérieur cessa d'exister. Il n'y avait plus que Maggie.

Quand ils se quittèrent devant son immeuble, Ben faillit la supplier de leur accorder une seconde chance. Il se retint à temps. Dans le taxi qui l'emmenait vers l'aéroport, il se rappela ses paroles. Elle avait raison, une relation à distance n'avait aucune chance de tenir le coup pour un couple qui venait de se rencontrer. Il partait pour l'Ouganda, elle rentrerait bientôt à Sydney. Leurs chemins qui s'étaient brièvement croisés à Melbourne reprenaient désormais des directions opposées.

Tout ce qu'il avait pu obtenir d'elle, c'était une vague promesse qu'ils feraient le point sur leurs sentiments à son retour en Australie, dans huit semaines.

Lorsque son avion décolla pour l'emporter vers l'Afrique, il eut brutalement l'impression qu'il venait de commettre la pire erreur de sa vie.

Dire adieu à Ben avait été une des choses les plus difficiles que Maggie avait dû accomplir de sa vie. Pourtant, il n'y avait pas d'alternative. Comment auraient-ils pu poursuivre leur relation en vivant à presque mille kilomètres de distance ?

De plus, il était plus facile de le quitter maintenant, avant que ses sentiments pour lui soient devenus encore plus forts. Plus tard, elle savait que cela lui aurait été impossible…

L'un d'entre eux devait se montrer fort, et elle savait que ce devait être elle. Par certains côtés, Ben était un enfant. En tout cas, sa vie de célibataire ne lui avait pas donné la maturité affective que Maggie avait acquise au prix fort.

Elle venait de vivre l'histoire la plus merveilleuse qui lui était arrivée depuis la mort de Steven et voulait la clore sans fausse note. Il était hors de question de la gâcher par de fausses promesses, par des espoirs fallacieux et d'amères déceptions.

Elle rentra à Sydney dans un grand état d'abattement. Pour couronner le tout, elle avait attrapé un virus à la fin de son séjour à Melbourne qui lui donnait la nausée et qui la fatiguait terriblement. Sans énergie, elle se traînait toute la journée et s'effondrait le soir dans son canapé, totalement épuisée.

Ses enfants, désormais indépendants, vivaient toujours avec elle et accomplissaient leur part de travaux ménagers. Il lui revenait cependant de faire les courses et la cuisine. À cause de ce virus, le simple fait de cuisiner lui donnait de pénibles haut-le-cœur, et elle se convertit aux plats surgelés.

Juliet lui téléphona un soir, alors qu'elle somnolait dans le canapé.

— Salut, Mag. Je te réveille ?

— Je me reposais juste un peu… Cette gastro ne veut pas me quitter, c'est fatigant.

— Tu te sens toujours aussi patraque ?

— Ça va un peu mieux, mais guère…

— Tu manges normalement, au moins ?

— Non, tout m'écœure. J'arrive juste à avaler quelques toasts.

— Fatiguée, pas d'appétit… C'est long, une gastro de deux semaines. Tu es sûre que ce n'est pas autre chose ?

— Comme quoi ?

— La ménopause.

Maggie ouvrit des yeux comme des soucoupes à cette idée.

— Tu plaisantes ?

— Tu en as tous les symptômes, fit remarquer Juliet.

— Pas du tout !

— Eh bien, si ce n'est pas ça, alors tu es enceinte.

Cette nouvelle supposition la fit éclater de rire.

— J'espère bien que non ! Non, sérieusement, je suis presque sûre que c'est impossible. Je vais vite me remettre, ne t'inquiète pas. Et toi, comment vas-tu ?

— Très bien, répondit Juliet. J'ai vu le Dr Clark, le remplaçant de Ben, et il semble très satisfait.

— Et comment cela se passe avec Sam ?

— C'est bizarre d'avoir son ex-mari de nouveau à la maison, mais nous ne nous sommes pas encore disputés, c'est plutôt bon signe, non ?

Juliet semblait heureuse et Maggie en fut soulagée. Elle se demandait si sa sœur et Sam allaient essayer de renouer malgré leur divorce lorsqu'une nouvelle nausée lui retourna l'estomac. Elle avait omis de mentionner ces nausées à sa sœur. Qu'aurait-elle pu faire, à mille kilomètres de distance ?

Des nausées… Maggie se demanda soudain si Juliet n'avait pas posé le bon diagnostic.

Mais, elle, enceinte ?

À quand remontaient ses dernières règles ? se demanda-t-elle. Lorsque Juliet était à l'hôpital et qu'elle avait failli mourir. Et depuis ? Rien…

Maggie n'avait jamais été très régulière. Compte tenu de sa vie sentimentale, elle n'avait guère de raisons de s'en inquiéter. Mais en calculant bien, son cycle menstruel aurait dû commencer à peu près quand Ben était parti en Afrique, deux semaines auparavant. Se pouvait-il que sa gastro l'ait perturbée au point de le retarder ? Ou alors c'était la périménopause qui commençait ? Elle était encore un peu jeune pour cela, mais chez certaines femmes, ces troubles pouvaient apparaître vers quarante ans.

Restait la solution suggérée par Juliet. Une grossesse.

« Non, se dit-elle. J'ai dû m'embrouiller dans mes calculs. Avec tout ce qui s'est passé, je n'avais pas la tête à ça ! »

L'idée ne cessa pas de lui trotter dans la tête, et une heure plus tard, sa décision était prise. Il n'y avait qu'une façon d'en avoir le cœur net.

Elle se rendit à la pharmacie pour acheter un test de grossesse. Une fois rentrée, elle s'assit sur son lit et lut plusieurs fois les instructions. Le trac l'empêchait de passer à l'acte, mais, pourtant, c'était facile. Une seule ligne rose sur la bande plongée dans l'urine montrait que le test fonctionnait bien, mais qu'il n'y avait aucune grossesse en cours.

Deux lignes roses annonçaient les ennuis…

Cette perspective la terrorisait. Se retrouver enceinte à quarante-deux ans ? Seule, avec déjà deux enfants presque adultes ? Impossible !

Se raisonnant, elle finit par prendre son courage à deux mains et se rendit dans la salle de bains. « Assez tergiversé ! Fais ton test. Il sera toujours temps de paniquer si le résultat est positif ».

La première ligne rose apparut tout de suite. Au moins le test fonctionnait. Elle le posa sur le bord de l'évier et attendit, assaillie de doutes et d'interrogations.

« Que désires-tu vraiment ? Voir la seconde ligne ou pas ? Non, c'est idiot ! Je n'ai aucune envie d'être enceinte. Mère célibataire à mon âge ? C'est ridicule ! »

Elle rumina pendant dix bonnes minutes devant sa coiffeuse avant de se retourner vers le lavabo.

Une seule ligne. Le test était négatif.

Elle le jeta dans la poubelle avec une pointe de regret. Cela aurait-il été si terrible d'attendre l'enfant de Ben ? Elle laissa son imagination s'engager dans cette direction un instant. L'idée était vaguement excitante, au fond. En tout cas, pas si terrible qu'elle l'avait cru.

« Tu perds la boule, ma fille ! Tu voudrais un bébé à ton âge ? Alors que Ben t'a clairement dit qu'il ne souhaitait pas en avoir ? Non, tu délires vraiment ! »

Chassant ces élucubrations de son esprit, Maggie décida de prendre rendez-vous chez son médecin. Son état bizarre n'avait duré que trop longtemps et il aurait été déraisonnable de ne pas se faire examiner.

Le Dr Ebert la reçut trois jours plus tard.

— Bonjour, Maggie, comment allez-vous ? dit-il en la faisant entrer dans son cabinet.

Il était son généraliste depuis que ses enfants étaient tout petits et Maggie avait une grande confiance en lui. Elle prit place dans le fauteuil qu'il lui indiquait et commença à lui décrire ses symptômes.

— Je me sens fatiguée depuis trois semaines maintenant. Au début, j'ai cru avoir une gastro. J'ai la nausée, un peu de température. Pourtant je ne vomis pas, même si la simple vue de nourriture me soulève l'estomac. En réalité, tout ça ne correspond à rien de précis.

— Et votre état s'aggrave-t-il ou allez-vous un peu mieux ?

— En fait, il n'évolue pas.

— Bien, commençons par le début. Prenez-vous des médicaments ?

— Un cachet d'aspirine de temps en temps.

— Vous avez mal à la tête ?

— Parfois, sans plus.

— Vous dormez bien ?

— Je suis vraiment épuisée et je m'endors comme une masse. Je me réveille toutes les nuits pour aller aux toilettes, ce qui ne m'arrivait pas avant, mais je me rendors tout de suite.

Le médecin hocha la tête tout en lui prenant sa tension.

— Vous allez aux toilettes plus souvent qu'avant ? Vous ne pensez pas que vous pourriez avoir une infection urinaire ?

— Cela m'étonnerait. Je n'éprouve aucun inconfort particulier.

— Et vos enfants, comment vont-ils ? demanda-t-il en lui posant son thermomètre électronique dans l'oreille.

— Très bien. Je viens juste de rentrer de Melbourne où j'ai aidé ma sœur pendant qu'on lui faisait sa chirurgie reconstructive de la poitrine.

— Ah ? Comment cela s'est-il passé ?

— Assez bien, malgré une grosse émotion pendant l'intervention.

— Quelle genre de grosse émotion ? s'enquit le Dr Ebert en haussant un sourcils.

— Elle a fait une réaction à l'anesthésie quand on lui a posé les extenseurs. On a dû la réanimer, mais il n'y a eu aucun effet secondaire.

— Et cela ne vous a pas trop choquée ? Vous ne vous sentez pas stressée ?

— Non, je sais comment je me sens lorsque je suis stressée. C'est différent.

« Je me sens seule, sans doute », ajouta-t-elle mentalement. Mais la solitude n'était pas un symptôme médical…

— Je crois que je vais vous faire faire un bilan sanguin, déclara le médecin. Vous n'avez pas de bouffées de chaleur ?

— Je me sens un peu fiévreuse, mais je n'ai pas de bouffées de chaleur.

Le Dr Ebert lui posa un garrot au-dessus du coude et lui désinfecta le creux du bras.

— Serrez le poing, s'il vous plaît. Savez-vous quel âge avait votre mère lorsqu'elle a commencé sa ménopause ?

— Non, pas vous ! s'exclama Maggie. Juliet aussi m'a parlé de ça ! Son autre option était une grossesse !

— Serait-ce possible ? demanda le Dr Ebert en remplissant le dernier tube.

— Techniquement, oui…

— Alors, on va faire un dernier test, dit-il en lui posant une boule de coton à l'endroit d'où il venait de retirer l'aiguille. Appuyez un instant pour éviter d'avoir un hématome.

Il sortit un flacon de plastique d'un placard, et après lui avoir posé un petit sparadrap au pli du coude, il le lui tendit.

— Pouvez-vous aller aux toilettes et me le remplir ?

Maggie fit la moue. Elle détestait ces petits flacons !

— Vos symptômes ont forcément une cause, insista le Dr Ebert avec un gentil sourire. Et vous devez admettre qu'une grossesse les expliquerait.

— Il y a forcément une autre possibilité !

— Oui, même plusieurs, beaucoup moins agréables, comme un cancer des ovaires. Vous préférez quoi ?

— Un mauvais virus de gastro…, marmonna Maggie.

— Nous allons éliminer les options les unes après les autres en commençant par la plus simple. Allez !

Le Dr Ebert lui agita le flacon sous le nez en souriant, et Maggie suivit ses ordres. Une minute plus tard, elle revint dans la salle de consultation et lui tendit le flacon. Nerveuse, elle attendit que le médecin pratique le test.

— Vous disiez que vos symptômes ne correspondaient à rien de précis ? Vous aviez pourtant éliminé trop vite la solution la plus évidente.

— De quoi voulez-vous parler ? demanda la jeune femme en fronçant les sourcils.

— Toutes mes félicitations. Vous êtes enceinte !

8.

Maggie contempla son médecin d'un air médusé.

— Pardon ?

— Vous attendez un enfant.

Elle contempla le tube qu'il lui tendait et la vérité se fraya enfin un chemin dans son esprit. Enceinte !

Ni elle ni Ben n'étaient prêts pour une telle nouvelle !

Le quart d'heure suivant passa comme un rêve éveillé, pendant que le Dr Ebert lui donnait quelques conseils et la renvoyait à son gynécologue.

En sortant, elle avait toujours la nausée, et cette fois, elle savait que sa grossesse n'y était pour rien. Il lui fallait maintenant prévenir Ben !

Comment allait-il réagir ?

Le souvenir de leur conversation à propos de la paternité lui revint à l'esprit et sa nausée s'accentua. Pour ne plus y penser, elle rentra dans une librairie. Sa dernière grossesse remontait à presque deux décennies et les techniques anténatales avaient dû évoluer. Surtout pour les grossesses tardives. L'expression avait eu l'air d'amuser le Dr Ebert, mais Maggie ne l'avait pas trouvée drôle du tout.

Existait-il des livres sur ce sujet ? Elle en trouva effectivement plusieurs et en acheta deux, le feu aux joues, avant de quitter la librairie comme une voleuse. Un moment de honte était vite passé, et mieux valait être bien informée avant de se lancer dans cette aventure.

*
* *

L'aube était le moment de la journée que Ben préférait à Kampala, avant que l'humidité et la chaleur ne rendent l'atmosphère moite et pénible à supporter. Il n'y avait pas encore de circulation et l'air était pur et léger. Ben préférait marcher jusqu'à l'hôpital, ce qui lui donnait l'occasion de s'arrêter en route dans un petit marché pour acheter son petit déjeuner de fruits. Ce matin-là, l'air embaumait les oranges, et ce parfum d'agrume lui évoqua Maggie avec une force troublante.

Elle lui manquait terriblement. C'était la première fois qu'il éprouvait un tel sentiment. Il comprenait soudain ce que devaient ressentir les drogués en période de sevrage. Il avait beau faire, l'image de Maggie ne cessait de le hanter. Il se rappelait avec un pincement au cœur les moments exquis qu'ils avaient passés ensemble, la complicité si douce qu'ils partageaient, l'alchimie physique qui rendait volcaniques leurs rapports intimes… Il la cherchait sans cesse, et se remémorait avec une nostalgie douloureuse son rire cristallin, sa silhouette longue et gracieuse, ses regards langoureux qui en disaient si long…

Sortant de la torpeur qui venait de le saisir au milieu du marché, il se secoua et acheta des oranges. D'habitude, il se plongeait corps et âme dans cette Afrique qui le fascinait, et il ne pensait plus à l'Australie. Mais cette fois, la magie n'opérait pas. Il était ici, mais son esprit et son cœur étaient restés au pays, près de la femme qui l'avait ensorcelé.

Elle avait un rendez-vous chez son médecin, se rappela-t-il en reprenant la route vers l'hôpital. Il se promit de l'appeler dès son arrivée.

Il mangeait un quartier d'orange lorsqu'il parvint enfin à avoir la ligne. Il y avait un écho très agaçant qui rendait la conversation pénible. Mais Ben dut vite admettre que, écho ou pas, la conversation ne pouvait en aucun cas être facile !

— Enceinte ? Tu en es sûre ?

Les interférences étaient pires qu'il ne l'avait cru. Maggie n'avait pas pu lui annoncer *ça* !

— Je suis allée chez le médecin aujourd'hui. J'en suis certaine…, cria-t-elle à l'autre bout de la ligne.

— Et cette gastro que tu traînes depuis des semaines ?

— Ce n'est pas une gastro.

— Enceinte ! répéta-t-il, éberlué. Que vas-tu faire ?

— Je ne sais pas. Je n'ai pas encore bien compris ce qui m'arrivait. Je pensais que nous trouverions une solution ensemble.

— Ensemble ?

Les oranges qui lui semblaient si sucrées un moment plus tôt lui faisaient désormais l'impression d'être gorgées de vitriol !

— Oui, je me disais que…

— Allô ? Maggie ? Maggie ?

Ben entendit sa propre voix, sans la moindre réponse. La communication avait été coupée. Il raccrocha brutalement en maudissant toutes les compagnies de téléphone du monde.

Enceinte ?

Quelle catastrophe !

Jamais il n'aurait imaginé un tel scénario ! Il rêvait de poursuivre sa liaison avec elle sans changement, en reprenant là où ils s'étaient arrêtés. Une aventure légère, voilà ce dont il avait envie. Jamais une grossesse n'avait fait partie de ses projets.

Il hésita à la rappeler et se ravisa. Il devait d'abord mettre de l'ordre dans ses pensées car la nouvelle l'avait laissé totalement déboussolé !

Ben donna l'adresse au chauffeur de taxi, avant de se caler contre la banquette et de fermer les yeux. Il était épuisé. Pourvu que le chauffeur ne se perde pas !

Il s'endormit sans s'en rendre compte et se réveilla lorsque la voiture s'arrêta brusquement devant chez Maggie. Après avoir payé la course, il retira son sac de voyage du coffre et marcha jusqu'à la porte d'entrée. C'était une soirée d'hiver assez douce, mais qui lui semblait bien froide comparée à la chaleur africaine à laquelle il s'était habitué depuis plusieurs semaines.

Était-ce une bonne idée d'arriver sans être annoncé ? se demanda-t-il devant la sonnette. Il aurait dû au moins téléphoner depuis l'aéroport… Et il aurait dû demander au taxi de l'attendre, au cas où Maggie ne serait pas là.

Avec la fatigue, il avait décidément du mal à se montrer rationnel, songea-t-il en appuya sur le bouton. En réalité, son esprit était en roue libre depuis leur conversation téléphonique, cinq jours plus tôt. Il avait tenté de la rappeler depuis la nouvelle fracassante, sans jamais parvenir à la joindre…

La porte s'ouvrit.

Elle lui sembla plus mince que dans son souvenir.

— Ben ! s'écria-t-elle en tombant dans ses bras.

Il avait prévu de rester distant pendant sa visite, mais comment la repousser ? La sentir si fragile contre lui ne pouvait éveiller qu'un seul réflexe, celui de la serrer dans ses bras. Une chaleur rassérénante lui gonfla le cœur, chassant pour la première fois les soucis qui le tourmentaient depuis cinq jours.

Il ne fallait pas ! lui rappela sa conscience. Se reprenant, il la relâcha et recula d'un pas.

— Que fais-tu ici ? demanda-t-elle.

L'excitation que trahissait sa voix le mit terriblement mal à l'aise, et il se détesta pour ce qu'il s'apprêtait à faire.

— Nous devons parler, et ce n'est pas le genre de conversation qu'on peut avoir au téléphone.

— C'est pour cela que tu es rentré d'Ouganda ?

Elle lui prit le bras, comme pour s'assurer qu'il était bien là. Il leva une main et fit mine de se gratter la tête. En réalité, il voulait éviter tout contact. Il n'arrivait pas à penser clairement lorsqu'elle le touchait.

— Oui, je viens juste d'arriver.

— Tu es venu directement de l'aéroport ?

— Oui, je n'avais aucune raison d'aller ailleurs.

Elle lui adressa un sourire radieux, et il comprit que son arrivée lui semblait une merveilleuse surprise. Il n'eut pas le courage de la détromper sur-le-champ.

— Entre, déclara-t-elle en s'écartant. Je suis tellement étonnée que j'en oublie mes devoirs d'hôtesse.

Il la suivit jusqu'à une salle de séjour qui donnait sur l'arrière de la maison. Sans détailler la décoration de la pièce, il nota l'atmosphère chaleureuse et apaisante qui s'en dégageait.

— Installe-toi, reprit-elle. Je vais faire du thé.

— Tu n'as rien de plus fort ?

— J'ai du scotch, tu en veux ?

— Ce serait parfait, merci. Sans eau ni glace.

En fait, il ne se sentait pas le courage d'avoir la conversation qu'il avait prévue avec juste une tasse de thé pour se remonter le moral !

— Voilà ton whisky, dit-elle en revenant de la cuisine.

— Merci.

Il prit le verre puis, délibérément, s'installa dans un fauteuil, pour que Maggie ne puisse pas venir s'asseoir près de lui. Elle prit place sur le canapé et l'observa d'un air amusé en buvant un jus d'orange.

— J'imagine que tu dois avoir beaucoup de questions, déclara-t-elle.

— Il n'y a absolument aucun doute sur ta grossesse ?

Il comprit avant même de voir son expression que ce n'était pas la meilleure manière de commencer. Mais il avait vraiment besoin d'en avoir le cœur net. C'était la raison pour laquelle il venait de traverser la moitié du globe.

Elle fronça les sourcils, l'air étonné.

— C'est une question étrange. Tu n'aurais pas fait un si long voyage si tu ne m'avais pas crue… Ah, je comprends ! Tu veux des preuves !

— Je…

— Non ! l'interrompit-elle d'un geste.

Elle se leva et quitta le salon, le laissant un peu décontenancé. Devait-il la suivre ? Elle revint avant qu'il se soit décidé, tenant une enveloppe qu'elle lui tendit.

Il l'ouvrit et vit la lettre de recommandation à l'obstétricien.

Elle était vraiment enceinte. De son enfant. Il n'en avait jamais douté…

— Il est écrit que tu en es à la septième semaine…

— La huitième à présent.

— Ah ?

Il tenta de se rappeler comment on effectuait le calcul et elle devina où ses pensées le menaient.

— Les deux premières semaines ne comptent pas car les médecins calculent les semaines d'aménorrhée. Il y a six semaines, nous étions au vernissage de la galerie de Gabby et de Finn…

Il se rappelait avec une grande précision ce week-end. Il revit l'exposition consacrée à ses photos, et Maggie si belle dans sa robe verte…

— Comment cela se passe-t-il en Ouganda ? Tu n'as pas eu trop de difficultés à rentrer plus tôt ?

Ben comprit que Maggie tentait de meubler un peu le silence qu'elle devait trouver embarrassant.

— Non, j'ai trouvé quelqu'un pour me remplacer jusqu'à mon retour.

— Ton retour ? Tu repars quand ?

— Dans deux jours. J'ai pensé que cela nous laisserait assez de temps pour décider de ce que nous devions faire. Tu sais que je n'ai aucune intention de devenir père, et je suppose que tu n'as pas envie d'avoir un nouvel enfant. Nous devons discuter des options qui nous restent.

La jeune femme se rassit sur le canapé et croisa les bras. Elle avait soudain l'air méfiant. Elle avait compris que cette visite imprévue n'était finalement pas une si bonne surprise. Il avala une gorgée de whisky.

— Je n'avais effectivement pas envie d'avoir un autre enfant, Ben, mais cela ne veut pas dire que je ne le ferai pas.

— Je croyais pourtant que tu partageais mon avis lorsque nous en avons discuté.

— Comme je n'avais pas prévu de tomber enceinte, tu as sans doute raison en théorie. Malheureusement, dans la vie, tout ne se passe pas toujours comme nous le voulons et il faut bien s'adapter.

La conversation n'allait pas du tout dans le sens qu'il avait imaginé. Il attrapa la bouteille que Maggie avait posée sur la table basse et se resservit un verre. Il en avait bien besoin !

— Dois-je comprendre que tu veux garder ce bébé ? demanda-t-il.

— Je crois que oui.

— Et qu'attends-tu de moi ?

— Je n'en ai pas la moindre idée, répliqua-t-elle en haussant les épaules. Je n'ai pas encore eu le temps de réfléchir à la logistique. Tu n'es pas le seul à être pris de court par la nouvelle. Mais ce que j'aimerais comprendre, c'est d'où vient ton refus catégorique d'avoir un enfant.

— C'est une longue histoire, marmonna-t-il en baissant la tête vers son verre.

— Je crois que j'ai le droit de la connaître…

— Cela date de l'époque où j'ai passé l'internat. J'avais l'intention d'aller travailler en Afrique pour acquérir une expérience de généraliste avant de commencer ma spécialisation. J'ai donc programmé trois semaines de vacances en Europe, puis un stage de six mois dans un hôpital en Ouganda.

Il faisait tourner son whisky dans son verre, perdu dans ses souvenirs.

— J'étais en Grèce quand j'ai reçu un message de ma petite amie m'annonçant qu'elle était enceinte de huit semaines.

— Mon appel téléphonique devait avoir un air de déjà-vu, dans ce cas, fit-elle remarquer. Qu'as-tu fais ?

— J'ai annulé mes projets en Afrique pour pouvoir rentrer. C'était la seule chose à faire.

— Et qu'est-il arrivé ? Où est ton enfant à présent ?

— Nous l'avons perdu à dix-neuf semaines. Notre relation n'y a pas survécu.

— Oh, je suis désolée.

Il se redressa. Il n'avait pas besoin de sa compassion ! Tout ce qu'il souhaitait, c'était qu'elle comprenne qu'il ne sacrifierait pas ses rêves une seconde fois. Il s'était juré de ne plus jamais se retrouver dans cette situation et il tiendrait parole.

— Tu m'as dit que tu étais allé en Afrique pour la première fois l'an passé, reprit Maggie. Comment cela se fait-il ?

— Quand Lucy a fait sa fausse couche, il était trop tard pour que je reparte car je m'étais déjà inscrit à la faculté. Décrocher mon diplôme et commencer ma carrière ne m'a plus laissé un moment de libre jusqu'à l'an dernier. Avant ça, il m'était impossible de tout laisser en plan pour partir plusieurs mois en Afrique. Je sais que cela peut paraître égoïste, mais après tous les sacrifices que j'ai faits, je ne veux pas renoncer à mener la carrière que j'ai choisie, et c'est impossible avec une famille à charge.

— Si je comprends bien, tu as sacrifié tes rêves il y a dix ans et tu as peur que je te demande d'y renoncer de nouveau aujourd'hui.

— Si j'étais un gentleman, c'est ce que je ferais, répondit-il. Tu vas sans doute me prendre pour un sale type, mais la vérité, c'est que je n'en ai pas la moindre envie. Je ne veux pas être père, et je suis fâché de me retrouver dans cette situation que je n'ai pas voulue.

— On a tous le choix, lui fit-elle remarquer calmement. Peux-tu me dire, maintenant que tu risques d'avoir un enfant, que tu ne veux vraiment pas en avoir ?

— Oui, je le peux. Je ne veux pas subir le poids d'une paternité. Tu as déjà des enfants, tu sais mieux que moi l'investissement que cela représente en temps et en énergie.

— Oui, je le sais très bien. Pourtant, tu m'as dit toi-même que tu aimais passer du temps avec Rory…

— Certes, mais c'est moi qui le décide ! Je n'ai aucune obligation.

— Tu ne penses pas que tu pourrais aimer consacrer du temps à ton propre enfant ?

— Là n'est pas le problème. Le problème, c'est que j'ai

décidé il y a longtemps de faire passer ma carrière en premier. Il est impossible d'être un bon père dans ces conditions.

— Bien sûr que si, si on le veut vraiment ! rétorqua Maggie. Tu ne serais pas le premier à mener de front ton travail et ta vie de famille…

— Tu crois que je ne sais pas comment cela se passe ? Il y a toujours un moment où l'on doit choisir de faire passer l'un avant l'autre. J'ai vu trop de pères faire des promesses qu'ils ne pouvaient pas tenir, ou rater des opportunités professionnelles formidables à cause de leur famille. Je ne veux pas de ça. Je refuse de me retrouver dans cette situation.

— Il est malheureusement un peu tard, Ben. Nous y sommes, et tu n'y es pas pour rien.

— Certes, et j'assumerai mes responsabilités. Mais je te ferais remarquer que c'est toi qui décides de garder cet enfant, alors que je refuse d'en avoir.

La jeune femme se leva, le visage tendu.

— Bien, il est clair que nous n'arriverons pas à nous entendre ce soir. Pourquoi ne pas attendre demain pour poursuivre cette conversation ?

Il voyait lui aussi que la conversation tournait en rond, et il savait que sa fatigue l'empêcherait de continuer. Il porta son verre à ses lèvres et fut surpris de constater qu'il était déjà vide. Pourtant, l'alcool ne l'avait pas aidé à se détendre. Au contraire, il se sentait encore plus désemparé qu'un instant plus tôt. Il reposa son verre et se redressa à son tour.

— Tu as raison. Retrouvons-nous demain pour reparler de tout ça.

— Où comptes-tu dormir ? demanda Maggie, étonnée.

— Je vais trouver un hôtel. Je n'ai pas dormi depuis vingt-quatre heures et j'ai besoin de me reposer. Je n'aurais sans doute pas dû venir ici directement…

— Tu es le bienvenu ici, si tu le souhaites…

Ben aurait dû se douter qu'elle l'inviterait, et prendre les devants en déposant d'abord ses bagages à l'hôtel avant de venir. Il n'aurait pas eu l'air de la fuir comme il était en train de le faire…

— Merci, mais je crois qu'un peu de solitude nous fera du bien à tous les deux.

En tout cas, il avait désespérément besoin de prendre une certaine distance afin de recouvrer son esprit d'analyse et le contrôle de la situation.

Comme Maggie l'avait dit, c'était un peu tard pour y songer. Il avait sa part de responsabilité dans cette situation. Il n'avait pas été assez prudent et, désormais, il resterait sur ses gardes !

Maggie se retournait dans son lit sans trouver le sommeil. Elle aurait tellement voulu que Ben reste avec elle ! Le savoir si proche sans pouvoir le voir était encore plus difficile à supporter que lorsqu'il était en Ouganda. Mais passer du temps avec elle ne faisait visiblement pas partie de ses projets, et cette constatation la démoralisait complètement.

En le découvrant sur le seuil, elle avait senti son cœur s'alléger d'un poids considérable. Ses inquiétudes, ses soucis avaient disparu comme par enchantement. Ben était venu la rejoindre !

Elle ne pouvait pas se tromper plus lourdement… Il ne s'était même pas enquis de sa santé !

Certes, il avait été choqué par cette nouvelle inattendue, et Maggie comprenait ce qu'il éprouvait. Elle avait espéré qu'il changerait d'avis à propos de ce bébé. Lourde erreur… Ben n'avait pas modifié sa position d'un iota, et il avait fait tout le chemin pour le lui signifier clairement. Il ne voulait pas être père, point final. Pour lui, rien n'avait changé.

Mais pas pour elle. Elle attendait un bébé de l'homme qu'elle aimait.

« Non, tu ne peux pas être amoureuse de lui ! protesta sa conscience. C'est absurde ! Comment pourrais-tu aimer un homme qui rejette son propre enfant ? »

Elle se tourna dans son lit et serra fort son oreiller. Ses hormones brouillaient son entendement. Elle n'était pas amoureuse. C'était impossible !

Elle ne s'endormit que lorsque les oiseaux se mirent à chanter pour célébrer l'aube naissante. Sa décision était prise.

Elle aurait cet enfant. Avec ou sans Ben.

À son réveil, il était 8 heures et elle se sentait complètement vaseuse. Ses premiers trimestres de grossesse avaient toujours été pénibles et elle savait à l'avance la mauvaise surprise qui l'attendait dans le miroir de la salle de bains. Mais, au moins, ce matin, elle pouvait se préparer.

Après sa douche, elle passa donc un moment devant sa coiffeuse pour se maquiller et tenter de cacher les stigmates d'une mauvaise nuit, d'hormones anarchiques et d'irrépressibles nausées matinales. Une heure plus tard, fin prête, elle attendait l'arrivée de Ben en se faisant le serment de rester aussi froide qu'un iceberg.

Son cœur commença à la trahir dès le premier coup de sonnette, et continua de plus belle lorsque son visiteur entra, plus séduisant que jamais. Le soleil d'Afrique avait bruni son teint et le rendait encore plus sexy en dépit de l'air grave qui ne le quittait pas.

Elle tenta donc de calmer son rythme cardiaque en regrettant le sourire qu'il affichait autrefois.

D'un autre côté, c'était sans doute mieux ainsi. Ils devaient discuter de choses sérieuses et elle ne souhaitait pas être distraite par son charme irrésistible. Aussi attaqua-t-elle dès qu'il fut assis à la table de la cuisine, une tasse de café devant lui.

— J'ai pris une décision, déclara-t-elle froidement. Je vais avoir cet enfant et je l'élèverai seule, comme j'ai élevé les deux précédents. Je n'attends rien de toi.

— Rien ? Pas même de l'argent ?

— Non. Si je choisis d'avoir ce bébé alors que tu n'en veux pas, c'est à moi d'en assumer les conséquences. Je ne veux pas de ton aide.

— Je ne veux pas être père, mais je peux quand même assumer mes erreurs, rétorqua-t-il. L'argent n'est pas un problème.

— Sans doute, mais je n'en veux pas quoi qu'il en soit.

Avec l'assurance vie de Steven, sa pension et mon salaire, j'ai largement les moyens d'élever ce bébé.

— Je ne veux pas que tu utilises l'argent d'un autre homme pour subvenir aux besoins de mon enfant ! Pour qui me prends-tu ?

Désormais, je ne sais plus trop…, songea la jeune femme, le cœur lourd.

— Comment vas-tu te débrouiller ? reprit-il.

— Comme les fois précédentes. Je sais que je peux y arriver.

Elle avait beau garder un ton décidé et un visage de pierre, chacun de ces mots la déchirait. Oui, elle pouvait parfaitement y arriver seule, là n'était pas le problème. Ce qui la mettait à la torture, c'était de voir l'expression fermée et presque hostile de Ben. Comment pouvaient-ils être devenus deux étrangers, presque des ennemis, en si peu de temps ? Bien qu'elle lui ait offert d'être libre, il ne se déridait pas.

Contrairement à ce qu'elle espérait en secret, il ne protesta pas contre cet arrangement.

Si seulement elle avait été le genre de femmes à piquer des crises de nerfs et à casser de la vaisselle ! Cela aurait sans doute été très gratifiant d'envoyer quelques piles d'assiettes contre les murs, et peut-être à travers les fenêtres… ou mieux encore, à la tête de Ben !

Mais elle ne perdit pas son sang-froid une seule seconde alors qu'il sortait de sa maison. Ce fut seulement une fois que sa voiture eut disparu au coin de la rue qu'elle laissa jaillir les larmes qui lui brûlaient la gorge comme de l'acide.

9.

Maggie envoya un texto à ses enfants pour leur demander d'être présents le soir même au dîner car il fallait leur annoncer la nouvelle sans plus attendre. En dépit de son estomac capricieux, elle prépara un bon repas, soulagée d'avoir au moins cette occupation pour la distraire et empêcher son esprit de tourner en rond.

La décision de Ben ne la surprenait pas vraiment, même si elle était blessée et déçue qu'il agisse ainsi. Au moins, il n'avait pas émis de doute sur sa paternité ! Pourtant, le voir aussi indifférent à cet enfant et à elle-même était particulièrement dur à accepter. Surtout après les moments merveilleux qu'ils avaient partagés ! Il était si différent de la personne chaleureuse et tendre qu'elle avait connue quelques semaines plus tôt qu'elle avait presque du mal à établir un lien entre ces deux hommes.

Elle attendit que ses enfants aient avalé jusqu'à la dernière bouchée de son délicieux rôti aux herbes aromatiques et du gratin de céleris qui l'accompagnait.

— C'était super bon, maman ! s'exclama James en se levant pour débarrasser. Tu as préparé un dessert ?

Il s'était pourtant servi deux fois largement, et Maggie était toujours stupéfaite de voir la quantité de nourriture que son fils de dix-neuf ans était capable d'engloutir sans prendre un gramme !

— Tu as encore faim ? s'enquit-elle. Il y a une tarte aux pommes dans le four.

— J'en étais sûre, déclara Sophie.

— Pourquoi ça ? s'étonna Maggie.

— Sophie m'a dit que si tu insistais pour qu'on dîne tous les trois ensemble ce soir, cela signifiait que tu avais quelque chose à nous dire, répondit James. Surtout si tu préparais un dessert.

— Je n'ai pas raison ? reprit sa fille. Vas-tu nous annoncer quelque chose ?

Réprimant son trac, Maggie prit une profonde inspiration.

— Tu as raison, j'ai une nouvelle à vous apprendre.

— Oh, mon Dieu ! s'écria Sophie, soudain toute pâle. Tu as un cancer toi aussi, comme tante Juliet.

— Non, ce n'est pas aussi grave que ça, chérie. Ma santé est bonne. C'est juste que... Je suis enceinte.

— Enceinte ? s'écria Sophie d'une voix aiguë. C'est pire !

— Comment cela peut-il être pire ? protesta Maggie.

— Tu n'es pas trop vieille pour avoir un bébé ? demanda James.

Son manque de tact la fit grimacer. Qu'avaient-ils tous à la voir déjà ménopausée ? C'était agaçant, à la fin !

— Apparemment non, mais merci de t'en inquiéter avec autant de délicatesse, répliqua-t-elle.

— Mais comment cela est-il arrivé ? reprit Sophie.

Comme Maggie la fixait, elle rougit jusqu'aux oreilles.

— Je sais comment on fait les enfants..., corrigea-t-elle. Mais tu ne pratiques donc pas le sexe sans risque ? Tu nous en as pourtant souvent parlé !

Ce fut au tour de Maggie de rougir. La première fois que Ben lui avait fait l'amour, leur excitation leur avait fait oublier toute protection. Mais elle avait beau avoir les idées larges, elle ne se voyait pas raconter ça à ses enfants !

— Apparemment, ce n'est pas totalement sans risque, répondit-elle.

— Que comptes-tu faire ? insista Sophie. Et Ben, qu'en dit-il ? C'est lui le père, n'est-ce pas ?

— Bien sûr, c'est Ben ! Il ne veut pas d'enfant. Il me l'avait dit dès le début de notre relation : il refuse de s'investir dans l'éducation d'un enfant.

James, qui avait oublié son envie de dessert, reprit sa place à table.

— Que vas-tu faire ? répéta-t-il.

— J'ai réfléchi à la situation et j'ai décidé de garder ce bébé. Vous êtes tous les deux les personnes les plus importantes de ma vie, depuis le jour de votre naissance, et il en ira de même pour cet enfant. Je ne peux pas plus avorter maintenant que je n'aurais pu le faire lorsque je vous attendais.

Comme sa franchise les laissait silencieux, elle reprit la parole.

— Aussi, je crois qu'il faut d'ores et déjà considérer que notre famille va s'agrandir d'un nouveau membre. Je ne m'attends pas à ce que vous sautiez de joie, mais j'espère que lorsque vous aurez eu le temps de digérer cette information, vous m'apporterez le soutien dont j'ai besoin. Pas pour l'élever, bien sûr ! Je ne vous demande pas ça… Ce dont j'aurai besoin, c'est de votre soutien moral.

Sophie se leva de sa chaise pour la prendre dans ses bras et l'embrasser.

— Bien sûr que nous te soutiendrons ! s'écria-t-elle. Tu es une mère formidable et nous serons là quand tu auras besoin d'aide.

— Tu crois que Ben va changer d'avis ? s'enquit James.

— Je n'en sais rien, répondit Maggie, émue par le geste affectueux de sa fille. J'en serais évidemment très heureuse, mais il m'a exprimé sa position de manière très claire et je ne peux pas lui en vouloir, même si cela ne me fait pas sauter de joie.

— Quand est prévu l'accouchement ?

— En janvier.

— Alors il a le temps de revenir sur sa décision, conclut James.

Puis il se leva pour aller chercher la tarte. Maggie s'émerveilla de voir avec quelle facilité ses enfants avaient accepté la situation. Cela ne leur coupa même pas l'appétit car ils finirent la tarte aux pommes !

De son côté, elle eut plus de mal à surmonter sa déception.

Décidée à tenir Ben informé des progrès de sa grossesse, elle attendit qu'il la rappelle. Au bout d'une semaine, comme il ne téléphonait pas, elle lui envoya son premier courriel.

De : Maggie
À : Ben
Objet : URGENT!

Excuse-moi de te poser la question, mais je me suis renseignée sur les examens recommandés aux mères de plus de trente-cinq ans, et le prélèvement des villosités choriales peut être effectué à peu près maintenant. Il permet de dépister certaines anomalies chromosomiques, comme la fibrose kystique et la trisomie. Je ne suis pas très emballée à l'idée de le pratiquer à cause des risques pour l'embryon, et j'aimerais bien savoir si ta famille a des antécédents médicaux dont je devrais parler avec mon gynécologue. Je ne sais pas ce que tu as retenu de tes cours d'obstétrique, sans doute pas grand-chose, aussi je joins un document attaché qui explique cet examen.
Merci d'avance,

Maggie.

Les doigts de Ben tapotèrent un instant le clavier de l'ordinateur pendant qu'il réfléchissait à sa réponse. Il aurait bien voulu être capable d'effacer le courriel de Maggie sans le lire. Il ne voulait pas être entraîné dans un échange quelconque, il ne voulait même plus penser à elle… mais il avait été incapable de le mettre dans la corbeille sans l'ouvrir. Surtout avec un objet !

De : Maggie
À : Ben
Objet : examen.

Merci pour ta réponse. J'ai été soulagée d'apprendre qu'il n'y avait aucun antécédent dans ta famille et j'ai donc décidé de ne pas faire ce test. Je vais attendre quelques semaines et faire une échographie pour une évaluation de la clarté nucale, ce qui ne présente aucun risque. Je te tiens au courant.

Maggie.

Une semaine de silence suivit le dernier courriel de Maggie et Ben se surprit à s'en inquiéter. Quelque chose pouvait-il avoir mal tourné ? Il envisageait d'écrire à sa sœur pour lui demander si elle avait des nouvelles par l'intermédiaire de Juliet, mais réussit à s'en abstenir. Ne voulait-il pas rester indifférent à tout cela ?

Le courriel suivant de Maggie arriva le soir même.

De : Maggie
À : Ben
Objet : Échographie.

J'ai fait une échographie aujourd'hui. L'obstétricien a vérifié la taille du fœtus, et tout semble normal. Je joins deux clichés au cas où tu voudrais le voir.
Maggie.

Ben jeta le courriel sans même ouvrir les documents joints, avant que la tentation de les regarder soit trop forte. Il vida le dossier « éléments supprimés » par la même occasion. Il ne voulait pas voir ce bébé !

Une demi-heure plus tard, il y pensait toujours et se demandait si, finalement, il n'avait pas été un peu trop impulsif. Il sortit pensivement son portefeuille et l'ouvrit. À l'intérieur, près de son permis de conduire, se trouvait une vieille photo. Un cliché d'échographie pris dix ans plus tôt. Celui de sa fille.

Si on lui avait demandé pourquoi il l'avait gardé si longtemps, il aurait été incapable de répondre. Il ne le regardait presque jamais, et pourtant, il n'avait jamais oublié qu'il était là. C'était le seul souvenir qu'il avait.

Il n'y avait aucune tombe, aucun certificat de naissance. Pas de cérémonie, rien… Rien que cette photo et le prénom qu'ils avaient choisi : Adeline.

Il lui avait tout sacrifié à l'époque, et l'avait fait sans hésiter.

Ce n'était qu'après la fausse couche qu'il avait compris que ce sacrifice avait été vain, aussi s'était-il juré de ne plus jamais commettre la même erreur.

Pensivement, il passa un doigt sur le vieux cliché. La vie lui offrait une seconde chance ; devait-il la saisir ? Tenait-il vraiment à tenir la promesse qu'il s'était faite dix ans auparavant ? Ne risquait-il pas de le regretter encore plus amèrement à l'avenir ?

De : Maggie
À : Ben
Objet : douzième semaine.

J'ai entendu le cœur de mon bébé aujourd'hui : il est fort et puissant. Un peu rapide peut-être… On dit qu'il existe une corrélation entre le rythme cardiaque et le sexe de l'enfant, mais il est encore trop tôt pour pouvoir vérifier si c'est un garçon ou une fille. On pourra peut-être me le dire à l'échographie de la dix-huitième semaine. Veux-tu que je te le dise ? Je ne suis pas sûre de vouloir le savoir moi-même et, pourtant, j'ai déjà commencé à chercher des prénoms. Veux-tu que cet enfant porte ton nom de famille ? Nous n'en avons même pas discuté. Je pensais lui donner le mien, pour qu'il s'appelle comme mes autres enfants. Cela te dérangerait-il qu'il soit un Petersen ? Excuse-moi, cela fait beaucoup de questions aujourd'hui !

Maggie.

PS : L'examen de clarté nucale est prévu la semaine prochaine.

Si cela le dérangeait ? Évidemment que oui ! La première réaction de Ben fut l'indignation. Il n'était pas question que son enfant porte un autre nom que le sien : il serait un McMahon !

Il lui fallut quelques secondes avant de comprendre l'absurdité de sa position, et il fronça les sourcils. Depuis quand considérait-il ce bébé comme son enfant ?

C'était pourtant la réalité, argumenta sa raison. Il était bien le père, que cela lui plaise ou non.

Certes, mais pouvait-il vraiment se prétendre le père d'un enfant dont il ne s'occuperait pas et qu'il ne rencontrerait peut-être jamais ? objecta alors son bon sens.

« Tu ne peux pas tout avoir, se dit-il en soupirant. Tu ne peux pas refuser de t'occuper de lui et demander à Maggie de lui donner ton nom ! D'ailleurs, pourquoi cet enfant voudrait-il le nom d'un inconnu ? »

Son enfant méritait mieux que ça, songea-t-il brusquement. Ben savait qu'il pourrait être un père, et sans doute même un bon père. Cet innocent ne devait pas payer le prix de ses angoisses et de ses choix égoïstes. C'était trop injuste !

À peine avait-il exprimé cette pensée qu'il sentit un immense poids se soulever de sa poitrine. Comment avait-il pu s'aveugler au point de refuser de voir la réalité aussi longtemps ? Il voulait cet enfant ! En fait, il était même prêt à se battre pour assumer son rôle de père !

Était-il encore temps de faire amende honorable auprès de Maggie ?

Son avion atterrit à l'aéroport de Kingsford Smith par une belle soirée d'hiver. Son premier mouvement le poussait à se rendre directement chez Maggie, mais son précédent voyage lui avait servi de leçon : il ne voulait pas avoir une conversation aussi importante en plein décalage horaire.

Il réserva une chambre au Park Hyatt, pas très loin de chez Maggie, et se coucha tout de suite. Le lendemain matin, il se réveilla à 6 heures, et regarda le soleil se lever sur le port. La journée s'annonçait magnifique !

Il était encore trop tôt pour aller chez Maggie. La veille, il avait appelé un fleuriste pour lui faire livrer un bouquet dans la matinée. L'homme devait lui téléphoner sa livraison effectuée, et Ben attendait cet appel pour aller la voir.

Il ne cessa de répéter son discours tout en faisant les cent pas dans sa chambre. Pourtant, quand il se retrouva face à elle, il ne trouva plus rien à dire.

Maggie portait les cheveux tirés en arrière en queue-de-cheval, ce qui dégageait l'ovale parfait de son visage. Ses yeux bleus le dévisagèrent froidement, sans l'étincelle qui les animait d'un feu joyeux lors de sa dernière visite. Croisant les bras sur la poitrine dans un geste d'autodéfense, elle le contempla.

— Ben ? Que fais-tu ici ? demanda-t-elle.

— Je suis venu m'excuser.

— T'excuser pour quoi ?

— Pour ma réaction lorsque tu m'as annoncé que tu attendais notre enfant. Je sais maintenant que ce n'est pas ce que tu attendais de moi. Je suis venu pour essayer de me rattraper. Je peux entrer ?

Ben aurait voulu la prendre dans ses bras, mais son attitude lui fit comprendre que ce n'était pas le moment. Maggie l'observa avec défiance un instant avant de tourner les talons et de repartir dans le salon sans un mot. Ben la suivit en refermant derrière lui.

— James et Sophie sont-ils là ? s'enquit-il.

— Non, ce sont les vacances universitaires ; ils sont partis faire du ski.

Elle prit place sur le canapé et il s'installa dans le même fauteuil que la fois précédente. Cette position lui permit de voir son bouquet dans un vase sur la cheminée. Ce signe lui parut de bon augure. Au moins, elle ne l'avait pas jeté à la poubelle !

— Il y a tant de choses que je dois te dire que je ne sais pas par où commencer, déclara-t-il. Avant tout, je suis désolé… Désolé d'avoir mis si longtemps avant de comprendre que j'ai des devoirs à remplir. Je veux faire partie de la vie de mon enfant, si tu es toujours d'accord.

— Tu as finalement changé d'avis ?

— Oui. Je te demande pardon pour tout ce que je t'ai dit. Je n'ai aucune excuse, sinon que je n'avais pas les idées très claires et que j'avais passé de trop longues années à me répéter que je n'aurais jamais d'enfants. Je n'avais pas prévu ce qui est arrivé, et j'ai très mal réagi.

Très mal ? C'était un euphémisme, mais Maggie n'avait pas l'intention de se lancer dans un cours de sémantique.

— Qu'est-ce qui a pu te faire changer d'avis ? reprit-elle sans se départir de sa froideur.

— J'ai procédé à une longue introspection… Comme je te l'ai expliqué, j'ai abandonné tous mes projets il y a dix ans en apprenant que j'allais avoir un enfant. Et ensuite, je me suis totalement investi dans mon travail, en croyant ranimer mes vieux rêves. En réalité, j'ai fui tout investissement affectif en me réfugiant dans une carrière qui me semblait bien plus solide et plus sûre. J'ai fini par comprendre que notre enfant n'avait pas à payer pour mon aveuglement. Je sais que je peux être un bon père, et je suis décidé à essayer. Je ne veux pas que mes angoisses me fassent passer à côté de ma paternité.

Maggie l'observa un instant avant de reprendre la parole.

— Et l'Afrique ?

— L'Afrique sera toujours là. Je peux y retourner l'an prochain, ou dans dix ans, peu importe. Maintenant, ma priorité, c'est ce bébé.

— Tu ne comptes pas repartir dans quelques jours ?

— Non. J'ai pensé que tu aurais besoin de moi ici. J'aimerais t'accompagner au test de clarté nucale. C'est demain, n'est-ce pas ?

Maggie n'en croyait pas ses oreilles. Elle savait déjà quelle serait sa réponse, mais elle n'avait pas l'intention de lui faciliter la tâche. C'était son tour d'attendre !

— J'ai besoin d'y réfléchir, dit-elle d'un ton détaché.

Assise sur une chaise inconfortable, Maggie attendait avec impatience que le médecin l'appelle. La ceinture de son jean la serrait. Elle avait pourtant laissé le dernier bouton ouvert, car à treize semaines de grossesse, il ne lui était plus possible de fermer ses pantalons jusqu'en haut. Mais ce n'était pas cela qui la rendait si nerveuse.

Ben lui prit la main, et ce contact la calma et accentua sa nervosité en même temps. Il y avait vraiment quelque chose qui n'allait pas, se dit-elle.

— Tu as froid ?

— Non, j'ai envie d'aller au pipi room !

Le radiologue lui avait demandé de boire beaucoup d'eau avant l'échographie, mais ce n'était pas la vraie raison de sa fébrilité. Elle se contenta cependant de cette explication bien plus commode, à défaut d'être très romantique…

— Nous sommes les prochains, reprit Ben. Ce sera bientôt fini.

Il lui lâcha la main et reprit son journal. Maggie n'avait aucune envie de parler, mais qu'il ne fasse pas plus d'effort la vexait. C'était injuste, évidemment : comme elle l'envoyait presque sur les roses chaque fois qu'il lui adressait la parole, pourquoi aurait-il insisté ?

Était-ce l'échographie qui la rendait aussi agitée ? Ou Ben ? Il avait parlé de ses devoirs de père, et elle était sûre qu'il les remplirait à merveille, mais cela ne lui suffisait pas. Elle voulait le conte de fées, le prince charmant qu'elle avait connus à Melbourne, et non pas un homme qui se résignait froidement à assumer ses responsabilités.

Devait-elle se contenter de ce qu'il lui offrait, ou continuer d'espérer qu'il finirait par aimer cet enfant ? Et elle ?

— Madame Petersen ? Vous pouvez venir.

La voix de l'infirmière la tira de ses pensées. Maggie la suivit et se retrouva un moment plus tard revêtue d'une blouse d'hôpital, allongée sur la table d'examen, le ventre exposé.

Ben se tenait juste à côté. Jade, la technicienne, prépara son matériel et il fut étonné de voir une femme aussi jeune à ce poste. Il se retint de lui demander ses qualifications.

— Alors, Maggie, Ben, vous êtes infirmière et médecin, c'est bien ça ? demanda Jade.

— Oui.

— Je suppose que vous avez l'habitude des échographies ?

Il se doutait que Maggie en savait plus que lui sur le sujet et il était prêt à avouer son ignorance.

— Je suis chirurgien esthétique et je ne suis pas très fort en obstétrique. Faites donc comme si je ne savais rien.

— C'est votre premier enfant ?

— Oui, répondit-il après une seconde d'hésitation.

— Alors je vais vous expliquer ce que nous verrons. Cependant, si vous avez l'habitude de lire des radios, cela ne devrait pas être trop difficile. Regardons votre bébé.

Jade appliqua le gel sur le ventre de Maggie et lui posa la sonde sur l'estomac.

— Le bébé est dans une position correcte, reprit-elle en examinant l'écran. Vous voyez ? Voici son profil.

Elle toucha son clavier et une petite flèche apparut sur l'écran. Elle l'utilisa pour souligner la tête du fœtus.

— Le front, le nez… Regardez, il suce son pouce !

Ben était sidéré. Il voyait même le poing du bébé pressé devant sa bouche pendant qu'il suçait son pouce. L'image était d'une clarté incroyable, et il constata que la technologie avait fait beaucoup de progrès en dix ans. Il en crut à peine ses yeux quand il vit le bébé bouger. Son bébé ! Un petit être vivant !

Il ne s'attendait pas à éprouver un tel choc. En voyant l'image sur l'écran, il ressentit un lien indestructible se nouer entre lui et cet enfant. Son enfant !

Jade pressa un bouton et lui tendit une feuille de papier qui venait de sortir de l'imprimante. Une copie du profil du bébé. Il se rappela immédiatement l'image similaire cachée dans son portefeuille.

Il avait saisi cette seconde chance. Et maintenant, il savait qu'il avait bien fait.

Jade déplaça la sonde et une image différente apparut. Ben vit quelque chose qui battait.

— Voici le cœur du bébé, leur expliqua-t-elle. Il a un très bon rythme cardiaque.

C'était la seconde fois qu'elle parlait du bébé au masculin, et Ben fut incapable de retenir sa curiosité plus longtemps.

— C'est un garçon ?

— Non, c'est juste une manière de parler. Voulez-vous que je vérifie ?

Ben et Maggie échangèrent un regard. Ils n'en avaient pas discuté ensemble.

— Qu'en penses-tu ? lui demanda-t-il.

— Je préfère avoir la surprise, répondit-elle.

Il songea qu'il avait eu assez de surprises comme ça durant les derniers mois, mais jugea plus prudent de garder cette remarque pour lui.

— Comme tu veux. Laissons un peu de mystère à cet enfant.

— Maintenant, je vais faire quelques mesures pour vérifier la taille du bébé, reprit Jade. Je commence par le fémur.

Tout en parlant, elle manœuvrait la sonde et pressait un bouton.

— … et maintenant le diamètre bipariétal. Vous êtes enceinte de combien de semaines ?

— Treize.

— D'accord. À présent, je vais mesurer la clarté nucale. Cela signifie mesurer la quantité de fluide sur la nuque du bébé… Il est dans une bonne position, aussi je devrais y arriver sans problème avec une simple échographie abdominale…

Ben la regarda positionner la flèche sur l'écran et presser le bouton pour enregistrer ses mesures.

— Vous en êtes exactement à la treizième semaine ? reprit-elle.

— Oui.

— Et vous avez quarante-deux ans ?

— Oui…

Ben la vit recommencer ses mesures sans savoir si elle effectuait une simple vérification ou si c'était un autre test. Jade retira finalement la sonde et essuya le gel sur l'abdomen de Maggie avant de la recouvrir de sa blouse.

— Je vais demander au radiologue de vérifier mes mesures. Ça ne durera pas longtemps, dit-elle en éteignant la machine.

Le cœur de Ben manqua un battement. Demander une seconde opinion n'était jamais bon signe en médecine…

— Quelque chose ne va pas, c'est ça ? murmura Maggie en s'asseyant. Tu as eu le temps de voir quelles mesures elle obtenait avant d'éteindre sa machine ?

Elle le contemplait d'un air suppliant et il éprouva le besoin impérieux de la rassurer.

— Non. Peut-être que le bébé n'est finalement pas dans une bonne position. Peut-être a-t-elle besoin de l'avis d'une personne plus expérimentée ? Moi, je lui donnerais quinze ans ! Elle ne peut pas faire ce métier depuis longtemps.

Il continua de la rassurer comme il le pouvait jusqu'à ce que Jade revienne, accompagnée du radiologue, un petit homme replet d'une cinquantaine d'années. Jade réinstalla Maggie sur la table d'examen et recommença l'échographie sous la surveillance du Dr Evans.

— Maggie, Ben, ce que nous vérifions, c'est l'épaisseur du liquide derrière le cou du bébé, déclara-t-il. Plus de trois millimètres de fluide est considéré comme un chiffre anormalement élevé et situe le bébé dans la catégorie à risque pour la trisomie 21. Les mesures que nous observons sur votre enfant sont de trois millimètres et demi.

Ben entendit Maggie reprendre brutalement sa respiration.

— Vous voulez dire que notre enfant ne va pas bien ? demanda-t-elle.

— Non. Le test suggère juste un risque plus élevé, mais il n'est pas conclusif. Nous devons considérer d'autres facteurs, comme l'âge de la mère et l'avancement exact de la grossesse. Ces trois facteurs combinés nous donnent un facteur de risque. Un examen sanguin pourra nous fournir un éclairage encore plus précis. Avez-vous fait une prise de sang avant de venir ?

Maggie acquiesça machinalement et Ben se demanda si elle était vraiment capable d'intégrer toutes ces informations. Elle avait l'air un peu groggy.

— Très bien, ces résultats mettront sans doute deux ou trois jours avant de parvenir à votre obstétricien, et quand il les aura, vous aurez des informations plus précises. En combinant la mesure de la clarté nucale avec le bilan sanguin, on obtient un pronostic avec une marge d'erreur de quinze pour cent. N'oubliez pas que ça signifie quinze pour cent de chance d'avoir un résultat faux positif ou faux négatif.

Maggie resta silencieuse et ce fut Ben qui se décida à poser la question qui les tourmentait tous deux.

— Que pouvons-nous faire pour avoir un pronostic plus sûr ?

— On peut pratiquer une amniocentèse, dont le résultat est totalement fiable, mais qui présente certains risques de fausse couche spontanée. Il faut que vous en parliez avec votre obstétricien qui vous expliquera tout ça mieux que moi. Sachez cependant qu'il faut trois à quatre semaines pour avoir le résultat.

Ben acquiesça et se demanda si Maggie avait bien compris ce que le médecin venait de dire. Quand Jade et le Dr Evans les laissèrent seuls, elle se leva de la table d'examen sans un mot.

Quelque chose lui disait que ce silence ne signifiait rien de bon…

10.

Maggie ne prononça pas une parole jusqu'à ce qu'ils remontent dans la voiture et que Ben prenne la direction du centre-ville.

— On pourrait rentrer directement chez moi, s'il te plaît ? demanda-t-elle. Je n'ai aucune envie d'aller déjeuner.

— Tu es sûre ? Ça te ferait du bien de t'occuper.

En réalité, il lui trouvait une expression sinistre ! Son appétit lui était revenu depuis qu'elle terminait son premier trimestre de grossesse et il aurait préféré qu'ils s'en tiennent à leur plan initial.

— Je n'ai envie de rien du tout, et je ne comprends pas que tu puisses penser à manger !

— Il ne s'agit que d'un test préliminaire. Tu t'inquiètes pour rien.

— Pour rien ? Notre bébé risque d'être trisomique ! C'est une éventualité à laquelle j'ai besoin de réfléchir. S'il te plaît, dépose-moi chez moi.

Elle semblait vraiment bouleversée et Ben s'inquiéta. À son avis, elle réagissait de manière excessive, mais il ne savait pas trop comment gérer la situation. Et il devinait instinctivement que quoi qu'il dise, cela ne ferait qu'aggraver les choses !

Ils firent donc le trajet jusqu'à sa maison en silence. Maggie monta directement dans sa chambre dès qu'ils arrivèrent. Ben la suivit et la trouva assise au bord du lit, l'air fragile et vulnérable. Que devait-il faire ? Il craignait qu'elle ne le repousse s'il tentait de la réconforter, mais il ne pouvait pas rester debout au milieu de la pièce sans rien faire, planter là comme un menhir !

Il s'assit donc à son tour sur le lit sans la toucher.

— Parle-moi, Maggie. Je crois que nous devons discuter tous les deux de ce qui vient d'arriver. J'ai l'impression de ne pas te comprendre…

— Tu étais là, Ben, tu as entendu le Dr Evans ! Notre bébé a une malformation génétique !

— Un risque de malformation génétique, la corrigea-t-il.

— Mais si ce risque est avéré, que ferons-nous ?

— Je ne veux pas y penser avant d'avoir des indications plus solides.

— Le résultat du bilan sanguin n'arrivera pas avant demain, peut-être après-demain. En aucun cas, je ne peux faire comme si de rien n'était en attendant. Je vais réfléchir à toutes les possibilités.

— Alors n'oublie pas celle que notre bébé soit parfaitement sain, qui est la plus probable, dit-il. À mon avis, ça ne sert à rien de t'inquiéter avant d'avoir des éléments plus fiables. Si notre bébé n'est pas en bonne santé, nous aviserons en temps utile. En attendant, nous ne pouvons rien faire de constructif.

— J'ai peur, Ben…

— Comme tous les couples qui attendent un bébé. Nous ne faisons pas exception à la règle. Mais s'il te plaît, n'accorde pas aux événements d'aujourd'hui plus d'importance qu'ils n'en ont. Je sais que tu es inquiète et c'est normal, mais n'oublie pas les autres probabilités. Pourquoi ne t'allonges-tu pas pendant que je vais te préparer une tasse de thé ?

— Je n'ai pas envie de thé, marmonna-t-elle.

Ben préféra ne pas répondre. Il savait que les femmes enceintes pouvaient être irritables et il ne voulait pas l'énerver davantage. Quand elle s'allongea sur le lit en lui tournant le dos, il attendit un instant pour voir si elle lui dirait autre chose, mais elle continua de l'ignorer. Finalement, sa respiration se fit plus régulière et il comprit qu'elle dormait.

Il lui ramena une couverture sur les épaules puis quitta la chambre sur la pointe des pieds.

Il n'était pas fatigué et ne pouvait rien faire avec ces milliers de questions qui tournaient dans son esprit. Maggie n'allait pas bien et il voulait trouver un moyen de soulager ses angoisses. Il n'avait aucun moyen d'influencer sur le résultat des tests, mais il pouvait en revanche diminuer cette attente si pénible pour eux deux.

Il appela donc le Dr Bakewell, l'obstétricien de Maggie, pour lui expliquer la situation et le prier d'obtenir les résultats du bilan sanguin au plus vite.

En raccrochant, il songea à cette échographie. En tant que médecin, il savait exactement ce que signifiait un facteur de risque plus élevé. Il savait aussi que leur bébé avait davantage de chance d'être en bonne santé que malade, et il espérait du fond du cœur que les analyses sanguines le confirmeraient. Voir son enfant sur cet écran l'avait profondément bouleversé. Il comprenait maintenant qu'il n'avait aucun effort à faire pour accepter cette paternité et même, qu'il désirait ce bébé de toutes les fibres de son être ! Lui et Maggie étaient devenus les deux personnes les plus importantes de sa vie.

Il s'était promis de protéger cette dernière le jour où il avait décidé de quitter l'Ouganda pour regagner l'Australie. Pourtant, elle souffrait et il restait impuissant. Tout ce qu'il souhaitait, c'était pouvoir lui donner de bonnes nouvelles…

Le téléphone la réveilla. Son réveil annonçait 16 h 45. Elle avait dormi si longtemps ? Les siestes trop longues la laissaient toujours groggy et elle resta un instant à rassembler péniblement ses esprits.

Le souvenir de l'échographie lui revint, et son angoisse aussi. Elle avait si peur que Ben refuse un enfant handicapé ! Il avait fini par accepter le fait d'être père, mais comment réagirait-il si leur enfant avait une malformation ? Il risquait de la quitter pour de bon…

L'idée qu'il l'abandonne la terrifiait.

Où était-il, d'ailleurs ? La maison était silencieuse… Elle repoussait la couverture qui la recouvrait quand il entra, le téléphone à la main. Il avait l'air épuisé. La journée avait été dure pour lui aussi.

Il alluma la lampe de chevet et s'assit près d'elle.

— Qui a appelé ?

— Ta sœur, dit-il. Elle voulait savoir comment l'échographie s'était passée. Je lui ai tout raconté, et j'ai dit que nous attendions l'analyse sanguine. Je lui ai aussi dit que tu la rappellerais quand tu serais réveillée.

Maggie eut brusquement l'impression d'étouffer. Elle ne voulait plus penser à cette échographie, à ces analyses… Tout cela la rendait folle !

Elle se leva et ouvrit sa penderie pour prendre une veste.

— J'ai besoin de prendre l'air. Je vais sortir marcher un peu.

— Tu veux que je t'accompagne ?

— Je crois que je préfère rester seule, répondit-elle.

L'image de Ben tout penaud la suivit pendant sa promenade. Ben puni dans sa chambre… Cette chambre si féminine dans laquelle il paraissait si déplacé, où il ne semblait pas y avoir sa place. « Mais en a-t-il une dans ma vie ? », se demanda-t-elle. Les sacrifices qu'il s'apprêtait à faire étaient considérables ; arriverait-il à aller jusqu'au bout ? N'aurait-il aucun regret ?

Cette idée lui était insupportable. Que deviendrait leur relation s'il s'apercevait finalement qu'il n'avait pas fait le bon choix ? Si les regrets le rendaient amer ? Et s'il lui en faisait porter la responsabilité ?

« Mais que veux-tu à la fin ? », lui demanda son bon sens.

Alors qu'elle se posait la question depuis des jours, la réponse lui parut soudain évidente. Elle souhaitait que Ben l'aime et qu'il décide de bâtir son avenir avec elle par choix et non par obligation.

Mais pas une fois il ne lui avait dit qu'il l'aimait.

Et s'il ne l'aimait pas, elle ne voulait pas qu'il partage sa vie, en dépit de l'amour fou qu'il lui inspirait.

Il pourrait s'occuper de leur enfant, mais ils ne vivraient pas ensemble.

*
* *

Il commençait à faire sombre dehors et Maggie était sortie depuis une heure. Ben devinait ce qui la préoccupait, ou, en tout cas, il le pensait. Ce test… C'était vraiment une perte d'énergie de s'inquiéter à ce sujet au point où ils en étaient. Mais puisqu'elle avait décidé d'envisager toutes les possibilités, et surtout les pires, il devait l'aider.

Cela faisait un bon moment qu'il trépignait d'impatience et il en eut soudain assez. Il allait la chercher !

Mais où ? Ne sachant par où commencer, il décida de prendre sa voiture et de rouler au hasard.

Il la trouva à un pâté de maisons, marchant tête baissée, et elle ne le vit pas approcher. Il ralentit et roula quelques mètres à son côté avant qu'elle ne le remarque.

— Maggie, monte, je t'en prie.

Elle prit place à côté de lui sans un mot, l'air morne.

— Tu veux rentrer à la maison ? reprit-il.

Elle secoua la tête. Cela lui convenait très bien : il savait exactement où il voulait l'emmener.

Il roula et ne s'arrêta qu'arrivé devant le Park Hyatt. Il sortit alors de la voiture et en tendit les clés au voiturier.

— Où allons-nous ? demanda Maggie en descendant.

— Tu vas voir.

Il lui prit le bras pour lui faire traverser le hall majestueux en direction des ascenseurs. Il avait toujours sa chambre dans l'hôtel et ce terrain neutre était parfait pour la conversation qu'il voulait avoir. Ils montèrent jusqu'au dernier étage et sortirent sur la terrasse.

Maggie laissa échapper une exclamation de surprise en découvrant le sublime panorama du port de Sydney, du Harbour Bridge et de l'opéra illuminé dans la nuit.

L'air était frais, et du haut de l'immeuble, le bruit de la circulation n'était plus qu'un vague bourdonnement. Ben entraîna Maggie jusqu'au parapet de la terrasse et l'enlaça. Il fut soulagé qu'elle ne le repousse pas, et il savoura ce moment de paix.

Elle faisait face à la mer, et il enfouit un instant le visage dans ses cheveux pour en respirer le parfum. Il avait choisi à dessein de l'emmener dans cet endroit, sachant que la vue splendide lui plairait, et espérant qu'il lui serait plus facile de lui dire ce qui la tourmentait en regardant le panorama plutôt qu'en se trouvant face à lui.

— Tu as peur d'avoir un enfant handicapé ? murmura-t-il.

— Non, j'ai peur d'avoir le résultat de ces examens, répondit-elle à voix basse.

— Comment ça ?

— J'ai peur de ce qui arrivera si ces bilans confirment qu'il y a un problème. Je sais que je pourrais y faire face, mais toi ? Te sens-tu capable d'élever un enfant anormal ?

— Bien sûr ! répondit-il. En doutes-tu ?

— Oui… Tu ne voulais pas d'enfant et tu as fini par changer d'avis par la force des choses. Mais si cet enfant est handicapé, j'ai peur que ce soit trop dur pour toi.

Persuadé que c'était le résultat des analyses qui l'inquiétait, Ben fut très surpris de comprendre qu'elle avait surtout peur de la réaction qu'il pourrait avoir. Le croyait-elle vraiment capable de rejeter leur bébé parce qu'il n'était pas parfait ?

— Je suis préparé à l'idée que la réalité puisse être différente de ce que nous espérons, Maggie, mais d'une manière générale, cela ne me ressemble pas de m'inquiéter pour un problème hypothétique. J'ai l'habitude d'affronter des faits. Quoi qu'il arrive, nous l'affronterons ensemble.

— Même si notre enfant est anormal ?

— Même si notre enfant est anormal, répéta-t-il d'une voix douce. C'est aussi mon bébé, Maggie. Tu ne peux pas savoir combien j'ai été ému de le voir aujourd'hui sur cet écran, d'entendre son cœur qui battait. C'était magique. C'est notre petit, Maggie, et nous serons toujours là pour lui, quoi qu'il arrive.

Il pencha la tête pour l'embrasser dans le cou et eut chaud au cœur en la sentant se serrer contre lui. Elle ne le repoussait pas ! Il prit une profonde inspiration.

— Je suis là pour rester, Maggie, et je veux faire les choses correctement.

S'agenouillant, il lui prit les mains.

— Non !

Il releva la tête et découvrit une expression horrifiée sur son visage pendant qu'elle le tirait pour l'obliger à se relever.

— Je t'en prie, Ben, ne fais pas ça !

— Pourquoi ?

— Je ne veux pas. Pas maintenant !

— Maggie, regarde-moi : je suis à genoux devant toi et je te supplie de m'accorder une seconde chance. Laisse-moi te montrer que je suis capable d'aller jusqu'au bout.

Les yeux pleins de larmes, elle semblait en proie à une détresse incompréhensible.

— Je ne peux pas, dit-elle d'une voix suppliante. Je t'en prie. Ne peut-on pas en reparler plus tard ?

— Maintenant ou plus tard, ça ne changera rien à la situation. Nous allons avoir cet enfant ensemble, et je n'ai pas l'intention de t'abandonner. Je suis prêt à discuter des détails plus tard si tu veux, tant que nous sommes d'accord sur ces deux points.

Il attendit qu'elle acquiesce pour se relever. Pourquoi avait-elle refusé de le laisser lui demander sa main ? Décidément, il ne comprenait rien aux femmes ! songea-t-il, perplexe.

— Je pars à Melbourne demain matin, reprit-il. Accepteras-tu que nous en parlions sérieusement à mon retour ? Ou préfères-tu m'accompagner ?

— Non, je veux rester à Sydney. Je tiens à voir le Dr Bakewell.

— Pourquoi si vite ? Ne serait-il pas préférable d'attendre les résultats ?

— Il y a des détails sur lesquels j'ai besoin d'avoir son avis.

— Entendu. Mais rappelle-toi que je resterai avec toi, quoi qu'il arrive, Maggie. Ce point n'est pas négociable.

***

L'aéroport était plein de monde et Maggie serrait la main de Ben fort dans la sienne alors qu'ils traversaient la foule. Depuis la veille, ils n'avaient pas parlé, de peur de rompre la trêve tacite qu'ils avaient conclue au Park Hyatt. Tous les mots qu'ils pensaient sans parvenir à les dire formaient un mur impénétrable entre eux, contre lequel elle se cognait et qui la meurtrissait.

Mais elle savait qu'il lui serait impossible de prendre la moindre décision avant d'avoir les résultats de ses analyses. Et après ? Elle ignorait s'ils trouveraient la force et le courage de briser ce silence de plomb qui les enveloppait.

Ben avait accepté de s'occuper du bébé, mais il n'excluait pas de retourner en Afrique. C'était sans doute possible avec un enfant normal, mais un enfant handicapé ? Et pourrait-elle lui demander d'abandonner définitivement ses rêves ? Le laisserait-elle rester, ou devait-elle lui rendre sa liberté ?

Elle avait besoin de temps pour y réfléchir. Et de solitude. Il lui était impossible d'avoir un raisonnement logique lorsqu'il était à proximité. Pourtant sa main pressait celle de Ben, son corps rêvait de se blottir dans ses bras musclés, son cœur la suppliait de profiter de ces moments qui seraient peut-être les derniers qu'ils passeraient ensemble.

— Tu seras là quand je reviendrai ? demanda-t-il.

— Bien sûr. Je ne vais nulle part, j'ai juste besoin de temps pour faire le point.

Ils étaient arrivés devant le guichet de l'embarquement, et elle se serra contre lui dans un grand élan de tendresse. Combien elle l'aimait ! C'est à cause de cet amour que la situation était si terrible. Si seulement il l'avait aimée lui aussi…

— Tu es sûre que tout ira bien ? reprit-il.

— Ne t'inquiète pas.

— À bientôt, alors.

Elle resta immobile jusqu'à ce qu'il disparaisse derrière le comptoir d'embarquement. Ce ne fut qu'une fois qu'il eut disparu qu'elle put bouger.

Elle se dirigeait vers le parking lorsque son téléphone

sonna. Sa conversation fut très brève, et la nouvelle lui fit rebrousser chemin à toute allure jusqu'au contrôle.

— Pardon ! s'écria-t-elle. L'homme qui vient d'embarquer, le Dr McMahon, pouvez-vous lui demander de revenir, s'il vous plaît ?

— C'est une urgence ? demanda l'employée.

— J'ai absolument besoin de lui parler.

— Je suis désolée, ce n'est pas une urgence, rétorqua la femme.

Elle avait un air obtus qui donna à Maggie envie de la gifler.

— Il faut absolument que je lui parle ! Il est au second rang ; au siège 2 A. Je n'en ai que pour une minute.

— Je ne peux pas le faire sortir de l'avion, madame. Il a passé la zone d'embarquement, c'est trop tard.

Réprimant son irritation, Maggie chercha une autre solution.

— Dans ce cas, est-ce que je peux monter ?

— Avez-vous un billet ?

— Vous savez bien que non !

— Alors excusez-moi, mais je ne peux rien faire.

L'employée n'avait pas l'air désolé pour un sou, songea Maggie en trépignant d'impatience.

— Reste-t-il de la place ? Je vais acheter un billet.

— Allez voir au guichet de la compagnie, il reste peut-être des sièges libres. Mais faites vite, l'embarquement est presque terminé.

La jeune femme ne se le fit pas dire deux fois, et traversa le hall en courant aussi vite que le lui permettait la foule des voyageurs. Heureusement, l'avion n'était pas plein, et le siège 2B était miraculeusement libre. Elle acheta donc un billet à un prix exorbitant, puis rebroussa chemin tout aussi vite vers le guichet d'embarquement. Après avoir pratiquement jeté sa carte au visage de l'employée rébarbative, elle arriva dans l'avion à bout de souffle.

Déjà installé, Ben lisait le journal pendant que les hôtesses de l'air commençaient à réciter les consignes de sécurité.

— Pardon, ce siège est-il libre ? demanda-t-elle.

— Maggie ! Que fais-tu ici ?

Son expression de surprise valait largement l'argent du billet, songea-t-elle en s'asseyant. Il la prit aussitôt dans ses bras pour la serrer contre lui, et ce geste d'affection spontané acheva de la réconforter. Après cet appel téléphonique, c'était la seule chose qui lui manquait pour lui rendre sa joie de vivre !

— Je viens avec toi ! dit-elle en souriant.

— À Melbourne ? Mais que se passe-t-il ?

— Je viens d'avoir un appel du Dr Bakewell. Il a reçu le résultat de mes analyses.

— Et… ?

— Tout est normal ! Le résultat de l'échographie était un faux positif !

— Comment ?

— Il pense que notre bébé est en parfaite santé. Il m'a dit que je pouvais faire une amniocentèse si nous le souhaitions, mais qu'il est très confiant.

— C'est merveilleux ! s'exclama Ben en la serrant de nouveau contre lui. Tu es montée dans l'avion juste pour me l'annoncer ?

Maggie acquiesça en riant.

— Tu sais que nous nous serions débrouillés même si notre bébé avait eu une malformation, reprit-il. Je l'aime déjà, et je t'aime. Ensemble, nous aurions surmonté cette épreuve.

La surprise la laissa sans voix une fraction de seconde. Avait-elle bien entendu ?

— Tu m'aimes ? s'écria-t-elle. Pourquoi ne me l'as-tu jamais dit ?

— Il m'a fallu du temps pour le comprendre, Maggie.

— C'est pour cette raison que tu es rentré en Australie ?

— Je suis rentré car cela me semblait la seule chose à faire. Et hier, quand j'ai vu notre enfant sur le moniteur pendant l'échographie, j'ai compris que j'avais envie d'être là. Avec notre bébé, et avec toi. Parce que je vous aime tous les deux. C'est ce que je voulais te dire hier soir, mais tu ne m'as pas laissé commencer…

— C'est la première fois que tu me dis que tu m'aimes.

J'avais peur que tu ne me demandes ma main que par obligation. Je ne voulais pas que tu te sentes piégé.

Ben la fit taire en l'embrassant fougueusement. Ben l'aimait ! Il était revenu et il l'aimait ! Elle avait l'impression de vivre un rêve !

— Je suis fou de toi, mon amour, reprit-il. Je crois que j'ai eu le coup de foudre dès notre rencontre. J'avais juste trop peur pour l'accepter.

— Veux-tu me demander ma main de nouveau ? dit-elle en riant. Cette fois, je te promets de te laisser finir.

— Tu es sérieuse ?

— Oui, mon chéri ! Je t'aime à la folie, Ben ! Alors si tu veux me demander en mariage, je ne t'interromprai pas.

Il éclata de rire et reprit sa respiration, comme pour se concentrer avant de parler.

— Maggie, tu es la femme la plus merveilleuse que j'aie jamais rencontrée. Grâce à toi, j'ai compris ce que l'amour signifiait. Depuis que je te connais, j'ai admis que certaines choses échappaient à mon contrôle et que c'était très bien ainsi. Tu es une personne forte, courageuse et déterminée, et je t'aime pour toutes ces qualités. Je veux vivre avec toi jusqu'à mon dernier jour. Maggie Petersen, veux-tu m'épouser ?

— Tu en es bien sûr ? Et ton travail ? L'Afrique ?

— Ce sont mes rêves d'avant toi. Je m'y cramponnais sans comprendre que je pouvais en faire d'autres, avec toi. Je n'attends plus la même chose de la vie désormais. Maintenant, je veux épouser la femme que j'aime et vivre auprès d'elle, et m'efforcer d'être le meilleur père possible. Je vous emmènerai en Afrique et dans pleins d'autres endroits merveilleux pour vous faire découvrir le monde. Ou bien nous resterons toujours au même endroit, peu importe. Tout ce qui compte, c'est que tu sois avec moi. Maggie, veux-tu m'épouser ?

Tout en prononçant ces derniers mots, il sortit un écrin de sa poche et l'ouvrit. Sur un lit de satin étincelait un magnifique diamant monté sur platine.

— Tu m'as acheté une bague ? Et chez Tiffany ? Mais quand ?

— Hier, pendant que tu faisais la sieste.

— J'ai dormi si longtemps ?

— Oui ! Maggie, pour l'amour du ciel, réponds à ma question !

— Oui, mon amour, dit-elle en l'embrassant. Je veux être ta femme. Je veux être à toi jusqu'à mon dernier souffle…

Pendant qu'ils scellaient leur promesse d'un long baiser, l'avion prit son envol de toute la puissance de ses réacteurs et les arracha à la terre pour les propulser dans l'immensité azurée du ciel, au-dessus des nuages, vers un avenir radieux.

Blanche

HARLEQUIN

Un pacte avec le cheikh, de Susan Carlisle - N°1443

Un prince ? Que fait donc Tariq al-Marktum dans son laboratoire ? s'interroge Laurel, sous le choc. En choisissant la recherche médicale, elle a fait vœu de solitude, et cet homme lui fait l'effet d'un intrus ! L'offre qu'il est venu lui faire achève bientôt de la surprendre. Ses recherches sur l'hémophilie bénéficieront de fonds inépuisables, à la seule condition qu'elle suive Tariq au royaume de Zentar... et qu'elle l'épouse !

Amoureuse d'un pompier, d'Amalie Berlin

Il y a deux ans, Lauren Autry, alors pompier et élève parachutiste, s'est vue éliminée à une épreuve d'endurance, au profit de Beck Ellison. Si depuis, elle le considère comme son ennemi juré, elle n'a d'autres choix que des se montrer professionnelle, lorsqu'elle doit travailler en équipe avec lui à l'assaut d'un feu de forêt. Et c'est bientôt la flamme de la passion qui les rapproche...

Le mariage du Dr Burnside, d'Olivia Gates - N°1444

Par amour, le Dr Laura Burnside quitte les États-Unis pour l'Argentine, le pays de son fiancé Diego, enthousiaste à l'idée de travailler à son côté pour une association humanitaire. Mais l'Argentine est à ce moment-là en pleine ébullition et, ce que Laura ignore, c'est que sa vie le sera aussi bientôt...

Rencontre à Destiny, de Christyne Butler

Tanya n'arrive pas à y croire : de retour à Destiny pour soigner son grand-père, sur qui tombe-t-elle, le soir même de son arrivée ? Devlin Murphy. Bien que dix années aient passé depuis la folle nuit qu'ils ont partagée, il n'a pas changé : il est toujours aussi séduisant. Et Tanya n'est pas au bout de ses surprises, car, à l'évidence, Devlin n'a aucun souvenir de leur précédente rencontre...

Un seul regard de lui, d'Abigail Gordon - N°1445

Après une rupture qui lui a brisé le cœur, Leonie a décidé que, l'amour, ce n'était plus pour elle, et elle s'est jetée à corps perdu dans son travail à l'hôpital. Soigner ses petits patients, les sauver, voilà tout ce qui lui importe. Jusqu'à l'arrivée de Callum Warrender, son nouveau et très charismatique patron, qui fait vaciller ses certitudes. Car, chaque fois que son regard rencontre celui de Callum, elle n'a plus qu'une seule envie : se blottir dans ses bras...

Seconde chance pour un médecin, de Judy Duarte

Alors qu'elle accompagne une amie blessée à l'hôpital, Leilani fait une rencontre qui la bouleverse : le médecin de garde n'est autre que Luke Wynter, son amour d'adolescence. L'homme à qui elle est unie par le lien le plus solide qui soit : un enfant. Mais cela, Luke l'ignore... et n'est pas près de l'apprendre. Car malgré ses scrupules, Leilani est décidée à garder le secret...

Leur mission : sauver des vies.
Leur destin : trouver l'amour.

Composé et édité par HarperCollins France.

Achevé d'imprimer en juin 2019.

Barcelone

Dépôt légal : juillet 2019.

MIXTE
Papier issu de
sources responsables
FSC® C108412

Pour limiter l'empreinte environnementale de ses livres, HarperCollins France s'engage à n'utiliser que du papier fabriqué à partir de bois provenant de forêts gérées durablement et de manière responsable.

Imprimé en Espagne.